SOPHIE HANNAH

Crime en   ures

TRADUIT DE L'ANGLAIS PAR VALÉRIE ROSIER

ÉDITIONS DU MASQUE

Titre original :

THE MYSTERY OF THREE QUARTERS
Publié par HarperCollins*Publishers*.

AGATHA CHRISTIE, POIROT, the Agatha Christie Signature and the
AC Monogram logo are registered trademarks of Agatha Christie Limited
in the UK and elsewhere.

Agatha Christie®

All rights reserved.
The Mystery of Three Quarters
Copyright © Agatha Christie Limited 2018
All rights reserved.
© Éditions du Masque, département des Éditions
Jean-Claude Lattès, 2018, pour la traduction française.
ISBN : 978-2-253-26004-2 – 1re publication LGF

*Pour Faith Tilleray,
qui s'est surpassée,
et m'a tant appris.*

ness # PREMIÈRE PARTIE

1

Poirot accusé

Hercule Poirot sourit intérieurement quand son chauffeur gara la voiture en parfaite symétrie avec l'entrée de Whitehaven Mansions, l'immeuble où il habitait. Pour un amoureux de l'ordre comme lui, c'était une grande satisfaction de voir un axe partir en droite ligne du milieu du véhicule jusqu'au point précis où les deux battants de la porte se rejoignaient.

Autre satisfaction : le déjeuner dont il revenait, où il s'était régalé les papilles en excellente compagnie. Il descendit de voiture, adressa un merci chaleureux à son chauffeur, et il s'apprêtait à entrer dans l'immeuble quand derrière lui il sentit confusément comme un frémissement dans l'air, qui le fit se retourner. C'était peut-être juste une brise légère, par cette journée de février plutôt douce pour la saison. Mais non, le temps n'avait rien à y voir, même si la femme élégante qui approchait à vive allure, en manteau et chapeau bleu clair, faisait penser à une force de la nature. Une vraie tornade, telle fut l'expression qui vint à l'esprit de Poirot en la voyant.

Son chapeau lui déplut. Il avait vu d'autres femmes en

porter de semblables en ville : lui ne concevait pas qu'un chapeau puisse se passer de rebord et être nu, sans ornement ni passementerie. Or celui-ci tenait plus du bonnet de bain tant il épousait la forme du crâne. Bon, il finirait bien par s'y habituer, et ce jour-là ce genre de chapeau serait déjà passé de mode, comme toujours.

Étrangement, la femme en bleu bougeait les lèvres sans qu'il en sorte aucun son, comme si elle répétait ce qu'elle comptait dire à Poirot quand elle l'aurait rejoint. Car sans aucun doute c'était lui qu'elle visait, avec des intentions manifestement belliqueuses. Sauve qui peut, se dit-il en reculant d'un pas, alors qu'elle marchait droit sur lui.

Comme elle stoppait net devant lui, Poirot constata qu'elle n'était pas aussi jeune qu'il l'avait cru en la voyant de loin. En fait, elle avait la cinquantaine bien sonnée, peut-être davantage. Ses yeux d'un bleu frappant et sa belle chevelure châtain foncé aux reflets lustrés faisaient illusion ; oui, cette femme savait à merveille dissimuler les marques du temps.

— Hercule Poirot, c'est bien vous, n'est-ce pas ? murmura-t-elle avec une rage contenue comme si elle se méfiait des oreilles indiscrètes, alors qu'il n'y avait personne dans les parages.

— Oui, madame. C'est bien moi.

— Comment avez-vous osé m'envoyer cette lettre ?

— Pardon, madame, mais je ne crois pas vous connaître.

— Ne faites pas l'innocent, ça ne marche pas avec moi ! Je m'appelle Sylvia Rule. Comme vous le savez pertinemment.

— Eh bien, disons que je viens de l'apprendre. Mais je l'ignorais. Vous avez fait allusion à une lettre…

— Allez-vous m'obliger à répéter vos calomnies en public ? Très bien, vous l'aurez voulu. Le fait est que j'ai reçu ce matin même une lettre ignominieuse, signée de vous, l'accusa-t-elle en pointant sur lui un index qui l'eût percuté en pleine poitrine s'il n'avait fait un petit saut de côté.

— Mais non, madame…, tenta-t-il de protester, une dénégation qu'elle lui fit prestement ravaler.

— Dans ce tissu de mensonges, vous m'accusez de meurtre. De meurtre, entendez-vous ! Moi qui suis douce comme un agneau ! Vous ne pouvez rien prouver contre moi, pour la simple raison que je suis innocente. Je n'ai tué personne. Et je n'ai jamais au grand jamais entendu parler de Barnabas Pandy !

— Barnabas…

— C'est monstrueux de votre part de m'accuser, moi qui déteste la violence ! Tout simplement monstrueux. Je ne le tolérerai pas. Je suis tentée d'en informer mon avocat, mais je n'ai guère envie qu'il entende de pareilles horreurs sur mon compte. Peut-être devrais-je prévenir la police. Quelle ignominie ! Une femme de ma condition !

Sylvia Rule continua à vitupérer avec force soupirs et grincements de dents. Poirot subit patiemment ce flot d'imprécations en songeant aux chutes d'eau et cascades qu'il avait pu contempler durant ses nombreux voyages, plus impressionnantes que dangereuses.

— Madame, veuillez me croire quand je vous assure que je ne vous ai pas écrit, dit-il dès qu'il réussit à se faire entendre. La lettre que vous avez reçue n'est pas de moi. Je n'ai pas plus que vous entendu parler d'un Barnabas Pandy. C'est donc le nom de l'homme que vous êtes censée avoir tué, d'après l'auteur de cette lettre ?

— L'auteur de cette lettre, c'est vous. Assez de provocation, s'il vous plaît. C'est une idée d'Eustace, n'est-ce pas ? Vous savez tous les deux que je n'ai tué personne, que je suis blanche comme neige et qu'on ne peut rien me reprocher ! C'est lui l'instigateur, et vous avez concocté ensemble un plan pour me pousser à bout ! Cela lui ressemble bien. Vous verrez que plus tard il prétendra que tout cela n'était qu'une plaisanterie.

— Je ne connais pas d'Eustace, madame, répondit patiemment Poirot, qui ne parvenait toujours pas à calmer le jeu malgré ses louables efforts.

— Il se prend pour l'homme le plus intelligent d'Angleterre ! Avec cet odieux sourire en coin qu'il affiche en permanence sur sa face de rat ! Combien vous a-t-il payé ? C'est son idée, j'en suis certaine. Et vous avez fait le sale boulot pour lui, vous, le célèbre Hercule Poirot, en qui notre police loyale et travailleuse met toute sa confiance. Quelle traîtrise ! Vous n'êtes qu'un imposteur ! Comment avez-vous pu vous abaisser à calomnier une femme comme moi ! Douée d'une nature si douce ! Eustace ferait n'importe quoi pour me causer du tort. N'importe quoi ! Quoi qu'il ait pu vous dire à mon sujet, c'est un mensonge !

Si elle avait bien voulu l'écouter, Poirot aurait pu lui déclarer que, depuis le temps que lui-même résidait à Londres, il n'y avait aucune chance qu'il collabore un jour avec un individu se targuant d'être l'homme le plus intelligent d'Angleterre.

— S'il vous plaît, montrez-moi la lettre que vous avez reçue, madame.

— Parce que vous pensez que j'allais me salir les mains en gardant ce torchon dégoûtant ? Je l'ai déchirée et j'ai jeté au feu les morceaux ! Si seulement j'avais pu y jeter Eustace par la même occasion ! En d'autres temps, ce genre de personnage aurait fini sur le bûcher, et il l'aurait bien mérité ! Je vous préviens, si jamais vous me calomniez encore de la sorte, j'irai tout droit à Scotland Yard, non pour avouer je ne sais quel crime, car je suis innocente, mais pour vous accuser vous, monsieur Poirot !

Avant que Poirot ait trouvé comment répondre, Sylvia Rule lui avait tourné le dos et s'éloignait déjà d'un pas vif.

Il ne tenta pas de la rappeler, mais demeura un instant sur place en secouant lentement la tête. Puis il monta les marches qui permettaient d'accéder à l'immeuble en marmonnant.

— Douce comme un agneau… on ne saurait mieux dire.

Dans son appartement spacieux et bien conçu, George, son valet, l'attendait, et son sourire quelque peu figé se mua en consternation quand il vit l'expression de Poirot.

— Que vous arrive-t-il, monsieur ?

— Eh bien, j'avoue que je suis perplexe, George. Dites-moi, vous pour qui tous les échelons de la haute société britannique n'ont pas de secret… connaîtriez-vous une certaine Sylvia Rule ?

— Seulement de réputation, monsieur. C'est la veuve du défunt Clarence Rule. Elle a beaucoup de relations. Je crois qu'elle siège aux conseils d'administration de diverses œuvres caritatives.

— Et un certain Barnabas Pandy ?

— Non, ce nom-là ne me dit rien, monsieur. Mais il est vrai que je connais surtout le milieu londonien. Si ce M. Pandy habite ailleurs…

— J'ignore où il réside. Je ne sais même pas s'il existe, et dans ce cas s'il a ou non été assassiné. En fait, je ne connais ce monsieur ni d'Ève ni d'Adam, mais n'allez pas le dire à cette Sylvia Rule, qui imagine que je sais tout à son sujet ! Malgré mes dénégations, elle est persuadée que je lui ai écrit une lettre l'accusant de l'avoir tué, et elle n'en démord pas ! Alors que jusqu'à aujourd'hui je n'avais jamais eu le moindre rapport avec cette dame.

Poirot ôta chapeau et manteau, avec moins de soin que d'ordinaire.

— Ce n'est guère agréable, d'être accusé à tort, reprit-il en les tendant à George. On devrait facilement pouvoir chasser toutes ces fausses allégations, mais bizarrement on les garde en tête, et elles hantent votre conscience tels des fantômes, vous causant un vague sentiment de culpabilité. Car face à quelqu'un qui vous accuse sans en avoir le moindre doute d'avoir commis un acte répréhensible, on commence à se sentir dans la peau d'un coupable, tout en se sachant parfaitement innocent. George, je commence à comprendre pourquoi des gens en viennent à avouer des crimes qu'ils n'ont pas commis.

Comme d'habitude, George parut sceptique. Mais à force de fréquenter les Anglais, Poirot avait maintes fois observé que la discrétion chez eux prenait souvent cet air dubitatif, même chez des personnes très bien élevées.

— Désirez-vous un rafraîchissement, monsieur ? Un sirop de menthe, peut-être ? proposa George.

— Excellente idée.

— Je me dois aussi de vous informer que vous avez un visiteur et qu'il attend de vous voir. Dois-je vous apporter votre sirop dès maintenant, et lui demander de patienter encore un peu ?

— Un visiteur ?
— Oui, monsieur.
— De qui s'agit-il ? Serait-ce un certain Eustace ?
— Non, monsieur. Il s'appelle M. John McCrodden.

— Ouf ! Quel soulagement ! Je peux donc espérer que le cauchemar de Mme Rule et de son Eustace s'est dissipé et que j'en suis débarrassé pour de bon ! M. McCrodden a-t-il évoqué les raisons de sa visite ?

— Non, monsieur. Mais je dois vous prévenir qu'il semble assez… mal disposé, si je puis me permettre.

Poirot laissa échapper un petit soupir. Après son excellent déjeuner, l'après-midi prenait décidément une mauvaise tournure. Pourtant, John McCrodden aurait du mal à être plus odieux que Sylvia Rule.

— Je vais donc remettre à plus tard le plaisir de siroter ma menthe à l'eau et voir d'abord M. McCrodden. Ce nom me dit quelque chose.

— Peut-être vous évoque-t-il l'avocat Rowland McCrodden, monsieur ?

— Mais oui, bien sûr, Rowland Rope[1], ce cher ami du bourreau, même si vous êtes trop poli, George, pour l'appeler par ce sobriquet qui lui va si bien.

— Il a en effet contribué activement à châtier plusieurs criminels, monsieur, confirma George avec son tact habituel.

— Peut-être ce John McCrodden lui est-il apparenté. Laissez-moi juste le temps de me poser et faites-le entrer.

Il s'avéra que George en fut empêché, car John McCrodden entra en trombe dans la pièce, sans attendre

---

1. *Rope* signifie « corde » en anglais. *(Les notes sont de la traductrice.)*

qu'on l'y invite. Dépassant le valet, il s'arrêta net au milieu du tapis, aussi figé qu'une statue.

— Je vous en prie, monsieur, prenez un siège, lui dit Poirot en souriant.

— Non merci, répondit McCrodden, d'un ton froid et dédaigneux.

Il doit avoir la quarantaine, estima Poirot. Un beau visage aux traits fins et ciselés, comme on en voit rarement sinon dans les œuvres de grands maîtres. Mais quel accoutrement, se dit Poirot, tant ce physique d'Adonis jurait avec sa mise débraillée, à croire qu'il avait dormi sur le banc d'un jardin public. M. McCrodden chercherait-il à annuler les avantages que la nature lui avait donnés, ses grands yeux verts, ses cheveux blond doré, en se rendant aussi repoussant que possible ?

— J'ai reçu votre lettre, monsieur, déclara McCrodden en le considérant froidement. Elle est arrivée ce matin.

— Je me vois obligé de vous contredire, monsieur. Je ne vous ai pas envoyé de lettre.

Il y eut un long et pesant silence. Poirot ne souhaitait pas tirer de conclusions hâtives, mais il pressentait déjà le tour qu'allait prendre cette conversation. Comment était-ce possible ? Ce n'était qu'en rêve qu'il avait déjà ressenti cette pénible impression : être piégé dans une situation absurde et sans issue, un cercle vicieux dont on ne parvient pas à s'échapper.

— Et que disait-elle, cette lettre que vous avez reçue ?

— Vous devez le savoir, puisque vous en êtes l'auteur. Vous m'y accusez du meurtre d'un certain Barnabas Pandy.

2

Intolérables provocations

— Je dois avouer ma déception, continua John McCrodden. Le célèbre Hercule Poirot, se prêter à de telles frivolités.

Poirot attendit un peu avant de répondre. Avait-il mal choisi ses mots pour que Sylvia Rule soit si peu disposée à l'écouter ? Il ferait un effort pour mieux se faire comprendre de ce McCrodden, en usant de clarté et de persuasion.

— Monsieur, s'il vous plaît. Je vous crois quand vous assurez avoir reçu une lettre vous accusant du meurtre de Barnabas Pandy. Tout cela, je ne le conteste pas, mais...

— Vous n'êtes guère en position de le contester, remarqua McCrodden.

— Monsieur, de grâce, croyez-moi quand je vous dis que ce n'est pas moi qui ai écrit cette lettre. Pour Hercule Poirot, il n'y a rien de frivole dans une affaire de meurtre. J'aimerais...

— Oh, ne parlons pas de meurtre, l'interrompit encore McCrodden avec un rire amer. Si meurtre il y a, la police aura déjà capturé le coupable. C'est encore un coup de mon père et un de ses enfantillages, déclara-t-il, puis il fronça les sourcils, comme si une idée troublante lui était soudain venue à l'esprit. À moins que ce vieux crapaud soit plus sadique encore que je le croyais et qu'il aille m'incriminer dans une affaire de meurtre non encore résolue, avec le risque que je finisse la corde au cou. J'aurais dû y penser. Oui, ça ne m'étonnerait pas, venant de lui. Il est tellement dur et obstiné…, marmonna-t-il.

— Votre père serait-il l'homme de loi Rowland McCrodden ? demanda Poirot.

— Vous le savez pertinemment.

John McCrodden avait déjà exprimé sa déception à son encontre, mais visiblement Poirot baissait de plus en plus dans son estime.

— Je ne connais votre père que de réputation. Je n'ai jamais fait sa connaissance ni ne lui ai jamais parlé, protesta dignement Poirot.

— J'imagine que vous devez sauvegarder les apparences en continuant à jouer le jeu, et qu'il vous a grassement payé pour ne pas mentionner son nom dans cette affaire, contra John McCrodden, puis il regarda la pièce autour de lui comme s'il la découvrait seulement et hocha la tête d'un air entendu. Les richards comme mon père, comme vous, qui sont le moins dans le besoin, sont prêts à tout pour se faire encore du pognon sur le dos des autres. L'argent, ça vous pourrit dès que vous y prenez trop goût, et vous, monsieur Poirot, en êtes la preuve vivante.

Jamais Poirot n'avait été la cible de critiques aussi injustes et blessantes.

— J'ai passé ma vie à œuvrer pour le bien commun et pour la protection des innocents, rétorqua-t-il. Y compris les personnes accusées à tort, figurez-vous ! Vous faites partie de ce groupe, monsieur, et aujourd'hui j'en fais moi-même partie. Moi aussi, je suis injustement accusé. Je ne vous ai pas écrit de lettre, tout comme vous-même n'avez tué personne. Et je ne connais pas non plus de Barnabas Pandy ! Mais là s'arrête ce qui nous rapproche, car quand vous affirmez que vous êtes innocent, je vous crois et je me fie à votre sincérité. Tandis que…

— Épargnez-moi votre baratin, le coupa encore McCrodden. Je ne crois pas en vos beaux discours, pas plus que je ne crois en la valeur de l'argent ou de la réputation, toutes choses que mon père tient en haute estime. Bon, j'imagine que Rowland Rope attend que vous lui rapportiez comment j'ai réagi à ce plan sordide, alors dites-lui bien que je n'entrerai pas dans son petit jeu. Je n'ai jamais entendu parler de Barnabas Pandy, je n'ai tué personne, je n'ai donc rien à craindre. J'ai assez confiance en la loi de ce pays pour penser qu'on ne me pendra pas pour un crime que je n'ai pas commis.

— Pensez-vous donc que c'est ce que souhaite votre père ?

— Je l'ignore. C'est possible. Je me suis toujours dit que, si père se retrouvait un jour à court de coupables à envoyer au gibet, il s'en prendrait à des innocents par commodité, les prétendant coupables jusqu'à le croire lui-même, devant les tribunaux comme dans sa tête. Il est capable de tout pour étancher sa soif de sang humain.

— C'est là une accusation peu banale, monsieur, et ce n'est pas la première que vous lancez depuis votre arrivée, répliqua Poirot, un peu ébranlé, car avec sa façon de parler brusque et sans détour on aurait dit que McCrodden se contentait d'énoncer des faits indéniables, en toute objectivité.

Le Rowland Rope dont Poirot avait tant entendu parler au fil des ans n'était pas l'homme que décrivait son fils. Certes c'était un défenseur de la peine de mort, un peu trop fervent au goût de Poirot, car certaines questions méritent d'être abordées avec circonspection, mais Poirot se doutait que McCrodden père aurait été aussi horrifié que lui-même à l'idée d'envoyer un innocent au gibet. D'autant plus s'il s'agissait de son propre fils…

— Monsieur, de toute mon existence, je n'ai jamais rencontré de père qui souhaite voir son fils condamné à mort pour un crime qu'il n'a pas commis.

— Mais si, réagit vivement John McCrodden. Malgré vos dénégations, je sais que vous avez dû rencontrer mon père, ou du moins que vous vous êtes entretenu avec lui, et que tous les deux vous avez comploté pour me faire accuser. Eh bien, vous pourrez dire à mon cher père que je ne le hais plus. Maintenant que je vois à quel niveau il peut s'abaisser, j'ai pitié de lui. Il ne vaut pas mieux qu'un assassin. Ni vous, monsieur Poirot, ni d'ailleurs tous ceux qui trouvent normal que les malfaiteurs finissent étranglés au bout d'une corde, comme notre système brutal et inique se plaît à le faire.

— C'est votre opinion, monsieur ?

— Toute ma vie j'ai été une source de gêne et de frustration pour mon père, car j'ai refusé de me plier à ses quatre volontés, y compris de marcher dans ses pas en embrassant sa profession. Il ne me pardonnera jamais de ne pas vouloir lui ressembler.

— Puis-je vous demander quel métier vous exercez ?

— Quel métier ? répéta McCrodden en reniflant avec mépris. Je me contente de gagner de quoi vivre. Rien d'extraordinaire ni de grandiose qui implique de jouer avec la vie des gens. J'ai travaillé dans une mine, dans des fermes, dans des usines. J'ai fabriqué des babioles pour les dames et je leur ai vendues. Je suis doué pour la vente. En ce moment, j'ai un stand sur un marché. De quoi avoir un toit sur ma tête, mais rien d'assez bien aux yeux de mon père. Et Rowland Rope étant ce qu'il est, il n'admettra jamais la défaite. Jamais.

— Qu'entendez-vous par là ?

— J'espérais qu'il avait fini par renoncer à me changer. Mais je constate qu'il n'abandonnera jamais. Il sait qu'un homme accusé de meurtre aura besoin d'être défendu. C'est assez futé de sa part, il faut le reconnaître. Il essaie de me provoquer, et nourrit sans doute des tas d'idées fumeuses en s'imaginant que, comme j'insisterai pour me défendre moi-même de cette accusation de meurtre devant la cour d'assises de Londres, il faudra bien pour ce faire que je m'intéresse au Code civil, non ?

Manifestement, Rowland Rope était pour John McCrodden ce que le dénommé Eustace était pour Sylvia Rule, songea Poirot.

— Vous pouvez lui dire de ma part que son plan a échoué. Je ne deviendrai jamais l'homme que mon père veut que je sois. Et dorénavant, je préférerais qu'il ne cherche plus à communiquer avec moi, que ce soit directement ou en se servant de vous ou d'un autre de ses lèche-bottes comme intermédiaire.

Poirot se leva de sa chaise.

— Attendez ici quelques instants, lui dit-il avant de quitter la pièce, en prenant soin de laisser la porte grande ouverte.

Quand Poirot revint dans le salon, il était accompagné de son valet.

— Vous avez déjà rencontré George, dit-il en souriant à John McCrodden. Vous venez de m'entendre lui expliquer que j'aimerais qu'il se joigne à nous un petit moment. Du moins je l'espère, car j'ai assez élevé la voix pour que vous ne perdiez pas une miette de notre échange.

— Oui, je vous ai entendu, confirma McCrodden d'un ton las.

— Donc vous pouvez être certain que je ne lui ai rien demandé de plus. Par conséquent, ce qu'il s'apprête à vous dire vous convaincra, je l'espère, que je ne suis pas votre ennemi. S'il vous plaît, George, parlez !

N'ayant guère l'habitude de recevoir des ordres aussi vagues, George eut l'air un peu éberlué.

— De quoi, monsieur ?

Poirot se tourna vers McCrodden.

— Vous voyez ? Il ignore ce que j'attends de lui. George, quand je suis rentré de mon déjeuner ce midi, je vous ai parlé d'un incident qui venait juste de m'arriver, n'est-ce pas ?

— En effet, monsieur.

— Veuillez, je vous prie, le rapporter tel que je vous l'ai raconté.

— Très bien, monsieur. Vous avez été accosté par une dame qui s'est présentée comme étant Sylvia Rule. Mme Rule croyait à tort que vous lui aviez écrit une lettre dans laquelle vous l'accusiez de meurtre.

— Merci, George. Dites-moi, quelle était la victime supposée de ce meurtre ?

— Un certain Barnabas Pandy, monsieur.

— Et que vous ai-je dit d'autre ?

— Que vous ne connaissiez personne de ce nom, monsieur. Que si ce monsieur existait, vous ignoriez s'il était en vie, mort, ou s'il avait été tué. Quand vous avez tenté d'expliquer cela à Mme Rule, elle a refusé d'écouter.

Poirot se tourna vers John McCrodden d'un air triomphant.

— Monsieur, votre père souhaiterait-il aussi que Sylvia Rule se retrouve devant la cour d'assises de Londres ? Ou bien allez-vous finir par concéder que vous m'avez méjugé et diffamé de la plus injuste façon ? Il vous intéressera peut-être de savoir que Mme Rule m'a également accusé de conspirer avec l'un de ses ennemis pour causer sa perte, un certain Eustace.

— Je persiste à dire que mon père est derrière tout ça, déclara John McCrodden après une petite pause, quoique avec nettement moins de conviction que précédemment. Rien ne lui plairait davantage que de me lancer en défi une énigme compliquée à résoudre. Comme de chercher pourquoi Mme Rule a reçu la même lettre que moi.

— Quand quelque chose vous préoccupe jusqu'à l'obsession, comme les rapports que vous avez avec votre père, et Sylvia Rule avec son Eustace, cela déforme votre vision du monde, soupira Poirot. Je suppose que vous n'avez pas apporté la lettre ?

— Non. Je l'ai déchirée et j'ai renvoyé les morceaux à mon père avec un mot lui disant ce que je pense de lui. Maintenant, sachez bien que je n'en resterai pas là. Même le grand Hercule Poirot ne peut accuser des innocents de meurtre et s'en tirer comme ça.

Quel soulagement de voir enfin John McCrodden quitter la pièce ! Poirot resta un moment près de la fenêtre, d'où il regarda son visiteur s'éloigner de l'immeuble.

— Vous apporterais-je votre sirop de menthe, monsieur ? demanda George.

— Mon ami, rien ne saurait me faire plus plaisir, répondit-il, puis il retourna s'asseoir dans un état de grande agitation.

Comment espérer que la paix et la justice finissent par triompher en ce monde quand trois personnes qui auraient pu faire cause commune, à savoir Sylvia Rule, John McCrodden et lui-même, ne parvenaient pas à se poser pour entamer ensemble et calmement une discussion qui aurait pu les aider à comprendre de quoi il retournait ? Au lieu de ça, il y avait eu de la colère, un refus presque fanatique d'envisager un point de vue différent du sien, et des injures proférées sans retenue. Pas de la part d'Hercule Poirot, cependant, qui avait su conserver une attitude digne face à d'intolérables provocations.

— Dites-moi, pas d'autre visiteur en perspective ? s'enquit-il quand George lui apporta son sirop.

— Non, monsieur.

— Pas de coup de téléphone réclamant une entrevue ?

— Non, monsieur. Attendez-vous quelqu'un ?

— Oui, la visite d'un inconnu en colère, ou de plusieurs, qui sait ?

— Pardonnez-moi, monsieur, mais j'ai du mal à vous suivre.

À cet instant précis, le téléphone sonna. Poirot hocha la tête et se permit un petit sourire. Faute de mieux, on peut toujours se réjouir d'avoir raison, songea-t-il.

— La voilà, George...

— Qui donc, monsieur ?

— La troisième personne. Sur combien ? Allez savoir...

— Savoir quoi, monsieur ?

— Combien de gens auront reçu une lettre les accusant du meurtre de Barnabas Pandy, signée frauduleusement du nom d'Hercule Poirot !

3

La troisième personne

À 15 heures le lendemain, Poirot reçut à Whitehaven Mansions la visite de Mlle Annabel Treadway. Tout en attendant que George l'introduise dans le salon, il se rendit compte qu'il éprouvait une sorte d'impatience à l'idée de cette rencontre. Des gens d'une autre trempe auraient trouvé fastidieux d'essuyer les accusations répétées d'inconnus s'obstinant tous à ne pas écouter un mot de ce qu'on leur disait ; mais pas Hercule Poirot. Cette troisième fois, je réussirai à faire entendre mon point de vue, décida-t-il. Je persuaderai Mlle Annabel Treadway que je dis la vérité. Peut-être alors pourra-t-on enfin progresser en abordant des questions plus intéressantes.

Pourquoi tant de personnes, même intelligentes, se montrent-elles si illogiques et bornées ? Cette interrogation avait tenu Poirot éveillé une bonne partie de la nuit, et il avait à présent envie de se consacrer plutôt au mystérieux Barnabas Pandy. En supposant évidemment que Barnabas existe. Ce n'était peut-être qu'un être créé de toutes pièces par l'auteur des lettres.

La porte s'ouvrit, et George fit entrer une femme mince

et blonde de taille moyenne, vêtue de couleur sombre. En la voyant, Poirot se retint de s'incliner avec componction en lui adressant ses condoléances, une réaction qui le surprit et l'inquiéta, car il n'avait aucune raison de croire que cette femme fût en deuil. Une lettre vous accusant de meurtre provoque certes de la colère ou de la peur, mais pas de la tristesse. Or, aussi sûrement que John McCrodden avait empli le salon d'une froideur méprisante, Annabel Treadway y apportait du chagrin, songea Poirot avec un serrement de cœur, tant l'affliction de cette femme était palpable.

— Merci George, dit-il. Je vous en prie, asseyez-vous, mademoiselle.

Elle gagna le siège le plus proche et s'assit tout au bord, dans une position inconfortable. Poirot étudia son visage : son trait le plus frappant était la ride profonde creusée entre ses sourcils, qui semblait diviser son front en deux moitiés égales. Il se promit de ne pas y revenir, de crainte qu'elle le remarque. Elle cherchait furtivement à l'observer et détournait les yeux dès qu'elle croisait les siens.

— Merci d'avoir accepté de me recevoir aujourd'hui. Je m'attendais à un refus, déclara-t-elle posément.

— D'où venez-vous, mademoiselle ?

— Oh, d'un coin perdu à la campagne, dont personne n'a entendu parler.

— Pourquoi pensiez-vous que je refuserais de vous recevoir ?

— En général, les gens ne sont guère disposés à accueillir des criminels chez eux. Ce que je suis venue vous dire, monsieur Poirot… eh bien, vous ne me croirez peut-être pas, mais je suis innocente. Jamais je ne serais capable de supprimer un être humain. Jamais ! Si vous saviez…

Elle s'interrompit avec un son étranglé.

— Je vous en prie, continuez, l'invita doucement Poirot. Si je savais ?…

— Je n'ai jamais fait de mal à personne. Au contraire, j'ai même sauvé des vies !

Annabel Treadway avait sorti un mouchoir de sa poche et elle se tamponnait les yeux.

— Pardonnez-moi si j'ai l'air présomptueuse, reprit-elle. Je ne voulais pas me vanter de ma bonté ni de mes bonnes actions, mais il est vrai que j'ai sauvé la vie à quelqu'un. Il y a bien des années.

— Vous avez parlé de plusieurs vies.

— Je voulais juste dire que, si j'en avais l'opportunité, j'en sauverais sans hésiter, même au péril de la mienne, expliqua-t-elle d'une voix qui tremblait un peu.

— Serait-ce parce que vous êtes particulièrement héroïque, ou parce que vous pensez que les gens valent mieux que vous ? demanda Poirot.

— Je… je ne suis pas sûre de comprendre. On doit toujours faire passer autrui avant soi-même, non ? Je ne me prétends pas moins égoïste que d'autres, et je suis loin d'être courageuse. En fait, je suis une vraie poltronne. Si vous saviez le courage qu'il m'a fallu pour venir ici… Ma sœur, Lenore… c'est elle la courageuse. Je suis sûre que vous l'êtes aussi, monsieur Poirot. Vous aussi, vous feriez tout pour sauver des vies, si vous le pouviez, non ?

Poirot fronça les sourcils. C'était une drôle de question. D'ailleurs, depuis le début, cette conversation semblait passablement insolite, même dans ce contexte déjà fort étrange, que Poirot appelait déjà dans son esprit l'étrange cas de Barnabas Pandy.

— J'ai entendu parler de vos talents de détective

et j'ai beaucoup d'admiration pour vous, dit Annabel Treadway. C'est pourquoi votre lettre m'a fait tant de peine. Monsieur Poirot, vous vous trompez lourdement en me soupçonnant de meurtre. Vous dites que vous avez des preuves contre moi, mais je ne vois pas comment ce serait possible. Je n'ai commis aucun crime.

— Et je ne vous ai envoyé aucune lettre, lui dit Poirot. Celle que vous avez reçue n'était pas écrite par moi. Moi aussi, je suis innocent ! C'est un imposteur qui a envoyé ces accusations, chacune signée de mon nom.

— Vous voulez dire… qu'il y en a eu d'autres ?

— Oui, vous êtes la troisième personne en deux jours à venir me dire la même chose : que je vous ai écrit pour vous accuser du meurtre d'un certain Barnabas Pandy. Hier, c'était Mme Sylvia Rule et M. John McCrodden. Aujourd'hui, c'est vous.

Poirot la scruta pour voir si les noms de ses collègues accusés éveillaient quelque chose en elle. Mais il ne constata rien de particulier.

— Alors vous ne pensez pas… Vous ne pensez pas que je suis une meurtrière ? finit-elle par dire au prix d'un gros effort.

— Non, je ne le pense pas. Pour l'instant, je n'ai aucune raison de croire que vous ayez tué quelqu'un. Certes, si vous étiez la seule personne à être venue me parler de cette lettre d'accusation, je pourrais me poser des questions…, commença Poirot, puis il décida de ne pas livrer plus avant ses réflexions et lui sourit. C'est un jeu cruel que nous joue cet individu, quel qu'il soit, mademoiselle. Les noms de Sylvia Rule et de John McCrodden ne vous évoquent donc rien ?

— Non, rien du tout. Je n'en ai jamais entendu parler.

Si c'est un jeu, il n'a rien d'amusant. C'est proprement effroyable. Qui ferait ça ? Moi, je ne compte pas, mais faire subir pareille ignominie à une personne de votre réputation, c'est véritablement choquant, monsieur Poirot.

— Pour moi, vous comptez énormément, mademoiselle. Des trois personnes qui ont reçu cette lettre, vous seule m'avez écouté. Vous seule me croyez quand j'assure que je n'ai pas écrit ni envoyé une telle accusation. Avec vous, je n'ai pas l'impression de devenir fou comme avec les deux autres. Et je vous en suis profondément reconnaissant.

Mais une sourde tristesse flottait toujours dans la pièce. Si seulement je parvenais à amener un sourire sur le visage d'Annabel Treadway, songea Poirot, puis il se reprit, sentant le danger. On pâtit toujours de laisser quelqu'un troubler vos émotions et votre jugement. Et si, malgré son air chagrin, Mlle Treadway avait effectivement tué un certain Barnabas Pandy ? Qui sait ?

— Mme Rule et M. McCrodden n'ont rien voulu entendre. Ils ne m'ont pas cru, poursuivit-il plus sobrement.

— Ils ne sont pas allés jusqu'à vous accuser de mensonge ?

— Hélas, si.

— Vous, Hercule Poirot !

— Parfaitement, figurez-vous. Puis-je vous demander si vous avez apporté la lettre avec vous ?

— Non. Je l'ai détruite aussitôt. Elle me brûlait les doigts. J'avais tellement honte.

— Dommage. J'aurais bien aimé la voir. Eh bien, mademoiselle, poursuivons notre enquête. Qui donc voudrait nous jouer ce sale tour, à vous, à moi, à Mme Rule et à M. McCrodden ? Quatre personnes qui ne connaissent pas ce Barnabas Pandy, en admettant qu'il existe bel et bien…

— Oh ! s'exclama Annabel Treadway en s'étranglant presque.

— Qu'y a-t-il ? Dites. Ne craignez rien.

— Il existe bel et bien, avoua-t-elle d'un air terrifié.

— M. Pandy ?

— Oui. Enfin, il a existé. Il n'est plus de ce monde, comprenez-vous. Mais il n'a pas été assassiné. Il s'est endormi et… Oh, pardonnez-moi, monsieur Poirot, je n'avais nullement l'intention de vous tromper. J'aurais dû tout de suite clarifier la chose…, bégaya-t-elle tandis que ses yeux papillonnaient en tous sens, montrant qu'elle était en proie à une grande confusion.

— Mais non, voyons, vous ne m'avez pas trompé, la rassura-t-il. Mme Rule et M. McCrodden se sont défendus avec véhémence de ne connaître aucun Barnabas Pandy, et moi non plus je n'en connais pas. J'en ai donc déduit qu'il devait en être de même pour vous. À présent, dites-moi tout ce que vous savez sur ce M. Pandy. Ainsi donc, il n'est plus de ce monde ?

— Non. Il est mort en décembre dernier. Il y a trois mois.

— Et d'après vous, il s'est agi d'une mort naturelle ?

— Oui, et je suis bien placée pour le savoir, puisque nous vivions sous le même toit.

— Comment cela ? Vous habitiez ensemble ? s'étonna Poirot, pris au dépourvu.

— Oui, je vivais avec lui depuis l'âge de sept ans, confirma-t-elle. Barnabas Pandy était mon grand-père.

— C'était plus un père pour moi qu'un grand-père, expliqua Annabel Treadway à Poirot, quand il l'eut convaincue qu'il ne lui tenait pas rigueur de son petit mensonge par omission. Mes parents sont morts quand j'avais sept ans, et Grand-Papa, comme je l'appelais, nous a prises chez lui, Lenore et moi. D'ailleurs, Lenore aussi a été comme une mère pour moi. Je ne sais ce que je serais devenue sans elle. Grand-Papa était terriblement âgé. C'est bien triste quand ils nous quittent, mais on dit que c'est dans l'ordre des choses, n'est-ce pas ?

Le contraste entre son ton prosaïque et l'air de tristesse qui émanait d'elle fit penser à Poirot que la mort de son grand-père n'était pas la cause de sa détresse actuelle. Mais alors l'attitude de la jeune femme changea du tout au tout, il y eut comme un éclair dans ses yeux, et elle s'emporta soudain.

— Les gens y attachent si peu d'importance, quand ce sont des vieilles personnes qui meurent. C'est tellement injuste ! Elles ont bien profité de l'existence, disent-ils, comme si cette perte était supportable, alors que la mort d'un enfant est considérée comme la pire des tragédies. Pour moi, toute mort est une tragédie ! Ne trouvez-vous pas cela injuste, monsieur Poirot ?

Le mot tragédie parut vibrer dans l'air. Si Poirot avait dû choisir un terme pour définir l'essence même de la femme qu'il avait devant lui, il aurait choisi celui-là, et ce fut presque un soulagement de l'entendre prononcer à haute voix. Comme il tardait un peu à lui répondre, Annabel Treadway rougit.

— Quand je parle de la moindre importance qu'on accorde à la disparition des vieilles personnes, je ne voudrais surtout pas... j'évoque des gens vraiment très âgés.

Grand-Papa avait quatre-vingt-quatorze ans, ce qui est évidemment beaucoup plus vieux que… je ne voulais pas vous offenser.

Certaines excuses aggravent plutôt qu'elles n'adoucissent la remarque qu'elles cherchent à rattraper, songea Poirot, et ce fut sans grande sincérité qu'il assura à Annabel Treadway qu'il n'était pas vexé le moins du monde.

— Comment avez-vous détruit la lettre ? lui demanda-t-il, mais il la vit alors baisser les yeux. Vous préférez ne pas me le dire ?

— Être accusée de meurtre n'incite guère aux confidences. Car même si ce n'est pas vous, l'auteur de ces lettres existe bel et bien. J'avoue que cela me rend nerveuse…

— Je comprends. Néanmoins, j'aimerais savoir ce que vous en avez fait.

Elle fronça les sourcils, et Poirot sut alors d'où venait ce pli profond qui scindait son front en deux. Voilà au moins ça de résolu, se dit-il, songeant qu'Annabel Treadway devait avoir ce tic depuis des années.

— Vous allez me trouver idiote et superstitieuse, répondit-elle en se tamponnant le nez avec son mouchoir, comme si elle était au bord des larmes. Avec un stylo plume, j'en ai raturé chaque ligne en noir, jusqu'à ce qu'il ne reste plus rien de lisible. Y compris votre nom, monsieur Poirot. Puis je l'ai déchirée et brûlée.

— Trois méthodes de destruction distinctes, constata Poirot en souriant. Je suis impressionné. Mme Rule et M. McCrodden ont été moins radicaux que vous-même, mademoiselle ; il y a une chose encore que j'aimerais vous demander. Vous me donnez l'impression d'être malheureuse, et peut-être même effrayée par quelque chose ?

— Non, je n'ai aucune raison d'avoir peur, s'empressa-t-elle de répondre. Je vous l'ai dit, je suis innocente. Ah, si c'était Lenore ou Ivy qui m'accusaient, je saurais bien comment les en convaincre. Il suffirait que je le jure sur la tête de Hoppy, et elles sauraient que je dis la vérité. Bien entendu, elles savent déjà que je n'ai pas tué Grand-Papa.

— Qui est Hoppy ?

— Hopscotch. Mon adorable chien. Vous l'aimeriez, monsieur Poirot. Il est irrésistible, s'enthousiasma soudain Annabel Treadway, et comme elle souriait pour la première fois depuis son arrivée, la tristesse qui pesait lourdement sur la pièce sembla s'alléger un peu. D'ailleurs, je dois retourner auprès de lui. Vous allez me trouver idiote, mais il me manque terriblement. Et je n'ai pas peur, je vous assure. Si la personne qui a envoyé la lettre n'a pas voulu la signer de son nom, cela prouve que cette accusation est sans fondement, n'est-ce pas ? Il s'agit juste d'une mauvaise plaisanterie, et je suis très contente d'avoir pu vous rencontrer afin d'éclaircir la situation. Bon, à présent, je dois prendre congé.

— Je vous en prie, mademoiselle, restez encore un petit instant. J'aimerais vous poser quelques questions supplémentaires.

— Mais il faut que je rejoigne Hoppy, insista Annabel Treadway, en se levant. Il a besoin de moi… et personne d'autre ne peut s'en occuper. Quand je ne suis pas là, il… je regrette. J'espère que l'auteur de ces lettres ne vous causera plus d'ennuis. Encore merci d'avoir bien voulu me recevoir. Bonne journée, monsieur Poirot.

— Bonne journée, mademoiselle, répondit Poirot, des mots qui restèrent suspendus dans la pièce vide où traînait encore une impression diffuse de désolation.

4

L'exception ?

Le lendemain fut un jour singulier pour Hercule Poirot. Vers 10 heures, aucun inconnu n'avait encore téléphoné. Personne ne s'était montré à Whitehaven Mansions pour l'accuser de l'avoir accusé du meurtre de Barnabas Pandy. Il attendit jusqu'à midi moins le quart, puis s'en fut traverser la ville jusqu'au Pleasant's Coffee House.

Il y avait là une jeune serveuse, Euphemia Spring, que tout le monde appelait Fee. Poirot l'appréciait grandement pour ses réflexions sagaces autant qu'inattendues. Ses cheveux ébouriffés refusaient obstinément de s'aplatir sur la tête, comme si son esprit toujours vif et concentré ne pouvait abriter aucune pensée confuse. Elle faisait le meilleur café de Londres, puis cherchait à décourager les clients d'en boire, en fervente adepte du thé. Le thé est un breuvage noble et bon pour la santé, proclamait-elle, tandis que le café entraîne, entre autres méfaits, tachychardie et insomnie.

Malgré toutes ses mises en garde, Poirot continuait à boire de son excellent café, et il avait remarqué que, sur bien des sujets autres que celui précédemment évoqué, elle était très avisée. L'un de ses domaines de compétences concernait l'inspecteur Edward Catchpool, ami et collaborateur occasionnel de Poirot. C'était d'ailleurs pour s'enquérir de son ami que Poirot était venu aujourd'hui.

Le café était de plus en plus bondé, au point que les vitres embuées ruisselaient d'humidité. Quand Poirot entra, Fee servait un monsieur à l'autre bout de la salle, mais elle lui fit prestement un signe de la main gauche qui lui indiqua avec précision où s'asseoir en attendant qu'elle vienne prendre sa commande.

Une fois assis, Poirot remit comme toujours de l'ordre dans les couverts sur la table devant lui, et s'efforça d'éviter du regard la collection de théières qui s'alignait en haut des murs, sur des étagères. Ce spectacle le révulsait, car elles étaient toutes disposées en dépit du bon sens. Quand on est passionné par les théières au point d'en collectionner autant, comment ne pas prendre soin d'orienter tous les becs dans la même direction… Un jour que, par le plus grand des hasards, les théières étaient mieux disposées, il avait fait remarquer à Fee qu'il en restait juste une qui était mal placée. Depuis ce jour-là, chaque fois qu'il était venu au Pleasant's, l'arrangement était de nouveau complètement chaotique. Il soupçonnait Fee de le faire exprès pour l'énerver. Car Fee Spring détestait les critiques.

Elle surgit près de lui et plaqua sans ménagement une assiette entre ses couteau et fourchette. Dessus il y avait une tranche de gâteau, que Poirot n'avait pas commandée.

— J'ai besoin que vous m'aidiez, dit-elle avant qu'il ait pu lui demander où se trouvait Catchpool, mais il faut d'abord que vous mangiez ça.

Ça, c'était son fameux gâteau vitrail, ainsi nommé car chaque tranche comprenait quatre carrés jaunes et roses alternés, censés ressembler au vitrail d'une église, ce que Poirot trouvait un peu tiré par les cheveux.

— J'ai téléphoné à Scotland Yard ce matin, dit-il à Fee. D'après son service, Catchpool serait en vacances au bord de la mer, avec sa mère. Ce qui me semble fort improbable.

— Mangez, dit Fee.

— Oui, mais…

— Vous voulez savoir où se trouve Edward. Pourquoi ? Il s'est passé quelque chose ?

Depuis quelques mois, Fee s'était mise à parler de Catchpool en l'appelant par son prénom, ce qu'elle ne faisait jamais en sa présence.

— Savez-vous où il est ?

— Possible, répondit Fee avec un petit sourire en coin. Je vous dirai tout ce que je sais quand vous m'aurez aidée. Maintenant, mangez.

Poirot soupira.

— En quoi pourrais-je vous aider en mangeant une tranche de votre gâteau ?

Fee s'assit à côté de lui et posa les deux coudes sur la table.

— Ce n'est pas mon gâteau, murmura-t-elle en reniflant avec mépris. Ça y ressemble, ça a le même goût, mais ce n'est pas moi qui l'ai fait. Voilà le hic.

— Je ne comprends pas.

— Avez-vous déjà été servi par une fille nommée Philippa ? Une grande bringue maigre comme un clou, avec des dents de cheval ?

— Non. Ça ne me dit rien.

— Elle n'est pas restée bien longtemps. Je l'ai surprise à chaparder de la nourriture, et on a eu des mots.

Remarquez, ça ne lui aurait pas fait de mal de se remplumer un peu, mais elle aurait dû demander, au lieu d'en chiper en douce. Je lui aurais dit qu'elle pouvait emporter les restes. Bon, comme tous les voleurs, elle n'a pas apprécié que je la traite de voleuse, et donc elle n'est jamais revenue. Eh bien, figurez-vous qu'elle travaille maintenant chez Kemble's, le nouveau café du quartier des cavistes et des marchands de vin, sur Oxford Street. Ils peuvent bien se la garder. Mais voilà que des clients m'ont rapporté qu'elle leur sert mon gâteau. J'ai pas voulu y croire. Comment pouvait-elle connaître la recette ? Elle me vient de mon arrière-grand-mère, et on se la transmet de mère en fille à chaque génération. Je me couperais la langue plutôt que de la donner à une personne qui ne serait pas de la famille, encore moins à elle. Et je ne l'ai jamais écrite. Non, Philippa a forcément dû m'observer en douce, quand on était dans ce réduit minuscule qui nous sert de cuisine, conclut Fee en pointant un doigt accusateur sur la pièce en question. Quelle petite sournoise ! Bref, j'ai dû y aller pour voir, hein ? Eh ben, ils avaient raison, figurez-vous ! Ceux qui m'ont dit qu'elle vendait mon gâteau. Ils avaient raison ! lança-t-elle, les yeux brillant d'indignation.

— Qu'attendez-vous de moi, mademoiselle ?

— Il me semble que j'ai été assez claire, non ? Je veux que vous en mangiez et que vous me disiez si je me trompe ou pas. C'est le sien, pas le mien. J'en ai fourré une tranche dans la poche de mon manteau ni vu ni connu, et elle ne s'est même pas rendu compte que j'étais venue dans son café. J'y suis allée déguisée, figurez-vous !

Poirot n'était guère tenté de manger une tranche de gâteau que quelqu'un avait fourrée dans sa poche.

— Cela fait des mois que je n'ai pas mangé de votre

gâteau vitrail, dit-il à Fee. Je ne m'en souviens pas assez bien pour être bon juge. D'ailleurs, le goût est un sens qui ne fonctionne pas avec la mémoire. On n'en garde pas le souvenir.

— Vous croyez peut-être m'apprendre quelque chose ? riposta Fee avec impatience. Je vous donnerai une tranche du mien dès que vous aurez mangé celui-là. Je vais même vous l'apporter tout de suite, dit-elle en se levant. Vous mangerez un morceau de chaque. Plusieurs fois de suite. Et vous me donnerez votre avis.

— Si je vous obéis, me direz-vous où se trouve Catchpool ?

— Non.

— Non ?

— J'ai dit que je vous le dirais quand vous m'aurez aidée.

— Eh bien, j'ai accepté d'en goûter…

— Goûter ne suffit pas. L'aide viendra après.

Hercule Poirot acceptait très rarement de se plier à la volonté d'autrui, mais résister à Fee, c'était peine perdue. Il attendit qu'elle revienne avec une autre tranche de gâteau vitrail qui semblait identique à la première, puis, docilement, goûta des deux. Pour être sûr, il s'y reprit à trois fois.

Fee le scrutait attentivement. Enfin, incapable de se retenir plus longtemps, elle lui lança d'un ton exigeant :

— Alors ? Est-ce que ça a le même goût, oui ou non ?

— Je ne sens aucune différence, lui répondit Poirot. Pas la moindre. Mais je crains fort qu'aucun article de loi n'interdise à une personne de faire le même gâteau qu'une autre après l'avoir observée…

— Oh, mais je ne compte pas la traîner devant les

tribunaux. Tout ce que je veux, c'est savoir si elle pense qu'elle m'a volé cette recette ou pas.

— Je vois, dit Poirot. Dans le tort qu'on vous a fait, ce n'est pas l'aspect légal qui vous intéresse, mais l'aspect moral.

— Ce que je veux, c'est que vous alliez dans son café, que vous commandiez son gâteau et que vous l'interrogiez là-dessus. Demandez-lui d'où elle tient cette recette.

— Et si elle dit que c'est celle de Fee Spring du Pleasant's ?

— Alors j'irai moi-même la trouver pour lui river son clou : je lui dirai que personne ne doit utiliser la recette de la famille Spring.

— Et que ferez-vous si elle demeure fuyante dans sa réponse ? demanda Poirot. Ou encore, si elle affirme sans vergogne qu'elle a eu cette recette ailleurs ?

Fee sourit en plissant les yeux.

— Oh, je le lui ferai vite regretter, dit-elle, puis elle s'empressa d'ajouter : Rien qui vous ferait regretter à vous de m'avoir aidée, vous en faites pas.

— Je suis ravi de l'apprendre, mademoiselle. Mais permettez-moi de vous donner un conseil : la vengeance est rarement une bonne idée.

— Et se tourner les pouces quand quelqu'un vous a piqué ce qui vous appartient, c'est peut-être une bonne idée ? répliqua Fee. Ce que je vous demande, c'est votre aide, pas un conseil.

— D'accord. Maintenant, me direz-vous où est Catchpool ?

— Au bord de la mer avec sa maman, comme on vous l'a dit à Scotland Yard, répondit Fee avec un petit sourire.

— Je constate que j'ai été joué, dit Poirot en prenant un air sévère.

— Mais non ! Puisque vous vouliez pas y croire ! Maintenant que je vous le confirme, vous êtes fixé. Il est à Great Yarmouth, tout à l'est.

— Décidément, j'ai du mal à y croire.

— Il ne voulait pas y aller, mais sa mère a tellement insisté qu'il a dû s'y résoudre. Elle lui aurait trouvé une autre épouse idéale.

— Ah ! s'exclama Poirot, qui connaissait bien l'ambition qu'avait madame mère Catchpool de caser son fils en le mariant à une jolie jeune femme.

— Celle-ci a pas mal d'atouts dans sa manche, à ce qu'il paraît. D'après Edward, c'est une beauté, et elle est d'une famille respectable. Gentille, cultivée… Il a eu plus de mal que d'habitude à refuser.

— Refuser ? La jolie jeune femme l'aurait-elle demandé en mariage ?

— Mais non…, rétorqua Fee en riant. Je parle de sa mère. Quand il lui a déclaré qu'il n'était pas intéressé, la pauvre vieille a accusé le coup. Elle a dû se dire que, si ça ne marchait même pas avec celle-là, c'était sans espoir. Alors Edward s'est cru obligé de lui remonter le moral ; et comme elle adore Great Yarmouth, les voilà partis là-bas.

— On est en février, persifla Poirot. Aller dans une station balnéaire anglaise au mois de février, c'est vraiment du masochisme, non ?

Pauvre Edward, il fallait lui tendre une perche pour le tirer de là, songea Poirot. Oui, Catchpool devait immédiatement rentrer à Londres pour discuter avec lui de l'étrange cas de Barnabas Pandy.

Mais alors une voix hésitante l'interpella, interrompant le fil de ses pensées.

— Excusez-moi, monsieur Poirot ? Monsieur Hercule Poirot ?

Se retournant, il découvrit un homme à l'air avenant, vêtu avec élégance.

— Oui, c'est bien moi, confirma-t-il.

L'inconnu lui tendit la main en lui adressant un sourire radieux, comme s'il était au comble de la joie. Il était presque chauve, alors que Poirot lui donnait moins de cinquante ans.

— Je suis tellement ravi de rencontrer un homme de votre réputation. C'est très intimidant. Je m'appelle Dockerill... Hugo Dockerill.

Fee considéra le nouvel arrivant d'un œil méfiant.

— Bon, ben je vous laisse, dit-elle. N'oubliez pas que vous m'avez promis de m'aider, rappela-t-elle avant de s'éloigner.

Poirot l'ayant rassurée, il invita Dockerill à s'asseoir.

— Je suis vraiment confus de vous aborder de manière aussi cavalière, dit Dockerill d'un ton jovial qui ne contenait pas une once de regret. Votre valet m'a dit que je pourrais vous trouver en ces lieux. Il m'a encouragé à prendre rendez-vous pour plus tard dans l'après-midi, mais j'avais tellement hâte de dissiper ce terrible malentendu. Aussi lui ai-je dit que je préférais vous contacter au plus tôt, et quand je lui ai expliqué de quoi il retournait il a jugé que vous-même préféreriez me voir le plus vite possible, et me voilà ! conclut-il en éclatant de rire, comme s'il venait de raconter une anecdote désopilante.

— Un malentendu, dites-vous ?

S'agirait-il d'une quatrième lettre d'accusation ? se dit Poirot. Mais non, c'était improbable, à voir la mine réjouie de l'intéressé. Même un gai luron ne garderait pas le sourire dans de telles circonstances.

— Oui. J'ai reçu votre lettre il y a deux jours et… Surtout, sachez bien que je ne vous reproche rien. Jamais je n'oserais formuler de critique contre vous, moi qui admire tellement la maîtrise avec laquelle vous avez résolu tant d'affaires… Non, la faute m'en revient sûrement. J'ai dû faire malgré moi quelque chose qui vous aura induit en erreur, et je m'en excuse. Il m'arrive d'être un peu brouillon. Si vous connaissiez Jane, mon épouse, elle vous le dirait. Je comptais aller vous trouver aussitôt après avoir reçu votre lettre, mais figurez-vous que je l'ai égarée…

— Monsieur, de quelle lettre parlez-vous ?

— Eh bien, celle où il est question du vieux Barnabas Pandy, dit Hugo Dockerill, retrouvant le sourire après avoir prononcé le nom fatidique. Jamais je n'oserais en temps normal suggérer que vous ayez pu faire erreur, mais en l'occurrence… ce n'était pas moi. Alors je me suis dit… Eh bien, si vous pouviez m'expliquer ce qui vous a amené à cette conclusion, peut-être qu'à nous deux nous pourrions dissiper ce malentendu.

— Vous dites que ce n'était pas vous, monsieur. Qu'entendez-vous par là ?

— Ce n'est pas moi qui ai assassiné Barnabas Pandy, répondit Hugo Dockerill.

Après s'être déclaré innocent, Hugo Dockerill prit la fourchette du couvert non utilisé placé en face de Poirot et piqua un morceau du gâteau vitrail de Fee Spring… ou était-ce celui de Philippa ? Poirot n'aurait su trancher.

— Vous permettez ? Ce serait dommage de gâcher ça. N'allez pas le dire à ma femme, hein ! Elle m'accuse toujours de me conduire comme un cochon, à table. Mais quand on a un solide appétit, pourquoi y aller par quatre chemins, hein ?

Sidéré que quelqu'un puisse trouver tentant de finir une tranche de gâteau déjà entamée, Poirot ne fit pas de commentaire, mais se permit de méditer brièvement sur les ressemblances et les différences. Deux femmes et deux hommes étaient venus communiquer la même information : ils avaient reçu une lettre signée d'Hercule Poirot les accusant du meurtre de Barnabas Pandy. Ce n'était pas ce qui était commun à ces quatre rencontres qui intriguait Poirot et lui donnait à réfléchir, mais ce qui les différenciait. Pour voir clairement comment le caractère d'une personne diffère de celui d'une autre, la méthode la plus efficace est de les placer toutes deux dans des situations identiques. Il en était à présent fermement convaincu.

Sylvia Rule était égoïste, susceptible, orgueilleuse. Comme John McCrodden, elle était obsédée par quelqu'un en particulier. Tous deux croyaient que Poirot avait servi le projet malfaisant de cette personne en écrivant les lettres, qu'il s'agisse de Rowland «Rope» McCrodden ou du mystérieux Eustace. La colère de John McCrodden était aussi vive que celle de Sylvia Rule, mais différente ; moins explosive, plus tenace. Il ne pardonnerait pas, alors qu'elle le pourrait, si un nouveau coup de théâtre se produisait.

Des quatre, Annabel Treadway était la plus difficile à cerner. Elle n'avait pas du tout exprimé de colère, mais elle cachait quelque chose. Et il émanait d'elle une sorte de détresse.

Hugo Dockerill était le premier et seul destinataire à garder le sourire face à l'épreuve, et le seul à sembler convaincu que tous les problèmes du monde pouvaient se résoudre, si seulement les gens de bonne volonté s'asseyaient autour d'une table pour en discuter ensemble. Si le fait d'être accusé de meurtre lui était pénible, il n'en laissait rien paraître et s'efforçait de faire bonne figure en marmonnant entre deux bouchées de gâteau combien il regrettait d'avoir pu donner l'impression qu'il pouvait être un assassin.

Lassé de ses excuses répétées, Poirot l'interrompit.

— Vous avez parlé du vieux Barnabas Pandy, il y a un instant.

— Oui, il allait sur ses cent ans quand il est mort.

— Donc vous connaissiez M. Pandy ?

— Je ne l'avais jamais rencontré, mais je le connaissais par l'intermédiaire de Timothy.

— Qui est Timothy ? Mais laissez-moi d'abord vous dire, monsieur, que la lettre que vous avez reçue n'est pas de moi. Je n'avais jamais entendu parler de Barnabas Pandy jusqu'à ce que trois personnes me rendent visite, qui ont chacune reçu la même lettre. Et vous êtes la quatrième. Ces lettres étaient signées par un imposteur ! Je n'ai accusé personne du meurtre de M. Pandy... qui, je crois, est mort de mort naturelle.

— Mince alors ! s'exclama Hugo Dockerill qui perdit un peu de sa jovialité et eut l'air troublé. Quel micmac ! Alors ce serait une mauvaise blague ?

— Qui est Timothy ? insista Poirot.

— Timothy Lavington est l'arrière-petit-fils du vieux Pandy. Je suis son maître d'internat à Turville. Pandy aussi y fut élève, de même que le père de Timothy. Tous deux sont d'anciens turvilliens, comme moi. La seule différence, c'est que je n'en suis jamais parti ! s'exclama Dockerill en riant.

— Je vois. Donc vous êtes lié à la famille de Timothy Lavington ?

— Oui. Mais comme je vous l'ai dit, je n'ai jamais rencontré le vieux Pandy.

— À quand remonte le décès de Barnabas Pandy ?

— Je ne saurais vous dire la date exacte. C'était à la fin de l'an dernier, je crois ; en novembre ou décembre.

Voilà qui correspondait à ce qu'Annabel Treadway avait déclaré.

— En tant que maître d'internat, vous avez été informé du décès de l'arrière-grand-père d'un de vos élèves, j'imagine ?

— Oui. Ça nous a un peu filé le bourdon. Mais bon, il avait fait son temps ! Tout le monde n'a pas la chance d'atteindre un âge aussi avancé. Et quand on doit passer l'arme à gauche, je suppose qu'il y a pire comme façon de mourir que la noyade.

— La noyade ?

— Oui. Le pauvre vieux Pandy s'est endormi dans sa baignoire et il est mort noyé. Un accident déplorable. On n'a jamais suspecté autre chose.

D'après Annabel Treadway, son grand-père était mort dans son sommeil, et Poirot avait supposé que c'était durant la nuit. Elle n'avait pas parlé de bain ni de noyade. Avait-elle délibérément caché cette partie de l'histoire ?

— C'est donc ce que vous avez cru jusqu'à réception de la lettre : que M. Pandy était mort accidentellement dans son bain ?

— Comme tout le monde, confirma Hugo Dockerill. Il y a eu enquête et on a conclu à une mort accidentelle. Je me rappelle avoir entendu Jane, mon épouse, réconforter le jeune Timothy de la perte de son aïeul. L'enquête aurait donc fait fausse route ?

— Avez-vous la lettre sur vous ?

— Non, désolé. Comme je vous l'ai dit, je l'ai égarée, par deux fois ; je l'ai retrouvée la première fois, c'est ainsi que j'ai eu votre adresse, et puis elle a disparu de nouveau. Je l'ai cherchée partout avant de partir pour Londres, sans résultat. Pourvu qu'aucun de nos petits diables n'ait mis la main dessus ! Vous imaginez un peu si tout le monde là-bas me prenait pour un meurtrier ? Alors qu'il apparaît maintenant que cette lettre est un faux !

— Vous avez donc des enfants ?

— Non, pas encore. On a bon espoir. Ah !... Je comprends. C'est en tant que maître d'internat que je parle de nos garçons. De sacrés numéros, je vous le dis. Et on en a soixante-quinze ! Je dis toujours à ma femme qu'elle est une sainte de les supporter. Et vous savez ce qu'elle me répond ? Qu'eux, ce n'est rien, et que si elle est une sainte, c'est de me supporter moi, conclut-il en s'esclaffant, comme on pouvait s'y attendre.

— Peut-être pourriez-vous demander à votre épouse de vous aider à fouiller la maison ? dit Poirot. Jusqu'à présent, aucun des destinataires ne m'a apporté sa lettre. Il me serait très utile de pouvoir enfin en examiner une.

— Bien sûr. J'aurais dû y penser. Jane la retrouvera, ça ne fait aucun doute. Elle a un don pour retrouver les choses, même si elle ne veut pas le reconnaître. Hugo, si seulement tu ouvrais un peu les yeux et faisais marcher ta cervelle, je n'aurais pas besoin de chercher à ta place, me dit-elle souvent. C'est une femme formidable !

— Connaissez-vous une certaine Annabel Treadway, monsieur ?

— Annabel ? Bien sûr ! répondit Hugo en rayonnant. C'est la tante de Timothy et... attendez que je réfléchisse. Lenore, la mère de Timothy, est la petite-fille de Pandy, donc… Annabel étant sa sœur, elle est aussi la petite-fille de Pandy.

Ce gars est l'une des personnes les plus stupides que j'aie jamais rencontrées, songea Poirot sans aménité.

— Quand elle vient à Turville, Lenore est généralement accompagnée par Annabel et sa fille Ivy, la sœur de Timothy. Avec le temps, j'en suis venu à connaître assez bien Annabel. Pour tout vous dire, monsieur Poirot, j'ai demandé Annabel en mariage, il y a quelques années. J'étais fou amoureux d'elle. Oh… je n'étais pas encore marié à cette époque, précisa Dockerill.

— Me voilà rassuré, monsieur. Vous n'êtes donc pas bigame, ironisa Poirot.

— Oui… donc, j'étais célibataire. Encore aujourd'hui, cela reste un mystère pour moi. Quand je lui ai fait ma demande, Annabel a semblé ravie, et puis, presque aussitôt, elle a éclaté en sanglots et a refusé. Souvent femme varie, comme chacun sait. Sauf Jane, bien entendu. Elle est solide comme un roc, et on peut vraiment compter sur elle. Pour en revenir à Annabel, c'était étrange. Elle semblait si bouleversée d'avoir dû refuser mon offre que je lui ai suggéré de dire oui, si cela pouvait lui rendre le sourire.

— Et comment a-t-elle réagi ?

— Par un non ferme et définitif. Remarquez, ce fut un mal pour un bien. Jane est si merveilleuse avec nos garçons. En refusant de m'épouser, Annabel m'avait assuré qu'elle aurait été incapable de s'en occuper. J'ignore pourquoi elle pensait ça, elle qui est si dévouée envers Timothy et Ivy. Pour eux, c'est comme une deuxième mère. Je me suis demandé plus d'une fois si elle redoutait en secret d'avoir des enfants, de peur que son lien avec sa nièce et son neveu s'en trouve affaibli. Ou peut-être est-ce le nombre des pensionnaires qui l'aura découragée. C'est vrai que ce sont de vraies bêtes sauvages parfois, et Annabel est quelqu'un de calme. Pourtant elle adore le jeune Timothy, qui est plutôt turbulent. On peut dire qu'il nous donne du fil à retordre.

— Comment ça ?

— Oh, rien de grave. Je suis sûr qu'il s'améliorera, avec le temps. Comme beaucoup de ses camarades, il a l'air tout content de lui quand il n'y a vraiment pas lieu de se féliciter. Et il lui arrive de se conduire comme si le règlement de l'école ne s'appliquait pas à lui. Comme s'il était au-dessus de ça. Jane met cela sur le compte de… Mais basta ! s'interrompit Hugo Dockerill en riant. Restons discrets.

— Rien de ce que vous me direz ne sortira d'ici, l'assura Poirot.

— J'allais juste dire que, pour sa mère, Timothy n'est jamais coupable de rien. Un jour qu'il me fallait le punir pour insubordination, sur l'insistance de Jane, et croyez-moi, j'avais de bonnes raisons pour ça… eh bien, c'est moi qui ai été puni par sa mère. Lenore Lavington ne m'a plus adressé la parole pendant six mois. Pas un mot !

— Connaissez-vous un certain John McCrodden ?

— Non, ça ne me dit rien. Le devrais-je ?

— Et une certaine Sylvia Rule ?

— Oui, je connais Sylvia, confirma Hugo, tout content de pouvoir répondre positivement.

Très déconcertant, vraiment, songea Poirot. Ainsi, je me suis encore trompé. Il avait supposé que les quatre protagonistes allaient par paire, comme les carrés jaunes et roses d'une tranche de gâteau vitrail : d'un côté, Sylvia Rule et

John McCrodden, qui n'avaient jamais entendu parler de Barnabas Pandy; et de l'autre, les deux personnes qui le connaissaient, en tout cas de nom: Annabel Treadway et Hugo Dockerill.

Poirot avait supposé que ces paires resteraient nettement séparées. Et voilà que tout se mélangeait: Hugo Dockerill connaissait Sylvia Rule.

— D'où la connaissez-vous? s'enquit-il.

— Son fils Freddie est élève à Turville. Il est dans la même classe que Timothy Lavington.

— Et quel âge ont-ils, ces garçons?

— Dans les douze ans. Tous deux sont en cinquième. Ce sont des garnements très différents. Le jour et la nuit! Timothy est toujours entouré d'une bande de copains béats d'admiration. Quant au pauvre Freddie, c'est un solitaire. Apparemment, il n'a pas d'amis. Il passe beaucoup de temps à aider Jane, en fait. Tant que je serai là, pas question qu'un de nos garçons reste dans son coin, me dit-elle. Du Jane tout craché!

Sylvia Rule aurait-elle menti en assurant qu'elle ne connaissait pas de Pandy? se demanda Poirot. Mais connaît-on forcément le nom de l'arrière-grand-père d'un camarade de classe de son fils? Surtout quand les noms de famille diffèrent. Car celui de Timothy était Lavington, non Pandy.

— Donc Mme Rule a un fils qui est dans le même établissement que l'arrière-petit-fils de Barnabas Pandy, marmonna Poirot.

— Ah bon?... Mais oui, bien sûr! s'exclama après réflexion Hugo Dockerill, qui avait décidément du mal avec les liens de parenté.

Ainsi donc, ce n'était pas aussi simple que Poirot l'avait

cru. Les protagonistes n'allaient pas par paire ; trois destinataires de la lettre pouvaient être reliés à Barnabas Pandy, mais pas le quatrième, du moins pas pour l'instant.

Deux questions se posaient : Barnabas Pandy avait-il vraiment été assassiné ? Et John McCrodden faisait-il exception ? Ou était-il relié d'une manière ou d'une autre au défunt Pandy, par un lien non encore établi ?

5

La lettre défectueuse

Je rédige le récit de ce que Poirot décida d'appeler plus tard « Crime en toutes lettres » sur une machine à écrire dont la lettre *e* est défectueuse. J'ignore si on le publiera un jour, mais si vous en lisez une version imprimée tous les *e* seront sans défaut. Néanmoins, ce détail anodin est plus significatif qu'il n'y paraît : dans le texte dactylographié d'origine, il y a un petit vide au milieu de la barre horizontale de chaque *e*, un minuscule blanc dans l'encre noire.

Quelle importance, me direz-vous ? Répondre dès à présent à cette question serait aller trop vite en besogne. Laissez-moi d'abord vous en expliquer la raison.

Je m'appelle Edward Catchpool et je suis inspecteur à Scotland Yard. Je suis aussi le narrateur de cette histoire, non seulement à partir de maintenant, mais depuis le début, même si plusieurs personnes m'ont aidé à combler les lacunes portant sur les moments de l'intrigue où j'étais absent. Je suis particulièrement reconnaissant à l'œil perçant d'Hercule Poirot auquel rien n'échappe, et à sa loquacité, qui a su m'en restituer tous les détails. Grâce à lui, j'ai presque l'impression d'avoir vécu les événements que j'ai rapportés jusque-là, advenus avant mon retour de Great Yarmouth.

Moins j'en dirai sur mon séjour balnéaire, qui fut d'un ennui mortel, mieux cela vaudra. Le seul point digne d'intérêt, c'est que l'on me fit rentrer à Londres plus tôt que prévu (à mon grand soulagement), par l'entremise de deux télégrammes. L'un d'Hercule Poirot, réclamant mon aide de toute urgence et mon retour immédiat. L'autre, impératif, de Nathaniel Bewes, mon supérieur à Scotland Yard. Ce deuxième télégramme, bien que n'étant pas de Poirot, le concernait. Apparemment il « leur empoisonnait la vie », et Bewes voulait que j'intervienne.

Je fus touché par la confiance, bien infondée, que Bewes mettait dans ma capacité à influer sur le comportement de mon ami belge, et donc, une fois dans le bureau de mon chef, je m'assis tranquillement et hochai la tête d'un air compatissant à mesure qu'il me confiait les raisons de son désarroi. Le nœud du problème semblait assez clair. Poirot croyait le fils de Rowland « Rope » McCrodden coupable de meurtre, et il l'avait déclaré en prétendant être capable de le prouver, au grand déplaisir de mon chef, car Rowland Rope était un bon copain à lui.

Au lieu de prêter attention à la mine tour à tour rageuse et dégoûtée de mon supérieur, je préparai ma réponse dans ma tête. Devais-je dire « inutile que je cherche à dissuader Poirot, car s'il est certain de ce qu'il avance il ne voudra pas m'écouter »? Non, ce serait trop brutal et défaitiste. Et puisque Poirot voulait me consulter d'urgence, sans doute à propos de la même affaire, je décidai de promettre à mon chef que je ferais de mon mieux pour lui rendre la raison. Puis j'entendrais de la bouche de Poirot pourquoi il croyait le fils de Rowland Rope coupable de meurtre, alors qu'apparemment personne d'autre ne partageait cet avis, et je rapporterais ensuite notre entretien à Bewes. Tout cela semblait faisable. Je ne voyais pas la nécessité de mettre de l'huile sur le feu en soulignant que « il est le fils de mon ami » n'est en soi ni un argument décisif ni une preuve d'innocence.

Le superintendant Nathaniel Bewes est d'ordinaire d'humeur égale et d'esprit impartial, sauf quand il est sous le coup d'une grande contrariété. Dans ces rares moments, il ne se rend pas compte que la détresse émotionnelle où il se trouve a pu fausser son point de vue. Parce que son jugement est d'habitude sensé, il se repose dessus, et se montre alors capable de déclarations qu'il serait le premier à qualifier d'absurdes en d'autres circonstances. Ensuite, une fois qu'il a retrouvé sa présence d'esprit, il n'évoque plus jamais ces épisodes et, à ma connaissance, personne ne les lui rappelle. Pas moi, en tout cas. Étrangement, je ne suis pas convaincu que mon chef soit conscient de l'existence de ce double à l'esprit dérangé qui le supplante parfois.

Et donc, avisé comme j'étais de ce curieux dédoublement de personnalité, j'écoutai docilement et sans le contredire ce Bewes furieux, qui arpentait son petit bureau de long en large en remontant par à-coups des lunettes glissant fâcheusement sur l'arête de son nez, au rythme de ses pas.

— Le fils de Rowly, un meurtrier ? Grotesque ! Catchpool, si vous aviez pour père Rowland McCrodden, iriez-vous vous amuser à tuer quelqu'un ? Bien sûr que non ! De plus, la mort de Barnabas Pandy était accidentelle, j'ai vérifié personnellement l'avis officiel de son décès et c'est écrit noir sur blanc : accident ! Il s'est noyé dans son bain. Il avait quatre-vingt-quatorze ans. Je vous demande un peu ! Que lui restait-il comme espérance de vie ? Iriez-vous risquer de finir la corde au cou en tuant un vieillard de cet âge-là, Catchpool ? Cela défie l'entendement.

— Eh bien…

— J'ignore ce que votre copain belge peut avoir en tête, mais vous feriez mieux de lui faire comprendre sans ambiguïté qu'il devrait écrire sur-le-champ à Rowly McCrodden pour lui présenter ses plus plates excuses.

Manifestement, Bewes avait oublié que lui aussi entretenait d'habitude des relations amicales avec Poirot.

Les raisons ne manquaient pas pour expliquer le meurtre d'un nonagénaire : s'il avait menacé de dévoiler au grand jour un secret honteux, par exemple. Et Bewes, le vrai Bewes, pas cet alter ego à l'esprit perturbé, savait aussi bien que moi que certains meurtres sont à l'origine déclarés comme des accidents. En outre, le fait d'être le fils d'un homme réputé pour envoyer les malfaiteurs à la potence et de grandir sous sa férule pouvait très bien pervertir le psychisme de quelqu'un jusqu'à en faire un assassin.

Mais je savais qu'il ne servirait à rien de le faire remarquer à mon chef aujourd'hui, même si dans une autre disposition d'esprit lui aussi serait arrivé à ces déductions. Je décidai donc de ne prendre qu'un risque mineur.

— N'avez-vous pas dit que Poirot a envoyé sa lettre d'accusation non à Rowland Rope, mais à son fils ?

— Et alors ? Ça ne change rien à l'affaire ! gronda Bewes.

— Quel âge a John McCrodden ?

— De quoi diable parlez-vous ? Qu'est-ce que son âge vient faire là-dedans ?

— Est-ce un adulte ou un jeune garçon ? persévérai-je patiemment.

— Avez-vous donc perdu l'esprit, Catchpool ? John McCrodden est un homme fait.

— Dans ce cas, ne vaudrait-il pas mieux que je demande à Poirot de lui faire des excuses à lui plutôt qu'à son père ? En supposant qu'il se trompe et que John McCrodden soit innocent. Je veux dire, si John n'est plus mineur…

— Il a bien travaillé comme mineur quelque part dans le nord-est du pays, mais plus maintenant.

— Ah…, fis-je simplement, renonçant à discuter avec mon chef tant qu'il serait dans cet état.

— Vous êtes complètement à côté de la plaque, Catchpool. C'est au pauvre Rowly qu'il nous faut penser. John rejette toute la faute sur lui. Poirot doit écrire à Rowly sur l'heure en se faisant tout petit, vous m'entendez ? C'est une accusation monstrueuse, une ignoble calomnie ! Veuillez vous en assurer, Catchpool.

— Je ferai de mon mieux, monsieur.

— Bien.

— Pourriez-vous m'en dire un peu plus sur les détails de cette affaire, monsieur ? Je suppose que Rowland Rope n'a pas mentionné pourquoi cette idée saugrenue était venue à Poirot…

— Comment diable le saurais-je, Catchpool ? Le petit Belge a dû perdre la boule, je ne vois que ça. Lisez donc la lettre vous-même, si cela vous tente !

— Vous l'avez ?

— John l'a déchirée en morceaux qu'il a ensuite envoyés à Rowly avec un mot accusateur de sa main. Rowly a recollé les morceaux et il m'a passé la lettre ainsi reconstituée. J'ignore pourquoi John pense que Rowly est derrière tout ça. Rowly est un gars droit, franc du collier. Son fils est bien placé pour le savoir, non ? Si Rowly avait eu quelque chose à lui dire, il l'aurait fait directement.

— J'aimerais voir la lettre si possible, monsieur.

Bewes gagna son bureau, ouvrit l'un des tiroirs et fit la grimace en en sortant l'objet du délit, qu'il me tendit.

— Quel ramassis d'absurdités ! dit-il, au cas où je douterais encore de son opinion à ce sujet. Comment peut-on être aussi malveillant ?

Poirot n'est pas quelqu'un de malveillant, faillis-je protester, mais je m'abstins et lus la lettre. Elle était brève : un seul paragraphe. Pourtant, au vu du message qu'elle voulait communiquer, la moitié aurait suffi. D'une façon brouillonne et maladroite, son auteur accusait John McCrodden du meurtre de Barnabas Pandy et prétendait en avoir la preuve. Si McCrodden n'avouait pas immédiatement son crime, cette preuve serait transmise à la police.

Je vérifiai la signature au bas de la lettre. Hercule Poirot, écrit d'une main plutôt molle et relâchée.

Si seulement je m'étais souvenu de la signature de mon ami, mais j'avais beau l'avoir vue quelquefois, impossible de me la rappeler avec précision. Peut-être l'auteur de la lettre l'avait-il méticuleusement imitée. Mais là où il avait échoué, c'était dans le style lui-même, qui ne ressemblait pas du tout à celui de Poirot et de sa correspondance.

Si vraiment mon ami avait cru que John McCrodden avait tué Barnabas Pandy en réussissant à faire passer son crime pour un accident, il se serait rendu chez ce John McCrodden accompagné de la police. Il n'aurait pas envoyé cette lettre en laissant à McCrodden le loisir de s'échapper ou de se supprimer avant de l'avoir regardé droit dans les yeux en lui expliquant les erreurs répétées qu'il avait commises et comment lui l'avait démasqué. Et le ton de la lettre, malsain, insidieux... Non, c'était tout bonnement impossible. Aucun doute ne subsistait dans mon esprit.

Sans bien savoir quels effets aurait cette révélation sur l'humeur de mon chef, je me sentis tenu de le mettre au courant sans tarder.

— Monsieur, la situation ne semble pas être exactement celle que vous... que je... En fait, je ne suis pas absolument certain que des excuses de Poirot... bégayai-je, assez lamentablement.

— Qu'essayez-vous donc de me dire, Catchpool ?

— Cette lettre est un faux. J'ignore qui l'a écrite, mais je peux vous affirmer que ce n'est pas Hercule Poirot.

6

Rowland Rope

Les instructions de mon chef étaient claires : je devais rejoindre Poirot sur-le-champ pour lui demander de m'accompagner au cabinet d'avocats Donaldson & McCrodden. Une fois sur place, nous devions expliquer à Rowland Rope que la lettre envoyée à son fils n'avait pas été écrite par Poirot, et nous répandre en excuses pour lui avoir causé des contrariétés dont nous n'étions ni l'un ni l'autre responsables.

Ayant déjà gaspillé un temps précieux à Great Yarmouth, j'avais du travail urgent à rattraper, et je n'étais guère ravi qu'on m'assigne cette tâche. À mon humble avis, un simple coup de téléphone de Bewes à Rowland Rope aurait amplement suffi, puisqu'ils étaient de si grands amis. Mais non, Bewes avait insisté en disant que McCrodden père était un homme pointilleux, qui exigerait de Poirot en personne l'assurance qu'il n'avait pas écrit cette ignoble lettre. Mon chef voulait que je sois présent afin de lui rapporter ensuite que l'affaire avait été réglée de manière satisfaisante.

C'est l'histoire d'une ou deux heures, me rassurai-je en

partant pour Whitehaven Mansions. Hélas, Poirot n'était pas chez lui, mais en chemin pour Scotland Yard, d'après son valet. Apparemment, nous avions autant l'un que l'autre hâte de nous retrouver.

Je retournai donc à Scotland Yard, pour découvrir que Poirot y était venu, m'avait réclamé, avait même patienté un moment, mais qu'il était reparti. Comme mon chef n'était pas là non plus, je ne pus le consulter sur la marche à suivre. Pour finir, exaspéré, je décidai de me rendre seul au cabinet de Rowland Rope. Sans doute apprécierait-il d'apprendre au plus vite que son fils n'était pas accusé de meurtre par Hercule Poirot ; la parole d'un inspecteur de Scotland Yard devrait suffire, même à un homme tatillon comme lui.

Situé sur Henrietta Street, près du Covent Garden Hotel, le cabinet juridique Donaldson & McCrodden occupait les deux étages supérieurs d'un haut bâtiment faisant partie d'une rangée de maisons mitoyennes aux façades en stuc. Je fus accueilli par une jeune femme souriante au teint rose et aux cheveux châtain foncé, coupés au carré. Elle portait un chemisier blanc et une jupe à carreaux, qui faisait penser au genre de plaid qu'on emporte en pique-nique.

Elle se présenta comme Mlle Mason avant de me poser toute une série de questions, m'empêchant ainsi de l'informer de la raison de ma venue. Au lieu du simple et classique « que puis-je faire pour vous ? », elle recourut à un tir nourri d'interrogations sans me laisser le temps d'y répondre, tout en fixant d'un œil plein de convoitise l'enveloppe que je tenais à la main et qui contenait la lettre d'accusation adressée à John McCrodden, déchirée puis reconstituée par son père.

Quand enfin Mlle Mason me conduisit dans un long

couloir aux murs tapissés de recueils de lois reliés, je fus tenté de prendre mes jambes à mon cou et de m'enfuir dans la direction opposée plutôt que de la suivre, car elle avançait non pas d'un pas décidé, mais à pas de souris, sur de tout petits pieds.

Nous arrivâmes devant une porte noire où le nom « Rowland McCrodden » était écrit en blanc. Mlle Mason frappa, et une profonde voix de basse répondit « entrez ! », ce que nous fîmes. Là, un homme aux cheveux gris et bouclés nous accueillit. Il avait un front immense qui lui mangeait la figure, au point que le bas de son visage semblait tout ratatiné, et il me scrutait de ses petits yeux noirs enfoncés.

Puisque McCrodden avait accepté de me recevoir, j'avais pensé pouvoir tout de suite en venir aux faits, mais c'était compter sans Mlle Mason et son excès de zèle exaspérant. Elle chercha vainement à persuader McCrodden de la laisser inscrire mon nom dans son carnet de rendez-vous.

— À quoi bon ? s'impatienta McCrodden, puisque l'inspecteur Catchpool est déjà là.

— Mais monsieur, le règlement stipule que personne ne doit être admis sans rendez-vous…

— Merci, mademoiselle Mason, ce sera tout. Veuillez vous asseoir, inspecteur…, m'invita-t-il, mais alors il s'interrompit en clignant des yeux. Qu'y a-t-il encore, mademoiselle Mason ?

— J'allais seulement demander si l'inspecteur Catchpool aurait envie d'une tasse de thé ou de café. Ou peut-être un verre d'eau. Ou si vous-même, monsieur…

— Non, pas pour moi, dit McCrodden. Et vous, inspecteur ?

Partagé, je fus incapable de répondre aussitôt. Une tasse de thé m'aurait certes fait plaisir, mais cela entraînerait le retour de Mlle Mason... Aussi y renonçai-je à regret.

— Non, rien, merci.

Enfin, grâce au ciel, Mlle Mason se retira. Sans préambule, je sortis la lettre de l'enveloppe, la posai sur le bureau de McCrodden et lui déclarai que de toute évidence elle n'était pas de la main d'Hercule Poirot. Comme McCrodden me demandait comment je pouvais en être aussi sûr, j'expliquai que le ton et la teneur du message ne me laissaient aucun doute.

— Si Poirot n'a pas écrit la lettre, qui en est l'auteur? me demanda McCrodden.

— Hélas, je l'ignore.

— Et Poirot, le sait-il?

— Je n'ai pas encore eu l'occasion de lui en parler.

— Et pourquoi l'auteur usurpe-t-il son identité?

— Je l'ignore, répétai-je.

— Décidément, vous faites preuve d'une grande légèreté.

— J'ai peur de ne pas vous suivre...

— Vous avez dit que vous étiez ici pour éclaircir les choses, et visiblement vous pensez l'avoir fait: Hercule Poirot n'a pas accusé mon fils de meurtre, et par conséquent je n'ai plus à m'inquiéter. C'est bien là votre opinion?

— Eh bien, hasardai-je en cherchant une réponse appropriée. Certes je peux comprendre que tout cela soit pour vous fort déconcertant, mais puisque l'accusation s'avère n'être qu'une farce je ne m'en ferais pas trop, à votre place.

— Je ne suis pas du tout d'accord. Au contraire, je suis

encore plus inquiet, figurez-vous, déclara McCrodden, puis il se leva et gagna la fenêtre.

Il regarda la rue en contrebas un moment avant de faire deux pas sur la droite et de se mettre face au mur, sans plus me regarder.

— Tant que j'ai cru que c'était Poirot, j'ai gardé confiance, en me disant que tout cela se résoudrait d'une manière ou d'une autre. Qu'il finirait par admettre son erreur. J'ai entendu dire que c'était quelqu'un d'orgueilleux, mais d'honorable, et surtout qu'il était disposé à entendre raison. Car il prend en compte la psychologie et le caractère des gens comme il le ferait de faits concrets, m'a-t-on dit. Est-ce vrai ?

— Oui, il est en effet persuadé que le fait de connaître la personnalité des protagonistes est indispensable pour résoudre un crime, confirmai-je. Cela permet de cerner le mobile. Je l'ai aussi entendu dire qu'aucun homme ne peut commettre un acte contraire à sa nature.

— Donc j'aurais pu le convaincre que John était incapable de commettre un meurtre, que ce serait complètement contraire à ses principes. L'idée même est tout simplement ridicule. Mais voilà que j'apprends que ce n'est pas Hercule Poirot que je vais devoir convaincre, puisqu'il n'est pas l'auteur de la lettre. De plus, je peux en tirer la conclusion qui s'impose, à savoir que le véritable auteur de la lettre est un menteur et un imposteur. Bref, le genre de personne sans scrupules et prête à tout pour arriver à ses fins, en l'occurrence nuire grandement à mon fils.

McCrodden regagna soudain son fauteuil, comme obéissant au mur qu'il avait pris pour interlocuteur.

— Je dois absolument savoir qui a écrit et envoyé

cette lettre, dit-il. C'est impératif, si je veux veiller à la sécurité de mon fils. J'aimerais donc engager les services d'Hercule Poirot. Croyez-vous qu'il accepterait d'enquêter pour moi ?

— C'est possible, mais... il n'est pas du tout certain que l'auteur de la lettre croie à ce qu'il prétend. Et si ce n'était qu'une plaisanterie de bas étage ? Dans ce cas, l'incident serait clos. En admettant que votre fils ne reçoive pas d'autres messages...

— Vous êtes bien naïf de penser ça, dit McCrodden en jetant la lettre, qui atterrit par terre à mes pieds. Quand quelqu'un envoie ce genre de missive, c'est que ce quelqu'un vous veut du mal. Et il est dangereux d'en faire fi.

— Mon chef m'a assuré que la mort de Barnabas Pandy était accidentelle, arguai-je. Il s'est noyé dans son bain.

— Oui, du moins c'est la version officielle.

— Vous semblez sceptique.

— Dès qu'on évoque la possibilité d'un meurtre, il faut en tenir compte.

— Mais puisque vous pensez votre fils incapable de tuer quelqu'un...

— Je vois. Vous croyez que je cède à un aveuglement paternel ? Non, ce n'est pas ça. Personne ne connaît John mieux que moi. Il a bien des défauts, mais il est incapable de tuer.

Il m'avait mal compris ; j'avais juste voulu dire que puisque personne ne cherchait de meurtrier coupable de la mort de Pandy, et puisqu'il savait son fils innocent, McCrodden n'avait pas de raisons de s'inquiéter.

— Vous aurez entendu dire que je suis un fervent partisan de la peine de mort. « Rowland Rope », comme on m'appelle. Cela m'est bien égal, d'ailleurs personne n'oserait m'appeler ainsi en ma présence. On aurait pu m'appeler «Rowland, ardent défenseur des victimes et des innocents»... Mais ça sonne moins bien. Nous devons tous rendre compte de nos actes, et je suis sûr que vous serez d'accord avec moi, inspecteur. Je n'ai pas besoin de vous parler de Platon ni de l'anneau de Gygès. J'en ai souvent discuté avec John. J'ai fait tout ce que j'ai pu pour lui inculquer mes valeurs, mais j'ai échoué. Il est si passionnément hostile au fait de prendre une vie humaine qu'il ne supporte pas la peine de mort, même quand il s'agit des monstres les plus ignobles. Il prétend que je ne vaux pas mieux que ces vampires assoiffés de sang, capables d'égorger quelqu'un dans une ruelle pour quelques shillings. Pour lui, un meurtre est un meurtre. Donc, voyez-vous, il n'irait jamais tuer quelqu'un. Cela le mettrait en complète contradiction avec lui-même, ce qui lui serait intolérable.

J'acquiesçai, même si j'étais loin d'être convaincu. Mon expérience d'inspecteur de police m'avait appris que bien des gens éprouvent pour eux-mêmes une indulgence immodérée, quels que soient les crimes odieux qu'ils aient pu commettre. Seule compte pour eux l'opinion des autres pourvu qu'ils s'en sortent sans dommage.

— Or, comme vous dites, personne à part notre vil scribouillard ne semble penser que la mort de Pandy était suspecte, poursuivit McCrodden. Barnabas Pandy était quelqu'un de très fortuné, propriétaire du grand domaine de Combingham et, anciennement, de plusieurs mines au pays de Galles. C'est ainsi qu'il a fait fortune.

— Des mines? dis-je en me rappelant ma conversation avec mon chef, et le malentendu qui l'avait ponctuée. Votre fils John a bien travaillé dans une mine?

— Oui. Dans le Nord, près de Guisborough.
— Pas au pays de Galles, donc ?
— Non, jamais. Vous pouvez abandonner cette idée, décréta-t-il.

Je fis de mon mieux pour lui donner l'impression que j'y avais effectivement renoncé.

— Pandy avait quatre-vingt-quatorze ans quand il s'est noyé dans sa baignoire, poursuivit McCrodden. Il était veuf depuis l'âge de soixante-cinq ans. Son épouse et lui avaient eu un seul enfant, une fille, qui s'est mariée et a eu deux filles avant de mourir, ainsi que son mari, dans un incendie. Pandy a recueilli ses deux petites-filles orphelines, Lenore et Annabel, qui ont toutes deux vécu dès lors à Combingham Hall. Annabel, la plus jeune, n'est pas mariée. L'aînée, Lenore, a épousé un certain Cecil Lavington. Ils ont deux enfants, Ivy et Timothy. Cecil est mort d'une infection il y a quatre ans. C'est tout ce que j'ai pu découvrir, et rien de tout cela n'indique de piste précise. J'espère que Poirot fera mieux.

— Et s'il n'y avait rien à découvrir ? objectai-je. Il s'agit peut-être d'une famille ordinaire, au sein de laquelle aucun meurtre n'a été commis.

— Mais si, il y a des tas de choses à découvrir, me corrigea McCrodden. Qui est l'auteur de la lettre, et pourquoi s'est-il fixé sur mon fils ? Tant que nous ne le saurons pas, ceux d'entre nous qui ont été accusés restent concernés.

— Vous n'avez été accusé de rien.

— Vous ne diriez pas ça si vous aviez vu le mot de John qui accompagnait la lettre, quand il me l'a transmise ! s'exclama-t-il en désignant la lettre qui gisait à mes pieds. Il m'a accusé d'avoir engagé Poirot pour que lui-même n'ait pas d'autre choix que d'apprendre le Code civil afin de pouvoir se défendre.

— Pourquoi vous a-t-il cru capable d'une telle chose ?
— John est persuadé que je le déteste. Il se trompe lourdement. Certes j'ai critiqué la façon dont il a mené sa barque par le passé, mais c'était seulement parce que j'avais envie qu'il réussisse dans la vie, qu'il ait une bonne situation. Mais lui semble vouloir le contraire. Il s'est ingénié à gâcher toutes les opportunités que je lui ai offertes. L'une des raisons pour lesquelles je sais qu'il n'a pas tué Barnabas Pandy, c'est que toute son agressivité étant dirigée contre moi, bien à tort, il ne lui en reste pas pour s'en prendre à quelqu'un d'autre.

Par politesse, j'émis un petit soupir de compassion.

— Bon. Plus tôt je pourrai parler à Hercule Poirot, mieux cela vaudra, conclut McCrodden. J'espère qu'il sera capable d'aller au fond de cette déplaisante affaire. J'ai depuis longtemps abandonné l'espoir que mon fils change d'avis à mon sujet, mais j'aimerais lui prouver, si je le peux, que je n'ai rien à voir avec cette lettre.

7

Un vieil ennemi

Tandis que j'étais chez Donaldson & McCrodden, sur Henrietta Street, Poirot se trouvait également dans un cabinet d'avocats : Fuller, Fuller & Vout, à une courte distance de Drury Lane. Inutile de dire qu'à ce moment-là je l'ignorais.

Ne parvenant toujours pas à me rejoindre, mon ami belge s'était employé à découvrir tout ce qu'il pourrait sur Barnabas Pandy, et l'une de ses premières découvertes ce fut que Pandy avait eu pour représentant légal Peter Vout, l'associé principal du cabinet Fuller, Fuller & Vout, qui s'occupait de régler pour lui toutes les questions juridiques.

Contrairement à moi, Poirot avait pris rendez-vous, ou plutôt George, son valet, l'avait fait pour lui. Il arriva avec sa ponctualité habituelle et fut introduit dans le bureau de Vout par une jeune fille nettement plus discrète et moins envahissante que la demoiselle Mason de chez Rowland McCrodden. En entrant dans la pièce où travaillait l'homme de loi, Poirot reçut un choc, qu'il essaya tant bien que mal de dissimuler.

— Bienvenue, bienvenue, l'accueillit Vout en se levant de son fauteuil pour lui serrer cordialement la main. Vous devez être Hercule Poirot, n'est-ce pas ?

— C'est cela même, confirma Poirot d'un ton approbateur, car Vout avait prononcé ses nom et prénom correctement, et rares étaient les Anglais capables d'en faire autant.

Pourtant, rien de ce qu'il voyait autour de lui ne méritait par ailleurs son approbation. Comment cet homme était-il capable de travailler dans de telles conditions ? C'était une pièce spacieuse à haut plafond, d'environ six mètres sur quatre. Poussé contre le mur sur la droite, il y avait un grand bureau en acajou et un fauteuil en cuir vert. Devant le bureau se trouvaient deux fauteuils à dossier droit en cuir brun. Dans le tiers droit de la pièce on voyait une bibliothèque, une lampe et une cheminée, sur laquelle était posée une invitation à un dîner organisé par la Law Society.

Les deux tiers restants étaient occupés par des cartons empilés les uns sur les autres dans un désordre confondant, formant une sorte d'édifice monstrueux, impossible à contourner ni à traverser, qui réduisait tellement la taille de la pièce que n'importe quelle personne saine d'esprit n'aurait pu supporter d'y vivre. Beaucoup de ces cartons étaient ouverts et débordaient de papiers jaunis, de cadres cassés, de vieux vêtements et linges chiffonnés et tachés. Derrière ce grotesque assemblage on apercevait une fenêtre ornée, si l'on peut dire, de bandes de tissu jaune pâle ne méritant pas le nom de rideaux, et bien incapables de couvrir les vitres devant lesquelles elles pendaient lamentablement.

— Quel capharnaüm, marmonna Poirot sous sa moustache.

— Je vois que vous avez remarqué les rideaux, dit Vout d'un ton contrit. Certes, cette pièce serait plus accueillante si on les remplaçait. Ils datent de Mathusalem. Je demanderais bien à l'une de nos employées de les décrocher, mais comme vous pouvez le constater ils sont inaccessibles.

— À cause des cartons ?

— Eh bien, cela fait trois ans que ma mère est morte. Il y a des tas de choses à trier, et il va bien falloir que je m'y mette un jour. Remarquez, ces cartons ne contiennent pas que les affaires de ma mère. J'ai moi-même accumulé pas mal de… bazar, dit-il d'un air réjoui, sans l'ombre d'un regret. Mais je vous en prie, asseyez-vous, monsieur Poirot. Que puis-je faire pour vous ?

Poirot prit donc place dans l'un des deux fauteuils disponibles.

— Cela ne vous fait rien de travailler au milieu d'un tel… bazar, comme vous dites ? lança-t-il à son interlocuteur, dont les cheveux blancs comme neige se dressaient en épis sur sa tête.

— Cela semble vous fasciner, monsieur Poirot. Vous devez être le genre d'homme à apprécier que chaque chose soit à sa place, si je ne m'abuse ?

— En effet, monsieur. J'ai un besoin impérieux d'ordre et de méthode. Pour penser clairement et efficacement, il me faut être dans un environnement net et bien rangé. Vous-même, n'éprouvez-vous pas ce besoin ?

— Ce ne sont pas quelques cartons qui vont me perturber, répondit Vout avec un petit rire. Je m'y suis habitué et je ne les vois même plus. Bon, je m'y attaquerai un jour ou l'autre, mais d'ici là pourquoi m'en soucier ?

Avec un petit haussement de sourcils, Poirot passa

au sujet qui avait motivé sa venue. Vout exprima alors ses regrets quant au décès de son cher vieil ami, Barnabas Pandy, et exposa à Poirot les faits que Rowland McCrodden me relatait peut-être au même moment : les carrières d'ardoise du pays de Galles, le domaine de Combingham Hall ; deux petites-filles, Lenore et Annabel ; deux arrière-petits-enfants, Ivy et Timothy. Vout fournit cependant à Poirot un supplément d'informations : il évoqua Kingsbury, un loyal et fidèle serviteur.

— C'était presque un frère cadet pour Barnabas et il se considérait plus comme un membre de la famille que comme un domestique, tout en étant très consciencieux dans l'accomplissement de ses tâches. Naturellement, Barnabas avait veillé à prendre des dispositions en sa faveur. Un legs…

— Ah oui, le testament, dit Poirot. J'aimerais bien avoir des précisions à ce sujet…

— Eh bien, je n'y vois pas d'objection. Barnabas ne s'y serait pas opposé, et ses dispositions testamentaires étaient fort simples, tout à fait prévisibles. Mais… puis-je vous demander à quel titre elles vous intéressent ?

— Figurez-vous qu'il m'a été suggéré, indirectement, que M. Pandy avait été assassiné.

— Ça alors ! s'exclama Vout en riant. Un meurtre ? C'est n'importe quoi, dit-il en levant les yeux au ciel. Barnabas est mort noyé. Il s'est endormi dans sa baignoire, il a coulé et, hélas…

— C'est en effet la version officielle. Cependant il a été évoqué qu'on avait fait passer sa mort pour accidentelle, alors qu'elle avait en fait été causée par un tiers.

— Quelles âneries ! dit Vout en secouant énergiquement la tête. Bonté divine, quelqu'un s'amuse à répandre de fausses rumeurs, on dirait. Ça ne m'étonnerait pas s'il s'agissait d'une femme. Elles sont tellement friandes de commérages en tous genres. Nous autres, nous n'avons pas de temps à perdre avec ce genre de balivernes, hein ?

— Vous êtes donc certain que la mort de M. Pandy était accidentelle ?

— Absolument certain.

— D'où vous vient une telle conviction ? Étiez-vous présent quand il est mort ?

— Dans la salle de bains ? s'indigna Vout. Bien sûr que non ! D'ailleurs je n'étais pas présent du tout ! C'était bien le 7 décembre, n'est-ce pas ? Mon épouse et moi-même, nous étions aux noces de mon neveu, à Coventry.

Poirot sourit poliment.

— Je souhaitais simplement suggérer que, si vous n'étiez pas là quand il est mort, vous n'êtes pas en position d'affirmer de façon catégorique et définitive que la mort de M. Pandy était accidentelle. Et si quelqu'un s'était glissé dans la salle de bains pour l'enfoncer et le maintenir sous l'eau ?… Comment sauriez-vous si c'est arrivé ou non, puisque vous étiez à un mariage à Coventry ?

— Parce que je connais bien la famille, figurez-vous, finit par répondre Vout en fronçant les sourcils. Je suis très proche d'eux tous, et je sais qui se trouvait au domaine au moment de la tragédie : Lenore, Annabel, Ivy et Kingsbury. Or, je peux vous assurer qu'aucun d'entre eux n'aurait levé la main sur Barnabas Pandy ! C'est tout bonnement impensable ! J'ai été témoin de leur chagrin, et j'ai pu constater de mes yeux combien ce deuil les avait éprouvés, monsieur Poirot.

C'est bien ce que je pensais, songea Poirot en voyant ses soupçons confirmés. Vout est le genre de personne qui croit à la réalité du mal tant qu'elle ne l'affecte pas personnellement. Si Vout lisait dans le journal qu'un fou avait découpé en morceaux cinq membres de la même famille, il ne mettrait pas en doute ces informations. Mais si on lui suggère, par exemple, qu'un homme qu'il considérait comme un ami a été assassiné, il n'admettra jamais cette possibilité.

— S'il vous plaît, parlez-moi du testament de M. Pandy, reprit Poirot.

— Je vous disais donc que Kingsbury a hérité d'une coquette somme d'argent : assez pour vivre à l'aise le restant de ses jours. La maison et le domaine ont été légués par fidéicommis à l'intention d'Ivy et de Timothy, à la condition que Lenore et Annabel puissent résider à Combingham Hall jusqu'à la fin de leur vie. Tout l'argent et les autres biens, qui sont considérables, vont à Lenore et Annabel. Chacune est à présent et de plein droit une femme extrêmement fortunée.

— Nous avons donc là un mobile éventuel, constata Poirot, mais Vout poussa alors un soupir d'impatience.

— Monsieur Poirot, je vous en prie, efforcez-vous de comprendre. Il n'y a tout simplement aucune raison pour que…

— Oui, oui, je comprends bien. Pour la plupart des gens, un homme de cet âge n'en a plus pour longtemps, il n'y a donc aucun intérêt à le supprimer. Tout vient à point à qui sait attendre… Oui, mais si quelqu'un avait un pressant besoin d'argent… si attendre ne serait-ce qu'une année avait eu des conséquences désastreuses pour cette personne…

— Je vous le répète, mon cher, vous faites fausse route ! lança Vout, que l'obstination de Poirot finissait par inquiéter. C'est une famille unie et absolument adorable.

— Vous êtes leur ami très cher, lui rappela doucement Poirot.

— En effet! Croyez-vous que j'entretiendrais une amitié avec une famille recelant un meurtrier en son sein? Barnabas n'a pas été assassiné. Je peux le prouver. Il...

Vout s'interrompit, soudain tout empourpré.

— Tout ce que vous pourrez me dire me sera très utile, l'encouragea Poirot, mais Vout s'assombrit, comme s'il regrettait d'avoir parlé trop vite.

— Eh bien, je suppose qu'il n'y a pas de mal à vous le confier, soupira-t-il enfin. Je ne peux m'empêcher de penser que Barnabas savait qu'il allait mourir. Je l'ai vu peu avant sa mort et... il sentait venir sa fin.

— Qu'est-ce qui vous a donné cette impression?

— La dernière fois que je l'ai vu, il avait l'air soulagé d'un grand poids et paraissait en paix avec lui-même. Il souriait d'une drôle de façon, évoquant à mots couverts le besoin qu'il ressentait de régler certaines questions avant qu'il soit trop tard. Il savait qu'il n'en avait plus pour longtemps, et la réalité l'a tristement confirmé.

— Certes, convint Poirot. Pourtant il vaut mieux mourir l'âme en paix, n'est-ce pas, quand l'issue paraît proche et inévitable? Quelles questions M. Pandy souhaitait-il régler sans tarder?

— Hein? Oh, Barnabas avait... un ennemi juré, comme on dit. Un certain Vincent Lobb. Lors de notre dernière entrevue, il m'a déclaré qu'il souhaitait lui envoyer une lettre pour lui proposer une éventuelle réconciliation.

— Un besoin soudain de pardonner à un vieil ennemi, marmonna Poirot. Voilà qui est intéressant. Et si quelqu'un avait voulu empêcher ce rapprochement... cette lettre à M. Lobb a-t-elle été envoyée?

— Oui, confirma Vout. J'ai dit à Barnabas que je trouvais l'initiative excellente, et il l'a envoyée le jour même. J'ignore s'il a reçu une réponse. C'était peu de jours avant sa disparition. Quel dommage, même s'il avait bien profité de l'existence! Une réponse est peut-être arrivée après sa mort, mais je suppose que dans ce cas Lenore ou Annabel m'en auraient informé.

— Quelle était la raison du conflit entre MM. Pandy et Lobb? demanda Poirot.

— Hélas, je ne peux vous en dire plus, car Barnabas ne me l'a jamais confiée.

— Je vous en serais reconnaissant si vous pouviez me parler un peu de la famille, dit Poirot. Comment était l'ambiance à Combingham Hall? Plutôt heureuse?

— Oh oui, très heureuse. Lenore est solide comme un roc. Annabel et Ivy l'admirent énormément. Annabel adore ses neveux, sans oublier Hopscotch, son chien bien-aimé. Quel sacré numéro! Un gros toutou, qui aime vous sauter dessus et vous donner des coups de langue! Têtu, remarquez, mais très affectueux. Quant au jeune Timothy, c'est un petit gars qui ira loin. Astucieux en diable, et très décidé. Je le vois bien devenir un jour Premier ministre. Barnabas disait souvent: «Qu'importe la voie qu'il choisira, ce garçon y arrivera haut la main.» Barnabas leur était tout dévoué, et c'était réciproque.

— Vraiment, vous me décrivez la famille idéale, remarqua Poirot. Pourtant il n'existe aucune famille aussi parfaite. Il y avait forcément une ombre au tableau.

— Eh bien... je ne saurais dire... Bien sûr, la vie ne va jamais sans sa part de malheur, mais d'une façon générale... Comme je vous l'ai déjà dit, monsieur Poirot, laissons les médisances aux commères qui s'en repaissent.

Barnabas aimait sa famille, Kingsbury compris, et eux l'aimaient en retour. C'est tout ce que j'ai à dire. Comme il ne saurait être question de décès autre qu'accidentel, je ne vois aucune raison de fouiller dans la vie privée de cet homme ni dans l'intimité de ses proches, en quête de détails scabreux.

Voyant que Vout était résolu à ne rien lui dévoiler de plus, Poirot le remercia de son aide et prit congé.

— Oh, mais si, il en reste, des zones d'ombre, dit-il sans s'adresser à personne en particulier, alors qu'il était planté sur le trottoir de Drury Lane. Et je les découvrirai. Aucun détail scabreux n'échappera à Hercule Poirot !

8

Poirot donne certaines instructions

Quand je suis retourné à Scotland Yard, j'ai trouvé Poirot qui m'attendait dans mon bureau. Il semblait perdu dans ses pensées et je l'entendis marmonner à voix basse lorsque j'entrai dans la pièce. Il était comme toujours tiré à quatre épingles, avec ses moustaches taillées et cirées à la perfection. Un vrai dandy.

— Poirot ! Enfin ! m'exclamai-je, le sortant brusquement de sa rêverie.

— Catchpool, mon ami ! s'écria-t-il en bondissant sur ses pieds. Mais où étiez-vous donc passé ? J'ai à discuter avec vous d'une affaire qui m'a plongé dans la plus grande consternation.

— Laissez-moi deviner, lui dis-je. Une lettre, signée de votre nom alors que vous ne l'avez pas écrite ni envoyée, accusant le fils de Rowland McCrodden du meurtre de Barnabas Pandy.

Poirot parut confondu.

— Mon cher... ainsi vous savez. Mais comment ? Vous allez sur l'heure me le raconter. Ah, mais vous avez parlé d'une lettre. Ignorez-vous donc qu'il y en a eu plusieurs ?

— Plusieurs lettres ?

— Oui, mon ami. Adressées à Mme Sylvia Rule, à Mlle Annabel Treadway et à M. Hugo Dockerill.

— Annabel..., répétai-je, car ce prénom me disait quelque chose. Mais oui, bien sûr, il s'agit de la petite-fille de M. Pandy.

— En effet, me confirma Poirot. Mlle Annabel Treadway.

— Mais qui sont les deux autres ? Rappelez-moi leurs noms ?

— Sylvia Rule et Hugo Dockerill. Cela fait quatre personnes à avoir reçu ces lettres les accusant du meurtre de Barnabas Pandy. Elles sont venues me voir chez moi, et presque toutes m'ont vivement reproché d'avoir envoyé ces lettres, sans m'écouter quand j'ai tenté de leur dire que je n'en étais pas l'auteur ! Ce fut vraiment une expérience pénible autant qu'exaspérante, mon ami. En outre, aucune de ces personnes n'a été en mesure de me montrer la lettre qu'elle avait reçue.

— Eh bien, moi, j'en détiens une, lui dis-je, et je le vis aussitôt écarquiller les yeux.

— C'est vrai ? Alors c'est sans doute celle qui a été envoyée à John McCrodden, puisque c'est son nom que vous avez mentionné. Ah, quel plaisir de me retrouver dans votre bureau, Catchpool ! Avec une vue dégagée, sans aucune montagne de cartons à l'horizon !

— Hein ?

— Rien, mon ami. Laissons cela. Mais racontez-moi comment vous avez récupéré cette lettre. John McCrodden m'avait dit l'avoir déchirée, avant d'en envoyer les morceaux à son père.

Je lui rapportai alors le télégramme de mon supérieur

réclamant mon retour, puis ma visite chez Rowland Rope, en m'efforçant de ne rien omettre d'important. Poirot opina du chef tout au long de mon récit.

— Incroyable ! remarqua-t-il quand j'eus fini. Sans en avoir conscience, nous avons déjà bien avancé, chacun de notre côté, mon ami. Tandis que vous parliez avec Rowland McCrodden, je m'entretenais avec le représentant légal de Barnabas Pandy.

Ce fut alors son tour de me rapporter ce qu'il avait découvert et ce qui lui manquait encore.

— Peter Vout a refusé de me parler en détail de la famille de Barnabas Pandy. Mais à mon avis, il reste beaucoup à apprendre de ce côté-là, et sa réserve n'a fait qu'aviver ma curiosité. Comme Vout est absolument certain que Pandy n'a pas été assassiné, il ne se sent pas tenu de me divulguer ce qu'il sait. Pourtant j'en ai une vague idée, une idée que Rowland Rope pourra peut-être m'aider à creuser, s'il le veut bien. Je dois lui parler dès que possible. Mais d'abord, montrez-moi la lettre de John McCrodden.

Je la lui tendis, et vis alors les yeux de Poirot briller de colère tandis qu'il la lisait.

— Il est inconcevable qu'Hercule Poirot ait pu écrire une bafouille pareille, Catchpool. Quel style maladroit, quelle écriture en pattes-d'oie ! Je suis terriblement vexé qu'on ait pu croire qu'elle était de ma main !

— Aucun des destinataires ne vous connaissait, remarquai-je pour tenter de le réconforter. Sinon ils auraient deviné, comme moi dès que je l'ai eue sous les yeux, qu'elle n'était pas de vous.

— Il y a décidément beaucoup d'éléments à prendre en considération. Je vais en dresser une liste. Nous devons nous mettre au travail sans tarder, Catchpool.

— En effet, Poirot. Il faut, quant à moi, que je retourne travailler. Allez parler à Rowland Rope, d'ailleurs il désire vivement s'entretenir avec vous, mais il faudra vous passer de moi si vous avez l'intention d'enquêter davantage sur la mort de Barnabas Pandy.

— Et comment pourrais-je m'en dispenser, mon ami ? À votre avis, pourquoi ces quatre lettres ont-elles été envoyées ? De toute évidence, quelqu'un souhaite me mettre dans la tête que Barnabas a été assassiné. N'y a-t-il pas là de quoi piquer ma curiosité ? Bon, j'ai quand même un service à vous demander.

— Poirot...

— Oui, oui, je sais, votre travail vous attend. Et vous pourrez y retourner dès que vous m'aurez aidé. Ce n'est qu'une broutille, mon ami, mais cela vous sera beaucoup plus facile à vous qu'à moi. Cherchez où se trouvaient les quatre destinataires des lettres le jour où est mort Barnabas Pandy : Sylvia, Hugo, Annabel et John. Vout, l'avocat, m'a dit que Mlle Treadway était à la maison quand son grand-père est mort, c'est-à-dire à Combingham Hall. Vérifiez si elle-même le confirme. Il est d'une importance cruciale que vous le leur demandiez à chacun en utilisant précisément la même formulation : les mêmes questions, dans le même ordre. Est-ce clair ? Je me suis rendu compte que c'était une méthode très efficace pour distinguer les caractères des uns et des autres. Ah oui, il y aussi cet Eustace dont Mme Rule est si obsédée. Si vous pouviez...

Je mis le holà à ses instructions en levant la main, tel un aiguilleur face à un train fou menaçant de dérailler.

— Poirot, de grâce ! Qui est cet Eustace ? Non, ne répondez pas. J'ai du travail à rattraper. Le décès de Barnabas Pandy a été officiellement reconnu comme accidentel. Par conséquent, je ne peux aller déranger les gens en exigeant qu'ils me fournissent un alibi.

— Pas de façon directe, évidemment, convint Poirot en se levant et en lissant machinalement des plis imaginaires sur ses vêtements. Je suis certain que vous trouverez une façon ingénieuse de contourner le problème. Bonne journée, mon ami. Venez me voir quand vous serez en mesure de me donner les informations dont j'ai besoin. Et… Oui, oui ! Vous pourrez ensuite reprendre votre travail à Scotland Yard.

9

Quatre alibis

Plus tard dans la même soirée, John McCrodden reçut un coup de téléphone à la pension où il habitait, et ce fut sa logeuse qui répondit.

— C'est bien à John McCrodden que vous voulez parler ? Pas à John Weber ? D'accord, je vais le chercher. Il doit être là-haut dans sa chambre. J'y vais de ce pas. Attendez. Il y en a pour une minute.

En fait, la personne qui appelait attendit cinq bonnes minutes, s'étonnant que la logeuse puisse mettre autant de temps à trouver l'un de ses pensionnaires habitant sous le même toit qu'elle.

Enfin une voix masculine répondit au bout du fil :

— McCrodden à l'appareil. Qui me demande ?

— J'appelle de la part de l'inspecteur Edward Catchpool, de Scotland Yard.

Puis il y eut un silence.

— Vous êtes toujours là ? reprit John McCrodden d'un ton lassé empreint d'ironie.

— Oui, oui, je suis là.

— Et qui pouvez-vous bien être ? Son épouse ? persifla-t-il.

Celle qui appelait se serait volontiers présentée, mais elle avait reçu des consignes très précises, dont une le lui interdisant. Devant elle, sur de petites cartes, figuraient les mots qu'elle devait prononcer sans varier d'un iota, et elle était bien décidée à s'y tenir.

— J'ai quelques questions à vous poser, auxquelles l'inspecteur Catchpool aimerait avoir les réponses. Si vous…

— Dans ce cas, pourquoi ne les pose-t-il pas lui-même ? Comment vous appelez-vous ? Répondez, sinon je mets fin à cette conversation.

— Si vous m'apportez les réponses satisfaisantes, l'inspecteur Catchpool espère qu'il ne sera pas nécessaire de vous convoquer au poste de police. Voici ce que je désire savoir : où étiez-vous le jour où est mort Barnabas Pandy ?

McCrodden se mit à rire.

— Veuillez dire à mon père que je ne supporterai pas une seconde de plus sa campagne de harcèlement. S'il ne cesse pas immédiatement ses persécutions, avertissez-le de ma part qu'il devra prendre des précautions pour garantir sa sécurité. Dites-lui que je n'ai pas la moindre idée du jour où Barnabas Pandy est mort, étant donné que je ne connais pas ce monsieur. J'ignore s'il a vécu, s'il est mort, ou s'il s'est engagé comme trapéziste dans un cirque.

Son interlocutrice avait été prévenue que John McCrodden ne se montrerait peut-être guère coopératif. Elle l'écouta patiemment épancher sa bile.

— En outre, vous pourrez lui dire que je ne suis pas aussi bête qu'il le croit. Si vraiment Scotland Yard emploie un inspecteur répondant au nom ridicule d'Edward

Catchpool, ce dont je doute fort, je suis bien certain que ce dernier ignore tout de ce coup de téléphone, et que vous n'êtes pas autorisée à le passer. C'est pourquoi vous refusez obstinément de me donner votre nom.

— Barnabas Pandy est mort le 7 décembre de l'an passé.

— Ah oui ? Je suis charmé de l'apprendre.

— Où étiez-vous ce jour-là, monsieur ? Selon l'inspecteur Catchpool, M. Pandy est mort chez lui à la campagne, à Combingham Hall…

— Jamais entendu parler.

— … et donc si vous pouviez me dire où vous étiez ce jour-là, et si quelqu'un peut en témoigner, l'inspecteur Catchpool n'aurait alors plus besoin de…

— Où j'étais ? Mais voyons, cela tombe sous le sens ! Juste avant que Barnabas Pandy rende son dernier soupir, je brandissais un couteau de cuisine au-dessus de son corps prostré, prêt à le lui plonger dans le cœur. Cette version sera-t-elle du goût de mon père ?

On entendit alors frapper un grand coup, puis la communication fut coupée.

Sur le dos de l'une des cartes où figuraient les questions, la jeune femme écrivit un mot résumant ce qui lui semblait l'essentiel : *John McCrodden croit que son père est derrière cet appel, il a mis en doute l'existence d'Edward Catchpool, et surtout il ignore, ou prétend ignorer, la date de la mort de Barnabas Pandy.*

Pas d'alibi, conclut-elle. *Il a dit qu'il avait brandi un couteau au-dessus de Barnabas Pandy juste avant qu'il meure, mais c'était par pure provocation, et je n'étais pas censée y croire.*

Après avoir relu deux fois ce qu'elle venait de rédiger, elle resta pensive un instant, puis reprit sa plume pour ajouter : *Et si c'était vrai, en définitive, et que le mensonge consistait non dans le fait énoncé, mais dans le ton de dérision qu'il a employé ?*

— Bonjour. Vous êtes bien madame Rule ? Madame Sylvia Rule ?
— En effet. À qui ai-je l'honneur ?
— Bonsoir, madame Rule. Je téléphone de la part de l'inspecteur Edward Catchpool, de Scotland Yard.
— Scotland Yard ? s'effraya aussitôt Sylvia Rule. Il est arrivé quelque chose à Mildred ?
— Mon appel ne concerne pas cette personne, madame.
— Elle devrait être rentrée, à cette heure-ci. Un appel de Scotland Yard, alors que je commençais justement à m'inquiéter ?… Oh mon Dieu !
— Il n'y a aucune raison de penser qu'il soit arrivé quelque chose de fâcheux à Mildred. Je vous appelle pour tout autre chose.
— Attendez ! rugit Sylvia Rule, si fort que son interlocutrice éloigna le récepteur de son oreille. Je crois que c'est elle. Oh, le ciel soit loué ! laissez-moi juste…
Suivirent quelques ronchonnements et halètements.
— Oui, c'est Mildred. Tout va bien. Elle est rentrée à la maison. Avez-vous des enfants, inspecteur Catchpool ?
— Je ne suis pas l'inspecteur Catchpool. J'ai dit que j'appelais de sa part.
Quelle idiote ! Mme Rule ignore-t-elle donc que les femmes ne peuvent être inspecteurs de police, qu'importe leur ambition ou leurs compétences ? songea son interlocutrice, très fâchée qu'on lui rappelle cette flagrante injustice. Car elle nourrissait en secret la conviction qu'elle

aurait fait un inspecteur de police bien meilleur que tous ceux qu'elle connaissait.

— Oui, oui, bien sûr, convint distraitement Sylvia Rule, comme si elle n'écoutait qu'à moitié. Eh bien, si vous aviez des enfants, vous sauriez comme moi que l'on s'inquiète constamment pour eux, quel que soit leur âge. Comment savoir s'ils sont en sécurité là où ils se trouvent ? Avec tous ces dégénérés qui courent les rues... Avez-vous des enfants ?

— Non.

— Eh bien, vous en aurez un jour. Et je prie pour que vous ne connaissiez jamais les tourments que je subis en ce moment ! Ma Mildred est fiancée à l'être le plus détestable...

Son interlocutrice consulta les notes qu'on lui avait données et devina sans peine que le nom d'Eustace serait bientôt prononcé.

— ... et voilà qu'ils ont fixé la date de leur mariage ! En juin prochain, disent-ils. Eustace est tout à fait capable de persuader Mildred de l'épouser en secret avant cette date. Oh, il sait pertinemment que d'ici le mois de juin je vais faire tout ce qui sera en mon pouvoir pour dissuader Mildred de s'unir à ce sinistre individu. Pourvu que ma fille retrouve enfin la raison ! Mais quelle fille écoute encore sa mère, de nos jours ? Je parie qu'il va en profiter pour me jouer un sale tour...

— Madame Rule, j'ai une question...

— Il veut me faire croire qu'il me reste encore six bons mois pour dissuader Mildred de l'épouser. Oh, je sais bien comment fonctionne son petit cerveau retors ! Si Mildred et lui se retrouvaient déjà mariés d'ici un mois et m'annonçaient fièrement la nouvelle, je n'en serais pas du tout étonnée. C'est pourquoi je suis tellement sur les nerfs dès qu'elle quitte la maison. Eustace est capable de la pousser à faire n'importe quoi. Et cette écervelée est incapable, elle, de lui résister ! Elle a perdu tout sens critique !

Son interlocutrice avait sa petite idée sur les causes profondes de ce conflit entre mère et fille.

— Madame Rule, il me faut vous poser une question. C'est au sujet de la mort de Barnabas Pandy. Si vous me donnez une réponse satisfaisante, il ne sera pas nécessaire que l'inspecteur Catchpool vous convoque au poste de police.

— Barnabas Pandy ? Qui est-ce ? Oh, je me souviens ! La lettre que cet affreux détective du continent m'a envoyée, à l'instigation d'Eustace ! Quel détestable petit crapaud, cet Hercule Poirot, de se plier ainsi aux volontés d'Eustace ! Moi qui le tenais en si haute estime. Je ne veux plus entendre parler de lui.

— Si vous me donnez une réponse satisfaisante, il ne sera pas nécessaire que l'inspecteur Catchpool vous convoque au poste de police, répéta patiemment la jeune femme à l'autre bout du fil. Où étiez-vous le jour où Barnabas Pandy est mort ?

Elle entendit Sylvia Rule manquer de s'étrangler à l'autre bout du fil.

— Où j'étais ? Vous me demandez où j'étais ?

— Oui.

— Et vous dites que cet inspecteur… comment s'appelle-t-il déjà ?

— Edward Catchpool.

On aurait dit que Sylvia Rule prenait son nom en note.

— C'est l'inspecteur Edward Catchpool de Scotland Yard qui souhaite m'interroger à ce propos ?

— Oui.

— Pourquoi ? Ne sait-il pas que cette absurdité est l'œuvre d'Eustace et de cet étranger, qui ont comploté contre moi ?

— Si vous pouviez juste répondre à ma question !

— Où j'étais le jour où un certain Barnabas Pandy a été tué, un homme que je ne connais ni d'Ève ni d'Adam et dont j'ignorais le nom jusqu'à ce que je reçoive cette lettre odieuse ? Comment saurais-je à quelle date il a été assassiné ? Je n'en ai aucune idée.

Son interlocutrice prit note de trois choses : primo, Sylvia Rule semblait accepter l'idée de l'assassinat ; secundo, c'était compréhensible, puisqu'elle croyait que cet appel était passé depuis Scotland Yard ; tertio, elle assurait ne pas savoir quand Pandy était mort, ce qui pouvait indiquer qu'elle ne l'avait pas tué.

— M. Pandy est mort le 7 décembre dernier, déclara-t-elle.

— Attendez un instant, le temps que j'aille vérifier mon agenda de l'an dernier, dit Mme Rule. D'ailleurs, que l'inspecteur… Catchpool juge ou non nécessaire de m'interroger, ajouta-t-elle (sans doute après avoir vérifié le nom griffonné sur son bout de papier), j'aimerais beaucoup m'entretenir avec lui. Je tiens à lui préciser que je n'ai jamais tué personne et que j'en serais bien incapable. Une femme de ma condition ! Quand je lui aurai parlé d'Eustace, je suis sûre qu'il verra cette affaire pour ce qu'elle est : une odieuse machination pour me faire endosser un crime dont je suis innocente. Connaissant ma réputation, il trouvera cela aussi révoltant que moi, je n'en doute pas. En fait, je suis plutôt contente de cet imbroglio, car cela va peut-être causer sa perte, à cet Eustace de malheur ! Entraver le déroulement d'une enquête criminelle en lançant des accusations calomnieuses, c'est un grave délit, n'est-ce pas ?

— C'est ce qui me semble aussi.

— Eh bien ! Je vais vérifier mon agenda. Le 7 décembre dernier, avez-vous dit ?

— Oui.

La jeune femme qui appelait attendit en écoutant les bruits de la maison : bruits de portes ouvertes et fermées, bruits de pas montant un escalier. Quand enfin Mme Rule revint, elle déclara triomphalement :

— Le 7 décembre, j'étais au Turville College, de 10 heures du matin jusqu'à l'heure du dîner. Mon fils Freddie y est pensionnaire, et c'était le jour de la foire de Noël. Je ne suis partie que bien après 20 heures. De plus, nous étions des centaines à être présents, parents, enseignants, élèves, et tous le confirmeront. Oh, quelle satisfaction ! dit-elle en soupirant d'aise. Le plan d'Eustace est voué à l'échec. Ne serait-ce pas merveilleux s'il se retrouvait au bout d'une corde pour expier ses mensonges et ses calomnies à mon encontre, en subissant justement le sort qu'il me réservait ?

Après John McCrodden et Sylvia Rule, ce fut un vrai plaisir d'interroger Annabel Treadway. Elle n'avait pas de grief particulier, pas d'obsession ni de rancune envers quelqu'un sur qui déverser son venin, dont son interlocutrice n'aurait eu que faire. De plus, elle détenait des informations intéressantes.

— J'étais chez moi le 7 décembre, déclara-t-elle. Nous étions tous présents... c'est-à-dire tous ceux d'entre nous qui habitent à Combingham Hall. Kingsbury venait juste de rentrer d'une escapade de quelques jours. Comme toujours, il s'était occupé de faire couler un bain pour

Grand-Papa, et ce fut lui qui… qui le découvrit noyé peu de temps après. Certes ce fut éprouvant pour nous tous, mais particulièrement pour Kingsbury. Quand Lenore, Ivy et moi-même sommes arrivées à la salle de bains, nous avions deviné qu'un drame avait eu lieu. Je ne dirais pas que nous nous attendions à un spectacle aussi horrible, mais les cris de Kingsbury nous avaient alertées… Pauvre Kingsbury ! Je n'oublierai jamais comment sa voix s'est fêlée quand il nous a appelées à l'aide.

— Qui est ce Kingsbury ?

Cette question ne figurait pas sur la liste, mais celle qui appelait pensa qu'il serait négligent de sa part de ne pas le demander.

— C'est le valet de chambre de notre grand-père. Ou plutôt c'était. Une crème d'homme. Je le connais depuis que je suis enfant. En réalité, il fait partie de la famille. Depuis la mort de grand-père, il a pris un sacré coup de vieux. En fait, il n'est pas si âgé que ça… mais on lui donnerait dix ans de plus. Il a pratiquement toujours vécu avec Grand-Papa, et nous nous faisons beaucoup de souci pour lui. Va-t-il s'en remettre et réussir à s'adapter à sa nouvelle vie sans Grand-Papa ?

— Où habite-t-il ? À Combingham Hall ?

— Il habite une maisonnette sur les terres du domaine. Il passait le plus clair de son temps avec nous au manoir, mais depuis la mort de Grand-Papa nous l'avons à peine vu. Il fait son travail, puis il s'éclipse et retourne chez lui.

— À part Kingsbury, y a-t-il d'autres personnes habitant sur le domaine de Combingham Hall ?

— Non. Nous avons une cuisinière, une fille de cuisine et deux femmes de chambre, mais elles habitent en ville.

— Et qui vit à Combingham Hall ?

— Nous étions quatre. Depuis la mort de Grand-Papa, il y a juste ma sœur Lenore, ma nièce Ivy, et moi. Et Hopscotch, mon chien. Oh, et aussi Timothy, durant les congés scolaires, bien sûr, même s'il va souvent séjourner chez des camarades.

Celle qui appelait étudia les notes disposées devant elle. Elle avait tout bien arrangé sur la table afin de voir, en même temps et sans remuer les papiers, toutes les informations potentiellement utiles, ainsi que toutes les questions qu'elle devait poser à chacun des quatre suspects, en admettant qu'on puisse les appeler ainsi.

— Timothy est votre neveu, n'est-ce pas, mademoiselle Treadway ?

— Oui. C'est le fils de ma sœur Lenore. Le frère cadet d'Ivy.

— Timothy était-il à Combingham Hall quand votre grand-père est mort ?

— Non. Il était à la foire de Noël de son école.

Son interlocutrice hocha la tête avec satisfaction et en prit bonne note, car cela corroborait des informations déjà existantes : Timothy était élève au Turville College. Apparemment, Sylvia Rule avait dit la vérité sur la fête de l'école qui s'était bien déroulée le 7 décembre.

— Y avait-il quelqu'un d'autre à Combingham Hall quand M. Pandy est mort à part vous, votre sœur Lenore, votre nièce Ivy et Kingsbury ?

— Non. Personne, répondit Annabel Treadway. En temps normal, notre cuisinière aurait dû être présente ainsi qu'une servante, mais nous leur avions donné leur congé. Lenore, Ivy et moi-même étions censées nous rendre à la foire de Noël, comprenez-vous, par conséquent nous avions prévu de déjeuner et de dîner là-bas. Ce que nous n'avons pas fait, en fin de compte.

À l'autre bout du fil, la jeune femme s'efforça de ne pas paraître trop curieuse en demandant pourquoi elles avaient changé de programme.

— Je ne m'en souviens pas, répondit Annabel, un peu trop vite, ce qui éveilla la méfiance de son interlocutrice.

— Donc Kingsbury, le valet de chambre, a trouvé M. Pandy mort dans sa baignoire à 17 h 20, et il a appelé à l'aide ? Où étiez-vous à ce moment-là ?

— Voilà pourquoi je sais que Grand-Papa n'a pas été assassiné, répondit Annabel Treadway, toute contente qu'on lui pose cette question. J'étais dans la chambre de ma nièce Ivy, avec Ivy, Lenore et Hopscotch, alors que Grand-Papa était encore en vie, et nous y étions également quand il est mort. Entre ces deux moments, aucune de nous n'a quitté la pièce ne serait-ce qu'une seconde.

— Entre quels moments, mademoiselle Treadway ?

— Désolée, je me suis mal exprimée. Lenore et moi venions d'entrer dans la chambre d'Ivy pour lui parler. Peu après, nous avons entendu la voix de Grand-Papa. Nous savions qu'il prenait son bain, car j'étais passée devant la salle de bains en allant à la chambre d'Ivy et j'avais vu Kingsbury le lui préparer. L'eau était en train de couler. Lenore et moi étions dans la chambre d'Ivy depuis une dizaine de minutes, lorsque nous avons toutes entendu Grand-Papa crier... c'est donc qu'il était encore en vie à ce moment-là.

— Crier ? Voulez-vous dire qu'il a appelé à l'aide ?

— Oh non, pas du tout ! Nous l'avons entendu hurler « Qu'est-ce que c'est que ce boucan ? Est-ce qu'on ne peut pas prendre son bain tranquille dans cette maison ? » Par boucan, il parlait de nous, Lenore, Ivy et moi-même. Quand nous sommes de bonne humeur, nous jacassons comme

93

des pies. Et nous voyant excitées, Hoppy se joint à nous en jappant joyeusement. Pour un chien, il est stupéfiant, vous verriez toutes les sortes de sons qu'il est capable de produire, c'est impressionnant, vraiment, mais Grand-Papa ne l'appréciait pas, j'en ai peur, et encore moins alors qu'il prenait un bain pour se délasser. Bref, après ses protestations nous avons fermé la porte de la chambre d'Ivy, et nous y sommes restées toutes les trois jusqu'au moment où nous avons entendu les cris de détresse de Kingsbury.

— Combien de temps après ?

— C'est difficile de s'en souvenir précisément des semaines plus tard, mais je dirais… une trentaine de minutes.

— De quoi parliez-vous avec votre sœur et votre nièce qui vous ait mises de si bonne humeur ? demanda son interlocutrice, qui avait alors choisi d'oublier qu'elle n'était pas un inspecteur de Scotland Yard.

— Oh, je ne saurais vous dire, après tout ce temps, répondit Annabel Treadway, trop vite cette fois encore. C'était sans importance.

La jeune femme au téléphone jugea aussitôt qu'au contraire ce devait être important. Elle écrivit « ment très mal » et le souligna deux fois.

— Le principal, c'est que cela prouve que personne n'a pu assassiner Grand-Papa, comprenez-vous ? reprit Annabel Treadway. Il s'est endormi dans son bain et s'est noyé, comme cela arrive, hélas, à des personnes âgées et invalides.

L'autre jeune femme ne put y résister.

— Kingsbury aurait pu le pousser sous l'eau. Il en avait la possibilité.

— Hein ?

— Où se trouvait Kingsbury quand vous discutiez toutes les trois dans la chambre de votre nièce avec la porte close ?

— Voyons, mais c'est tout bonnement impensable... C'est Kingsbury qui a trouvé Grand-Papa ; vous n'allez pas insinuer...

À l'autre bout du fil, seul le silence lui répondit.

— C'est tout bonnement impensable, répéta Annabel Treadway.

— Qu'en savez-vous, puisque vous ignoriez où il se trouvait et ce qu'il faisait quand M. Pandy est mort ?

— Kingsbury est un ami très proche de notre famille. Jamais il n'aurait pu commettre un meurtre ! Jamais ! protesta Annabel Treadway avec des sanglots dans la voix. Je dois raccrocher. Je ne me suis pas assez occupée de Hoppy aujourd'hui, pauvre chéri ! Veuillez dire je vous prie à l'inspecteur Catchpool...

Elle s'interrompit, puis soupira.

— Oui ?

— Rien, répondit Annabel Treadway. C'est juste que... j'aimerais lui faire promettre de ne pas soupçonner Kingsbury. Et je regrette d'avoir répondu à vos questions. Mais il est trop tard, n'est-ce pas ? Comme toujours, il est trop tard !

— Le 7 décembre, hein ? dit Hugo Dockerill. Je ne saurais vous dire où j'étais. Désolé. Sans doute à bricoler chez moi.

— Donc vous n'étiez pas au Turville College pour la foire de Noël ? demanda celle qui appelait.

— La foire de Noël ? Si, bien sûr ! Pour rien au monde je n'aurais raté ça ! Mais c'était beaucoup plus tard.

— Vraiment ? À quelle date selon vous ?

— Eh bien, je ne m'en souviens pas précisément, je n'ai pas de mémoire pour ce genre de choses, mais je peux vous dire que, Noël étant le 25 décembre, comme chacun sait, la foire devait être vers le 23… Qu'y a-t-il, ma chérie ?

Une voix féminine résonna en fond, un peu sèche et lassée.

— Ah ! Attendez un instant ! Ma femme Jane vient juste de me rappeler que nous sommes partis pour les vacances de Noël bien avant le 23. Oui, bien sûr, elle a raison. Oui, tu as raison, ma chérie. Donc… Bon, si vous voulez bien rester en ligne un instant, Jane va vérifier sur le calendrier de l'an passé à quelle date exactement la foire a eu lieu. Comment, ma chérie ? Oui, oui, bien sûr. La foire de Noël n'était pas le 23, c'est absolument ridicule ! Quelle idée !

Celle qui appelait entendit la voix féminine dire : « Le 7 décembre. »

— Je tiens de source sûre que c'était le 7 décembre dernier, déclara ensuite Dockerill.

— Étiez-vous à cette foire, monsieur Dockerill ?

— Bien sûr que j'y étais. Une fête à tout casser. Nous autres de Turville, on sait mettre de l'ambiance… (Il s'interrompit soudain, puis :) Oui, ma chérie. Jane me dit que je parle trop et que je ferais mieux de répondre à vos questions.

— Combien de temps êtes-vous restés à la fête ?

— Du début à la fin, je pense. Elle se termine par un dîner qui s'achève d'habitude vers… Jane ? Merci ma chérie. Vers 20 heures, dit Jane. Écoutez, il serait peut-être plus simple que vous parliez avec elle directement.

— J'en serais ravie, répondit celle qui appelait.

En l'espace d'une minute, elle récolta toutes les

informations dont elle avait besoin : selon Jane Dockerill, son mari et elle étaient restés à la foire du 7 décembre de son début à 11 heures du matin jusqu'à la fin du dîner, à 20 heures. Oui, Timothy Lavington était également présent, mais pas sa mère, ni sa tante ni sa sœur, qui avaient prévu de venir, mais avaient annulé au dernier moment. Freddie Rule était là aussi, avec sa mère Sylvia, sa sœur Mildred et le fiancé de sa sœur, Eustace.

Son interlocutrice la remercia, et elle allait mettre fin à la communication quand Mme Dockerill la retint.

— Attendez un peu. On ne se débarrasse pas de moi aussi facilement.

— Autre chose, madame ?

— Oui. Hugo a par deux fois égaré la lettre l'accusant de meurtre qu'on lui avait envoyée, et je me doute que cela n'aide pas l'enquête à progresser. Eh bien, je suis contente de vous apprendre que je l'ai retrouvée. Je l'apporterai à l'inspecteur Catchpool à Scotland Yard dès que je pourrai me rendre à Londres. Bon, j'ignore si Barnabas Pandy a été assassiné. Mais j'ai tendance à en douter, car accuser quatre personnes du même meurtre fait davantage penser à un jeu de société qu'à une sérieuse mise en cause, surtout quand ces quatre lettres sont signées frauduleusement du nom d'Hercule Poirot. Mais au cas où M. Pandy aurait bien été assassiné, et en admettant que cette enquête ne soit pas une mauvaise blague engendrée par un esprit malade, j'aurais deux choses à vous préciser.

— Je vous en prie, répondit son interlocutrice, son stylo à la main.

— Sylvia Rule et son futur gendre se haïssent cordialement. Piégée entre sa mère et son fiancé, la pauvre Mildred se trouve tout à fait désemparée, ce qui se comprend. Il faudrait prendre des mesures avant qu'un désastre ne s'abatte sur cette famille. Ce pauvre Freddie est déjà bien malheureux. J'ignore si cela a ou non un rapport avec la mort de Barnabas Pandy, mais comme vous avez posé des questions sur la famille Rule j'ai pensé que vous deviez être mise au courant.

— Merci.

— L'autre chose que j'ai à vous dire concerne les Lavington… la famille de Timothy et de Barnabas Pandy. C'est moi qui ai répondu à Annabel au téléphone, le matin de la foire. Annabel est la tante de Timothy. Or, elle m'a menti.

— À quel sujet ?

— Elle a prétexté que sa sœur, sa nièce et elle-même ne pouvaient venir à la fête parce que la voiture qui devait les y amener était en panne. Je n'y crois pas. Elle semblait contrariée et… très évasive, ce qui ne lui ressemble pas. Plus tard, Lenore Lavington, la mère de Timothy, a évoqué la fête et leur annulation en prétextant qu'elle était très fatiguée ce jour-là. Vous voyez, leurs deux excuses ne correspondent pas. Bon, j'ignore ce qu'il faut en déduire, ni comment mon mari a fait pour être mêlé à tout ça, mais je ne suis pas inspecteur de police, n'est-ce pas ? Chacun son métier. C'est à vous de le découvrir, conclut Jane Dockerill.

— En effet, madame, approuva l'autre jeune femme, qui avait complètement oublié que son travail habituel n'était pas d'enquêter sur des crimes susceptibles d'avoir été commis.

DEUXIÈME PARTIE

10

Questions importantes

— Qu'est-ce qui vous a pris, Catchpool ? me rugit le superintendant Nathaniel Bewes dans l'oreille.
— Que voulez-vous dire, monsieur ?

Cela faisait un moment qu'il criait après moi en évoquant mes nombreux défauts et manquements, mais pour l'instant ses reproches étaient restés assez abstraits.

— Hier au soir ! Les appels que vous avez passés, ou plutôt qu'une femme a passés pour vous !

Ah, c'était donc ça.

— Vous m'avez dit que la lettre adressée à John McCrodden n'était pas de Poirot, et j'y ai cru ! Eh bien, vous ne m'y reprendrez plus ! Alors inutile de me servir encore un de vos boniments. Est-ce que j'ai été assez clair ? Je vous envoie chez Rowly McCrodden pour éclaircir la situation, et, au lieu de ça, que faites-vous ? Vous vous liguez à Poirot pour harceler encore le fils de Rowly. Non, n'allez pas me dire que vous n'y êtes pour rien. Je sais que Poirot est venu ici pour vous voir.

— C'était parce que…
— … et je sais que la femme qui a téléphoné à John

McCrodden en exigeant qu'il lui fournisse un alibi pour le jour où ce pauvre vieux Pandy a passé l'arme à gauche a prétendu qu'elle le faisait de la part de l'inspecteur Edward Catchpool de Scotland Yard. Me prenez-vous pour un imbécile? Elle n'a pas du tout agi pour votre compte, n'est-ce pas? Elle l'a fait sur l'ordre d'Hercule Poirot! Comme vous, elle n'est qu'un simple rouage dans son infernale machination. Eh bien, je ne le tolérerai pas, Catchpool, m'entendez-vous? Expliquez-moi, je vous prie, pourquoi Poirot et vous vous obstinez à accuser un innocent d'un meurtre qui n'a même pas eu lieu. Comprenez-vous le véritable sens du mot alibi, Catchpool?

— Oui, m...

— Ce n'est pas de savoir où était quelqu'un à un moment particulier. Je suis actuellement dans mon bureau à vous parler, mais cette information ne constitue pas un alibi. Vous savez pourquoi? Parce qu'aucun meurtre n'est commis tandis que je m'entretiens avec vous. Je ne devrais pas avoir à vous l'expliquer!

C'est là qu'il se trompe lourdement, pensai-je. Quelque part dans le monde, un meurtre a sans doute été commis, depuis qu'il s'est mis à aboyer après moi il y a une dizaine de minutes. Si ce n'est plusieurs meurtres, hélas, et mon chef a une sacrée chance de ne pas figurer parmi les victimes. Si j'étais quelqu'un qu'on peut pousser à bout jusqu'à ce qu'il commette un acte de violence, ce serait déjà arrivé. Mais à mon grand regret, je suis apparemment une personne capable d'essuyer une tempête de vociférations et de hurlements sans sortir de ses gonds.

— Pourquoi obliger John McCrodden à fournir un alibi alors que la mort de Barnabas Pandy ne constitue pas une affaire criminelle ? Pourquoi ? me lança Bewes d'un ton hargneux.

— Monsieur, si vous vouliez bien me laisser le temps de répondre…

Je laissai volontairement ma phrase en suspens, et le silence qui suivit m'autorisa enfin à poursuivre.

— Si quelqu'un a appelé John McCrodden hier soir, je n'ai rien à y voir, dis-je. Rien du tout. Si l'on s'est servi de mon nom pour découvrir où était John McCrodden le jour de la mort de Barnabas Pandy, je ne peux que supposer… eh bien, que cette personne a invoqué Scotland Yard pour obliger McCrodden à parler.

— Poirot est sûrement derrière tout ça. Avec l'aide d'une complice.

— Monsieur, en plus de John McCrodden, trois autres personnes ont reçu un faux signé de Poirot les accusant du meurtre de Barnabas Pandy.

— Catchpool, ne soyez pas ridicule !

Je lui appris le nom des trois autres destinataires, dont l'une était la petite-fille de Pandy, qui se trouvait dans la maison avec lui au moment de sa mort.

— J'ai parlé avec Rowland McCrodden hier, comme vous me l'aviez demandé, et il a exprimé le vif désir d'en découvrir le plus possible sur l'auteur de ces lettres, poursuivis-je. Il veut que Poirot enquête sur cette affaire. Donc, si vraiment Poirot a chargé une femme d'appeler John McCrodden pour lui demander son alibi, peut-être bien que… ce sera dans l'intérêt de Rowland McCrodden, au bout du compte. À condition que cette manœuvre nous aide à y voir plus clair, bien entendu…

— Catchpool, d'après vous, qui m'a mis au courant de cet appel à John McCrodden ?… Rowly, bien sûr !

éructa-t-il dans mon oreille, alors que j'étais soulagé qu'il ait enfin baissé le ton. Il veut savoir pourquoi j'ai autorisé quelqu'un de Scotland Yard à appeler son fils pour exiger de lui un alibi, au lieu de mettre un terme à cette lamentable affaire, comme je m'étais engagé à le faire ! Vous pouvez dire à Poirot que vraisemblablement John McCrodden était en Espagne en décembre, quand Pandy est mort. En Espagne ! Cela suffira-t-il à le disculper ?

J'inspirai profondément avant de répondre.

— Rowland veut comprendre de quoi il retourne. Peut-être a-t-il été en colère d'apprendre qu'on avait demandé un alibi à son fils, mais je suis certain qu'il veut que l'enquête se poursuive pour avoir le fin mot de cette histoire. Or il n'y a qu'un moyen d'y mettre un terme : découvrir l'auteur des quatre lettres, et pourquoi il ou elle les a envoyées. S'il y a la moindre chance que Barnabas Pandy ait été assassiné…

— Si je vous entends encore une fois faire cette suggestion, Catchpool, je ne réponds pas de mes actes !

— Je sais bien que sa mort a été déclarée accidentelle, monsieur, mais si quelqu'un en a le moindre doute…

— Alors cette personne se trompe !

En temps normal, mon chef aurait pu concéder qu'une erreur est toujours possible, et qu'un crime peut ne pas avoir été détecté. Mais dans ces circonstances, sous la pression d'un Rowly Rope, son humeur était si massacrante qu'il était vain de chercher à l'en persuader.

— Vous avez raison sur un point, Catchpool, dit-il. Rowly veut des réponses, et vite. Par conséquent, tant que cette affaire ne sera pas résolue, vous êtes dégagé de vos fonctions officielles. Vous aiderez Poirot à mener cette enquête jusqu'à une conclusion satisfaisante.

Ce retournement de situation me laissa pantois. Pourtant, connaissant mes faiblesses dans ce domaine, j'avais récemment décidé de ne plus chercher à analyser mes sentiments. Mon supérieur avait pris sa décision, et il n'était pas question de la contester.

Quand Bewes reprit la parole, je découvris qu'outre cette décision il avait également pris certaines dispositions.

— Vous trouverez Poirot qui vous attend dans votre bureau, déclara-t-il avant de jeter un coup d'œil à sa montre. Oui, il doit être arrivé. Vous êtes tous les deux attendus au cabinet de Rowly dans cinquante minutes. Cela devrait vous suffire pour arriver là-bas. Ne traînez pas ! Plus vite vous résoudrez cette étrange affaire, mieux je me porterai, conclut-il avec un drôle de sourire, comme pour me faire entrevoir l'intense bien-être auquel il aspirait.

Ainsi qu'il me l'avait été annoncé, Poirot m'attendait dans mon bureau.

— Mon pauvre ami ! s'exclama-t-il en me voyant. Le superintendant vous a passé un savon, n'est-ce pas ? ajouta-t-il, l'œil pétillant de malice.

— Comment l'avez-vous deviné ?

— Il allait s'en prendre à moi, quand je lui ai déclaré que s'il ne se retenait pas je quitterais les lieux sur-le-champ et n'apporterais plus aucune aide à son cher ami Rowland Rope.

— Je vois, rétorquai-je avec une pointe d'irritation. Eh bien, ne vous inquiétez pas. Il a déversé toute sa bile sur moi. Je suppose qu'il ne vous a pas parlé de l'Espagne, si ?

— L'Espagne ?

— John McCrodden a refusé de fournir un alibi, mais

son père a dit au superintendant qu'il était vraisemblablement en Espagne au moment où Pandy est mort.

— Vraisemblablement ? Ça ne fait pas un alibi digne de ce nom.

— Je sais. Je vous rapporte juste les propos de mon chef.

Comme nous quittions le bâtiment, Poirot me déclara que cela faisait une autre question à ajouter à la liste : John McCrodden était-il oui ou non en Espagne le 7 décembre ?

J'avais supposé que nous nous rendrions à pied au cabinet de Donaldson & McCrodden, mais Poirot avait demandé à son chauffeur de nous y emmener. Une fois en voiture, il sortit une petite feuille de papier de sa poche.

— Voici la liste. Un stylo, Catchpool, s'il vous plaît.

Je lui en passai un, et il ajouta la nouvelle question en bas de la liste, qui s'intitulait *Questions importantes*. Du Poirot tout craché, me dis-je, amusé, en sentant ma rancœur se dissiper.

La voici :

Questions importantes

1) Barnabas Pandy a-t-il été assassiné ?
2) Si oui, par qui et pourquoi ?
3) Qui est l'auteur des quatre lettres ?
4) L'auteur suspecte-t-il ces quatre personnes ? Seulement l'une d'entre elles ? Ou aucune ?
5) Si l'auteur des lettres n'en soupçonne aucune, quel était son but en envoyant les lettres ? Que cherche-t-il ?
6) Pourquoi les a-t-il signées du nom d'Hercule Poirot ?
7) Quelles informations Peter Vout dissimule-t-il ?
8) Pourquoi Barnabas Pandy et Vincent Lobb étaient-ils ennemis ?

9) Où est la machine à écrire sur laquelle les quatre lettres furent tapées ?
10) Barnabas Pandy savait-il qu'il allait mourir ?
11) Pourquoi Annabel Treadway a-t-elle l'air si triste ? Quels secrets cache-t-elle ?
12) Kingsbury, le valet de Barnabas Pandy, aurait-il tué son maître ? Si oui, pourquoi ?
13) Pourquoi Annabel Treadway, Lenore et Ivy Lavington ont-elles décidé de ne pas aller à la foire de Noël de Turville College ?
14) John McCrodden était-il en Espagne au moment de la mort de Barnabas Pandy ?

— Pourquoi soupçonnez-vous Kingsbury ? demandai-je à Poirot. Et pourquoi la machine à écrire est-elle importante ? Elles se ressemblent toutes plus ou moins, non ?

— Ah, ah, la machine à écrire ! releva-t-il en souriant, puis, comme s'il venait de répondre à ma deuxième question, il revint à la première : Je m'interroge à propos de Kingsbury à cause de ce qu'Annabel Treadway a dit au téléphone hier au soir, mon ami. Si elle était avec Lenore et Ivy dans la chambre de cette dernière quand M. Pandy est mort, alors Kingsbury était le seul à se trouver dans la maison et sans témoin au moment crucial. Si vraiment il y a eu meurtre, c'est lui le présumé coupable, non ?

— Oui, c'est plausible. Mais alors, pourquoi lui n'a-t-il pas reçu de lettre ? C'est le seul qui était en mesure de tuer Barnabas, pourtant quatre personnes dans l'impossibilité de le faire ont été accusées. C'est pour le moins bizarre, non ?

— Tout ce qui a trait à cette affaire est extrêmement

bizarre. Je commence à me dire que j'ai eu tort de foncer en avant en quête d'alibis…

— C'est un peu tard, non, alors que le chef m'a presque crevé les tympans ?

— Oui, c'est dommage, reconnut Poirot. Bon. Il ne faut pas regretter ce que nous avons découvert. Cela s'avérera utile, j'en suis certain. Et maintenant ? Maintenant, il est temps d'approfondir notre réflexion. Par exemple, si Kingsbury est notre assassin, peut-être le fait qu'il n'ait pas reçu de lettres contrairement à quatre personnes innocentes n'est-il pas bizarre du tout ?

Je lui demandai ce qu'il entendait par là, mais il se contenta de m'adresser un sourire énigmatique et refusa d'en dire plus.

Quand nous fûmes arrivés au cabinet de Donaldson & McCrodden, je me préparai à ma deuxième rencontre avec Mlle Mason tout en montant l'escalier. Je n'avais pas averti Poirot de son zèle intempestif, mais j'osais espérer qu'elle nous introduirait auprès de Rowland McCrodden sans trop de salamalecs, puisqu'il nous attendait de pied ferme.

Je fus vite déçu. Tout empourprée, la jeune femme faillit presque se jeter dans mes bras.

— Oh, inspecteur Catchpool ! Dieu merci vous voilà ! Je ne sais que faire !

— Qu'y a-t-il, mademoiselle Mason ? Il est arrivé quelque chose ?

— C'est M. McCrodden. Il refuse d'ouvrir sa porte. Je ne peux pas entrer. Il doit l'avoir verrouillée de l'intérieur, ce qu'il ne fait jamais. Il ne répond pas au téléphone, et quand je frappe et que je l'appelle, il ne répond pas non plus. Il est forcément à l'intérieur. Je l'ai vu, de mes yeux, entrer dans son bureau et en fermer la porte il y a moins d'une demi-heure.

Mlle Mason se tourna vers Poirot.

— M. McCrodden sait que vous avez rendez-vous, pourtant il n'ouvre pas sa porte. Je ne peux m'empêcher de craindre le pire. Et s'il avait eu une attaque ?

— Catchpool, pouvez-vous enfoncer la porte ? me demanda Poirot.

J'en tâtai le bois pour en estimer la dureté, quand la porte s'ouvrit sur Rowland McCrodden lui-même, apparemment en pleine forme.

— Oh, le ciel soit loué ! s'exclama Mlle Mason.

— Il me faut partir sur l'heure, déclara McCrodden. Messieurs, je suis désolé.

Sans rien ajouter d'autre, il nous dépassa et quitta les bureaux. Nous entendîmes ses pas descendre l'escalier. Puis une porte fut claquée avec violence.

Mlle Mason courut après lui.

— Monsieur McCrodden, ne partez pas comme ça, voyons, ça ne se fait pas.

— Il est déjà parti, mademoiselle.

Mlle Mason ignora Poirot et continua à brailler dans la cage d'escalier vide qui résonna de ses cris.

— Monsieur McCrodden ! Ces deux messieurs ont rendez-vous avec vous !

11

Vert olive

Quand j'arrivai à Scotland Yard le lendemain matin, le superintendant m'informa que Rowland McCrodden désirait nous rencontrer Poirot et moi à notre convenance, mais à une condition : que cela ne se passe pas au cabinet Donaldson & McCrodden. Nous acceptâmes, et convînmes de nous retrouver au Pleasant's à 14 heures.

Pour une fois, l'atmosphère du café n'était pas surchauffée, juste d'une tiédeur agréable, et elle fleurait bon la cannelle et le citron. Notre amie Fee Spring se précipita sur nous. D'ordinaire, je suis l'objet principal de son attention, mais aujourd'hui elle n'avait d'yeux que pour Poirot… des yeux d'une avidité surprenante. Elle le poussa presque vers sa place habituelle en lui demandant d'un ton impérieux :

— Alors ? Avez-vous tenu votre promesse ?

— Oui, mademoiselle. Mais nous allons devoir remettre à plus tard notre discussion sur le gâteau vitrail. Catchpool et moi sommes ici pour un rendez-vous important.

— Avec quelqu'un qui n'est pas encore arrivé, remarqua Fee. Ça nous laisse du temps.

— Qu'est-ce que c'est que cette histoire de gâteau vitrail ? m'enquis-je, intrigué, mais ils m'ignorèrent superbement.

— Nous risquerions d'être interrompus, argua Poirot. Chaque chose en son temps.

— Regardez un peu les théières, lui dit Fee. J'y ai passé le plumeau exprès pour vous. Et j'ai mis tous les becs dans la même direction. Remarquez, je pourrais facilement les remettre comme avant…

— Je vous en prie, n'en faites rien, implora Poirot en levant les yeux vers les étagères où les théières étaient disposées. C'est parfait. Je n'aurais pu mieux faire. Très bien, mademoiselle, allons-y. Je me suis rendu au Kemble's Coffee House comme vous me l'aviez demandé. Là-bas, j'ai commandé une tranche de gâteau vitrail à Philippa, la serveuse. Et j'ai engagé la conversation avec elle en l'orientant sur le sujet qui vous tient à cœur. Je lui ai demandé d'où elle tenait la recette de ce gâteau. D'une amie, m'a-t-elle répondu.

— Ça alors ! Elle est drôlement gonflée ! Une collègue de travail, ça n'est pas une amie.

— De quoi s'agit-il ? tentai-je encore, sans succès, en constatant que Rowland Rope était en retard.

— Je lui ai demandé le nom de cette amie qui lui avait donné la recette, reprit Poirot. Aussitôt, elle est devenue fuyante et s'est détournée pour s'occuper d'un autre client.

— C'est une preuve amplement suffisante, conclut Fee. Elle sait très bien qu'elle m'a volé ma recette, mais je vais lui apprendre ! Bon, je m'en vais vous apporter une tranche de mon gâteau vitrail, avec les compliments de la maison. Il sera là dans cinq minutes, votre monsieur, ajouta-t-elle en me voyant jeter un coup d'œil à ma montre. Jamais vu un front pareil. Je lui ai dit de revenir à 14 h 15.

111

Sur ce, elle sourit et s'en fut vers les cuisines avant que nous ayons pu la réprimander.

— Je me demande parfois si Fee n'est pas un peu fêlée, dis-je à Poirot. Quand avez-vous trouvé le temps d'enquêter sur un vol de recette ?

— J'ai de la chance, mon ami. Que je travaille ou que je vaque à mes occupations, j'ai juste besoin de pouvoir réfléchir. Assis parmi des inconnus à déguster une tranche de gâteau... Ces circonstances favorisent le fonctionnement de mes petites cellules grises. Ah, Rowland McCrodden est arrivé.

En effet.

— Monsieur McCrodden, lui dit Poirot en lui serrant la main. Hercule Poirot. Vous m'avez aperçu hier, mais je n'ai pas eu l'opportunité de me présenter.

McCrodden parut, fort heureusement, un peu embarrassé.

— Oui, et je m'en excuse. J'espère que nous rattraperons le temps perdu en avançant bien cet après-midi, répondit-il.

Fee apporta du café et une tranche de gâteau vitrail pour Poirot, du thé pour moi et de l'eau pour Rowland McCrodden, qui alla droit au but.

— Quel que soit l'auteur de cette lettre, il est encore monté d'un cran dans sa campagne de persécution. Hier soir, une femme a téléphoné en prétendant vous représenter, Catchpool, et en se réclamant de Scotland Yard. Elle a exigé de John qu'il lui fournisse un alibi pour la date à laquelle Barnabas Pandy est mort.

Poirot et moi avions convenu à l'avance de lui dire la vérité, ou presque.

— Ce n'est pas tout à fait exact, rectifiai-je. En effet,

elle a dit qu'elle téléphonait de la part de l'inspecteur Catchpool de Scotland Yard. C'était le cas, mais ce n'était pas pour autant en rapport avec Scotland Yard. Elle n'a sûrement pas prétendu qu'elle-même y travaillait.

— Que diable voulez-vous dire ? me jeta méchamment McCrodden de l'autre côté de la table. Que c'était vous le responsable ? Que c'est vous qui avez chargé cette femme de passer ce coup de fil ? Et d'abord, qui était-ce ?

Je pris garde d'éviter de regarder en direction de Fee Spring. Poirot dut faire de même, je présume. J'aurais pu passer moi-même ces quatre appels, mais j'avais voulu m'assurer un écran de protection. Sachant qu'il y avait une chance pour que le chef finisse par m'agonir en m'en tenant responsable, je m'étais dit que je pourrais plus facilement nier toute participation à cette manœuvre si la voix à l'autre bout du fil était celle d'une femme. Poltron comme je suis, j'avais calculé que si Fee s'en occupait pour Poirot, comme je l'avais prévu, je pourrais me considérer comme peu impliqué et facilement me dédouaner. Fee n'avait aucun de mes scrupules quant au style peu orthodoxe de ce plan ; manifestement, elle avait été ravie que je la charge de son exécution.

— J'en suis seul responsable, monsieur, déclara Poirot à Rowland McCrodden. Ne vous inquiétez pas. À partir de maintenant, nous travaillerons ensemble tous les trois à la résolution de ce mystère.

— Travailler ensemble ? rétorqua McCrodden en se hérissant. Avez-vous une idée de ce que vous avez fait, Poirot ? Après avoir reçu ce maudit appel, John est venu chez moi et il m'a déclaré que dorénavant il n'était plus mon fils, et que je n'étais plus son père. Il désire couper définitivement tout lien avec moi.

— Il changera d'avis dès que la véritable identité de l'auteur des lettres sera connue. Ne vous tourmentez pas, monsieur. Placez plutôt votre confiance en Hercule Poirot. Mais puis-je savoir pourquoi vous avez insisté pour que nous nous retrouvions aujourd'hui dans un autre lieu ? Qu'y a-t-il dans vos bureaux que vous souhaitiez me dissimuler ?…

McCrodden émit un son étrange.

— Il est trop tard pour cela, murmura-t-il.

— Que voulez-vous dire ?

— Rien.

Poirot fit une nouvelle tentative.

— Pourquoi vous être enfermé dans votre bureau avant de vous en échapper pour disparaître ? Monsieur ? Voulez-vous bien répondre ? insista-t-il, voyant que l'autre s'obstinait à garder le silence.

— Ça n'a rien à voir avec ce qui nous occupe, répondit sèchement McCrodden. Cela vous suffit-il ?

— Oh que non. Si vous refusez de nous l'expliquer, je n'aurai d'autre choix que de le deviner. Redoutiez-vous que nous y découvrions une machine à écrire ?

— Une machine à écrire ? s'étonna McCrodden, perplexe. Que voulez-vous dire ?

— Ah, ah ! s'exclama Poirot d'un air énigmatique.

McCrodden s'adressa à moi.

— Que veut-il dire, Catchpool ?

— Je l'ignore, mais vous remarquerez que ses yeux ont changé de couleur… Ils ont pris une nuance vert olive tout à fait frappante. Cela signifie d'ordinaire qu'il a élucidé quelque chose.

— Olive ? grogna McCrodden en écartant sa chaise de la table. Alors vous savez, n'est-ce pas ? Vous le savez tous les deux. Et vous me faites marcher sans vergogne. Mais comment est-ce possible ? Je n'en ai parlé à personne.

— Vous parlez de la machine à écrire ?

— Je me contrefiche de votre machine à écrire ! Je parle de la raison pour laquelle je n'ai pu supporter de rester une seconde de plus à mon cabinet hier, et pourquoi j'ai refusé de vous y recevoir aujourd'hui. Je parle d'Olive, comme vous le savez pertinemment. C'est pourquoi vous avez parlé de vert olive, n'est-ce pas ?

Poirot et moi échangeâmes un regard rempli de confusion.

— Olive ?

— Mlle Olive Mason. C'est à cause d'elle que je ne peux plus me rendre sur mon lieu de travail… ce qui est très gênant.

— Mlle Mason ? dis-je. La jeune femme qui travaille pour vous ?

— Olive est son prénom. Je croyais que vous le saviez.

— Non, monsieur. Pourquoi la présence de cette jeune femme vous chasse-t-elle hors de vos bureaux ?

— Elle n'a rien fait de mal, répondit McCrodden d'un air découragé. Elle est consciencieuse, d'aspect soigné, bref, une employée modèle. La bonne marche du cabinet semble lui importer autant qu'à Donaldson et à moi. Je ne peux la prendre en défaut.

— Et pourtant ? lança Poirot.

— Je la trouve de jour en jour plus insupportable. Hier, ma patience a atteint ses limites. Je l'avais informée que j'hésitais à inviter un certain client au prochain dîner de la Law Society. Dans l'heure qui a suivi, elle m'a rappelé trois fois que je devais prendre ma décision comme s'il s'agissait d'une urgence absolue. Je connais la date de ce dîner aussi bien qu'elle, ce qu'elle sait pertinemment. Inutile de me la rappeler à tout bout de champ. La troisième fois, comme je lui disais que je n'avais toujours pas pris ma décision, elle m'a répondu en me parlant comme à un enfant de cinq ans. «Eh bien, vous devriez peut-être y réfléchir un peu», l'imita McCrodden en grinçant des dents à ce souvenir. Trop c'est trop. J'ai verrouillé la porte de mon bureau, et quand ensuite elle a frappé et a cherché à me parler je l'ai ignorée.

— Et c'est alors que Catchpool et moi-même sommes arrivés, intervint Poirot, qui semblait s'amuser beaucoup.

— Oui. Trop tard. J'étais dans une humeur si noire qu'il fallait que je sorte. C'était tout à fait irrationnel, je l'avoue.

— Si vous avez pris Mlle Mason en grippe, pourquoi ne pas lui signifier que vous vous passerez dorénavant de ses services ? suggéra Poirot. Vous pourriez alors retourner travailler sans plus d'appréhension.

Mais cette idée sembla révulser McCrodden.

— Je n'ai aucunement l'intention de la jeter à la rue. Elle est dévouée et n'a rien fait de mal. De plus, Stanley Donaldson, mon associé, n'a rien contre elle, autant que je sache. Non, je dois essayer de surmonter mon aversion et prendre sur moi…

— Prendre sur vous, répéta Poirot pensivement. C'est une notion intéressante.

— Éviter de me rendre au bureau, tout ça pour l'éviter, cela m'arrange, mais ce n'est pas une solution. Elle finira par en être blessée. C'est puéril de ma part. Mais tout cela ne vous regarde pas, et c'est complètement hors sujet. Je voudrais savoir, Poirot, comment vous comptez découvrir qui a envoyé cette lettre à mon fils.

— J'ai quelques idées là-dessus. La première a trait au dîner de la Law Society. Quelle en est la date ? Je me demande si c'est celui auquel Peter Vout, le conseiller juridique de Barnabas Pandy, a été invité.

— À coup sûr, confirma McCrodden. Il n'y a pas d'autre grand dîner de ce genre à l'horizon. Ainsi, Peter Vout était le conseiller juridique de Pandy, dites-vous ?

— Le connaissez-vous ? demanda Poirot.

— Un peu, oui.

— Formidable. Alors vous êtes bien placé.

— Pour quoi faire ? s'enquit McCrodden d'un air méfiant.

— Mon cher… vous allez pouvoir enquêter pour nous l'air de rien, comme on dit ! jubila Poirot en se frottant les mains.

12

Alibis en chute libre

— C'est l'idée la plus saugrenue que j'aie jamais entendue, dit Rowland McCrodden, après avoir appris en détail le plan proposé par Poirot. Il n'en est pas question.

— C'est votre avis pour l'instant, monsieur, mais à mesure que le grand dîner organisé par la Law Society se rapprochera, vous en viendrez à comprendre que l'occasion est trop belle, et que vous êtes tout à fait capable de jouer votre rôle à la perfection.

— Je ne participerai pas à une supercherie, même si c'est pour la bonne cause.

— Mon ami, ne nous disputons pas. Si vraiment vous vous y opposez, je n'insisterai pas.

— Je m'y oppose, confirma avec force McCrodden.

— Nous verrons. Bon, acceptez-vous de laisser Catchpool examiner toutes les machines à écrire en service à votre cabinet ?

— Pourquoi remettez-vous sans cesse le sujet des machines à écrire sur le tapis ?

Poirot sortit d'une poche la lettre qu'avait reçue John McCrodden et il la poussa sur la table vers l'homme de loi.

— N'y a t-il rien de spécial dans les caractères ? s'enquit-il. Regardez bien.

— Non… Ah… attendez, dit McCrodden en examinant la feuille de plus près. La lettre *e* est incomplète. Il y a un blanc dans le bâton horizontal, constata-t-il avant de jeter la lettre sur la table.

— Précisément, confirma Poirot.

— Je vois. Si vous trouvez la machine, vous trouverez qui a envoyé la lettre. Et puisque vous venez juste de me demander la permission d'inspecter mes bureaux, je dois en conclure que vous me soupçonnez d'être cette personne.

— Pas du tout, mon cher. C'est une simple formalité. Nous enquêterons chez toutes les personnes reliées à cette énigme et se trouvant en possession d'une machine à écrire : le domicile de Sylvia Rule, celui de Barnabas Pandy, bien sûr, Turville College, où Timothy Lavington et Freddie Rule sont élèves, et où Hugo Dockerill est maître d'internat…

— Quels sont tous ces gens ? Je n'en ai jamais entendu parler.

Je saisis l'occasion pour lui dire que son fils n'était pas le seul à avoir reçu une lettre d'accusation, puis l'observai alors qu'il s'efforçait de digérer cette information. Il en resta un moment sans voix.

— Dans ce cas, pourquoi ne pas avoir dit à John qu'il n'était pas le seul destinataire ? Au lieu de lui laisser croire qu'il était l'unique accusé ?

— Détrompez-vous, monsieur, lui dit Poirot. J'en ai informé votre fils, bien entendu. George, mon valet, a confirmé mes paroles. Mais votre fils n'a pas voulu écouter. Il est resté intimement convaincu que vous étiez l'instigateur de toute cette affaire.

— C'est une sacrée tête de mule ! s'exclama McCrodden en tapant du poing sur la table. Et ce depuis sa naissance. Mais je ne comprends pas. Pourquoi quelqu'un enverrait-il des lettres à quatre personnes différentes pour les accuser du même crime et en les signant de votre nom ?

— C'est fort déconcertant, convint Poirot.

— Et c'est tout ce que vous avez à dire ? Puis-je suggérer que, au lieu de rester assis en espérant que la réponse nous tombe du ciel, nous nous creusions un peu la tête pour essayer de résoudre le problème ?

Poirot sourit d'un air affable.

— Je ne vous ai pas attendu pour faire travailler mes petites cellules grises, mon cher. J'ai déjà commencé. Mais je vous en prie, joignez-vous à moi.

— Je vois deux raisons pour lesquelles l'auteur des lettres a agi de la sorte, intervins-je. Primo : signées de votre nom, Poirot, les lettres ont plus de chance de remplir d'effroi leurs malheureux destinataires ; quand Hercule Poirot déclare quelqu'un coupable d'un meurtre, la police est sur les dents. Par conséquent, utiliser votre nom est une bonne manière de provoquer un état de choc. Une personne, même innocente, peut craindre qu'être accusée de meurtre par vous puisse lui être fatal.

— Je suis d'accord, dit Poirot. Et la deuxième raison ?

— L'auteur des lettres veut que vous interveniez, dis-je. Il croit que Barnabas Pandy a été assassiné, mais n'en est pas certain. Ou bien il en est certain, mais ignore qui est l'assassin. Il établit un plan afin d'exciter votre curiosité et vous pousser à enquêter. Il sait que faire appel à la police ne marcherait pas, car le dossier officiel a déjà établi que la mort de Pandy était accidentelle.

— Très bien, dit Poirot. Je partage ces deux déductions.

Mais, dites-moi, Catchpool, pourquoi a-t-il choisi ces quatre personnes en particulier ?

— N'étant pas moi-même l'auteur des lettres, je crains de ne pouvoir répondre à cette question.

— Selon Annabel Treadway, la petite-fille de M. Pandy, reprit Poirot en s'adressant à McCrodden, cinq personnes étaient présentes à Combingham Hall le 7 décembre : elle-même, Barnabas Pandy, Lenore Lavington, son autre petite-fille, la fille de cette dernière, Ivy, et le domestique de M. Pandy, Kingsbury. Supposons un instant qu'il s'agisse en effet d'un meurtre. En ce cas, ce sont les personnes se trouvant sur les lieux du crime qui auraient dû recevoir ces lettres d'accusation. Or une seule d'entre elles en a reçu : Annabel Treadway. Les trois autres lettres ont été envoyées à deux personnes qui, si on les en croit, étaient toutes deux fort occupées à la foire de Noël du Turville College, Sylvia Rule et Hugo Dockerill, et à John McCrodden, qui, jusqu'à présent, ne semble avoir aucun lien avec le défunt.

— Il y a de fortes probabilités pour que John se soit trouvé en Espagne quand Pandy est mort, dit son père. Je suis certain que c'était en décembre de l'an passé. À l'époque, j'avais essayé de le dénicher au marché où il tient un stand, et là j'ai appris qu'il était parti en Espagne, et qu'il y séjournerait plusieurs semaines.

— Vous n'en semblez pas certain, lui dit Poirot.

— Eh bien…, hésita McCrodden. C'était en décembre, sans aucun doute. Il y avait tout un tas de babioles de Noël à vendre sur les stands du marché… de ces breloques scintillantes qui ne servent à rien. Mais c'était peut-être plus tard en décembre, convint-il en secouant la tête d'un air mortifié, comme s'il s'était pris lui-même en flagrant délit de mensonge pour protéger son fils. Vous avez raison, admit-il. J'ignore où se trouvait John quand Pandy est mort. En fait, j'ignore toujours où il se trouve. Poirot, croyez-moi, je ne laisserai pas mes sentiments troubler mon jugement. Même si mon unique enfant avait commis un meurtre, je serais le premier à prévenir la police et j'exigerais son exécution, comme j'exige la peine de mort pour tous les meurtriers.

— En êtes-vous si sûr, monsieur?

— Mais oui. On doit rester fidèle à ses principes, sinon c'est tout le ciment de la société qui s'effrite. Si mon enfant le méritait, je le pendrais moi-même haut et court. Mais, comme je l'ai expliqué à Catchpool, John n'irait jamais tuer personne. C'est pour moi une certitude. Par conséquent, ses allées et venues le jour en question importent peu. Il est innocent, un point c'est tout.

— Un point c'est tout? Alors que cette affaire est loin d'être réglée et que l'enquête n'en est qu'à son tout début? s'étonna Poirot, à la consternation de McCrodden.

— Pourquoi John serait-il allé en Espagne? demandai-je.

— Il y va régulièrement, répondit McCrodden en s'assombrissant. Sa grand-mère maternelle y a vécu un certain temps, et à sa mort elle a légué sa maison à John. C'est près du bord de mer, et le climat y est bien plus doux que chez nous. John est plus heureux en Espagne que n'importe où en Angleterre, c'est ce qu'il dit toujours. En outre, ces derniers temps, il y avait une femme... peu recommandable. Pas du tout le genre de jeune fille que j'aurais choisie pour lui.

— Dans ce domaine, les gens ont besoin de faire leurs propres choix, lançai-je malgré moi en songeant à l'« épouse idéale » que ma mère avait récemment trouvée et tenté de m'imposer – c'était sans doute une jeune femme délicieuse, mais je lui garderai toujours rancune de ces quelques jours lugubres à Great Yarmouth que je m'étais senti obligé d'offrir à ma mère en guise de compensation.

McCrodden eut un rire qui sonna creux.

— Dans le domaine sentimental, vous voulez dire ? Oh, John ne tient pas du tout à cette femme. Il profite d'elle, c'est tout. C'est immoral, et il sait ce que j'en pense. Je lui ai dit que sa mère devait se retourner dans sa tombe, et savez-vous ce qu'il a fait ? Il m'a ri au nez.

— Je me demande…, dit posément Poirot.

— Quoi ? m'enquis-je.

— Je me demande si, en se faisant passer pour moi, l'auteur de la lettre ne cacherait pas l'identité d'une personne plus importante dans l'affaire qui nous occupe.

— Vous parlez de celle du meurtrier ? demanda McCrodden. Le meurtrier de Barnabas Pandy ?

Quelque chose dans sa voix caverneuse me fit frissonner. Il est difficile de réconforter un homme qui vous déclare fièrement qu'il pendrait son propre enfant.

— Non, mon cher, dit Poirot. Ce n'est pas ce que je veux dire. Une autre possibilité m'est apparue… très intéressante.

Sachant qu'il n'en dirait pas plus pour l'instant, j'interrogeai McCrodden sur les lieux où il se trouvait le 7 décembre.

— J'étais à mon club, L'Athenaeum, toute la journée, avec Stanley Donaldson, me répondit-il sans l'ombre d'une hésitation. Le soir, nous sommes allés ensemble voir *Dear Love* au Palace Theatre. Vous pouvez vérifier auprès de Stanley, si ça vous chante. (Puis, voyant que la promptitude de sa réponse m'avait surpris, il ajouta :) Dès que j'ai appris la date de la mort de Pandy, j'ai demandé… j'ai demandé à Mlle Mason de m'apporter l'agenda de l'an dernier, ajouta-t-il en faisant la grimace. J'ai pensé que cela pourrait m'aider à me repérer pour savoir où John se trouvait à cette date. Si c'était un jour où j'avais tenté d'entrer en contact avec lui pour essuyer une rebuffade, par exemple, dit-il avec un tremblement dans la voix, qu'il essaya de dissimuler par un toussotement. En tout cas, je suis fort heureusement en position de fournir un alibi bien plus crédible que certains des autres protagonistes de ce petit drame déplaisant. La foire de Noël d'un collège ! renifla-t-il avec mépris.

— Apparemment, Noël ne vous inspire guère d'enthousiasme, monsieur ?

— Ce n'est pas vraiment ma tasse de thé, mais là n'est pas la question. Franchement, Poirot, la présence de quelqu'un à la foire de Noël d'un grand collège ne constitue pas un alibi sérieux quand même ? Ça ne vaut pas un clou.

— Pourquoi cela, mon cher ?

— Cela fait longtemps que je n'ai pas participé à ce genre de réjouissances, mais je m'en souviens fort bien pour y être allé du temps de ma jeunesse. Je me rappelle que j'essayais de passer la journée sans adresser la parole à quiconque. D'ailleurs, c'est un genre d'exercice que je pratique encore aujourd'hui aux grands rassemblements où je dois me rendre contraint et forcé, car je déteste les bains de foule. Je m'y appliquerai sans faillir lors du grand dîner de la Law Society. Le secret, c'est de croiser tout le monde avec un sourire amical, en faisant mine d'aller rejoindre un autre petit groupe qui vous attend un peu plus loin.

Personne ne se soucie de vérifier si vous allez vraiment rejoindre ceux vers qui vous semblez vous diriger avec tant d'empressement. Une fois que vous les avez dépassés, les gens ne remarquent pas où vous allez ni ce que vous faites.

Sous ses sourcils froncés, les yeux de Poirot ne cessaient de papillonner, signe d'une grande activité cérébrale.

— Vous avez marqué un point, monsieur, reconnut-il. Il a raison, n'est-ce pas, Catchpool ? Moi aussi j'ai assisté à ce genre de grand rassemblement. Rien de plus facile au monde que de disparaître et de réapparaître un peu plus tard sans que personne ne le remarque, au milieu des rires et des conversations. Je suis un imbécile ! Monsieur McCrodden, savez-vous ce que vous avez fait ? Vous avez provoqué la chute de tout un tas d'alibis ! Voilà que nous en savons moins qu'au début !

— Allons, Poirot, dis-je. N'exagérez pas. Quels sont tous ces alibis tombés dont vous parlez ? Annabel Treadway a toujours le sien : elle était avec Ivy et Lenore Lavington dans la chambre d'Ivy, même si cela nécessite d'être vérifié. John McCrodden était peut-être en Espagne, encore à vérifier. Ce problème de la foire de Noël qui vous inquiète tant ne fragilise que deux alibis tout au plus : ceux de Sylvia Rule et d'Hugo Dockerill.

— Vous vous trompez, mon ami. L'épouse d'Hugo, Jane Dockerill, ainsi que Timothy Lavington, le petit-fils de Barnabas Pandy, et le jeune Freddie Rule étaient aussi présents à Turville, n'est-ce pas ?

— En quoi compteraient-ils ? demanda Rowland McCrodden. Personne ne les a accusés de quoi que ce soit.

— Personne n'a non plus accusé Kingsbury, le valet de M. Pandy, répondit Poirot. Cela ne l'exclut pas pour autant de la liste des éventuels suspects. Ni d'ailleurs

Vincent Lobb, le vieil ennemi de Barnabas. Sans oublier cet Eustace abhorré par Sylvia Rule. Je préfère n'exclure de cette liste aucune des personnes dont les noms sont reliés à cette déconcertante affaire, tant que je n'aurais pas la preuve qu'ils n'y sont pour rien.

— Suggérez-vous que l'une des personnes présentes à la foire de Noël puisse avoir quitté Turville College pour se rendre à Combingham Hall et tué Barnabas Pandy ? dis-je. Cela fait une bonne heure de trajet en voiture. Il lui aurait fallu disposer d'un véhicule ou que quelqu'un l'emmène. Et ensuite ? Cette personne noie Barnabas Pandy dans son bain, puis retourne à la fête, où elle se montre à la vue de tout le monde pour qu'on remarque sa présence ?

— C'est tout à fait plausible, confirma Poirot d'un air sévère.

— Nous ne devons pas oublier que la mort de Barnabas était vraisemblablement un accident, objectai-je.

— Oui, mais s'il s'agit bien d'un meurtre..., dit Poirot d'un air lointain. S'il s'agit bien d'un meurtre, alors le meurtrier a tout intérêt à amener les soupçons sur un autre que lui, non ? Cela fait un puissant mobile.

— Pas alors que personne ne le soupçonne au départ, puisque la mort a été déclarée accidentelle, dis-je.

— Ah, mais peut-être que quelqu'un conteste cette version des faits, argua Poirot. L'assassin a pu découvrir que la vérité est connue d'au moins une personne, et qu'elle est sur le point d'être révélée. Aussi jette-t-il les soupçons sur d'autres que lui ! Et même, sur quatre personnes innocentes, simultanément. C'est très ingénieux, et plus efficace que d'en accuser une seule.

— Pourquoi ? demandai-je, de concert avec McCrodden.

— Si vous n'accusez qu'une personne, l'affaire s'éclaircit trop rapidement. L'accusé fournit un alibi, ou bien on ne peut retenir contre lui aucune preuve le reliant au crime, et c'est réglé. Tandis qu'en accusant quatre personnes, et en signant du nom d'Hercule Poirot ces accusations, qu'obtenez-vous ? Du chaos ! De la confusion ! Un concert de dénégations qui s'élèvent de toutes parts ! Voilà précisément où nous en sommes, et c'est assurément un excellent écran de fumée, non ? Nous ne savons rien ! Nous ne voyons rien !

— Vous avez raison, renchérit Rowland McCrodden. L'auteur des lettres est en effet un fin stratège. Il a soulevé une question, avec l'espoir que Poirot enquêterait : lequel des quatre accusés est-il coupable ? Une question qui semble n'avoir qu'une réponse parmi quatre possibilités offre un choix aussi limité que trompeur. En vérité, il existe beaucoup d'autres réponses possibles, et peut-être un tout autre coupable. Poirot, croyez-vous, comme moi, que l'auteur des lettres est vraisemblablement le meurtrier de Barnabas Pandy ? conclut McCrodden d'un ton pressant, en se penchant en avant.

— J'essaie de ne pas me livrer à des allégations hasardeuses. Comme le dit Catchpool, nous ne savons pas encore si M. Pandy a été assassiné. Ce que je crains, mes amis, c'est que nous ne le sachions peut-être jamais. Je suis bien embarrassé et ne sais quelle suite donner à...

Au lieu de terminer sa phrase, il chuchota quelque chose d'inaudible en français, puis rapprocha de lui l'assiette avec la tranche de gâteau vitrail, et prit la petite fourchette à dessert. Alors, en la brandissant au-dessus de la tranche de gâteau, il leva les yeux vers Rowland McCrodden et déclara d'un ton décidé :

— C'est en m'attaquant à votre fils John que je vais poursuivre cette enquête.

— Quoi ? gronda McCrodden. Mais puisque je vous dis...

— Ne vous méprenez pas. Je ne veux pas dire que je le tiens pour coupable. C'est sa position dans la structure qui me fascine.

— Quelle position ? Quelle structure ?

Poirot reposa la fourchette et prit le couteau à dessert.

— Voyez les quatre carrés qui constituent cette part de gâteau, dit-il. Dans la moitié supérieure, un carré jaune côtoie un rose, et inversement dans la moitié inférieure. Admettons pour la bonne marche de cet exercice que ces quatre petits carrés de la même part représentent les quatre destinataires des lettres d'accusation. Au début, j'ai pensé qu'ils allaient par paire...

Alors Poirot coupa la part de gâteau en deux, pour illustrer ce point.

— Annabel Treadway et Hugo Dockerill, tous deux reliés à Barnabas Pandy constituent une paire, poursuivit-il. Sylvia Rule et John McCrodden, n'en ayant jamais entendu parler, formant l'autre paire. Mais alors...

Poirot coupa encore en deux l'une des moitiés, et poussa le carré rose détaché vers la moitié restée intacte, laissant un seul carré jaune isolé en bas de l'assiette.

— ... alors je découvre que le fils de Sylvia Rule, Freddie, est dans le même établissement que Timothy Lavington, l'arrière-petit-fils de Barnabas, reprit-il. Nous avons donc maintenant trois personnes clairement liées à M. Pandy et reliées entre elles : Annabel Treadway a refusé une demande en mariage d'Hugo Dockerill. Hugo Dockerill est maître d'internat à l'établissement fréquenté par le fils de Sylvia Rule, qui a pour camarade d'école le neveu d'Annabel Treadway. D'après ce que nous savons pour l'instant, seul John McCrodden n'a jusque-là rien qui le relie à aucun des autres ni à Barnabas Pandy.

— Il a peut-être un rapport avec Barnabas Pandy que nous ignorons encore, fis-je remarquer.

— Certes, mais tous les autres liens sont très clairs et facilement repérables, dit Poirot. Évidents, indéniables… impossible de les manquer.

— Vous avez raison, concédai-je. John McCrodden fait figure d'exception.

Rowland McCrodden accusa le coup, mais il ne dit rien.

Poirot poussa le carré jaune hors de l'assiette, sur la nappe.

— Je me demande si c'est ce que l'auteur des lettres cherche à me suggérer, dit-il. Je me demande si il ou elle veut que je considère en premier lieu et avant toute chose la culpabilité de M. John McCrodden.

13

Les hameçons

Ce soir-là, Poirot et moi étions assis au coin d'une bonne flambée dans le salon de ma logeuse, Blanche Unsworth. Nous étions si bien habitués à ce lieu que nous ne remarquions plus les nuances de rose et de violet qui juraient entre elles, les trop nombreux meubles surchargés de bibelots prétendument décoratifs, les glands, franges et dentelles ornant et bordant à outrance tous les abat-jour, fauteuils et rideaux.

Nous tenions chacun un verre à la main. Aucun de nous ne parlait depuis un bon moment. Cela faisait presque une heure que Poirot s'abîmait dans la contemplation des flammes, hochant ou secouant la tête par intermittence. Je venais juste de terminer mes mots croisés quand il déclara posément :

— Sylvia Rule a brûlé la lettre qu'elle a reçue.

J'attendis.

— John McCrodden a déchiré la sienne en morceaux, qu'il a ensuite envoyés à son père dans une enveloppe, accompagnés d'un mot incendiaire, poursuivit Poirot. Annabel Treadway a d'abord raturé la sienne, puis l'a déchirée et brûlée, et Hugo Dockerill a égaré la sienne. Son épouse Jane a fini par la retrouver.

— En quoi ces faits sont-ils importants ? demandai-je.

— J'ignore ce qui l'est et ce qui ne l'est pas, mon ami. Je suis assis là à me creuser les méninges comme jamais, et je ne trouve aucune réponse à l'énigme la plus importante de toutes.

— Savoir si Pandy a été ou non assassiné ?

— Non. Il existe une question encore plus cruciale que celle-ci. Après tout, pourquoi devrions-nous enquêter davantage sur cette affaire ? Ce n'est pas la première fois que je tente de découvrir si une mort accidentelle pourrait être ou non un meurtre déguisé. Mais les autres fois une personne fiable m'avertissait de ne pas me fier aux apparences, ou bien encore j'en étais moi-même venu à suspecter quelque chose en me fondant sur mes propres observations. Ce n'est pas du tout le cas dans l'affaire qui nous occupe.

— Non, convins-je en songeant avec angoisse au travail qui continuait à s'accumuler sur mon bureau de Scotland Yard tandis que j'obéissais aux caprices de Poirot, de Rowland McCrodden et du superintendant.

— En l'occurrence, l'allégation que la mort de M. Pandy serait un meurtre vient d'un trouble personnage, qui écrit des lettres en les signant d'un nom qui n'est pas le sien. Nous savons pertinemment que l'auteur de ces lettres est un imposteur, un menteur, un mauvais plaisant, semeur de discorde ! Si je décidais de ne pas pousser plus loin mes investigations pour me consacrer à d'autres choses, personne ne critiquerait ma décision.

— Pas moi, en tout cas, lui assurai-je.

— Et pourtant... J'ai mordu à tous les hameçons que

m'a jetés ce trouble personnage. J'ai envie de savoir pourquoi Mlle Annabel Treadway est si triste. Qui a envoyé les lettres et pourquoi ? Pourquoi quatre lettres, et pourquoi à ces quatre personnes-là ? Leur auteur croit-il vraiment que Barnabas Pandy a été assassiné, ou bien n'est-ce qu'un genre de jeu ou de piège ? L'auteur est-il le meurtrier, ou ai-je deux coupables à démasquer ?

— Eh bien, si l'auteur des lettres est aussi l'assassin, ce doit être un, ou une, sacré imbécile ! « Cher Hercule Poirot, j'aimerais attirer votre attention sur le fait que j'ai commis un meurtre en décembre dernier, et que jusqu'à présent je n'ai pas été inquiété. »

— Ma foi, Catchpool, cette personne, qui à mon avis est loin d'être bête, cherche peut-être à me manipuler, mais à quelles fins ? Je ne vois pas du tout.

— Pourquoi ne pas riposter en la manipulant à votre tour ? Ne faites rien, absolument rien. Et si votre passivité poussait cet imposteur à envoyer d'autres lettres ? Peut-être vous écrirait-il directement, cette fois ?

— Si j'en avais la patience… mais il n'est pas du tout dans ma nature de rester passif. Donc…, dit Poirot en claquant des mains. Vous commencerez dès à présent à vérifier tous les alibis et toutes les machines à écrire.

— Dans le monde ? Ou seulement à Londres ?

— Très drôle, mon ami. Non, pas seulement à Londres ; également au Turville College et à Combingham Hall. Vous vérifierez toutes les machines susceptibles d'avoir été utilisées par l'une des personnes impliquées dans cette affaire. Y compris Eustace !

— Mais Poirot…

— Vous devrez aussi aller voir Vincent Lobb. Demandez-lui pourquoi Barnabas et lui étaient ennemis depuis si longtemps. Dernière chose, car je ne souhaite pas vous accabler de tâches, vous trouverez un moyen de persuader Rowland McCrodden de faire ce que nous attendons de lui au grand dîner de la Law Society.

— Pourquoi ne pas vous charger vous-même de McCrodden ? Il y a plus de chances qu'il vous écoute.

— Que pensez-vous de lui ?

— Franchement, j'ai beaucoup moins de sympathie pour lui depuis qu'il a déclaré qu'il serait ravi de pendre son propre fils.

— Si son fils était un meurtrier... Or Rowland McCrodden est persuadé du contraire. Donc, quand il fait ce genre de déclaration mortifère, c'est à un fils imaginaire qu'il pense, et non pas au John en chair et en os. C'est ce qui lui permet de le dire et de le penser. Mais soyez sûr, mon ami, que si John McCrodden avait commis un meurtre son père ferait tout ce qui est en son pouvoir pour le sauver de la pendaison. Il réussirait à tout embrouiller jusqu'à se persuader lui-même que John est innocent.

— Vous avez sans doute raison, reconnus-je. Et si c'était lui qui avait envoyé les quatre lettres ? Prenons les choses sous cet angle : il met délibérément son fils en fâcheuse position afin de pouvoir se précipiter à son secours, forçant John à reconnaître qu'il est un père dévoué et non l'être odieux et sanguinaire que son fils imagine. Si, dans un proche avenir, il était en mesure de lui déclarer : « J'ai engagé Hercule Poirot et il t'a disculpé », ce que John serait forcé de reconnaître, leurs relations pourraient s'améliorer considérablement.

— Et il aurait envoyé les lettres à trois autres personnes afin que tout l'exercice ne semble pas concerner uniquement John ? dit Poirot. C'est plausible. J'avais pensé à

Annabel Treadway comme auteur de lettres le plus probable, mais ce pourrait être en effet Rowland McCrodden.

— Pourquoi Annabel Treadway? demandai-je.

— Souvenez-vous, j'ai parlé d'une identité que l'auteur des lettres pourrait avoir cherché à dissimuler. Rowland McCrodden m'a demandé si je parlais de l'identité du meurtrier de Barnabas.

— Oui, je m'en souviens.

— En fait, mon ami, je voulais parler de l'identité de celui, ou celle, qui entretient ces soupçons. J'ai développé cette théorie avec en tête Annabel Treadway.

Je sirotai ma boisson en silence, attendant qu'il développe son idée.

— Il me semble que, si quelqu'un a tué M. Pandy, le coupable le plus vraisemblable est son valet, Kingsbury, poursuivit Poirot. D'après ce que l'on nous en a dit, il a eu l'opportunité de le faire. Les trois femmes de la maison étaient ensemble dans une pièce à la porte close, et elles parlaient avec animation; elles n'auraient rien vu ni entendu.

« Disons que Mlle Annabel, qui me paraît assez timorée, soupçonne Kingsbury d'avoir tué son grand-père. Elle ne peut le prouver, et donc elle risque le coup. Elle décide qu'Hercule Poirot sera peut-être capable de démontrer que ses soupçons sont fondés. Pourquoi, dans ce cas, ne pas venir me voir pour solliciter directement mon aide, me direz-vous?

— J'allais vous le demander, répondis-je.

— Et si elle craignait que Kingsbury le découvre? Elle s'est peut-être rendu compte de la difficulté qu'il y aurait à montrer qu'on avait noyé un vieillard dans sa baignoire. Comment le prouver, alors que seuls M. Pandy et Kingsbury étaient dans la pièce au moment du drame?

— Je vois. Elle a pu penser que Kingsbury pourrait facilement s'en tirer sans conséquence ?

— Exactement. La loi serait impuissante, par manque de preuves. Mais lui, le meurtrier, saurait que c'est Annabel Treadway qui m'a fait part de ses soupçons. Qu'est-ce qui l'empêcherait de la tuer ensuite ?

Je n'étais guère convaincu par cette théorie, et je le lui dis :

— Si elle nourrissait cette crainte, il y avait beaucoup plus simple. Elle aurait pu accuser Kingsbury dans une lettre anonyme adressée à vous, plutôt que de s'accuser elle-même ainsi que trois autres personnes en signant de votre nom.

— En effet, convint Poirot. Mais pour le but qu'elle cherche à atteindre, justement, c'eût été trop simple. Kingsbury aurait pu la soupçonner d'avoir écrit la lettre, puisqu'elle était à Combingham Hall quand M. Pandy est mort. Elle aurait été l'une des trois suspectes évidentes, les deux autres étant sa sœur et sa nièce, envers qui elle semble toute dévouée, et elle n'aurait pas pris le risque de les mettre en danger. Non, non. Ma théorie tient mieux la route. Après avoir envoyé les quatre lettres à cet étrange assortiment de destinataires, dont elle-même fait partie, Annabel Treadway se trouve maintenant accusée du meurtre de son grand-père. Cela pour éviter que Kingsbury puisse penser qu'elle le soupçonne d'avoir commis le crime. Comprenez-vous, Catchpool ?

— Certes, mais…

— Elle signe les quatre lettres du nom d'Hercule Poirot, et, ce faisant, elle s'assure ma participation. Une fois que j'ai suffisamment mordu à l'hameçon, elle attend la suite en espérant que ses efforts n'auront pas été vains… que je vais enquêter et découvrir la culpabilité de Kingsbury avec preuve à l'appui.

— D'accord, mais pourquoi accuser les trois autres ? Elle aurait pu s'envoyer à elle-même une seule lettre, signée de votre nom, l'accusant exclusivement du meurtre de son grand-père.

— C'est une femme extrêmement prudente et angoissée, déclara Poirot, ce qui me fit bien rire.

— Vraiment ? Voilà que vous réfutez vous-même votre brillante théorie ! Aucune personne dotée d'un tempérament prudent ne se lancerait dans un plan de ce genre.

— Ah, mais il faut aussi prendre en compte son désespoir.

— C'est bien joli, mais nous nageons en plein imaginaire.

— Peut-être, ou peut-être pas. J'espère être bientôt fixé. En tout cas, la prochaine étape s'impose.

— Ah oui ? Pas pour moi.

— Mais si, Catchpool. Je vous l'ai exposée clairement, il me semble : Vincent Lobb, alibis, et machines à écrire.

Je fus soulagé que la tâche consistant à persuader Rowland McCrodden de jouer la comédie imaginée par Poirot lors du grand dîner de la Law Society semblât avoir été écartée de la liste.

— Et que ferez-vous pendant que je serai en quête du *e* défectueux ?

— N'est-ce pas évident ? Dès demain matin, je partirai pour Combingham Hall. Nous verrons quelles réponses je pourrai y trouver.

— Soyez chic, une fois là-bas, vérifiez les machines à écrire, tant que vous y êtes, le priai-je, avec un petit sourire en coin.

— Bien sûr, mon ami. Vous le savez, Poirot est toujours chic !

14

Combingham Hall

Les raisons ne manquent pas pour que Combingham Hall ait l'air engageant, songeait Poirot le lendemain tout en contemplant la façade de la maison. Un ciel clair, un vif soleil hivernal, une température douce pour un mois de février. Comme pour inviter les visiteurs à entrer, la porte d'entrée était restée entrouverte. Personne n'aurait pu contester que c'était là une grande demeure, belle et élégante. Elle était entourée par tout ce que l'on pouvait désirer : de beaux jardins aux pelouses bien entretenues et, à quelque distance de la maison, un lac, un court de tennis, deux chaumières, un verger et un petit bois, toutes choses que Poirot avait découvertes à travers les vitres de l'automobile qui l'avait amené là depuis la gare la plus proche.

Pourtant il s'attardait dehors, comme si une étrange réticence le retenait d'y entrer. On devait être fier de posséder et d'habiter un tel endroit, mais pouvait-il vous inspirer un tendre attachement ? La porte ouverte évoquait plus de la négligence qu'une réelle volonté d'accueillir le visiteur. Au lieu de se nicher dans son environnement naturel, l'édifice ressortait de façon disgracieuse, comme si une sorte de géant mal intentionné l'avait posé là en voulant faire croire aux gens qu'il appartenait à ces lieux. Mais c'est peut-être moi qui déraille, se dit Poirot.

Une femme d'une quarantaine d'années, en robe jaune ceinturée, apparut sur le seuil et le considéra sans sourire. Elle était indéniablement belle, avec des cheveux blond doré et un visage bien dessiné aux traits harmonieux, cependant elle semblait… peu engageante, à l'image de la maison, se dit encore Poirot. Pourtant il lui adressa son plus beau sourire et s'avança vers elle d'un pas vif.

— Bonjour, madame, dit-il avant de se présenter.

— Ravie de vous rencontrer, répondit-elle d'un air impassible en lui tendant la main. Je suis Lenore Lavington. Entrez, je vous en prie. Nous vous attendions, ajouta-t-elle d'un ton compassé, comme si sa visite leur était une épreuve.

Intrigué, il la suivit dans un grand hall d'entrée dénudé d'où partait sur la gauche un escalier en bois sombre tandis que droit devant trois arches se succédaient, prolongées par un couloir voûté, puis encore trois arches qui menaient à une salle à manger équipée d'une longue et étroite table en bois entourée de chaises.

Poirot frissonna. Il faisait plus froid dans la maison qu'au-dehors. C'était logique. Où étaient les murs ? Et les portes séparant les pièces les unes des autres ? De là où il se trouvait, Poirot n'en voyait pas. Comme c'est déplaisant, d'entrer dans une maison et d'être en mesure de voir au loin, tout au bout, la table de la salle à manger, décréta-t-il.

Il se sentit grandement soulagé quand Lenore Lavington le conduisit dans un petit salon aux murs recouverts de papier peint vert pâle, où régnait une douce tiédeur grâce à un feu brûlant dans l'âtre et à une porte qu'on pouvait refermer pour y préserver la chaleur. L'y attendaient Annabel Treadway ainsi qu'une très jeune femme, brune et bien charpentée, au regard intelligent. Un côté de son visage était marqué d'un réseau de cicatrices qui allait jusque sur son cou et sous l'oreille. Sans doute Ivy Lavington, songea Poirot. Elle aurait pu dissimuler un peu ses cicatrices en arrangeant ses cheveux autrement, mais elle avait manifestement choisi de ne pas le faire.

Un grand chien à l'épais pelage brun et bouclé était assis aux pieds d'Annabel, la tête posée sur ses genoux. Quand Poirot apparut, il se leva et traversa la pièce pour accueillir le nouveau venu. Poirot lui tapota gentiment la tête, ce à quoi le chien répondit en levant la patte.

— Ah, il me fait bon accueil !

— Hoppy est on ne peut plus amical, dit Annabel Treadway. Hopscotch, voici M. Hercule Poirot !

— Et voici ma fille, Ivy, dit Lenore Lavington d'un ton neutre, sans mettre dans sa remarque aucune nuance de reproche.

— Oui, bien sûr, voici Ivy, confirma Annabel.

— Bonjour, monsieur Poirot. C'est un honneur de vous rencontrer, dit la plus jeune d'une voix profonde et chaleureuse.

Hopscotch, toujours aux pieds de Poirot et levant les yeux vers lui, tendit la patte en un geste d'invite, mais sans le toucher, comme n'osant pas se montrer trop familier avec le fameux détective.

— Oh, regardez cet amour ! Il veut jouer avec lui, dit Annabel. Vous allez voir, il va se mettre sur le dos pour que vous lui frottiez le ventre.

— M. Poirot a sûrement d'autres choses en tête, remarqua sa sœur.

— Oui, excusez-moi.

— Je vous en prie, lui dit Poirot.

Le chien s'était effectivement allongé sur le dos. Poirot le contourna et prit place sur la chaise que lui indiqua Lenore Lavington. Cette pièce n'est sans doute pas le salon principal de Combingham Hall, songea-t-il. Elle est bien trop petite, même si c'est la seule partie de la maison assez tempérée pour qu'on y réside.

On lui offrit des rafraîchissements, qu'il déclina. Lenore Lavington envoya Ivy demander à Kingsbury de préparer quelque chose à manger et à boire, « au cas où M. Poirot changerait d'avis ».

— Inutile d'attendre le retour d'Ivy, dit-elle quand sa fille eut quitté la pièce. Peut-être pourriez-vous m'expliquer votre présence chez nous ?

— Vous voulez bien, n'est-ce pas ? s'empressa d'ajouter Annabel. Vous exposerez tellement mieux que moi la situation où nous nous trouvons.

— Voulez-vous dire, mademoiselle, que vous n'avez pas parlé à Mme Lavington de la lettre que vous avez reçue ?

Incroyable, se dit Poirot. Décidément, les gens me surprendront toujours. Comment Annabel avait-elle pu informer sa sœur que le célèbre détective venait leur rendre visite sans lui en révéler la raison ? Et comment se faisait-il que Lenore ne l'ait pas questionnée par avance ?

— Non, Annabel ne m'a rien dit, confirma Lenore. J'aimerais vraiment savoir de quoi il retourne.

Aussi efficacement que possible, Poirot lui expliqua donc la situation. Tout en l'écoutant attentivement, Lenore Lavington hocha deux ou trois fois la tête, sans montrer cependant aucun étonnement.

— Je vois, dit-elle quand il eut fini. Une déplaisante affaire, qui aurait pu ne pas l'être s'il avait existé la moindre chance que ces accusations puissent être fondées.

— Parce que d'après vous il n'y en a pas ?

— Non. Grand-Père n'a pas été assassiné. Il n'y avait personne dans la maison quand il est mort, à part Annabel, moi, Ivy et Kingsbury, comme vous le savez. Annabel a tout à fait raison : elle, Ivy et moi étions ensemble dans la chambre d'Ivy quand Grand-Père nous a appelées, puis quand Kingsbury nous a averties et que nous nous sommes précipitées toutes les trois pour découvrir Grand-Père mort. Entre-temps, aucune de nous n'a quitté la chambre.

Poirot remarqua qu'elle se référait à Barnabas Pandy en l'appelant Grand-Père, et non Grand-Papa comme sa sœur cadette.

— Et Kingsbury ? demanda-t-il.

— Kingsbury ? Eh bien, il n'était pas dans la chambre avec nous… mais Kingsbury, tuer Grand-Père ? C'est impensable. J'imagine que vous souhaiterez lui parler avant de repartir ?

— En effet, madame.

— Alors vous comprendrez vite combien cette idée est absurde. Puis-je vous demander pourquoi vous poursuivez cette enquête, monsieur Poirot, quand ni la police ni la justice ne semblent avoir le moindre doute sur le caractère accidentel du décès de mon grand-père ? Êtes-vous envoyé par quelqu'un ? Où n'êtes-vous là que pour satisfaire votre curiosité ?

— Je suis curieux de nature, je l'avoue. Et puis le père de M. John McCrodden, qui a reçu l'une des quatre lettres, m'a demandé mon aide afin de laver le nom de son fils de tout soupçon.

— Tout cela est déjà allé trop loin, déplora Lenore Lavington en secouant la tête. Laver son fils de tout soupçon ! C'est risible. Il n'était pas dans la maison au moment où Grand-Père est mort. Donc il est disculpé. Dès lors, inutile que vous, ni son père, perdiez encore votre temps.

— Même si nous sommes heureuses de répondre à vos interrogations, intervint Annabel en grattant son chien sous le menton, car Hopscotch avait repris sa place auprès de sa maîtresse.

— Puis-je me permettre une question ? demanda Poirot. À mon arrivée, la porte d'entrée était ouverte.

— Oui. Elle l'est toujours, répondit Lenore.

— C'est à cause d'Hopscotch, expliqua Annabel. Il aime circuler à son aise entre la maison et le jardin, vous comprenez. Nous préférerions, enfin, disons que Lenore préférerait que nous le laissions ou dedans ou dehors, et que nous fermions la porte, mais… eh bien, il aboie assez fort, j'en ai peur.

— Il exige que la porte reste ouverte, et Annabel insiste pour que nous lui cédions, trancha Lenore.

— Dans ce cas, ne serait-il pas possible que quelqu'un ait pénétré dans la maison tandis que votre grand-père était dans son bain, le 7 décembre dernier ? demanda Poirot.

— Non, c'est impossible.

— En effet, confirma Annabel. La chambre d'Ivy est sur le devant. L'une de nous trois aurait vu quelqu'un remonter l'allée, que ce soit à pied, en voiture, ou à vélo.

— Et si ce quelqu'un était arrivé par l'arrière de la maison ? demanda Poirot.

— La porte de derrière aussi reste ouverte la plupart du temps, même si Hoppy préfère passer par devant.

— Si quelqu'un avait rôdé autour de la maison, le chien

aurait aboyé si fort que les murs en auraient tremblé. Avec son odorat, il aurait reniflé l'intrus de loin, assura Lenore.

— Il n'a pas aboyé quand je suis entré dans la pièce, fit observer Poirot.

— C'est parce que vous étiez accompagné de Lenore, dit Annabel. Il a compris que vous étiez le bienvenu.

— Bon, continuons, reprit Lenore Lavington en haussant les sourcils. Avez-vous d'autres questions, monsieur Poirot, ou êtes-vous satisfait ?

— Hélas, non, pas encore, répondit Poirot. Y a-t-il une machine à écrire dans la maison ?

— Une machine à écrire ? Oui. Pourquoi ?

— Pourrais-je l'utiliser avant de repartir ?

— Si vous le souhaitez.

— Merci, madame. Bon, j'aimerais maintenant vous interroger à propos de Vincent Lobb. C'était une relation de votre grand-père.

— En effet, confirma Lenore. Grand-Père et lui se connaissaient depuis fort longtemps. C'étaient de grands amis, mais il s'est passé quelque chose et ils se sont brouillés.

— Sachez d'ores et déjà que nous ignorons pourquoi, intervint Annabel. Grand-Papa ne nous en a jamais parlé.

— Peut-être savez-vous que, peu de temps avant sa mort, votre grand-père a écrit une lettre à M. Lobb exprimant le désir de se réconcilier avec lui ?

Les sœurs échangèrent un regard.

— Non. Nous l'ignorions. Qui vous l'a appris ?

— L'avoué de votre grand-père, M. Peter Vout.

— Je vois.

— Eh bien, je suis contente de l'apprendre, soupira Annabel. Et je n'en suis pas autrement surprise.

Grand-Papa était quelqu'un de gentil qui pardonnait volontiers.

— Annabel, tu dis vraiment n'importe quoi, remarqua sa sœur.

— Ah bon ?

— Mais oui. Grand-Père, gentil et indulgent ? Quoi qu'ait pu faire Vincent Lobb, c'était il y a cinquante ans. Grand-Père lui en a gardé rancune durant un demi-siècle. Je ne dis pas qu'il était cruel ou qu'il avait tort, car la plupart des gens sont rancuniers. Sauf toi, Annabel.

— Toi, tu l'es, Lenore.

— Oui, je le suis, reconnut Lenore. Et c'est toi qui es prompte à pardonner. Pas Grand-Père.

— Mais non, je ne suis pas comme ça ! s'exclama Annabel, soudain en grand émoi. Qui suis-je pour pardonner à quelqu'un ? bredouilla-t-elle en clignant des yeux pour chasser ses larmes. C'est vrai, reprit-elle, j'ai pardonné à Grand-Papa d'avoir ignoré Hoppy, et Skittle avant lui, et de m'avoir préféré Lenore. Je lui ai pardonné parce qu'il m'a pardonné ! Je l'ai profondément déçu, mais il a fait de son mieux pour ne pas le montrer. Je savais ce qu'il éprouvait à mon égard, mais j'appréciais les efforts qu'il faisait pour le cacher au quotidien.

— Ma sœur est un peu secouée, dit Lenore Lavington à Poirot avec un petit sourire crispé. Elle a tendance à exagérer. Je me demande où est passée Ivy ? J'espère qu'elle ne mange pas l'en-cas qui vous était destiné, monsieur Poirot.

— Pourquoi votre grand-père vous aurait-il trouvée décevante ? demanda Poirot en s'adressant à Annabel.

— Parce que ma sœur aînée m'était bien supérieure. Je ne pouvais rivaliser avec elle.

— Vraiment, Annabel !

— Non, Lenore, c'est la vérité. Tu m'es supérieure. Je le pense, et Grand-Papa le pensait aussi. Lenore a toujours été sa préférée, monsieur Poirot, et c'est bien normal. Elle est si décidée, si efficace, si forte, tout comme l'était Grand-Papa. Et elle s'est mariée et lui a donné des arrière-petits-enfants. Elle a ainsi assuré notre descendance. Tandis que, moi, on aurait dit que je voulais passer tout mon temps avec mes chiens, et surtout je suis une vieille fille sans enfants.

— Annabel a eu plusieurs demandes en mariage, dit Lenore à Poirot. Les occasions ne lui ont pas manqué.

— Grand-Papa pensait que ma passion pour les animaux cachait le fait que j'étais incapable d'avoir des relations normales avec les gens. C'est vrai, je pense en effet que les animaux sont moins ennuyeux que les humains, et à coup sûr plus loyaux. Ils vous aiment malgré vos défauts. Mais je n'ai aucun grief contre Grand-Papa ni personne. Surtout n'allez pas le penser, je vous en voudrais beaucoup ! Il a fait de son mieux et je l'ai tellement déçu...

Mais elle s'interrompit soudain.

— Tiens, voilà Ivy, dit-elle, pour tenter de faire diversion.

Poirot se demanda pourquoi elle avait paru brusquement si effrayée, comme si le fantôme de Barnabas Pandy était entré dans la pièce. La porte s'ouvrit sur Ivy Lavington. En voyant le visage de sa tante, elle s'alarma.

— Que s'est-il passé ?

— Rien, répondit Lenore Lavington.

Étant donné qu'Ivy ignorait encore les raisons de la venue de Poirot à Combingham Hall et qu'elle n'avait pas entendu ses explications, cette réponse laconique tombait pour le moins à plat.

— En quoi avez-vous tant déçu votre grand-père ? insista Poirot auprès d'Annabel Treadway.

— Je vous l'ai déjà dit, répondit-elle d'une voix étranglée. Il aurait aimé que je me marie et que j'aie des enfants.

Elle me cache quelque chose qu'elle tient à garder pour elle, songea Poirot. Il décida de ne pas insister pour l'instant, espérant qu'une occasion se présenterait plus tard de revenir sur le sujet. Peut-être qu'en l'absence de sa sœur et de sa nièce Annabel parlerait plus librement. Il se tourna vers Lenore Lavington.

— Si cela ne vous bouleverse pas trop, madame, voudriez-vous me montrer la salle de bains où votre grand-père a trouvé la mort ?

— C'est un peu morbide, non ? remarqua Ivy, mais sa mère l'ignora.

— Bien sûr, répondit-elle à Poirot. Si vous pensez que c'est nécessaire.

Comme Annabel se levait pour les suivre, Lenore la retint d'un geste.

— Profites-en pour tout raconter à Ivy, d'accord ? lui suggéra-t-elle, et, se rasseyant, sa sœur cadette lui obéit docilement. Venez, monsieur Poirot.

15

La scène de crime hypothétique

Le trajet jusqu'à la salle de bains où Barnabas Pandy était mort noyé fut relativement long. Poirot avait déjà visité nombre de manoirs campagnards, mais aucun n'était traversé d'interminables couloirs comme ceux de Combingham Hall. Quand il comprit que Lenore Lavington ne comptait pas lui faire la conversation en chemin, il en profita pour se repasser dans la tête l'épisode qui venait de se dérouler dans le salon du rez-de-chaussée.

Ce qui l'avait tout de suite frappé, en rencontrant Annabel Treadway pour la deuxième fois, c'était que la tristesse qui émanait d'elle était moins prononcée. Elle ne semblait pas pour autant plus heureuse, malgré la présence de son chien et l'amour sans réserve qu'elle lui vouait. Non, c'était autre chose… Mais quoi ? Il n'aurait su le dire, et cela l'énervait passablement. Il orienta ses pensées sur Lenore Lavington. L'une de ces rares personnes avec qui l'on peut s'entretenir durant des heures sans parvenir à rien connaître de son caractère, décida-t-il. La seule chose qu'il pensait avoir appris sur elle, c'était qu'elle aimait que tout se déroule selon un ordre bien établi. Un peu comme si elle était en permanence sur ses gardes. Redoutait-elle ce que sa sœur avait failli lui révéler ?

— Ah ! s'exclama-t-il, tandis que Lenore l'escortait encore à travers une succession de portes.

— Vous avez dit quelque chose ? s'enquit-elle avec un sourire poli.

— Non. Pardon, madame.

Cette exclamation lui avait échappé, car il avait enfin trouvé ce qui l'avait frappé chez Annabel Treadway : même s'il émanait encore d'elle une sorte de mélancolie, elle avait délibérément mis de côté ses propres émotions pour ne songer qu'à celles de sa sœur.

Oui, c'est bien ça, songea Poirot avec satisfaction. Les deux sœurs sont si attentives l'une à l'autre, aux aguets de la moindre expression, du moindre mot ou geste venant de chacune… pourquoi ? se demanda-t-il. C'était comme si elles exerçaient l'une sur l'autre une sorte de surveillance discrète, l'air de rien.

Elles partagent un secret, en déduisit Poirot. Oui, ces deux sœurs partagent un secret, et chacune a peur que l'autre me le révèle, à moi, Hercule Poirot, un étranger, venu ici pour fouiner dans leurs affaires privées !

— Monsieur Poirot ?

Plongé dans ses réflexions, il n'avait pas remarqué que Lenore Lavington s'était arrêtée.

— Voici la salle de bains où s'est passée la tragédie. Je vous en prie, entrez.

— Merci, madame.

À leur entrée, le parquet craqua avec un son plaintif évoquant quelqu'un qui souffre, mais qui s'efforce de ne pas trop attirer l'attention, songea Poirot avec une tristesse rêveuse. La pièce était très peu meublée : une baignoire en son milieu, une chaise, une étagère au bord effrité et, dans un coin, une commode trapue, joliment ouvragée, dont le bois était terne au lieu d'être ciré comme il l'aurait mérité.

Sur l'étagère se trouvait un seul objet : une petite bouteille en verre violet.

— Qu'est-ce que c'est ? demanda Poirot.

— La bouteille ? Elle contient de l'huile d'olive.

— Dans la salle de bains ? s'étonna-t-il.

— Grand-Père... Grand-Père ne prenait jamais de bain sans huile d'olive, reprit-elle plus posément, après un moment d'émotion.

— Il en mettait dans l'eau de son bain ?

— Oui, il disait que c'était bon pour sa peau, et il aimait bien cette odeur... allez savoir pourquoi, dit-elle, puis elle se détourna et se rapprocha de la fenêtre. Je suis désolée, monsieur Poirot. C'est surprenant : je n'ai aucune difficulté à parler de sa mort, mais cette petite bouteille...

— Je comprends. Elle vous évoque quelque chose qu'il aimait bien de son vivant, un détail intime, qui lui était propre. C'est cette pensée qui vous rend triste.

— En effet. J'aimais beaucoup Grand-Père, déclara-t-elle comme si cela n'allait pas de soi et demandait une justification.

— Vous êtes tout à fait certaine d'avoir entendu M. Pandy parler... et que ce ne pouvait être que lui ? De ce moment jusqu'à celui où vous l'avez découvert noyé dans sa baignoire, vous étiez avec votre sœur et votre fille ? Aucune de vous n'a faussé compagnie aux deux autres, ne serait-ce qu'un bref instant ?

— J'en suis absolument certaine, confirma Lenore Lavington. Annabel, Ivy et moi, nous bavardions gaiement, et il nous a crié que cela le dérangeait. Il aimait le silence.

— La chambre de Mlle Ivy se trouve-t-elle près de cette pièce ?

— Oui, juste de l'autre côté du couloir, sur la droite. Nous avons fermé la porte, mais dans cette maison où tout résonne, cela ne change pas grand-chose. Il devait entendre distinctement notre conversation.

— Merci, madame.

— Je vous serais reconnaissante de bien vouloir ménager Kingsbury, quand vous l'interrogerez, dit-elle. Il s'est renfermé, depuis la mort de Grand-Père. J'espère que vous n'aurez pas à le questionner trop longtemps.

— Je serai aussi bref que possible, lui promit Poirot.

— Personne n'a tué Grand-Père, mais si c'était le cas, ce ne pourrait être Kingsbury. D'abord, ses vêtements auraient été mouillés, et ils ne l'étaient pas. Annabel, Ivy et moi, nous l'avons entendu crier quand il a découvert la scène… et quelques secondes plus tard, nous étions tous ensemble dans la salle de bains. Les vêtements de Kingsbury étaient complètement secs.

— Vous n'avez pas essayé de sortir votre grand-père de l'eau ?

— Non. De toute évidence, il était trop tard pour le sauver.

— Et les vêtements de votre sœur aussi étaient secs ?

La question parut mettre Lenore en colère.

— Tous les vêtements que nous portions étaient secs. Y compris ceux d'Annabel. Elle portait une robe bleue imprimée de fleurs jaunes et blanches, à longues manches. Elle se tenait à mes côtés, ici même. Je l'aurais tout de suite remarqué, si ses manches avaient été trempées ! Je suis très observatrice.

— Ça, je n'en doute pas, dit Poirot.

— Vous ne prenez tout de même pas au sérieux cette accusation contre ma sœur, monsieur Poirot ? Quatre personnes ont reçu la même lettre. Et s'il y en avait eu une centaine ? Prendriez-vous en compte chaque coupable éventuel, même si la police n'avait aucun soupçon et que la mort avait déjà été déclarée accidentelle par un tribunal compétent ?

Poirot allait répondre, mais Lenore Lavington n'en avait pas terminé.

— De plus, l'idée qu'Annabel puisse tuer quelqu'un est parfaitement ridicule. Ma sœur n'a pas l'étoffe d'un criminel, même de bas étage. Si elle commettait la moindre infraction, elle s'en voudrait jusqu'à la mort. Jamais elle ne prendrait le risque de commettre un meurtre. Elle n'a même pas l'audace d'adopter une autre race de chien.

— Beaucoup de gens restent fidèles à une même race de chiens, intervint Ivy Lavington en entrant dans la pièce. Hopscotch est un airedale, comme l'était son prédécesseur, Skittle, expliqua-t-elle à Poirot.

— Tu écoutais derrière la porte ? lui demanda sa mère.

— Non. Pourquoi, vous disiez des choses que je n'étais pas censée entendre ?

— Ma sœur est comme une seconde mère pour Ivy et mon fils Timothy, monsieur Poirot. Tous deux sont prompts à prendre sa défense en pensant à tort que je l'ai attaquée.

— Oh, maman, cesse de t'apitoyer sur ton sort ! s'emporta Ivy avec une impatience bon enfant. C'est tante Annabel qui a été accusée de meurtre, pas toi. Jamais au grand jamais elle n'aurait pu faire ça, monsieur Poirot.

Décidément, cette Ivy me plaît, songea Poirot. Elle est pleine d'une énergie juvénile, et c'est apparemment la seule personne à se conduire normalement dans cette maison, mais il est vrai que je n'ai pas encore rencontré Kingsbury.

— Et Hopscotch, était-il avec vous dans votre chambre, mademoiselle Ivy, pendant que votre grand-père prenait son bain ?

— Évidemment, répondit Lenore Lavington à la place de sa fille. Il suit Annabel comme son ombre. Lui peut sortir sans elle, mais jamais elle sans lui. Le jour où elle est allée à Londres pour vous voir, il a hurlé à la mort pendant près d'une heure après son départ. C'était horriblement gênant.

— Madame, puis-je vous dire le nom des trois autres personnes qui ont reçu les lettres les accusant du meurtre de M. Pandy ?

— Faites donc.

— John McCrodden, Hugo Dockerill, Sylvia Rule. Est-ce que l'un ou l'autre de ces noms vous dit quelque chose ?

— Hugo Dockerill est le maître d'internat de Timothy. Je n'ai jamais entendu les deux autres noms, sauf quand vous avez évoqué tout à l'heure M. McCrodden.

— Mais si, maman, tu connais Sylvia Rule, voyons, remarqua sa fille en riant.

— Mais non, protesta Lenore Lavington, visiblement troublée. Toi, tu la connais ? Qui est-ce ?

Apparemment, l'idée que sa fille puisse savoir quelque chose qu'elle ignorait lui était insupportable.

— C'est la mère de Freddie Rule. Il est pensionnaire à Turville, lui aussi, répondit Ivy. Depuis six mois environ. Il a été la cible d'horribles persécutions, à son ancien collège.

Poirot observa avec intérêt le visage de Lenore Lavington perdre toute couleur.

— F... Freddie? Ce garçon étrange et solitaire? Son nom de famille est Rule?

— Oui. Et sa mère s'appelle Sylvia. Tu devrais le savoir! Pourquoi fais-tu cette drôle de tête?

— Freddie, répéta sa mère plus lentement, les yeux fixés au loin, en prononçant le nom avec une sorte d'horreur.

— Qu'as-tu donc contre ce pauvre Freddie, maman? T'a-t-il déjà fait le moindre mal?

La question directe d'Ivy rompit la tension palpable qui régnait dans la pièce.

— Non, aucun, répondit sèchement Lenore, qui semblait avoir recouvré ses esprits. Je ne connaissais pas son nom de famille, c'est tout. Et je suis surprise que, toi, tu le connaisses.

— Je lui ai parlé, un jour où nous étions allées rendre visite à Timmy, au collège. J'ai remarqué un garçon qui restait seul dans son coin, l'air morose, alors je suis allée lui parler. Nous avons eu une longue conversation, très intéressante. Il s'est présenté comme étant Freddie Rule. À un moment donné, il a dû évoquer sa mère, Sylvia.

— Cet affreux petit sauvageon n'est pas un ami de Timothy, déclara Lenore Lavington à Poirot. En fait, j'ai même conseillé à Timothy de l'éviter. À mon avis, il ne tourne pas rond. C'est le genre de garçon capable de déraper à tout moment.

— Maman! s'exclama Ivy en riant. C'est vrai, tu as fait ça? C'est toi qui ne tournes pas rond! Il n'y a pas de garçon plus inoffensif au monde que Freddie!

— Le jour où votre grand-père est mort, intervint

Poirot, vous deux, ainsi que Mlle Annabel, vous étiez censées vous rendre à la foire de Noël de l'école de votre fils. N'est-ce pas ?

— En effet, confirma Lenore.

— Mais en fin de compte vous n'y êtes pas allées.

— Non.

— Pourquoi ?

— Je ne m'en souviens pas.

Poirot se tourna alors vers Ivy.

— Et vous mademoiselle, vous en souvenez-vous ?

— Peut-être que maman préférait éviter Freddie Rule, et que c'est pour cela qu'elle a changé d'avis.

— Ne dis pas n'importe quoi, Ivy, contra Lenore. C'est absurde.

— Tu as tellement accusé le coup quand j'ai prononcé son nom, maman. Pourquoi ? Je sais que tu ne voudras pas me le dire, mais j'aimerais vraiment le savoir.

Et moi donc, se dit Hercule Poirot en son for intérieur.

16

Le larron

La chaumière de Kingsbury était à une courte marche à pied du bâtiment principal. Juste devant se trouvait un jardin d'herbes aromatiques planté de lavande, de romarin et d'hysope.

Poirot s'avança vers la porte d'entrée, impatient de rencontrer le larron, comme il avait surnommé Kingsbury d'après l'expression française «l'occasion fait le larron». Si les dames de Combingham Hall disaient la vérité, Kingsbury était en effet la seule personne à avoir pu tuer Barnabas Pandy. Mais était-ce aussi simple? Poirot en doutait. *Et si je réussissais aujourd'hui même à extorquer des aveux au domestique et à résoudre l'énigme?* se dit-il en frappant à la porte.

Il entendit peu après des pas traînants s'approcher et on lui ouvrit. Un homme d'une maigreur squelettique se tenait sur le seuil. Il avait soixante-dix ans bien sonnés, la peau fripée, et des yeux d'un vert piqueté de jaune très particulier. Il faisait manifestement des efforts pour se vêtir avec une certaine élégance, mais le bas de son pantalon était couvert de poussière. Les rares mèches de cheveux blancs qui lui restaient adhéraient à son crâne dégarni, tels les restes d'une vieille perruque.

Poirot se présenta et expliqua sa présence à Combingham Hall, en commençant par la visite chez lui d'Annabel Treadway. Kingsbury clignait des yeux, la tête penchée en avant comme pour mieux le voir et l'entendre. Ce ne fut que lorsque Poirot lui rapporta sa conversation avec Lenore Lavington en mentionnant qu'elle l'avait envoyé ici que l'attitude du vieux domestique changea. Son regard s'éclaircit, il se redressa, et invita Poirot à entrer.

Une fois assis inconfortablement sur une chaise dure dans une pièce qui servait à la fois de salon et de cuisine, Poirot demanda à Kingsbury s'il croyait possible que Barnabas Pandy ait été assassiné.

— Non, impossible, répondit-il en secouant la tête. Les filles étaient toutes dans la chambre de Mlle Ivy à faire un raffut de tous les diables, et la seule autre personne alentour, c'était moi.

— Et vous n'aviez aucune raison de souhaiter la mort de M. Pandy ?

— Non, pas sa mort à lui, répondit Kingsbury en appuyant sur le dernier mot.

— Y aurait-il donc quelqu'un d'autre que vous auriez envie de tuer ?

— Pas de tuer. Mais je ne vous mentirai pas, monsieur Porrott. Depuis que M. Pandy n'est plus là, je me suis dit bien des fois que ce serait une grâce si le Seigneur me rappelait aussi à Lui.

— C'était votre ami autant que votre employeur, n'est-ce pas ?

— Le meilleur ami qu'un homme puisse avoir. Quelqu'un de bien. Je ne suis plus bon à grand-chose, maintenant qu'il n'est plus là. À quoi bon me démener ? Je fais mon travail, s'empressa-t-il d'ajouter. Mais je ne monte jamais jusqu'au manoir si l'on n'a pas besoin de moi, maintenant qu'il n'y est plus.

Tout en parlant, Kingsbury agitait ses mains décharnées, et en le voyant faire Poirot doutait qu'il ait eu la force de noyer quelqu'un. Comment faisait-il pour aider un homme encore plus âgé que lui à prendre son bain ? Peut-être que malgré son grand âge Pandy était plus robuste physiquement, et qu'il était capable de se débrouiller tout seul pour entrer et sortir de la baignoire ?

Kingsbury se pencha vers Poirot et lui dit en confidence :

— Monsieur Porrott, je puis vous assurer que M. Pandy n'a pas été assassiné. Si c'est l'unique raison qui vous a fait venir ici… eh bien, vous auriez pu vous épargner cette peine.

— J'espère que vous avez raison. Néanmoins, pourrais-je vous poser quelques questions ?

— Allez-y, mais je n'ai rien à dire de plus.

— Où étiez-vous pendant que M. Pandy prenait son bain et que les dames de la maison faisaient du tapage dans la chambre de Mlle Ivy ?

— J'étais ici, à défaire ma valise après avoir passé quelques jours ailleurs. J'ai fait couler le bain de M. Pandy, j'y ai versé quelques gouttes d'huile d'olive ainsi que je le fais toujours, et comme je sais qu'il aime tremper dans l'eau durant trois bons quarts d'heure, je me suis dit que j'avais le temps d'aller défaire mes bagages, et c'est ce que j'ai fait. Ensuite, je suis retourné au manoir en pensant que M. Pandy voudrait sans doute se sécher et s'habiller. Et c'est là que je l'ai trouvé, dit le vieux domestique, dont le menton se mit à trembler à ce souvenir. Il était plongé sous l'eau, mort. C'était horrible à voir, monsieur Porrott. La bouche et les yeux ouverts… Je n'oublierai pas ça de sitôt.

— On m'a dit que la porte d'entrée du manoir restait ouverte la plupart du temps, dit Poirot.

— En effet. Le chien ne supporte pas qu'on la ferme, pas avant 21 heures, au moment où il va se coucher, ainsi que Mlle Annabel. Là, ça ne lui fait plus rien.

— Se pourrait-il qu'un inconnu ait pénétré dans la maison et noyé M. Pandy tandis que les dames étaient dans la chambre d'Ivy, et vous-même occupé à défaire vos bagages ?

Kingsbury secoua la tête.

— Pourquoi pas ?

— À cause du chien, répondit le vieux. Il serait devenu fou. Je l'aurais entendu, même d'ici. Un rôdeur, entrant dans le manoir ? Il n'en serait pas sorti vivant, pas avec Hopscotch dans les parages.

— J'ai fait la connaissance d'Hopscotch, lui dit Poirot. Il m'a paru plutôt affectueux, comme chien.

— Oui, quand on est un ami de la famille, ou un invité… Mais il réagirait au quart de tour en sentant un intrus rôder près de la maison.

— J'ai cru comprendre que M. Pandy vous avait légué une jolie somme d'argent, dans son testament ?

— En effet, mais je n'en dépenserai pas même un penny. Le tout ira à l'un des foyers du Dr Barnado pour les enfants défavorisés. Mme Lavington a dit qu'elle s'en occuperait pour moi. Qu'est-ce que je ferais de tout cet argent ? Ça ne fera pas revenir M. Pandy, et s'il était encore là je n'aurais pas eu à m'en soucier. Alors ça me causera un souci de moins, puisque je vais tout donner.

Apparemment, Kingsbury parlait avec sincérité et conviction, mais Poirot avait déjà rencontré par le passé un bon nombre de fieffés menteurs. Aussi se dit-il qu'il serait prudent de vérifier que la somme destinée au Dr Barnado lui soit bien parvenue et ne se soit pas égarée en chemin.

— Vous avez donc découvert cette vision de cauchemar quand vous avez regagné la salle de bains. Sous le choc, vous avez crié, et ces dames vous ont rejoint. Avez-vous remarqué si leurs vêtements étaient mouillés ?

— Non. Pourquoi auraient-ils été mouillés ?

— Vous êtes certain que vous l'auriez remarqué si, par exemple, la robe ou les manches de l'une de ces dames avaient été mouillées ?

— Un vol d'oies sauvages aurait pu entrer dans la pièce que je ne l'aurais pas remarqué, avec M. Pandy sous l'eau et me regardant fixement.

— Bon... Tant pis, soupira Poirot. J'ai encore une question importante à vous poser. Ce raffut que faisaient les trois dames pendant que M. Pandy prenait son bain...

— Ça, elles nous cassaient les oreilles. Mme Lavington et Mlle Ivy se hurlaient après, et Mlle Annabel les suppliait d'arrêter en hurlant aussi à pleins poumons. Alors Mme Lavington lui a crié qu'elle n'était pas la mère de Mlle Ivy, et qu'elle ferait bien de s'en souvenir. Quel foin ! Ça n'a pas plu à M. Pandy, et à son tour il leur a crié de se taire.

— Vous étiez encore dans la maison principale quand vous avez entendu ce tapage ?

— Non, j'étais dehors devant chez moi, juste avant d'y entrer. La fenêtre de la salle de bains était ouverte ; Monsieur la laissait toujours ouverte. Il aimait prendre son bain brûlant, avec de l'air frais entrant dans la pièce. Oh, ça, je l'ai entendu vociférer haut et fort.

— Après qu'il eut réclamé le silence, avez-vous pu entendre si la dispute était finie ?

— Non. La chambre de Mlle Ivy est sur le devant de la maison. Mais à mon avis, c'était loin d'être fini. Ou alors, ça ne s'est arrêté qu'un petit moment pour reprendre de plus belle, parce que les cris continuaient quand je suis revenu au manoir. Il a fallu la mort de M. Pandy pour y mettre fin. Quand elles l'ont toutes vu sous l'eau…

— Si le chien était dans une pièce pleine de femmes qui se chamaillaient, et s'il a senti le désarroi de sa maîtresse, se pourrait-il que Hopscotch, pour une fois, n'ait pas remarqué qu'un intrus s'était introduit dans la maison ? demanda Poirot. La porte de la chambre d'Ivy Lavington était fermée, d'après sa mère. Le chien n'a peut-être pas senti ni entendu l'intrus, préoccupé par la dispute et la détresse de sa maîtresse ?

Kingsbury y réfléchit.

— Je l'avoue, ça ne m'était pas venu à l'idée jusqu'à maintenant, finit-il par dire. Vous avez raison, monsieur Porrott. Avec la porte de la chambre fermée, le chien a pu ne pas remarquer qu'il y avait un étranger dans la maison. Oui, inquiet comme il était de voir Mlle Annabel dans cet état, il ne l'aura pas quittée d'une semelle. Je dirais quand même qu'il y a de bonnes chances qu'il l'ait repéré, si un rôdeur était entré dans la maison, mais je ne le jurerais pas.

Ils restèrent assis en silence, tandis que des questions sans réponse restaient comme suspendues dans l'air. Poirot se sentait frustré dans ses attentes. Les possibilités étaient à nouveau infinies. Barnabas Pandy n'avait peut-être pas du tout été tué, ou s'il l'avait été c'était aussi bien par Kingsbury que par n'importe quelle personne qui se serait introduite dans la propriété, puis dans le manoir ce jour-là : Sylvia Rule, Hugo Dockerill, Jane Dockerill, Freddie Rule, John McCrodden… et la liste restait ouverte.

Ce dont manque cette énigme, c'est de paramètres, songeait Poirot avec désespoir. Il y a pléthore de suspects pour un meurtre qui a toutes les chances de ne pas avoir été commis. Et si Rowland McCrodden avait persuadé Stanley Donaldson de lui fournir un faux alibi pour le 7 décembre ? Tiens, et si Ivy, Lenore Lavington et Annabel Treadway mentaient quand elles affirmaient être ensemble dans la chambre d'Ivy ?…

Le nombre de suspects s'élargissait encore.

— Un mobile. C'est le mobile qui me conduira à la réponse, puisque tant de gens ont pu commettre cet acte, murmura Poirot, tirant Kingsbury de sa rêverie.

— Que dites-vous ?

— Que pouvez-vous me dire sur Vincent Lobb ? lui demanda-t-il, repartant à l'attaque.

— M. Pandy ne voulait pas en entendre parler. Et ça durait depuis cinquante ans. M. Lobb l'avait profondément déçu.

— Comment ?

— Je ne suis pas en mesure de vous le dire. M. Pandy ne m'en a jamais fait part. Il n'aimait pas donner de détails, mais il parlait volontiers de traîtrise. « Vous ne me trahiriez jamais, n'est-ce pas, Kingsbury ? » disait-il, et je lui assurais que non. D'ailleurs je ne l'ai jamais trahi, conclut fièrement le vieil homme.

— Quel était le sujet de la dispute entre Annabel Treadway, Ivy et Lenore Lavington ?

— Oh, Mlle Annabel n'était pas concernée. C'était entre Mme Lavington et Mlle Ivy. Mlle Annabel a juste essayé de calmer le jeu.

— Quelle en était la raison ? Avez-vous pu l'entendre ?

— Ce n'est pas mon genre d'écouter aux portes, si c'est ce que vous insinuez. N'importe qui aurait pu les entendre, à moins d'être sourd. Pourtant j'ai fait de mon mieux pour ne pas y prêter attention. Et je ne suis pas sûr que Mme Lavington apprécierait que je vous rapporte ce qui s'est dit entre elle et sa fille.

— Mais c'est Mme Lavington qui m'a envoyé vers vous ! Et vous m'en avez déjà touché deux mots, non ?

— Oui, mais je ne suis pas entré dans les détails, objecta Kingsbury. Mme Lavington vous l'aurait dit elle-même, si elle avait voulu que vous le sachiez.

— Mon ami, je vous serais très reconnaissant de bien vouloir m'aider, en l'occurrence. Maintenant que nous avons admis que le chien pouvait ne pas avoir repéré un étranger qui serait entré dans la maison, la possibilité que Barnabas Pandy ait été assassiné… eh bien, disons qu'elle ne peut être écartée. S'il a été tué, nous ne devons pas laisser son meurtrier échapper à la justice.

— Là, je suis bien d'accord, convint sombrement Kingsbury. Je lui tordrais volontiers le cou de mes propres mains.

— Inutile d'en venir à ces extrémités. Mais acceptez au moins de m'aider en me parlant de cette dispute que vous avez entendue par mégarde.

— Si vraiment un intrus a tué M. Pandy, je ne vois pas en quoi une petite dispute familiale peut être importante pour résoudre cette affaire, remarqua Kingsbury.

— Vous devez me faire confiance, lui dit Poirot. J'ai

résolu de nombreuses affaires de meurtre. On ne sait jamais ce qui a de l'importance ni quels liens établir tant que la solution n'est pas apparue. Le détail le plus insignifiant peut être celui qui compte le plus.

— Eh bien, si vous croyez vraiment que ça peut aider, même si je ne vois pas comment… Mme Lavington a fait une remarque à Mlle Ivy que sa fille a très mal prise. Alors elle a accusé Mme Lavington de l'avoir fait exprès pour la blesser, mais Mme Lavington a juré ses grands dieux que non, et que Mlle Ivy faisait toute une histoire pour un rien. Remarquez, ce n'était peut-être pas le nœud du problème.

— Qu'entendez-vous par là ?

— Ça n'allait pas dans la maison, depuis ce dîner quelques jours plus tôt.

— Quel dîner ?

— Vous allez être déçu, monsieur Porrott, parce qu'en cette occasion je n'ai rien entendu du tout, mais c'est là que les problèmes ont commencé. Quand je les ai quittés pour vaquer à mes dernières tâches de la soirée, ils étaient tous à table. J'allais souhaiter bonne nuit à la famille avant d'aller me coucher, mais je n'ai pas eu le temps d'arriver à la salle à manger. Mlle Ivy en est sortie en courant comme une folle et en sanglotant. Alors Mlle Annabel a fait de même, puis Mme Lavington m'a croisé en marchant très vite avec un air… eh bien, je ne sais comment le décrire, mais cela m'a fait un choc. Il y avait une lueur dans ses yeux que je ne lui avais jamais vue. J'ai essayé de lui parler, mais elle est passée sans me voir, monsieur Porrott. C'était vraiment bizarre. J'ai cru qu'il était arrivé quelque chose de terrible.

— Ce n'était que quelques jours avant la mort de Barnabas Pandy, avez-vous dit ?

— En effet. Je ne sais plus exactement combien, désolé. Trois ou quatre jours avant. Cinq, tout au plus.

— Qu'avez-vous fait, quand vous avez soupçonné qu'il s'était passé quelque chose de grave ?

— Je me suis précipité dans la salle à manger, redoutant de trouver M. Pandy Dieu sait dans quel état. Il était assis au bout de la table comme toujours et… Monsieur Porrott, n'allez pas penser que je n'ai pas compris ce que vous avez dit sur les petits détails qui peuvent s'avérer importants, mais il y a certaines choses dont je sais que M. Pandy n'aurait pas aimé qu'on parle.

— Aurait-il aimé que son meurtrier reste impuni ? rétorqua Poirot.

Le vieux secoua la tête.

— J'espère ne pas mal agir en vous le disant, sinon M. Pandy me donnera une bonne raclée quand nous nous retrouverons dans l'autre monde…, dit-il en clignant des yeux. Ce que je vais vous dire, inutile d'aller le répéter à d'autres, hein ?

— Si c'est sans rapport avec une affaire criminelle, cela ne sortira pas d'ici. Vous avez ma promesse.

— Comme j'ai dit : j'ai trouvé M. Pandy assis tout seul au bout de la table, mais ce n'était pas tout… Il pleurait, monsieur Porrott, ajouta Kingsbury en baissant la voix. Je ne l'avais jamais vu comme ça, depuis le temps que je le connais. En fait, il avait juste la larme à l'œil, mais je l'ai vu clairement, à la lueur des bougies posées sur la table. M. Pandy m'a regardé venir vers lui et il a secoué la tête. Par pudeur, il ne voulait pas que je m'approche de lui, alors je suis rentré chez moi. Et… c'est là que vous allez m'en vouloir, monsieur Porrott, je n'ai jamais su ce qui l'avait fait pleurer et avait poussé les dames à quitter la table. Je savais que M. Pandy n'avait pas envie d'en parler, alors je n'ai jamais posé de question. Je sais rester à ma place.

À son retour à Combingham Hall, Poirot fut accueilli par Lenore Lavington, Annabel Treadway et le chien Hopscotch, qui avait une balle en caoutchouc orange dans la gueule.

— J'espère que Kingsbury a pu vous aider ? s'enquit Lenore.

— Il a confirmé certains éléments dont vous m'aviez déjà informé, dit Poirot d'un ton désinvolte, car il ne souhaitait pas révéler ce qu'il avait appris à leur sujet dans la chaumière du domestique.

Il avait maintenant d'autres questions à poser aux deux sœurs, mais il lui fallait trouver une manière adroite de le faire, qui ne risquerait pas de causer de tort à Kingsbury ni de le mettre en danger.

Pourquoi en danger ? Cela voudrait-il dire qu'inconsciemment je crois que l'une des deux sœurs pourrait bien être une meurtrière ? se demanda-t-il. Si l'une d'elle a tué Pandy, alors l'autre, de même qu'Ivy Lavington, doit mentir en affirmant qu'elles sont restées toutes les trois ensemble dans la chambre d'Ivy. Instinctivement, Poirot faisait confiance à Ivy… Cela signifie-t-il que je me méfie de Lenore Lavington et d'Annabel Treadway, ou seulement que j'éprouve à leur égard des sentiments mitigés ? Pour éviter d'aborder ces problèmes épineux, il posa une question apparemment facile.

— Avant de prendre congé, pourrais-je utiliser votre machine à écrire, madame ?

Lenore Lavington hocha la tête, ce que Poirot prit pour

un acquiescement, mais alors elle changea adroitement de sujet.

— Monsieur Poirot, pendant que vous vous entreteniez avec Kingsbury, Annabel et moi, nous avons discuté de la situation absurde et sordide où nous nous trouvons et où vous êtes vous-même impliqué, et nous éprouvons le besoin impérieux d'y mettre un terme. Personne n'a été assassiné, et personne ne croit non plus qu'il y ait eu meurtre. Cette histoire est une pure invention, et nous ne savons même pas qui l'a inventée ni pourquoi, même si nous soupçonnons qu'elle a été inspirée par une volonté malveillante.

— Tout cela est vrai, madame, mais la lettre que je souhaite taper avant de prendre congé n'a rien à voir. C'est juste… une affaire personnelle.

— Vraiment ? Ne serait-ce pas plutôt que vous voulez vérifier si c'est avec notre machine à écrire qu'ont été tapées les quatre lettres ?

Poirot fit une petite révérence et lui adressa son plus charmant sourire.

— Vous êtes perspicace, madame. Mille excuses pour avoir recouru à cette petite ruse. Néanmoins, si vous vouliez bien avoir l'obligeance de me laisser…

— Il faudrait pour cela que je juge votre requête opportune.

— Lenore a raison, monsieur Poirot, confirma Annabel d'un ton un peu plaintif. Je n'aurais jamais dû venir vous trouver. J'aurais dû me rendre directement à la police, qui aurait pu m'assurer qu'on ne me soupçonnait d'aucun crime, puisque de toute évidence aucun crime n'a été commis.

— Nous comprenons combien cela doit être frustrant

pour vous, monsieur Poirot, qu'une personne sournoise ait pu utiliser votre nom, tout cela pour semer le trouble et la confusion. Vous en êtes victime autant que nous autres… Mais la meilleure réponse à donner à ce genre de mauvais tour, c'est d'en faire fi et de continuer sa vie comme si de rien n'était. N'êtes-vous pas d'accord ?

— Je ne pourrai en faire fi, madame, tant que je n'aurai pas compris pourquoi ces lettres ont été envoyées.

— Alors leur auteur a gagné la partie, dit Lenore Lavington. Du moins contre vous. Eh bien, je ne vais certes pas le laisser la gagner contre moi. C'est pourquoi, et je le regrette, je me dois de vous prier de partir, à présent.

— Mais madame…

— Désolée, monsieur Poirot. J'ai pris ma décision.

Dès lors, rien de ce qu'il put dire ne la fit changer d'avis, et ses tentatives infructueuses semblèrent mettre Annabel Treadway au supplice. Une demi-heure plus tard, il quittait Combingham Hall sans avoir eu le moindre aperçu de cette fichue machine à écrire.

17

Un stratagème à la Poirot

Autant que possible, Rowland McCrodden répondait négativement aux invitations mondaines qu'il recevait. À l'occasion, cependant, il se sentait tenu d'assister à des événements dont il savait qu'il n'en tirerait aucun plaisir, et le grand dîner organisé par la Law Society était de ceux-là. Le brouhaha des conversations était si fort qu'il suffit presque à lui faire tourner les talons pour s'en retourner chez lui *illico*. Tout le monde parlait et personne n'écoutait, comme toujours à ce genre de rassemblement, dont McCrodden sortait vidé de toute énergie.

Le dîner avait lieu au Bloxham Hotel, un établissement élégant, célèbre pour ses thés dansants. D'habitude, McCrodden se serait promené à travers la foule en évitant d'engager la conversation avec quiconque. Mais ce soir, il avait résolu de se soumettre plutôt que de résister. Il se tiendrait tranquille et se laisserait aborder. Au moins, cela exigerait moins d'effort de sa part.

— Voyez-vous ça, qui voilà! Ce bon vieux Rowly Rope! s'exclama une voix tonitruante.

Se retournant, McCrodden se trouva face à un homme

gros comme une barrique dont il ne se rappelait pas du tout le nom, même s'il était censé le connaître. En tout cas, il n'avait sûrement pas permis à ce type de l'appeler Rowly, ni Rowland d'ailleurs.

Son élocution pâteuse et la façon dont il tanguait sur ses courtes jambes donnèrent l'impression à McCrodden que son interlocuteur s'était déjà bien imbibé le gosier.

— Dites-moi, mon vieux, comment va donc la charmante Mme Rope ? Ça fait un bail que je ne l'ai pas croisée dans l'une de ces fiestas. Il me semble me rappeler qu'elle valait le coup d'œil !

McCrodden, dont l'épouse était décédée bien des années plus tôt, se hérissa.

— Vous me confondez avec quelqu'un d'autre, lui dit-il froidement, et au même instant il aperçut Peter Vout à l'autre bout de la grande salle de bal. Vous voudrez bien m'excuser ? ajouta-t-il, laissant le gros bonhomme qui secouait la tête comme s'il s'apprêtait à le prendre à partie.

McCrodden s'éloigna d'un pas décidé. Finalement, il ne resterait pas sur place, si c'était pour se faire accoster par ce genre d'individus.

Il avait dit à Poirot qu'il ne parviendrait pas à berner Peter Vout, mais voilà qu'en s'approchant de l'intéressé il hésitait : Poirot avait-il raison ? Vout tomberait-il dans le panneau ? McCrodden savait que lui-même ne se laisserait pas abuser de cette manière... ou peut-être était-ce parce qu'il était au courant de ce petit stratagème. Peter Vout ignorait ses intentions, et il ignorait aussi que Rowland McCrodden et Hercule Poirot se connaissaient. De plus, le teint rubicond de Vout et les deux coupes de champagne vides qu'il tenait à la main laissaient penser qu'il serait peut-être moins vigilant que d'habitude.

169

McCrodden s'était arrêté à une courte distance de Vout. C'était tentant, indéniablement. Sa curiosité intellectuelle le poussait à voir s'il pouvait gagner la partie. La seule chose qui le retenait, c'était l'idée de céder ainsi à la volonté de Poirot, de capituler en quelque sorte. Mais alors le destin trancha la question, car Peter Vout l'aperçut, rôdant non loin.

— Rowland McCrodden ! s'exclama Vout en le rejoignant. Mais vous n'avez rien à boire ! Serveur ! Par ici, apportez du champagne à ce monsieur ! Et à moi par la même occasion !

— Non merci, déclina McCrodden en s'adressant au jeune serveur. Je prendrai un verre d'eau.

— De l'eau ? Quelle tristesse ! remarqua Vout.

— Le champagne devrait être réservé aux réjouissances. Or, ce soir, je n'ai guère de raisons de me réjouir, déclara McCrodden à dessein, afin de suggérer qu'il avait une histoire à raconter… et qu'il était tout disposé à le faire.

Pour l'instant, rien de ce qu'il avait dit n'était vraiment mensonger. La suite serait plus difficile.

— Pauvre ami ! Pas de chance ! compatit Vout. Je suis désolé de l'apprendre. Bon. Serveur, ayez la gentillesse d'apporter quand même deux coupes de champagne. On ne sait jamais, je parviendrai peut-être à dérider mon ami et à lui remonter le moral. Sinon, eh bien… ce ne sera pas perdu pour tout le monde. Ha, ha !

Il tapa dans le dos du serveur, qui s'empressa de décamper.

— Alors, McCrodden, racontez-moi donc ce qui vous a mis de si méchante humeur. Je suis certain que ce n'est pas aussi grave que ça en a l'air.

Rowland McCrodden s'efforça d'imaginer quel genre d'existence, si éloignée de la sienne, pouvait inspirer de telles inepties.

— Ce n'est pas tant un problème qu'une source d'irritation, dit-il. Et il n'y a rien à faire pour y remédier, ou plutôt j'ai déjà fait le nécessaire ; j'ai dit à cet impertinent de dégager, en termes beaucoup moins courtois, je l'avoue. Pourtant, certaines choses vous laissent un goût amer dans la bouche, qu'on ne peut, hélas, chasser, même avec du champagne !

Rowland McCrodden n'avait pas fait de théâtre depuis ses années de lycée. Il en gardait le souvenir cuisant d'avoir été particulièrement mauvais. Pour que ça marche, il lui faudrait puiser dans ses propres sentiments, indignation et révulsion, pour nourrir les mensonges qu'il allait prononcer. Il songea à son fils, faussement accusé de meurtre par un lâche individu qui n'avait pas eu le courage de signer sa lettre de son propre nom, et également à l'intime conviction qu'avait John d'être détesté par son père, alors que la vérité était tout autre.

— Un détective est venu me voir aujourd'hui, dit-il à Vout. Il m'a mitraillé de questions sur des affaires privées concernant l'un de mes plus vieux et plus fidèles clients, qui est aussi un ami de longue date. Et ce petit fouineur répugnant n'était même pas officier de police ! Il exigeait sans aucune raison valable que j'apporte des réponses à toute une série de questions on ne peut plus indiscrètes. Je l'ai envoyé promener, mais… on se demande comment de tels individus peuvent dormir tranquillement sur leurs deux oreilles, sans mauvaise conscience.

Apparemment, Vout paraissait intéressé. Rassuré, McCrodden poursuivit :

— Tout récemment, mon client s'est retrouvé, bien malgré lui, dans une situation délicate qu'il ne souhaitait pas voir divulguer. Elle concernait une charmante jeune fille, le legs d'une propriété, et une famille, disons... un peu chatouilleuse. En fait, il s'agit d'une affaire extrêmement déconcertante et dont j'aimerais vraiment débattre avec quelqu'un d'impartial qui ne soit pas lié à mon client, mais je n'allais sûrement pas en dévoiler les détails à cet individu peu recommandable !

Rowland McCrodden fit soudain mine d'avoir une idée lumineuse.

— Tenez, je me demande si je pourrais vous consulter à ce propos, Vout ? Pas ce soir, bien entendu, mais peut-être la semaine prochaine, si vous aviez une heure de libre à me consacrer ? Je ne vois aucun mal à vous en parler, pourvu que je ne vous révèle pas le nom des personnes concernées.

— Mais bien sûr ! répondit Vout d'un air ravi. Je serais trop heureux de vous aider.

— Merci. C'est très aimable à vous. Et pardonnez-moi de vous accabler avec le récit de mes malheurs en une pareille soirée.

— Au contraire, mon vieux. C'est vraiment étonnant, mais par une étrange coïncidence, il se trouve que j'ai récemment vécu une expérience semblable à celle que vous venez de m'exposer.

— Ah bon ?

— Oui. Un détective – assez connu et dont je ne citerai pas le nom par souci de discrétion – est venu me voir pour me demander si l'un de mes clients, et ami de longue date, pouvait avoir été assassiné. J'ai répondu que non, bien évidemment. Car mon client est mort dans son... hum !

fit Vout en s'interrompant juste à temps et en se raclant la gorge. Disons que sa mort était un tragique accident. Personne, aucun officier de police ni représentant de la loi dans ce pays, n'a cru à un acte criminel, à part ce détective. Je lui ai assuré qu'il n'y avait aucun doute possible, et que ce n'était définitivement pas un meurtre. Il s'agit d'une famille éminemment respectable. Quelle idée sugrenue ! Mais mon visiteur a continué à me harceler pour en savoir davantage. Alors j'ai fini par lui en dire un peu plus.

— C'était trop aimable de votre part, et plus qu'il ne le méritait, commenta Rowland McCrodden.

— Hein ? Eh bien, je n'y ai vu aucun mal. Mon défunt ami et client semblait avoir pressenti que sa fin était proche. Lui qui avait toujours eu la rancune tenace, il a soudain été pris du désir de faire la paix avec quelqu'un qui était son ennemi juré depuis bien des années. J'en ai donc informé le détective. Pensez-vous qu'il s'en serait contenté ? Non ! Il a continué à me harceler de questions sur la famille, les relations des uns avec les autres… J'aurais pu lui en dire bien davantage, mais pourquoi lui aurais-je raconté une histoire dont je ne connais pas moi-même les tenants et les aboutissants, et qui n'a plus aucune incidence, maintenant que mon client est mort ? Cela causerait bien du tourment à certains membres de cette famille, s'ils devaient apprendre la vérité, et comment savoir si ce fameux détective n'irait pas la répandre ?

— Vous n'aviez aucune garantie, et vous avez rudement bien fait de ne rien lui dire, approuva Rowland McCrodden. Surtout, ne vous sentez pas obligé de m'en dire davantage à moi non plus. Je ne voudrais pas que vous pensiez que, parce que j'éprouve le besoin de vous consulter sur les affaires de mon client, j'attends de vous que vous fassiez de même. Après tout, le vôtre est décédé, et il n'existe apparemment aucun problème immédiat à résoudre, aussi n'est-il peut-être pas nécessaire de vous mettre martel en tête pour éclaircir ce qui reste encore obscur.

— J'aimerais tout de même comprendre, répondit Vout en fronçant les sourcils. Mais vous avez raison : il n'y a rien à résoudre, puisqu'il s'agit de quelque chose qui n'a jamais eu lieu. Si j'avais été disposé à me confier à ce détective, ce que je n'étais pas, j'aurais dû lui raconter des événements restés secrets jusqu'à ce jour, mais quel intérêt ?

Le jeune serveur réapparut avec deux coupes de champagne et un verre d'eau. McCrodden prit le verre d'eau, et Vout faucha les deux coupes sur le plateau d'un geste de propriétaire. Il ne s'enquit plus de savoir si son compagnon avait finalement envie d'un peu de champagne.

— Vous avez éveillé ma curiosité, je l'avoue, dit McCrodden, tandis que Vout vidait prestement coupe sur coupe. Mais contrairement au grossier personnage auquel vous avez eu affaire, je n'inciterais jamais quelqu'un à commettre des indiscrétions…

— Je ne vois pas ce qu'il y aurait de mal à vous raconter cette histoire, du moment que je garde les noms secrets, dit Vout. Aimeriez-vous l'entendre ?

Rowland McCrodden opina du chef, sans manifester pour autant rien d'aussi vulgaire que de l'enthousiasme. Et si cette soirée allait rester dans son souvenir comme le seul dîner de la Law Society où il se serait jamais diverti ?

— Ce n'est pas une famille que vous risquez de rencontrer, car elle n'habite pas à Londres, commença Peter

Vout. D'ailleurs, vous ne m'inspirez pas la méfiance que m'inspirait ce détective. Je suis certain que je peux compter sur vous pour ne rien divulguer de ce que je vais vous apprendre.

— Bien entendu.

— Eh bien voilà : l'événement non advenu était en l'occurrence le changement d'un testament.

— Je vois.

— Mon client était un monsieur très âgé, qui avait toujours prévu que ses deux petites-filles hériteraient à parts égales de sa fortune considérable. Il n'avait pas d'enfant en vie, comprenez-vous, et il était comme un père pour ses petites-filles, qui avaient perdu leurs parents très jeunes.

— Quelle tragédie, commenta consciencieusement Rowland McCrodden.

— Une semaine environ avant sa mort, mon client m'a invité à lui rendre visite pour discuter de ce qu'il appelait une «affaire délicate». Pour la première fois depuis que nous nous connaissions, c'est-à-dire depuis fort longtemps, il répugnait à m'exposer les motifs qui l'avaient conduit à me faire venir. Il parlait à voix basse et ne cessait de lancer des coups d'œil furtifs vers la porte du salon, aux aguets du moindre bruit, en disant : «Vous avez entendu ? Quels sont ces pas dans l'escalier ?»

— Il ne voulait pas que quelqu'un surprenne par mégarde votre conversation ?

— En effet. Ce qui était étrange, car d'habitude il avait son franc-parler et exprimait ses opinions sans détour. Mais en l'occurrence il souhaitait établir un nouveau testament qui aurait gravement nui aux intérêts de l'une de ses petites-filles.

— Une seule ? demanda McCrodden.

— Oui, confirma Vout. L'autre se serait trouvée à la tête d'une immense fortune, selon les clauses du futur testament, mais cela n'a pu se faire, comme je vous l'ai dit, car Bar... enfin, mon client... est mort d'un tragique accident avant que le document puisse être établi et signé. Et, même si elle n'en sait rien, la plus jeune de ses deux petites-filles ne serait pas la femme fortunée qu'elle est aujourd'hui si son grand-père avait vécu juste un peu plus longtemps, car il avait l'intention de l'en exclure complètement et de la laisser sans un sou!

— Bonté divine, dit Rowland McCrodden, sincèrement surpris, oubliant le rôle qu'il était censé jouer.

Pourvu que Vout n'ait pas perçu mon excitation, se dit-il aussitôt. La plus jeune de ses deux petites-filles... Annabel Treadway, donc. Aurait-elle pu tuer son grand-père de sang-froid? Ne l'ayant jamais rencontrée, McCrodden n'avait aucun mal à l'envisager. Il avait connu tant de gens entrant dans cette catégorie. Malgré tous les efforts de Barnabas Pandy, Mlle Treadway avait peut-être appris ses intentions et décidé d'employer les grands moyens pour sauvegarder son héritage.

— J'ai tenté de dissuader mon client en faisant appel à son bon sens, mais c'était un vieil entêté, poursuivit Peter Vout. Il ne voulait pas m'écouter. Il est tombé dans ses travers habituels en haussant tellement le ton que j'ai fini, comme d'habitude, par renoncer à le convaincre. Je n'ai jamais connu quelqu'un d'aussi tranchant dans ses opinions que Barn... hum! que mon client, et défendant avec autant de hargne ses points de vue, si mauvais soient-ils.

— Dois-je comprendre que vous désapprouviez sa décision? Vous trouviez qu'il faisait preuve d'injustice envers la cadette?

— En effet.

— D'après vous, avait-elle fait quelque chose pour le mériter ?

— J'ignore ce qu'elle avait pu faire, car mon ami ne me l'a pas raconté. Il en disait aussi peu que possible, tournant autour du pot, comme on dit. Ce qui n'avait aucun sens, puisque j'aurais eu besoin de toutes les précisions pour établir le nouveau testament le moment voulu. Peut-être craignait-il qu'on l'entende, ou soupesait-il encore sa décision, l'air de rien.

— Était-ce dans les habitudes de votre client de punir cruellement des personnes qui ne le méritaient pas ? demanda McCrodden.

— Non, pas en règle générale. Il avait un ennemi de longue date, et le jour même où il m'a parlé de sa volonté de modifier son testament il m'a déclaré qu'il souhaitait aussi entreprendre une démarche pour se réconcilier avec lui. Je l'ai incité à réfléchir à ce désir qu'il avait de faire la paix avec son ennemi juré depuis tant d'années, et lui ai demandé s'il ne devrait pas adopter la même approche avec sa petite-fille. Il m'a ri au nez, figurez-vous. Alors il a dit une chose dont je me souviendrai toujours.

— Quoi donc ? demanda Rowland McCrodden.

— « Il y a une différence, Peter, entre un acte impardonnable et quelqu'un dont le caractère même est foncièrement mauvais. Ce qui compte, ce n'est pas ce que les gens ont fait, mais ce qu'ils sont. Une personne a pu ne commettre aucun faux pas de toute sa vie, n'avoir rien fait qui lui ait valu la réprobation générale, pourtant elle peut être pourrie jusqu'à la moelle. » Voilà ce qu'il m'a dit.

— Quelle était la cause de l'inimitié entre votre client et son ancien ennemi ?

— Je l'ignore, hélas. Et je suppose que cela n'a pas d'importance, maintenant qu'il n'est plus de ce monde, le pauvre. Grâce au ciel, sa mort a mis un terme à son projet de changer son testament, et donc ses deux petites-filles sont également pourvues. C'est un soulagement de penser qu'aucune d'elles ne s'est jamais doutée de ce qui se préparait.

— Vous aimez bien ces deux femmes ? demanda McCrodden.

— Oui, convint Vout à voix basse. À dire vrai, j'ai toujours éprouvé de la compassion pour la pauvre Annab... pour la cadette. L'aînée était la préférée de mon client, et il ne s'en cachait pas. Elle a fait un beau mariage, elle a eu deux enfants. La cadette est... différente. Mon ami avait du mal à la comprendre, et il s'énervait souvent contre elle, car elle refusait de s'expliquer.

— Lui demandait-il des comptes sur quelque chose en particulier ?

— Oh, elle avait refusé de nombreuses demandes en mariage, venant de prétendants bien sous tous rapports, répondit Vout. Mon client croyait que c'était la peur qui la retenait, et il avait en horreur la pusillanimité sous toutes ses formes. Je l'ai entendu traiter Annabel de poltronne en ma présence, et plus d'une fois. Chaque fois, elle se mettait à pleurer. Le pire, c'est qu'elle en convenait toujours. C'était vraiment déplaisant. Je n'ai jamais compris comment il pouvait s'acharner ainsi sur elle, alors qu'elle sanglotait et reconnaissait tous les défauts dont il l'accusait.

McCrodden attendit que Vout se rende compte qu'il avait prononcé le nom de la jeune femme à haute voix, mais il n'en montra aucun signe. Combien de coupes de champagne avait-il bues? Il devait en avoir éclusé plus d'une bouteille.

— Le chien aussi était entre eux un sujet de discorde, reprit Vout. Les chiens, dirais-je. D'abord Skittle, puis Hopscotch.

L'anonymat n'est donc pas plus garanti pour les chiens que pour les gens de la famille, s'amusa McCrodden.

— La cadette avait aimé le premier et aimait le second comme s'ils étaient des membres de la famille à part entière, continua Vout. Mon client se moquait d'elle sans pitié. Il lui reprochait de les laisser dormir sur son lit en disant que c'était dégoûtant, mais pour elle ils étaient comme des enfants. Ses enfants. Une fois, mon client a laissé Skittle dehors toute la nuit en lui interdisant d'entrer. Il ne faisait pas particulièrement froid, mais le chien avait l'habitude de se blottir contre sa maîtresse la nuit, et elle a cru qu'il serait désespéré d'être ainsi rabroué. La panique la rendait presque hystérique, et mon client ne faisait que se moquer d'elle. Pour être juste, Skittle ne semblait pas particulièrement perturbé d'être exclu. Et pour la défense de mon client, c'était le jour où Skittle avait...

Vout s'interrompit soudain en plein milieu de sa phrase.

— Qu'alliez-vous dire?

— C'est drôle, mais en vous racontant cette histoire j'ai la désagréable impression de dire du mal des morts, répondit Vout en soupirant. Il ne s'agit que d'un chien, vous me direz, mais... ce pauvre Skittle était très attachant, vraiment, et il n'avait aucune mauvaise intention. Pourtant mon client est resté intraitable.

McCrodden attendit des éclaircissements.

Vout but encore une pleine coupe de champagne qu'il cueillit au passage d'un plateau.

— Ivy, l'arrière-petite fille de mon client, a failli se noyer quand elle était petite. Oups ! Je viens de vous dire son prénom. Bah, tant pis. Vous ne pourrez l'identifier juste par son prénom. Bref... elle s'appelle Ivy. C'est la fille de l'aînée des petites-filles de mon client.

Ivy, Skittle, Hopscotch, Annabel... ce dernier prénom imprudemment prononcé sans qu'il s'en aperçoive, et un vieillard dont le prénom commence par Bar... Autant de fragments qui me suffiraient amplement pour effectuer une identification, en supposant que j'éprouve le besoin de creuser l'affaire, et si je ne savais pas déjà de quelle famille il s'agit, se dit McCrodden.

— Ivy avait dans les trois ou quatre ans, quand c'est arrivé, poursuivit Vout. Elle se promenait avec sa tante et le chien au bord d'une rivière, et elle est tombée à l'eau. Sa tante a dû plonger dans la rivière pour la repêcher au risque de sa vie, car le courant était très fort. Elles ont frôlé la mort de près.

— Sa tante... il s'agit donc de la sœur cadette ? demanda McCrodden en songeant que cette anecdote montrait Annabel Treadway sous un jour nouveau, qui ne faisait certes pas d'elle une poltronne.

— Oui. Elle marchait un peu en avant et n'avait aucune raison de supposer que la petite Ivy courait un quelconque danger. Mais Ivy étant une petite fille espiègle, elle eut envie de se rouler dans l'herbe le long de la berge. Je ne sais pourquoi, les enfants ne peuvent résister à faire des roulades sur des pentes herbeuses, n'est-ce pas ? J'étais pareil étant gamin.

— À moins que j'aie manqué une partie de l'histoire, vous n'avez pas encore médit du défunt Skittle, fit remarquer McCrodden.

— Et je ne le ferai pas. Ce n'était pas sa faute. C'était un chien, voilà tout, et il a réagi comme tel. Pourtant mon client l'a condamné sans appel. Car la tante de la petite n'a pas été la seule à tenter de la sauver. Skittle aussi s'est jeté dans l'eau à son secours. Mais ses efforts pour la secourir ont failli causer sa perte, car une fois dans l'eau il a paniqué et lacéré gravement le visage d'Ivy. C'est bien malheureux. Je sais que sa mère craint qu'aucun homme ne veuille l'épouser, même si à mon avis elle se trompe. Mais on peut comprendre ses inquiétudes.

— Et votre client en a rejeté la faute sur Skittle ?

Vout réfléchit avant de répondre.

— Je pense qu'il avait assez de bon sens pour savoir que le chien n'avait eu aucune mauvaise intention. Mais il en voulait à Skittle d'exister, tout simplement. Et il en voulait à Annabel, oups ! Encore ! Enfin, je me fie à votre discrétion, mon vieux… Il en voulait à Annabel, alors qu'elle avait sauvé la vie d'Ivy, parce que sans elle il n'y aurait pas eu de Skittle. Personne d'autre dans la famille n'apprécie tellement les chiens. Pourtant, lors de ma dernière visite chez lui, j'ai surpris mon client dans une attitude pour le moins insolite…

McCrodden attendit.

— Je l'ai vu donner à Hopscotch, le chien actuel, une petite tape sur la tête. J'ai presque cru l'avoir imaginé, tant cela ne lui ressemblait pas. Jusqu'à présent, il n'avait fait que les chasser et les houspiller en les traitant de gros rats visqueux. Chaque fois, Annabel en avait les larmes aux yeux, ce qui amusait beaucoup son grand-père. « Grandis un peu et cesse de faire le bébé », lui disait-il. Je crois qu'il espérait l'endurcir un peu. Il l'aimait autant que sa sœur aînée, j'en suis certain, mais ne l'appréciait pas autant.

Alors… eh bien, il a dû finir par se persuader qu'il ne l'aimait pas du tout, conclut Vout tristement.

— D'où son projet de modifier les clauses du testament ?

— Oui. La façon dont il a parlé d'elle lors de notre discussion… Il n'y avait plus en lui une once d'amour pour elle. Quelque chose l'avait tuée.

— Pourtant, ce même jour, vous l'avez vu tapoter le chien sur la tête avec affection ?

— En effet… et plus bizarre encore, il n'a pas juste tapoté Hopscotch sur la tête : il l'a caressé sous le menton, et je suis sûr qu'il lui a dit « oui, tu es un bon chien ». Décidément, cela ne lui ressemblait pas du tout. Bon, où est donc passé ce jeune serveur ?

18

La découverte de Mme Dockerill

— Vous êtes absolument fascinant, monsieur, dit Poirot à Rowland McCrodden. Vous qui vous refusiez obstinément à me rendre ce petit service…
— Comment ça, petit? protesta McCrodden.
— … et à recourir au petit stratagème que je vous avais préconisé pour soutirer à Peter Vout les informations qu'il dissimulait, vous faites précisément ce que j'attendais de vous, et vous jouez votre rôle à la perfection! Aucun acteur confirmé n'aurait pu mieux faire!

Nous étions tous les trois à Whitehaven Mansions. J'avais proposé à McCrodden que Poirot et moi le rejoignions à son cabinet, mais il n'avait pas voulu en entendre parler. Je le soupçonnais fort de vouloir une fois encore éviter Mlle Mason.

— Et j'en ai un peu honte, figurez-vous, répliqua McCrodden. Je n'aime pas duper les gens.
— C'était pour la bonne cause, mon ami!
— Admettons, bon… Cette nouvelle information concernant le testament de Pandy change tout, non?
— C'est aussi mon avis, dis-je.

— Eh bien, vous vous trompez tous les deux, nous déclara Poirot. Il est vrai que chaque fait nouveau peut se révéler déterminant, mais, en l'occurrence, tant d'autres éléments nous échappent encore que celui-ci ne semble nous mener nulle part.

— Vous n'êtes pas sérieux ? s'insurgea McCrodden. Annabel Treadway avait un mobile évident pour se débarrasser de son grand-père. C'est clair comme de l'eau de roche : il allait modifier les termes de son testament pour la laisser sans un sou.

— Mais Lenore et Ivy Lavington m'ont assuré que Mlle Annabel ne pouvait l'avoir tué.

— Alors c'est qu'elles mentent.

— Malgré leur affection pour Pandy, elles ont pu mentir pour protéger Annabel, dis-je, car j'étais assez d'accord avec McCrodden.

— J'en conviens, admit Poirot. Qu'elles aient menti pour la protéger et que Mlle Annabel, angoissée comme elle est, soit capable de commettre un meurtre afin d'assurer son confort matériel… c'est tout à fait possible. Il y a cependant un problème : elle ignorait la volonté de son grand-père de la déshériter. Ce ne peut être son mobile, puisqu'elle n'en avait pas connaissance.

— Vout se trompe peut-être sur ce point, dis-je.

— Ces « peut-être » ne nous mènent nulle part, Catchpool. Oui, elle a peut-être entendu par inadvertance, ou par indiscrétion, cette conversation à propos du nouveau testament, après tout. Oui, sa sœur et sa nièce mentent peut-être afin de la sauver. Mais on ne peut s'appuyer sur tous ces « peut-être » pour en tirer des conclusions définitives.

Il avait raison. Quand on cherche désespérément une

solution, et qu'on apprend soudain qu'une personne risquait de perdre une immense fortune à cause d'un changement imminent de testament, il est bien trop tentant de voir là le mobile idéal.

— J'aimerais savoir ce qu'Annabel Treadway a bien pu faire pour s'attirer les foudres de son grand-père juste avant sa mort, dit Rowland McCrodden. Ce devait être selon lui extrêmement grave et choquant, pour qu'il ait eu envie de faire la paix avec son vieil ennemi.

— Les deux ne sont pas forcément liés, objecta Poirot.

— Cela me semble pourtant logique, dit McCrodden. Quand l'antipathie qu'on éprouve envers une personne donnée devient dévorante, on peut ressentir le besoin de se décharger d'autres ressentiments. Ne serait-ce que pour ne pas passer à ses propres yeux pour quelqu'un d'amer et de rancunier.

— Très intéressant, dit Poirot. Je vous en prie, continuez votre raisonnement, mon ami.

— Eh bien, si l'on se sent envahi par cette aversion particulière jusqu'à en être submergé, il est naturel d'avoir envie de compenser ce sentiment négatif par quelque chose de positif, en témoignant par ailleurs un peu de bienveillance à notre entourage. Je dirais donc que Pandy, ayant décidé de déshériter Mlle Treadway, a compensé cette cruauté par de la gentillesse : en cherchant à se réconcilier avec son vieil ennemi Vincent Lobb, en câlinant le chien qu'il ignorait d'habitude…

— Pour se considérer comme un homme bon et charitable ? dit Poirot. Oui, je comprends. Dans ce cas… nous pourrions aussi hasarder que, quand il a pris sa décision, la rancœur de M. Pandy envers Mlle Annabel devait être très forte.

— Assurément, selon les postulats de ma théorie, approuva McCrodden.

— C'est votre expérience avec Mlle Olive Mason qui vous a mené à cette conclusion? lui demanda Poirot.

— Oui. Quand j'ai été confronté à l'aversion irrationnelle qu'elle m'inspirait, j'ai éprouvé le besoin de... eh bien, de renoncer à certains de mes moindres griefs.

— En avez-vous beaucoup? demandai-je.

— Quelques-uns. Comme tout le monde, non?

— Pas moi, remarquai-je. J'ai beau y réfléchir, je ne m'en trouve aucun. Et vous Poirot, avez-vous la rancune tenace?

Mais un coup frappé à la porte l'empêcha de me répondre. George entra dans la pièce.

— Une dame demande à vous voir, monsieur. Je lui ai dit que vous étiez occupé, mais elle a assuré que c'était urgent.

— Bon, si c'est urgent, nous allons la recevoir. S'est-elle présentée?

— Ça oui, monsieur, et dans les formes. Elle a dit s'appeler Jane Dockerill, et s'est présentée comme étant Mme Hugo Dockerill, épouse du maître d'internat de Timothy Lavington et Frederick Rule au Turville College.

Jane Dockerill était un petit bout de femme aux cheveux châtain foncé, le nez chaussé de sévères lunettes à monture noire, et portant à deux mains un grand sac brun deux fois plus gros qu'elle. Elle se déplaçait comme elle parlait, c'est-à-dire sur un débit très rapide. Quand Poirot se leva pour se présenter, elle ne lui en laissa pas le temps et secoua la main en disant:

— Et qui sont ces messieurs?

— Rowland McCrodden, procureur, et l'inspecteur Edward Catchpool, de Scotland Yard.

— Je parie que vous discutiez de l'affaire qui nous concerne tous, n'est-ce pas? nous lança Jane Dockerill, et nous acquiesçâmes de concert.

Il ne nous vint même pas à l'esprit de le lui cacher, car Jane Dockerill était dotée d'une autorité naturelle à laquelle on ne pouvait résister. Même mon chef lui aurait obéi sans discuter.

— Bien, dit-elle, puis, sans transition: Je suis venue ici vous apporter deux éléments, l'un que vous connaissez déjà, l'autre que vous ignorez. Le premier, c'est la lettre reçue par Hugo, et qui l'accuse de meurtre. J'ai pensé que vous en auriez probablement besoin.

— Absolument, madame. Elle nous sera d'une grande utilité, confirma Poirot comme un docile petit écolier, une attitude fort insolite chez lui.

Jane Dockerill sortit la lettre de son sac et la lui tendit. Il la lut, puis me la passa. À part le nom et l'adresse du destinataire ainsi que le «Cher Monsieur Dockerill» figurant en tête, elle était identique à celle reçue par John McCrodden, jusqu'au blanc de la barre horizontale des *e*. Je la passai ensuite à Rowland McCrodden.

— Venons-en au deuxième élément, qui risque de vous surprendre, comme j'en ai été moi-même choquée quand je l'ai découvert. J'espère sincèrement qu'il ne signifie pas ce que je crois.

Elle sortit de son sac un objet que je ne reconnus pas immédiatement, car il était enveloppé dans de la cellophane, tel un cadeau un peu étrange d'aspect. On devinait à l'intérieur quelque chose de bleu parsemé de petites touches blanches et jaunes.

— Qu'y a-t-il dedans, madame ? lui demanda Poirot.

— Une robe. On l'a enveloppée alors qu'elle était mouillée. Je l'ai trouvée collée avec du ruban adhésif sous le lit de Timothy Lavington. J'aime que les dortoirs soient d'une propreté impeccable, ce qui suppose de vérifier régulièrement sous les lits qu'il n'y a pas de détritus ni d'objets illicites qu'un des garçons y aurait dissimulés.

— C'est très louable de votre part, madame, la complimenta Poirot, mais Jane Dockerill reprit vivement le cours de son récit.

— La dernière fois que j'ai regardé sous les lits dans le dortoir de Timothy, c'était il y a quatre semaines. Je m'en souviens précisément, car c'était ma première inspection depuis les vacances. Il y a quatre semaines donc, ce paquet n'était pas là. C'est hier que je l'ai trouvé, collé sous le sommier du lit de Timothy Lavington. Je l'ai ouvert en présence de Timothy, pour voir s'il savait ce que c'était. Il a reconnu la robe comme étant à sa tante, mais il ne voyait pas du tout ce qu'elle faisait là, dans son dortoir. Une robe toute raide, encore humide par endroits, ajouta Jane Dockerill d'un ton plein de sous-entendus. Appartenant à sa tante, Annabel Treadway.

— Ce qui vous fait soupçonner quelque chose, apparemment, constata Poirot. Puis-je vous demander quoi ?

— N'est-ce pas évident ? Même si je prie pour que ce ne soit pas le cas, je suspecte Annabel Treadway d'avoir assassiné Barnabas Pandy en le noyant dans son bain, car c'est ainsi qu'il est mort. Elle a mouillé sa robe en commettant cet acte puis, craignant qu'elle ne l'incrimine, l'a cachée à Turville, sous le lit de Timothy.

Je me sentis obligé d'intervenir.

— Pour autant que nous le sachions, la mort de M. Pandy était accidentelle. Du point de vue officiel…

— Oh, ça ne veut rien dire, rejeta Jane Dockerill avec un geste de la main. Je crois à présent que M. Pandy a bien été assassiné, quoi qu'on puisse en penser.

— Et sur quoi fondez-vous cette conviction ? demanda Poirot.

— Bon sens et probabilité, lui répondit-elle. Les morts accidentelles sont rarement suivies comme celle-ci de multiples accusations de meurtre, ni d'étranges paquets collés sous des sommiers. Il me semble donc probable qu'il s'agisse bien d'un meurtre.

Poirot fit un petit hochement de tête, tout en semblant un peu dubitatif.

— Vous n'allez pas ouvrir le paquet ? s'étonna Mme Dockerill.

— Mais si, bien sûr. Catchpool, si vous voulez bien…

Il fut assez facile d'ôter le ruban adhésif et d'ouvrir la cellophane. Nous découvrîmes alors que les taches blanches et jaunes étaient en fait des fleurs minuscules. Par endroits, le tissu était devenu poisseux, sous son emballage hermétique.

— Sentez cette odeur, dit Jane Dockerill.

— Oui, aucun doute, ça sent l'huile d'olive, confirma Poirot. C'est la robe qu'Annabel Treadway portait le jour où Barnabas Pandy est mort telle que Lenore Lavington me l'a décrite : bleue, imprimée de fleurs blanches et jaunes. Hormis un détail, qui indique qu'il ne s'agit pas de la même robe.

— Au nom du ciel, allez-vous nous tenir longtemps en haleine ? dit Jane Dockerill. En quoi est-elle différente ?

— Cette robe a visiblement été emballée alors qu'elle était encore mouillée, dis-je.

— Précisément, Catchpool. Lenore Lavington m'a assuré que la robe de sa sœur n'était pas mouillée, quand elles se trouvaient ensemble dans la salle de bains, le 7 décembre. Pour elle, c'était la preuve que sa sœur ne pouvait avoir noyé leur grand-père. Selon Lenore Lavington, la robe bleue à fleurs jaunes et blanches portée par Annabel Treadway était complètement sèche.

19

Quatre lettres de plus

— C'est ce qu'on appelle un rebondissement, non ? dit Jane Dockerill.
— En effet, convint Poirot.
— Je connais la mère de Timothy depuis des années. Elle mentirait à coup sûr pour protéger un membre de sa famille, aucun doute là-dessus. Hugo et moi, nous ne pouvons dire un mot à Timothy sans qu'elle nous foudroie en nous menaçant des pires maux : faire renvoyer Hugo, changer Timothy d'établissement, nous priver ainsi de toutes les donations grâce auxquelles l'école subsiste.

Jane Dockerill décroisa les jambes, puis les recroisa dans l'autre sens.

— Les écoles sont des lieux où règne l'injustice la plus flagrante, vous savez, reprit-elle. De certains garçons, ceux dont les parents respectent un minimum l'autorité, l'on exige qu'ils rentrent leur chemise dans leur pantalon, rajustent leur cravate, remontent leurs chaussettes, bref qu'ils aient en permanence une tenue impeccable, tout cela pour leur bien. Et nous y veillons, sachant qu'aucun membre de leur famille ne risque de surgir pour nous rendre la vie impossible. D'autres garçons, dont je crains fort que Timothy Lavington et Freddie Rule ne fassent partie, peuvent se promener le blazer déchiré, la cravate de travers, tandis que nous détournons pudiquement les yeux pour éviter qu'un parent de l'engeance de Lenore Lavington ne nous tombe dessus!

— Madame, qui aurait pu coller le paquet contenant la robe sous le lit de Timothy Lavington? lui demanda Poirot.

— Pratiquement tout le monde. Timothy, même si je sais qu'il n'en est rien. Sa mère, sa sœur ou sa tante, durant l'une de leurs visites. Moi ou mon mari. Je ne l'ai pas fait, bien entendu, ni Hugo, ajouta-t-elle avec un petit rire. Quelle idée! En admettant qu'il ait eu l'intention de coller une robe sous le sommier d'un lit, Hugo n'aurait jamais su où trouver du ruban adhésif.

— Personne d'autre?

— Si, dit Jane Dockerill. Comme je vous l'ai dit: tout le monde ou presque. N'importe quel pensionnaire, ou encore des garçons du voisinage qui se seraient glissés dans le dortoir de Timothy à son insu. N'importe quel professeur. N'importe quel parent.

Je poussai un soupir, et j'entendis alors Poirot murmurer: «Pas de paramètres.»

— Nous pouvons néanmoins rétrécir le champ des possibles, et vous serez contents de l'apprendre, j'imagine, ironisa Jane Dockerill. À Turville, un étranger ne pourrait passer inaperçu, on l'interpellerait et on l'interrogerait. Comme toutes les communautés, nous nous méfions des intrus en leur prêtant de mauvaises intentions, et nous les expulsons *manu militari* dès que nous les surprenons à rôder autour du pensionnat... Je plaisantais, ajouta-t-elle, apparemment déçue par notre manque de réaction.

Un peu à retardement, Poirot, McCrodden et moi-même, nous rîmes poliment.

— Donc ça pouvait être n'importe quel membre attaché au collège, y compris le parent d'un élève ? dit Poirot.

— Oui, je le crains.

— Avez-vous jamais, au sein de la communauté scolaire ou en lien avec elle, rencontré un certain John McCrodden ?

En entendant mentionner le nom de son fils, Rowland McCrodden tiqua un peu.

— Non, répondit Jane Dockerill d'un air qui semblait sincère.

— Quant à la famille de Timothy Lavington, a-t-elle rendu visite à Timothy à l'école depuis la mort de Barnabas Pandy, et depuis le jour où vous avez vérifié sous les lits, quatre semaines plus tôt, qu'il n'y avait rien de caché ?

— Oui. Lenore, Annabel et Ivy, la sœur de Timothy, sont venues à Turville il y a deux semaines environ. L'une des trois aurait pu coller le paquet contenant la robe mouillée sous le lit durant cette visite.

— Quand Mme Sylvia Rule est-elle venue au Turville College pour la dernière fois ? demanda Poirot.

— La semaine dernière, répondit Mme Dockerill. Avec Mildred et son fiancé, Eustace.

— Vous mettez Freddie dans la catégorie des garçons qu'on n'oblige pas à se conduire correctement, dis-je. Cela signifie-t-il que Sylvia Rule est aussi intraitable que Lenore Lavington ?

— Sylvia est insupportable, confirma Jane Dockerill. Il est vrai que, vivant et travaillant à Turville depuis si longtemps, je trouve environ deux tiers des parents insupportables, à différents égards. Ils sont généralement bien plus difficiles que les garçons. Freddie Rule, le fils de Sylvia, est un amour. Il doit tenir sa bonne nature de son père.

— C'est un solitaire, n'est-ce pas ? demanda Poirot.

— Ce n'est pas un garçon très apprécié de ses camarades, reconnut Jane Dockerill avec un soupir. Il est sensible, un peu renfermé, d'un statut social peu élevé. Et il ressent les choses en profondeur. Rien de commun avec Timothy Lavington. Pour Timothy, Freddie est insignifiant. Ses amis sont tous comme lui : bruyants, bouffis d'orgueil, ils se considèrent comme le dessus du panier, socialement parlant. Cela me brisait le cœur, de voir Freddie tout seul tout le temps. Au point que j'ai décidé de me lier d'amitié avec lui, puisque ces idiots le snobaient. Et nous sommes devenus amis, conclut-elle en souriant. Oui, Freddie m'aide beaucoup, et je ne sais comment je ferais sans lui. Tous ceux de Turville College savent maintenant que s'ils s'en prennent à Freddie ils auront affaire à moi.

— Parce qu'il a été malmené ? demandai-je. Pas par Timothy Lavington, je suppose ?

— Non, jamais par Timothy, mais par d'autres, répondit Jane Dockerill, l'air soudain en colère. C'est terriblement injuste. Freddie est sali par la réputation de sa mère. Des rumeurs courent sur Sylvia Rule comme quoi... euh... elle gagnerait sa vie de façon immorale et illégale. Je ne crois pas qu'il y ait un brin de vérité dans ces horribles calomnies.

— Je vois. Madame Dockerill, puis-je vous interroger sur la foire de Noël du 7 décembre ? Freddie Rule y était, n'est-ce pas ? Ainsi que sa mère, sa sœur, et Eustace ?

— En effet, ils étaient tous présents.

— Et Timothy Lavington, ainsi que vous et votre mari ?

— Cela va de soi. Je me suis démenée comme une folle, toute cette sainte journée.

— Pouvez-vous m'assurer que toutes les personnes que je viens de citer sont restées à la fête du début à la fin de la journée ?

— Je viens de vous le dire : elles étaient toutes là.

— Vous ne les avez pas quittées des yeux, ne serait-ce qu'une seconde ?

— C'est trop demander ! s'indigna-t-elle. J'avais du travail par-dessus la tête.

— Alors pardonnez-moi, madame, mais comment pouvez-vous être certaine qu'aucune de ces personnes ne s'est absentée un moment ?

— Eh bien, elles étaient toutes là pour le dîner du soir. Et je les ai aperçues de-ci de-là durant la journée... Oh, je comprends. Vous vous demandez si l'une d'elles n'aurait pas pu s'esquiver, ni vu ni connu, pour tuer Baranabas Pandy, puis revenir subrepticement ?

— Est-ce possible ?

— Je suppose que oui. Mais dans ce cas, il aurait fallu à cette personne un moyen de transport pour se rendre à Combingham Hall.

Après avoir habilement contourné les questions de Jane Dockerill sur ce qu'il comptait faire par la suite, Poirot la remercia, et elle prit congé.

— Elle a pour ce jeune Freddie Rule un attachement malsain, décréta Rowland McCrodden quand elle fut partie.

— Non, je ne le pense pas, répliquai-je. Elle éprouve le besoin de protéger un garçon solitaire, voilà tout.

195

— Je ne serais pas surpris qu'il y ait autant de rumeurs sur leur compte que sur la vie dissolue de Sylvia Rule, rétorqua McCrodden.

— Catchpool, quand vous vous rendrez à Turville College, essayez de glaner toutes les rumeurs qui peuvent y circuler, me dit Poirot.

— Il serait fort étonnant que ces garçons aillent se répandre en la présence d'un inspecteur de Scotland Yard, lui fis-je observer. Devrai-je me déguiser en marchand de glaces, ou en confiseur ambulant ?

— Vous trouverez un moyen, Catchpool.

Poirot tâta le tissu poisseux de la robe bleue, puis il sortit un mouchoir de sa poche pour s'essuyer les mains.

— La robe de Mlle Treadway, murmura-t-il. Que pouvons-nous en déduire ? Que les trois dames de Combingham Hall m'ont menti, ainsi que Kingsbury ? Qu'ils savent tous qu'Annabel a tué M. Pandy, et qu'ils cherchent à dissimuler la vérité ?

Il se tourna alors vers moi pour que je lui donne la réplique, ce que je fis.

— Ou bien que quelqu'un essaie d'incriminer Annabel Treadway ?

— Exactement ! Si l'objectif était de protéger Mlle Annabel, il aurait fallu aussitôt laver et cacher la robe.

— Oui, mais on aurait pu déceler des traces d'huile d'olive, même après que la robe eut été lavée, arguai-je. Peut-être valait-il mieux la faire disparaître ?

— Mes amis, dit Poirot, nous n'avons rencontré Jane Dockerill qu'une fois. Annabel Treadway l'a souvent rencontrée durant ses nombreuses visites à l'école pour voir Timothy. La connaissant, elle devait se douter que

Mme Dockerill inspecterait de fond en comble chaque dortoir de son pensionnat. Or il doit y avoir des centaines de lits à Turville. Pourquoi avoir choisi celui de Timothy?

— Vous pensez donc que le fait d'avoir caché la robe sous le lit de Timothy est vraisemblablement un coup monté pour incriminer Mlle Treadway, et non une preuve de sa culpabilité? demanda McCrodden. Nous pouvons échafauder des tas de théories, Poirot, mais en réalité nous ne savons rien, conclut-il avec lassitude. Il y a trop de possibilités. Moi qui déteste déclarer forfait…

— Quoi? Vous pensez que nous devrions renoncer? s'insurgea Poirot. Non, non, mon ami. Vous vous trompez lourdement. C'est vrai, les possibilités sont nombreuses, mais nous sommes maintenant bien plus près de la vérité.

— Ah bon? dis-je. Comment? Pourquoi?

— Catchpool, ne voyez-vous pas ce qui saute aux yeux?

Non. Ni Rowland McCrodden, apparemment. Poirot se rit alors de nous, et de notre manque de clairvoyance.

— Grâce à cette robe, j'ai bon espoir d'avoir bientôt toutes les réponses. Je ne les ai pas encore, mais je les aurai, assura-t-il. Et je compte me lancer un défi à moi-même en me fixant un ultimatum. Voyons voir si Hercule Poirot pourra gagner cette course contre la montre!

— Que voulez-vous dire? demandai-je.

— Je suis stupéfait qu'aucun de vous deux ne voie ce que je vois, répondit-il en riant encore. C'est dommage, mais qu'importe. Bientôt, je m'expliquerai. À présent, il est temps pour moi de rédiger quatre lettres, destinées à Sylvia Rule, Annabel Treadway, John McCrodden, et Hugo Dockerill. Et cette fois, elles seront du véritable Hercule Poirot!

TROISIÈME PARTIE

20

Les lettres arrivent

Eustace Campbell-Brown se reposait dans le salon de la maison de ville londonienne de sa fiancée Mildred, quand la mère de Mildred entra en trombe dans la pièce, tenant du bout des doigts une lettre et une enveloppe déchirée, comme si les toucher davantage risquait de la contaminer. À la vue de son futur gendre, Sylvia Rule suffoqua presque d'horreur. Pourtant elle l'avait déjà vu maintes fois dans cette même position : assis, une cigarette à la main, un livre dans l'autre.

— Bonjour, dit Eustace en pensant que cette simple entrée en matière ne portait pas à conséquence et qu'elle ne lui attirerait pas d'ennuis.

— Où est Mildred ?

— Là-haut, en train de s'habiller. Je l'emmène en sortie pour la journée, répondit-il en souriant.

Sylvia Rule le scruta un long moment.

— Combien voulez-vous ? dit-elle enfin.

— Pardon ?

— Pour laisser Mildred tranquille et disparaître pour de bon.

Eustace posa sa cigarette dans le cendrier et son livre sur la table à côté de lui. Voilà où nous en sommes, malgré tous les efforts que j'ai pu faire pour gagner l'estime de ma future belle-mère, songea-t-il. Eh bien, c'est fini. Fini d'être poli et charmant. Je vais enfin pouvoir lui dire ses quatre vérités.

— Je me demandais combien de temps il vous faudrait pour en arriver là, lui déclara-t-il. Pensez donc, vous auriez pu me faire une offre à la même époque l'an dernier, et vous seriez débarrassée de moi depuis longtemps.

— Ah, c'est donc ça... combien voulez-vous ?

— Non, Sylvia, je vous taquinais. En fait, j'aime Mildred, et elle m'aime en retour. Plus tôt vous vous y habituerez, mieux vous vous en porterez.

— Oh, quel être abject vous êtes !

— Non, je ne le suis pas, ni à mes yeux ni à ceux de Mildred, répondit posément Eustace. Ne serait-ce pas plutôt vous, l'être abject ? Après tout, vous êtes une meurtrière. Mildred ignore peut-être la vérité à votre sujet, mais pas moi. Ne vous en faites pas, je n'ai pas l'intention de la perturber en lui révélant ce que je sais sur votre compte. Et si vous me fichiez un peu la paix, en échange de mon silence, hein ?

En l'écoutant, Sylvia Rule était devenue blême.

— Vous êtes un menteur ! protesta-t-elle, avant de s'affaler dans un fauteuil.

— Non, dit Eustace. Et vous le savez pertinemment. La preuve, vous ne me demandez même pas de préciser ce dont je vous accuse.

À cet instant, Mildred Rule entra dans le salon en affichant un air distant, celui qu'elle prenait toujours en compagnie de sa mère et de son fiancé. Elle ne demanda pas pourquoi Sylvia était livide, ni pourquoi Eustace rayonnait d'une énergie qu'elle ne lui avait encore jamais vue. Il s'était sûrement passé quelque chose en son absence, mais elle n'avait aucune curiosité à ce sujet. Mildred avait récemment décidé qu'il valait mieux ne rien savoir sur ce qui se passait entre Sylvia et Eustace, ni chercher d'où venait la haine que sa mère vouait à l'élu de son cœur.

Elle remarqua la lettre et l'enveloppe déchirée que Sylvia tenait à la main.

— Qu'est-ce que c'est ? demanda-t-elle, car si ce qui contrariait sa mère ne concernait pas Eustace, Mildred avait envie de savoir de quoi il s'agissait.

— Une deuxième lettre d'Hercule Poirot, dit Sylvia Rule.

— Il vous accuse encore de meurtre ? lança Eustace en ricanant.

Sylvia passa la lettre à Mildred.

— Lis-la à haute voix, lui dit-elle. Elle s'adresse aussi à toi. Et à lui, ajouta-t-elle avec dégoût.

— « Chère Madame Rule, lut Mildred. Il est d'une extrême importance que vous assistiez à une réunion à Combingham Hall, résidence du défunt Barnabas Pandy, le 24 février à 14 heures. Je serai présent, ainsi que l'inspecteur Edward Catchpool de Scotland Yard. D'autres y assisteront aussi. Le mystère de la mort de Barnabas Pandy, qui nous concerne tous, sera résolu ; et le criminel, appréhendé. Veuillez également transmettre cette invitation à votre fille Mildred et à son fiancé Eustace. Il est important qu'ils y assistent aussi. Veuillez agréer, etc., Hercule Poirot. »

— Je suppose que nous n'avons aucun moyen de

savoir si la lettre est cette fois du véritable Hercule Poirot ? s'enquit Eustace.

— Qu'allons-nous faire ? demanda Mildred. Y aller ? Ou ne pas en tenir compte ?

Elle espérait que sa mère et Eustace tomberaient d'accord, pour une fois. Sinon, Mildred savait d'avance que son esprit se glacerait, et qu'elle serait incapable de prendre une décision sensée.

— Je n'ai nullement l'intention d'y aller, déclara Sylvia Rule.

— Nous devons nous y rendre, dit Eustace. Tous les trois. Ne voulez-vous pas savoir qui est le criminel, Sylvia ? Moi, si.

John McCrodden toucha le bras de la femme qui était allongée près de lui. Annie, ou Aggie ? Impossible de se rappeler son prénom… Elle était couchée sur le ventre, le visage détourné.

— Ohé ! On se réveille !

Elle roula sur le dos en bâillant.

— Je suis réveillée. Tu as de la chance. Je déteste qu'on me brusque quand c'est mon jour de congé. Ça me rend féroce. Mais pas avec toi…, lui dit-elle tendrement, puis elle esquissa une caresse, mais John écarta sa main.

— Désolé, je ne suis pas d'humeur. Écoute, j'ai des choses à faire, alors tu ferais mieux de t'en aller.

Une certaine lettre était arrivée, qu'il avait envie de relire tranquillement. Or, impossible de se concentrer avec cette femme dans les parages.

Elle se redressa en se couvrant avec le drap de lit.

— On peut dire que tu es charmant, hein ? Tu traites toutes les filles comme ça ?

— Parfaitement. Je ne veux pas les blesser, mais elles le prennent toujours mal. Ce sera pareil avec toi, j'imagine.

— Et moi, j'imagine que tu vas me promettre de me rappeler dès que tu le pourras, et que je n'entendrai plus jamais parler de toi, répliqua la femme, l'œil humide.

— Non. Je ne te promets rien du tout. Et je ne te mènerai pas en bateau. J'ai passé une bonne soirée et une nuit agréable, voilà tout. Tu ne me reverras plus, sinon par hasard. Tu peux trépigner en hurlant après moi, si ça te soulage. Pourvu que tu t'en ailles.

Sans un mot, la femme se hâta de s'habiller et s'en fut. Elle devait sûrement le trouver odieux et insensible, mais elle se trompait. La cruauté aurait été de lui donner de faux espoirs. Beaucoup plus jeune, John avait rencontré une femme, et su presque aussitôt que c'était elle, l'amour de sa vie. Jamais il n'avait éprouvé un tel sentiment, ni avant ni après cette rencontre. Et il n'en avait parlé à personne tant il était indescriptible. D'ailleurs, seuls pouvaient le comprendre ceux qui avaient eux-mêmes succombé aux affres de la passion. En règle générale, les humains ne croient qu'en leurs propres expériences.

John s'habilla, prit la lettre, puis alla s'asseoir près de la fenêtre pour la relire. Au lieu de considérer que les quatre accusations signées de son nom n'étaient qu'une mauvaise blague pour ne plus y penser, Hercule Poirot s'était manifestement donné pour tâche de résoudre cette énigme.

Quelqu'un le payait-il pour cela? John en doutait. Comme Annie, ou Aggie, Poirot avait choisi de se compliquer la vie et de compliquer celle des autres plus que nécessaire. Et voilà qu'il envoyait des invitations à une « réunion » autour de la mort de Barnabas Pandy, à John, ainsi qu'à beaucoup d'autres gens, sans doute. Pire encore, la lettre qu'il lui avait adressée contenait la précision suivante : « D'autres y assisteront, dont votre père, Rowland McCrodden. »

John n'était pas idiot. Il avait fini par comprendre qu'il avait injustement calomnié et son père et Hercule Poirot, car ni l'un ni l'autre n'était responsable de la lettre qui l'accusait du meurtre de Barnabas Pandy. Il leur devait donc des excuses ; impossible d'y échapper. Mais John avait horreur de reconnaître qu'il s'était trompé, surtout devant deux hommes qui s'ingéniaient à passer la corde au cou d'un certain nombre de gens.

Je vais aller à cette réunion, se dit-il. Cela me servira d'excuse. Peut-être que je découvrirai alors qui est l'auteur de la première lettre.

John écrivit donc une brève missive à Poirot, confirmant sa présence à Combingham Hall le 24 février. Il la glissa dans une enveloppe qu'il allait sceller, quand Catalina lui revint en tête.

Catalina, son amie espagnole... Voilà une femme intelligente, pleine de ressources, et sacrément attirante, songea-t-il. Elle lui laissait la bride sur le cou, sans jamais pleurnicher ni exercer de pression. Elle profitait de sa compagnie, mais se passait très bien de lui, comme il se passait très bien d'elle. John n'avait pas souvent rencontré de gens, hommes ou femmes, qu'il considérait comme ses égaux, mais Catalina en faisait assurément partie : une femme brillante et, maintenant, un brillant alibi. Bonne vieille Catalina !

Se rapprochant de son lit, il se baissa et tendit la main pour récupérer en dessous la liasse des lettres qu'elle lui avait adressées. La plupart parlaient du roi Alphonse XIII et du général Miguel Primo de Rivera, dont le pouvoir s'affaiblissait. Catalina était une ardente républicaine. John sourit. Lui ne s'intéressait pas à la politique. Les convictions des gens ne signifient pas grand-chose, et elles ne vous disent rien sur leur véritable caractère, pensait-il depuis toujours. C'était comme de juger une personne d'après le choix de ses chaussettes ou de ses mouchoirs.

Il choisit une lettre de Catalina datée du 21 décembre 1929, la glissa dans l'enveloppe qu'il allait envoyer à Poirot, puis ressortit la lettre qu'il venait d'écrire et ajouta, sous sa signature, les mots suivants : « Ci-joint alibi pour le 7 décembre. »

« Hoppy, que vais-je devenir ? s'écria en pleurant Annabel Treadway. Une réunion, ici ! Il ne dit pas combien de personnes il a invitées. Lenore sera furieuse. Nous devrons prévoir les repas, et je n'ai pas du tout la tête à ça, même pas pour en parler avec Kingsbury ou la cuisinière. Oh ! il va falloir en informer Lenore et… écoute ça, il dit qu'un criminel sera appréhendé ! Oh mon Dieu ! »

Hopscotch leva la tête des genoux d'Annabel et lui lança un regard interrogateur. Ils se trouvaient dans le petit salon de Combingham Hall, revenant tout juste d'avoir joué à la balle dans le pré. Hopscotch fixait Annabel d'un œil plein d'espoir, essayant de deviner si sa dernière exclamation pouvait signifier qu'elle était bientôt prête à retourner dehors pour jouer encore un peu.

— J'ai peur, dit Annabel. J'ai tellement peur. De tout, sauf de toi, mon Hoppy adoré.

Le chien se roula sur le dos dans l'espoir qu'elle lui gratterait le ventre.

— Et si Lenore interdisait à Poirot de tenir cette réunion ici ?

En prononçant ces mots, Annabel fut frappée par une soudaine prise de conscience.

— Oh ! haleta-t-elle en s'étranglant presque. Même si elle l'interdit, la vérité sortira. Il n'y aura aucun moyen de l'empêcher, maintenant que Poirot s'en mêle. Oh, Hoppy, si tu n'existais pas, je sais bien...

Elle ne termina pas sa phrase, ne voulant pas alarmer le chien sur ce qu'elle ferait si elle ne craignait pas de le laisser seul au monde. Lenore était complètement indifférente à son sort. Ivy prétendait lui être attachée, mais Hopscotch n'était pas pour elle un membre de la famille à part entière, ce qu'il était pour Annabel. Comme Skittle autrefois. Un jour, songea Annabel, dans un monde meilleur, nous traiterons les chiens aussi bien que les humains. Oh... quelle horrible hypocrite je fais ! s'exclama-t-elle alors, avant de fondre en larmes.

Hopscotch eut beau venir poser une patte sur la main de sa maîtresse, il ne réussit pas à la consoler.

— Regarde ça, Jane, dit Hugo Dockerill en tendant à sa femme la lettre qu'il venait d'ouvrir. On dirait que cet imposteur a encore frappé. Je suppose que je devrais en informer Poirot.

Jane posa une grosse pile de linge en équilibre sur le bras du canapé le plus proche et arracha presque la feuille de la main de son mari.

— « Cher Monsieur Dockerill, lut-elle à haute voix, il est d'une extrême importance que vous et votre épouse Jane assistiez à une réunion à Combingham Hall... »

Elle continua sa lecture en silence, puis regarda son mari.

— Qu'est-ce qui te fait dire que cette lettre n'est pas de la main du vrai Hercule Poirot ?

— Ça se pourrait, d'après toi ? répondit-il en plissant le front.

— Oui. Regarde la signature. Elle est très différente de celle qui figurait sur l'autre lettre. Tout à fait différente. Après avoir rencontré Poirot, je dirais que ce pourrait bien être son écriture : nette et soignée, avec ici et là quelques touches d'originalité.

— Bon sang ! s'exclama Hugo. Je me demande bien pourquoi il veut que nous nous rendions à Combingham Hall ?

— Tu as lu la lettre, oui ou non ?

— Oui, deux fois.

— Eh bien, il y explique ses raisons, me semble-t-il.

— Crois-tu qu'il a découvert le fin mot de cette affaire ? Qui d'autre a-t-il invité, à ton avis ?

— Les trois autres personnes accusées dans le premier lot de lettres, je présume, répondit Jane.

— Oui, ce serait logique. Et qu'en penses-tu, ma chérie ? Devrions-nous y aller ?

— Et toi, Hugo ? As-tu envie d'y aller ?

— Eh bien... j'attendais d'abord que tu me donnes ton point de vue, ma chérie. J'ai du mal à trancher. Suis-je... Sommes-nous très occupés ce jour-là ?

Jane rit avec affection et passa son bras sous le sien.

— Je te taquinais. Nous sommes tout le temps très occupés, du moins moi je le suis, mais bien sûr que nous devons y aller. Je meurs d'envie de savoir ce que le grand Hercule Poirot aura découvert, et quel est ce criminel. Dire que nous avons encore une semaine à attendre ! Je voudrais savoir dès maintenant ce que Poirot a l'intention de nous révéler.

21

Le jour des machines à écrire

Le « jour des machines à écrire », tel qu'il restera gravé dans ma mémoire, s'avéra plus intéressant que je ne l'avais escompté. D'abord, il confirma que Poirot avait raison : c'est vraiment une bonne méthode pour connaître le caractère de chacun que de placer plusieurs individus dans une même situation et d'observer comment diffèrent leurs réactions. Au fil de mes avancées, j'avais dressé une liste, tout en craignant le moment où je devrais la montrer à Poirot, pour l'entendre ensuite se vanter que sa liste à lui aurait été bien meilleure. En attendant, voici la mienne :

Cabinet juridique Donaldson & McCrodden
Stanley Donaldson m'a autorisé à essayer sa machine à écrire. La lettre *e* n'était pas défectueuse. (Donaldson a également attesté que Rowland Rope était avec lui durant toute la journée du samedi 7 décembre, d'abord au club Athenaeum, puis au Palace Theatre.) Aucune des machines à écrire que j'ai trouvées dans les bureaux du cabinet n'était celle que nous recherchons. Alors que

je les avais toutes vérifiées, Mlle Olive Mason a insisté pour que je recommence, par mesure de sécurité.

Domicile de Sylvia et Mildred Rule
Il n'y avait qu'une machine à écrire dans la maison. Mme Rule a essayé de m'en interdire l'accès en me disant que je n'avais pas à violer son intimité ni à la traquer jusque chez elle, alors qu'elle n'avait rien fait de mal. Heureusement sa fille Mildred l'a persuadée de coopérer. J'ai vérifié la machine à écrire et la lettre *e* était parfaitement normale.

Eustace Campbell-Brown
Nous connaissons enfin son nom de famille ! Mildred m'a indiqué où je pourrais le trouver. Je lui ai rendu visite chez lui. En m'ouvrant la porte, il a paru ravi de me découvrir sur son seuil, et m'a laissé bien volontiers vérifier sa machine à écrire. Ce n'était pas celle que nous recherchons. Alors que je prenais congé, M. Campbell-Brown m'a déclaré : « Si je voulais taper des lettres accusant des gens de meurtre et signées du nom d'Hercule Poirot, je veillerais en tout premier lieu à vérifier que la machine dont je me sers n'a pas d'irrégularités susceptibles de conduire à mon identification. » Je n'ai su que faire de cette déclaration.

John McCrodden
John McCrodden m'a déclaré, assez rudement, qu'il ne possédait pas de machine à écrire. Sa logeuse en a une, mais elle m'a certifié que McCrodden ne l'avait jamais utilisée.

Peter Vout
M. Vout a été assez obligeant pour me laisser vérifier toutes les machines à écrire se trouvant dans son cabinet, et je les ai toutes trouvées en parfait état de marche.

Toutes les machines à écrire ne se trouvant pas à Londres
Les machines à écrire de Combingham Hall : Poirot a essayé de les vérifier, mais il en a été empêché.
Les machines à écrire de Turville College : toujours à vérifier (je m'y rendrai demain).
Vincent Lobb : a-t-il une machine à écrire ? Si oui, elle reste aussi à vérifier. Impossible jusqu'à présent de localiser Lobb.

22

Le carré jaune du gâteau
resté seul sur le bord de l'assiette

— Bonjour, monsieur McCrodden. Je parie que vous êtes surpris de me voir ici, non ?

John McCrodden leva les yeux pour découvrir Hercule Poirot qui le dominait pour une fois de toute sa hauteur, car lui-même était assis par terre en tailleur à côté de son stand, un sac en tissu plein de pièces de monnaie sur les genoux. Il n'y avait aucun client alentour ; le marché venait tout juste d'ouvrir.

— Que voulez-vous ? lui demanda McCrodden. N'avez-vous pas reçu la lettre que je vous ai envoyée ?

— D'une certaine Catalina ? Si, elle m'est bien parvenue.

— Alors vous avez également dû recevoir mon mot confirmant ma venue à Combingham Hall à la date proposée, que faites-vous donc ici ?

— Je souhaitais vous voir avant notre réunion, à laquelle d'autres assisteront. J'aimerais vous parler seul à seul.

— Je dois m'occuper de mes clients.

— Pour l'instant, il n'y a pas foule, remarqua Poirot avec un sourire poli. Dites-moi, qui est cette Mlle Catalina ?

McCrodden fit la moue.

— Qu'est-ce que ça peut vous faire ? Vous ne la connaissez pas. Si vous voulez insinuer qu'elle n'est pas réelle et que j'ai fabriqué un alibi pour me dédouaner, allez donc en Espagne lui parler en personne. Son adresse figure sur toutes ses lettres, y compris celle que je vous ai envoyée.

Poirot sortit la lettre de sa poche.

— Comme c'est commode pour vous, dit-il. La lettre est datée du 21 décembre de l'an dernier, et Mlle Catalina y évoque la période où vous étiez ensemble à… Ribadesella, ajouta Poirot après avoir vérifié le nom du lieu sur la lettre. Je cite : « Il y a quatorze jours aujourd'hui. » Si vous étiez à Ribadesella le 7 décembre, vous ne pouviez vous trouver à Combingham Hall au même moment, ni par conséquent tuer Barnabas Pandy en le noyant.

— Je suis content que nous soyons d'accord là-dessus, dit McCrodden. Puisqu'il en est ainsi, et que nous savons tous deux que je n'ai pas pu tuer ce Barnabas Pandy, voulez-vous bien m'expliquer pourquoi vous vous intéressez encore à moi ? Pourquoi dois-je assister à une réunion à Combingham Hall le 24 février ? Et pourquoi diable, alors que j'ai accepté votre invitation, venez-vous me harceler jusque sur mon lieu de travail ? Ce n'est sans doute pas le genre de métier qui impressionne des gens comme mon père et vous, mais c'est mon gagne-pain. Et vous m'empêchez de travailler.

— Je ne vous en empêche pas, puisque vous n'avez toujours pas de clients, lui fit remarquer Poirot, et McCrodden soupira.

— C'est assez calme pour l'instant, mais ça va reprendre, déclara-t-il. Et si jamais ça ne marche pas assez, je ferai autre chose pour gagner ma croûte. La vie est bien plus intéressante quand on roule un peu sa bosse et qu'on s'essaie à différentes choses. J'ai cherché à expliquer à mon père ma manière de voir, mais il ne l'a jamais comprise. Qu'est-ce que ça peut lui faire que je passe d'un boulot à un autre, puisque aucun n'aura jamais son approbation ? Quand je travaillais à la mine, il avait horreur de voir son fils se salir les mains à creuser dans l'ardoise, comme un vulgaire prolétaire. Mais il n'a pas plus apprécié de me voir fabriquer et vendre des babioles, travailler dans une ferme, ou ici tenir un stand au marché. Pourtant il me reproche mon instabilité, car seuls les gens qui conservent le même boulot année après année trouvent grâce à ses yeux.

— Monsieur, je ne suis pas là pour parler de votre père.

— Répondez à une seule question, Poirot, dit John McCrodden en se levant d'un bond. Approuvez-vous cette forme d'assassinat légal qui sévit dans notre pays ? En ce qui me concerne, vous ne valez pas mieux qu'un meurtrier, si vous acceptez qu'on supprime ceux qui ont commis des crimes, même les plus graves.

Poirot regarda autour de lui. Le marché avait commencé à se remplir de bruit et de monde, pourtant personne n'approchait du stand de John McCrodden.

— Si je réponds à votre question, serez-vous prêt à répondre à l'une des miennes ? demanda-t-il.

— Entendu.

— Bien. Je crois que toute vie brisée, quelle qu'en soit la raison, est une tragédie. Cependant, quand le plus atroce des crimes a été commis, n'est-il pas normal que le coupable soit sévèrement châtié ? La justice ne l'exige-t-elle pas ?

— Vous êtes comme mon père, constata McCrodden en secouant la tête. Vous prétendez vous soucier de justice, et vous n'avez pas la moindre idée de ce que cela signifie.

— À mon tour de vous poser une question, dit Poirot. Réfléchissez bien, s'il vous plaît, avant de répondre. Vous m'avez dit que vous n'aviez aucun lien avec Barnabas Pandy.

— Je n'avais jamais entendu parler de lui jusqu'à ce que votre… que cette lettre arrive.

— Écoutez ces noms et dites-moi si l'un ou l'autre vous est familier : Lenore Lavington, Ivy Lavington, Timothy Lavington.

— Non, jamais entendu parler d'aucun Lavington.

— Sylvia Rule, Freddie Rule, Mildred Rule.

— Je connais le nom de Sylvia Rule, mais uniquement par votre intermédiaire, répondit McCrodden. Ou plutôt je le tiens de votre valet. Vous vous rappelez ? Vous l'avez fait venir dans votre salon pour lui faire dire que Mme Rule avait aussi reçu une lettre signée de votre nom, l'accusant de meurtre.

— Oui, monsieur, je m'en souviens.

— Alors pourquoi me le demander, puisque vous savez que je connais ce nom-là ? Serait-ce un genre de mise à l'épreuve ?

— Et Freddie et Mildred Rule ?

— J'ai accepté de répondre à une question. Vous avez épuisé votre stock, mon vieux.

— Monsieur McCrodden, je ne vous comprends pas. Vous êtes choqué que la loi autorise à tuer des gens. Ne l'êtes-vous pas aussi quand il s'agit de meurtriers ?

— Bien sûr que si.

— Alors croyez-moi quand je vous dis que j'essaie d'arrêter l'un d'eux. En l'occurrence, un criminel méticuleux, prudent, qui agit non par passion, mais par calcul. Pourquoi refuseriez-vous de m'aider ?

— À vous entendre, on dirait que vous avez découvert qui a tué Barnabas Pandy. Est-ce le cas ?

Non, hélas. Tout ce que Poirot savait, c'était qu'il y avait un criminel à appréhender : une personne dangereuse et malveillante, qu'il fallait arrêter avant qu'il soit trop tard. Jamais de toute sa carrière de détective, il n'avait encore pris date pour révéler des faits qu'il ne connaissait toujours pas. Pourquoi avait-il choisi de le faire dans le cas de Barnabas Pandy ? Poirot n'était pas certain de connaître la réponse. Serait-ce qu'une étrange forme de prière se cachait sous l'apparence d'un défi aussi excitant qu'angoissant ?

— J'attends toujours votre réponse, dit-il en esquivant la question posée par John McCrodden.

McCrodden jura tout bas, puis consentit enfin à répondre.

— Non, je n'ai jamais entendu parler de Mildred ni de Freddie Rule.

— Et Annabel Treadway, ou Hugo et Jane Dockerill ? Ou encore Eustace Campbell-Brown ?

— Non. Aucun de ces noms ne m'évoque quoi que ce soit. Le devraient-ils ?

— Non, pas nécessairement. Connaissez-vous Turville College ?

— J'en ai entendu parler, naturellement.

— Mais vous n'avez aucune relation personnelle avec ce lieu ?

217

— Non. Mon père m'a d'abord envoyé à Eton, puis à Rugby. J'ai été expulsé des deux établissements.

— Merci, monsieur McCrodden. En vérité, vous êtes le carré jaune du gâteau, qui reste tout seul sur le bord de l'assiette, dirait-on. Mais pourquoi ? Telle est la question : pourquoi ?

— Le carré jaune de quel gâteau ? répliqua John McCrodden d'un ton hargneux. Décidément, depuis le début, toute cette affaire n'a ni queue ni tête. Alors ne comptez pas sur moi pour vous demander en quoi je ressemble à un morceau de gâteau, jaune qui plus est ! De toute façon, je suis sûr que je n'y comprendrais rien.

23

Malveillance

En partant pour le Turville College deux jours plus tard, dans l'espoir de m'entretenir avec Timothy Lavington et de vérifier toutes les machines à écrire disponibles, je ne pus m'empêcher de me sentir lésé. Poirot aussi voyageait, et j'aurais nettement préféré que nous échangions nos places. Lui se rendait à Llanidloes, au pays de Galles, pour y voir une certaine Deborah Dakin. La veille, nous avions appris par l'un des mystérieux « aides » de Poirot que Vincent Lobb était mort treize ans plus tôt. Mme Dakin, la veuve du fils aîné de Lobb, était le seul membre survivant de la famille.

J'aurais aimé la rencontrer avec Poirot. Mais alors que le temps filait et que la date butoir du 24 février fixée par lui – allez savoir pourquoi – se rapprochait dangereusement, il m'avait assigné le voyage à Turville.

Je n'étais guère enthousiaste à l'idée de m'aventurer dans un internat de garçons. Ayant moi-même fréquenté ce genre d'établissement dans mon jeune temps, je ne souhaitais à personne d'en passer par là, malgré l'éducation que j'y avais reçue.

Une fois entré dans Coode House, le pensionnat tenu par Hugo et Jane Dockerill, je me sentis un peu plus à l'aise. C'était un bâtiment large et spacieux, qui ressemblait à une immense maison de poupée, avec sa façade droite et ses fenêtres disposées symétriquement. À l'intérieur, il faisait bon, c'était propre et assez bien rangé, à part un détail. Tandis que j'attendais qu'on me conduise au bureau d'Hugo Dockerill, je remarquai deux piles, l'une de livres, l'autre de papiers, abandonnées par terre, près de la porte d'entrée. Sur chacune des piles, il y avait un mot : « Hugo, s'il te plaît, range ces livres », « Hugo, s'il te plaît, trouve où classer ces papiers ». Les deux mots étant signés d'un *J*.

Un petit binoclard court sur pattes apparut. C'était jusqu'à présent le troisième garçon à m'être venu en aide. Celui-ci portait, comme les deux précédents, l'uniforme du Turville College : blazer marron, pantalon gris foncé, cravate jaune rayée.

— C'est moi qui dois vous conduire au bureau de M. Dockerill, me dit-il.

Je le remerciai et le suivis au pied d'un escalier pour m'engager dans un large couloir qui fit plusieurs coudes avant que le garçon s'arrête et frappe à une porte.

— Entrez ! lança une voix masculine, de l'intérieur.

L'élève qui me servait de guide entra, bredouilla quelques mots au sujet d'un visiteur, puis s'enfuit en courant comme s'il craignait des représailles pour m'avoir introduit dans la pièce. L'homme qui me reçut était encore jeune, mais pratiquement chauve. Il s'avança vers moi avec un grand sourire, main tendue.

— Inspecteur Catchpool ! me dit-il chaleureusement. Hugo Dockerill. Et voici mon épouse, Jane, mais vous vous êtes déjà rencontrés, si je ne m'abuse ? Bienvenue à

Coode House ! Nous nous targuons de diriger le meilleur pensionnat du monde, mais nous ne sommes sans doute pas objectifs.

— C'est le meilleur, assura Jane Dockerill d'un ton prosaïque. Bonjour, inspecteur Catchpool.

Elle était assise dans un fauteuil en cuir, au coin de la pièce. Les murs étaient tous tapissés de livres du sol au plafond, et il y en avait encore beaucoup empilés sur le sol. C'était sans doute ici que finiraient ceux que j'avais vus entassés près de la porte d'entrée du pensionnat.

À gauche de Jane Dockerill, sur un canapé à dossier droit, était assis un jeune garçon dont les cheveux noirs lui tombaient sur les yeux. C'était un drôle de personnage, grand, plutôt mignon, avec ses beaux yeux bruns, mais la moue qui lui déformait le bas du visage gâchait un peu l'ensemble. On aurait dit qu'il s'attendait à être sermonné ou puni.

— Bonjour, madame Dockerill, dis-je. C'est un plaisir de vous rencontrer, monsieur Dockerill. Merci de me recevoir, malgré votre emploi du temps qui doit être très chargé.

— Oh, mais nous en sommes absolument ravis ! proclama le maître d'internat.

— Et voici Timothy Lavington, l'arrière-petit-fils du défunt Barnabas Pandy, déclara son épouse.

— C'est vrai, vous pensez que Grand-Papa a été tué ? me demanda de but en blanc Timothy, sans me regarder.

— Timothy…, intervint Jane Dockerill d'un ton qui sonnait comme une mise en garde.

Manifestement, elle craignait que la question n'introduise de la part de Timothy d'autres propos de plus en plus impertinents.

— Ne vous inquiétez pas, lui dis-je. Timothy, je veux que vous vous sentiez libre de me poser toutes les questions qui vous viendront à l'esprit. Ce doit être très éprouvant, pour vous.

— Je dirais plutôt que c'est frustrant, répondit le jeune garçon. S'il s'est agi d'un meurtre et non d'un accident, j'imagine qu'il est trop tard pour arrêter le coupable ?

— Non.

— Tant mieux, dit Timothy.

— Mais à mon avis, il est très peu probable que M. Pandy ait été assassiné, le rassurai-je. Aussi, ne vous inquiétez pas trop à ce sujet.

— Je ne m'inquiète pas. Et contrairement à vous, je pense qu'il est tout à fait possible que Grand-Papa ait été tué.

— Timothy, l'avertit encore Jane Dockerill, tout en sachant que c'était parti, et qu'on ne pourrait endiguer l'impertinence de Timothy.

Celui-ci me la désigna d'un geste sans la regarder.

— Comme vous voyez, je suis empêché de m'exprimer librement par Mme Dockerill, qui voudrait que je ne dise que ce que les adultes attendent d'un garçon de mon âge.

— Pourquoi croyez-vous possible que votre arrière-grand-père ait été assassiné ? lui demandai-je.

— Pour plusieurs raisons. Ma mère, tante Annabel et Ivy étaient censées venir à la foire de Noël, le jour où Grand-Papa est mort. Eh bien, elles ont annulé leur venue au dernier moment, sans me donner la moindre raison valable. Il s'était sûrement passé quelque chose à la maison, quelque chose qu'elles avaient décidé de me cacher. C'est peut-être ce qui aura poussé l'une d'elles à tuer Grand-Papa. Une femme même chétive pourrait facilement l'avoir maintenu sous l'eau. Il n'était pas très robuste. Maigre, et tout en jambes.

— Continuez, l'incitai-je.

— Eh bien, ensuite quelqu'un a fourré une robe appartenant à ma tante Annabel sous mon lit, une robe tout humide. Et Grand-Papa est mort dans son bain. C'est extrêmement suspect, vous ne trouvez pas, inspecteur ?

— Cela exige en effet une explication, reconnus-je.

— Ça oui ! Sans parler des lettres qui accusent quatre personnes d'avoir tué Grand-Papa, dont l'une envoyée à tante Annabel.

— Nous n'aurions peut-être pas dû révéler autant de choses à Timothy, déclara Jane Dockerill d'un air contrit.

— Ivy m'aurait tout raconté, de toute façon, rétorqua Timothy. Oh, au fait... Ivy ne peut pas avoir tué Grand-Papa, inspecteur. Vous pouvez la rayer de votre liste. Pareil pour Kingsbury. C'est absolument inimaginable.

— Suggérez-vous que votre tante et votre mère l'auraient pu ? demandai-je.

— Ça se pourrait. Elles ont toutes les deux hérité d'un gros magot, grâce à sa mort.

— Timothy ! protesta Jane Dockerill.

— Madame Dockerill, je suis sûr que l'inspecteur a envie que je lui dise la vérité, n'est-ce pas, inspecteur ? Je vois tout à fait ma mère régler son compte à quelqu'un qui l'aurait vivement contrariée. Elle aime tellement tout contrôler. Quant à tante Annabel, c'est tout l'opposé, mais elle est assez étrange, alors qui sait ce dont elle est capable.

— Étrange, comment ça ?

— C'est difficile à définir... Même quand elle paraît au comble du bonheur, on dirait qu'elle fait semblant. Un peu comme si…, commença Timothy, puis il hocha la tête d'un air entendu avant de continuer. Avez-vous déjà rencontré une personne dont la peau reste glacée, même quand elle est assise au coin d'une bonne flambée dans une pièce surchauffée ? reprit-il. Remplacez les sentiments par la température du corps, et vous aurez tante Annabel.

— Quelles sornettes, Timothy, commenta Jane Dockerill.

— Je crois pourtant comprendre ce qu'il veut dire, intervins-je.

— Cela n'a pas été facile pour Timothy, depuis la mort de son père il y a deux ans, inspecteur.

— Mme Dockerill a raison, dit Timothy. La mort de mon père m'a causé du chagrin. Mais cela ne nuit pas à ma lucidité d'esprit ni à ma faculté d'observation.

— La mort de votre arrière-grand-père vous a-t-elle aussi causé du chagrin ? lui demandai-je.

— Oui, en théorie.

— Que voulez-vous dire ?

— Une vie qui s'éteint, c'est toujours triste, non ? J'ai trouvé ça triste quand Grand-Papa est mort, mais il était vieux, et nous n'étions pas très proches. Il ne me parlait pas beaucoup. C'était même amusant : parfois, à la maison, quand il me voyait approcher, il me tournait le dos, comme s'il se rappelait tout à coup une urgence qui le poussait à aller dans l'autre direction.

— Pourquoi vous aurait-il ainsi évité ? demandai-je, tout en pressentant la réponse.

— Il me trouvait dur, comme garçon. Et c'est vrai que je ne suis pas tendre. D'ailleurs, lui non plus ne l'était pas, et donc il préférait parler avec ma mère, tante Annabel, Ivy et Kingsbury. Eux faisaient ses quatre volontés.

— Et cela ne vous contrarierait pas, qu'il ait une préférence marquée pour votre sœur ?

— Non, vraiment pas. Ma mère me préfère à Ivy, ce qui rétablit l'équilibre, d'une certaine façon. Je suis son gentil petit garçon qui ne peut rien faire de mal. Oui, nous avons des préférences, dans la famille. Grand-Papa n'a jamais aimé tante Annabel autant qu'il aimait ma mère, alors que moi je préfère tante Annabel. Elle est bien plus gentille.

— Allons, Lavington, intervint mollement Hugo Dockerill.

— On ne peut pas tricher avec ses sentiments, monsieur Dockerill. N'est-ce pas, inspecteur ?

Je n'avais pas l'intention de prendre parti.

— N'ayez pas l'air si choquée, madame Dockerill, reprit Timothy. Vous-même vous préférez Freddie Rule aux autres garçons de Coode House, et je suis sûr que vous ne pouvez rien y faire, pas plus que moi.

— Ce n'est pas vrai, Timothy, répliqua Jane Dockerill. Je traiterais n'importe quel garçon solitaire comme je traite Freddie. Et tu devrais apprendre la différence qui existe entre être sincère, et dire tout ce qui vous passe par la tête. Le premier est utile, l'autre ne l'est pas. Je trouve que tu en as assez dit pour ce matin. Veux-tu, je te prie, aller réviser tes leçons, à présent ?

Une fois Timothy congédié, je m'enquis des machines à écrire.

— Mais bien sûr, mon vieux..., me répondit Hugo Dockerill. Vous pouvez vérifier la mienne à votre guise. Oh... mais où est-elle ? Jane, ma chérie, le saurais-tu, par hasard ?

— Non, Hugo. Cela fait des semaines que je ne l'ai pas vue. La dernière fois, elle se trouvait dans cette pièce, mais elle n'y est plus.

— Vous rappelez-vous l'avoir changée de place, monsieur Dockerill ? m'enquis-je d'un air désinvolte, comme si cette information n'offrait pas grand intérêt.

— Non... Mais je ne pense pas l'avoir déplacée. Pourtant elle n'est pas là. C'est bizarre.

— Pourquoi avez-vous besoin de voir notre machine à écrire ? demanda son épouse.

Je lui parlai alors du *e* défectueux dans les quatre lettres, et lui demandai, si c'était possible, de vérifier toutes les machines qui se trouvaient à Turville.

— Je m'en doutais, dit-elle. Inspecteur, vous avez dit que votre visite ici aujourd'hui n'était pas à proprement parler une enquête officielle ?

— C'est vrai.

— Donc il n'y a aucune enquête de Scotland Yard en cours sur l'envoi de ces quatre lettres ?

— Non. Pour l'instant, Poirot et moi, nous cherchons en tâtonnant, avec votre aimable bienveillance, pour voir si nous pouvons donner un sens à cette déconcertante affaire.

— Je comprends, inspecteur... Mais il y a une nette différence entre avoir une courte conversation comme nous venons de le faire et vous permettre de vérifier toutes nos machines à écrire. Je ne suis pas certaine que les parents de nos garçons apprécieraient, et encore moins le directeur du collège. À mon avis, il exigerait de vous un mandat, si telle est votre intention.

Décidément, la machine à écrire manquante d'Hugo Dockerill m'intriguait de plus en plus.

— Puis-je vous poser une question sans détour, madame Dockerill ? Espérez-vous ainsi protéger quelqu'un ?

Elle me scruta intensément avant de répondre.

— Qui voudriez-vous que je cherche à protéger ? Je peux vous assurer que je n'ai pas remisé la machine à écrire d'Hugo dans un endroit secret. Pourquoi l'aurais-je fait ? Je ne pouvais prévoir que vous demanderiez à la voir.

— Certes, mais à présent que je vous l'ai demandé, peut-être l'idée vous déplaît-elle que je la trouve, et que je puisse ainsi l'identifier comme la machine sur laquelle les quatre lettres ont été tapées.

— Jane, ma chérie, tu n'imagines quand même pas que c'est moi qui ai envoyé ces lettres ? s'enquit Hugo Dockerill d'un air inquiet.

— Toi ? Ne sois pas ridicule, Hugo. Je suggère simplement que l'inspecteur Catchpool devrait consulter le directeur. Turville est son royaume. S'il découvre qu'un inspecteur a eu le loisir de fouiner partout dans l'école sans son autorisation, nous n'avons pas fini d'en entendre parler !

À son crédit, je dois reconnaître que Jane Dockerill fit de son mieux pour convaincre le directeur qu'il serait juste et bon de coopérer avec moi. Il semblait bien disposé et sensible à mes arguments, quand il apprit qu'Hercule Poirot était impliqué dans cette affaire. Dès lors, son attitude changea du tout au tout ; il devint aussi fermé qu'une porte de prison et me fit clairement savoir que, même s'il y avait beaucoup de machines à écrire au Turville College, je n'aurais accès à aucune.

Comme je traversais la cour principale en m'en

retournant, je songeais à une machine en particulier, celle d'Hugo Dockerill. Qui avait pu la faire disparaître ?

— Inspecteur Catchpool !

Me retournant, je découvris Timothy Lavington qui se précipitait vers moi, une sacoche en bandoulière.

— Avez-vous encore des questions à me poser ? me demanda-t-il, tout essoufflé.

— En effet. J'aimerais vous interroger à propos de la foire de Noël.

— Vous parlez du jour où Grand-Papa est mort ?

— Oui, mais c'est le déroulement de la fête elle-même qui m'intéresse.

— Pourquoi ? s'étonna Timothy en clignant des yeux. C'est une tradition stupide. J'aimerais bien qu'on la supprime une bonne fois pour toutes. Quelle perte de temps !

— Y êtes-vous resté toute la journée ?

— Oui. Pourquoi ?

— Avez-vous vu Freddie Rule là-bas, ainsi que sa mère ? Et M. et Mme Dockerill ?

— Oui. Pourquoi donc ? Oh, je vois ! Vous vous demandez si l'un d'eux aurait pu assassiner Grand-Papa. Non, ils étaient tous là.

— Pouvez-vous m'assurer qu'ils y sont demeurés du début à la fin de la journée ? L'auriez-vous remarqué, si l'un d'eux avait subrepticement quitté la foire pour revenir une heure ou deux plus tard ?

— Non, je ne crois pas, répondit Timothy après y avoir réfléchi un instant. Mme Rule en particulier aurait pu s'absenter sans que je m'en rende compte.

— Qu'est-ce qui vous le fait penser ?

— Le jour de la foire, elle était au volant d'une voiture, quand elle est arrivée. Je l'ai vue, parce que Freddie s'est précipité à sa rencontre pour l'accueillir. Et ce n'est pas vraiment un parangon de vertu... même si Mme Dockerill me crierait « Timothy ! », si elle m'entendait vous dire ça.

— Vous faites allusion aux rumeurs qui courent sur Sylvia Rule ?

— Vous êtes au courant ? s'étonna Timothy en écarquillant les yeux. Je ne l'aurais pas cru. Qui vous l'a dit ?

— On peut glaner pas mal d'informations en se promenant de-ci de-là dans une grande école comme celle-ci, répondis-je en me félicitant intérieurement de ma réponse circonspecte.

— Alors... vous savez qu'elle tue des bébés ! Ah non, vous ne le saviez pas, ajouta-t-il en voyant mon air interloqué.

Quand elle avait apporté la robe à Whitehaven Mansions, Jane Dockerill avait dit quelque chose sur la façon à la fois illégale et immorale dont Mme Rule gagnait sa vie. Poirot, Rowland McCrodden et moi-même, nous avions alors supposé qu'elle faisait allusion à une autre forme d'activité.

— C'est la pure vérité, vous savez, assura Timothy.

— Quand vous dites que Sylvia Rule tue des bébés...

— Les femmes vont la voir lorsqu'elles attendent un bébé qu'elles ne désirent pas. Enfin, celles qui peuvent payer le prix fort. Mme Rule se fiche pas mal d'elles, sans parler des bébés, bien sûr. Elle ne fait ça que par intérêt, pour s'enrichir. Voilà pourquoi je pense qu'elle a pu tuer Grand-Papa. Une fois qu'on est passé à l'acte, le meurtre peut devenir une habitude, vous ne croyez pas ? Grand-Papa faisait une victime idéale. Les gens très âgés, comme les très jeunes, sont incapables de se défendre.

La théorie de Timothy me parut bien fantasque. Quel

mobile aurait pu pousser Sylvia Rule à tuer Barnabas Pandy ?

— Mme Rule aurait-elle pu coller la robe sous votre lit ? demandai-je.

— Facilement. Même si je ne vois pas comment elle aurait pu mettre la main sur une robe appartenant à tante Annabel.

J'allais lui demander s'il savait où avait pu passer la machine à écrire du maître d'internat, mais il me devança.

— Je voudrais vous montrer quelque chose, me dit-il. Cela concerne mon père. Vous devez me promettre de n'en parler à personne. Surtout pas à ma mère. Elle ne mérite pas de le savoir. Elle a toujours été si froide envers mon père, je ne l'ai jamais vue lui témoigner le moindre signe d'affection.

— Je ne suis pas certain de pouvoir tenir ma promesse, Timothy. S'il s'avérait que votre secret avait un rapport quelconque avec un acte criminel…

— Oh non, aucun rapport, c'est même tout le contraire.

Il ouvrit sa sacoche, en sortit une enveloppe et me la passa. Elle lui était adressée non pas à Combingham Hall, mais ici, à Turville.

— Ouvrez-la, dit-il, et donc je sortis la lettre et la dépliai.

Cher Timmy,
Je regrette d'avoir mis si longtemps à t'écrire pour t'informer que, contrairement à ce que l'on a pu te dire, je ne suis pas mort. Je suis en vie, en bonne santé, et pleinement engagé dans un travail important pour le gouvernement de Sa Majesté. Notre pays étant menacé, il doit être protégé. Me voici devenu l'un de ses protecteurs. À moi comme

à d'autres, ce travail fait courir certains risques, et on a estimé en haut lieu que je ferais mieux de disparaître. Je crains de ne pouvoir t'en dire davantage sans te mettre toi aussi en danger, ce qui est bien la dernière chose au monde que je souhaite. Je ne devrais même pas t'écrire, et tu dois me promettre de ne parler à personne de cette lettre. C'est très important, Timmy. J'ignore si je serai en mesure de reprendre mon ancienne vie, mais, quoi qu'il advienne, je t'écrirai dès que je le pourrai. Ce doit être notre petit secret. Aussitôt que possible, je t'enverrai une adresse à laquelle tu pourras m'écrire. Nous pourrons alors entamer une véritable correspondance. Je suis très fier de toi, Timmy, et je pense à toi tous les jours.

Ton père qui t'aime,
Cecil Lavington

La lettre était du 21 juin 1929, c'est-à-dire qu'elle datait de presque huit mois.

— Bonté divine, dis-je, en me rendant compte que mon cœur battait fort dans ma poitrine.

— Je ne pense pas que mon père serait fâché que je vous aie montré sa lettre, dit Timothy. C'est à ma mère, à ma tante et à Ivy que je dois le cacher. Il ne m'en voudrait sûrement pas de l'avoir montrée à un policier. Et je n'en pouvais plus de garder ça pour moi. J'avais l'impression d'étouffer. C'était si exaspérant de rester sagement assis tandis que Mme Dockerill vous expliquait combien la mort de mon père m'avait affecté. Elle ne peut pas se douter qu'il est en vie, comme vous et moi. Ils ont dû enterrer un cercueil vide. Ah, vous verriez votre tête ! Je savais que la lettre vous ferait un choc.

— En effet, répondis-je posément tout en scrutant les

mots « Coode House, Turville College » tapés sur l'enveloppe, avec les cinq *e* défectueux.

Cela faisait cinq indices. Et bien davantage dans la lettre elle-même. Car il y avait un petit blanc dans la barre horizontale de chaque *e*. Ainsi donc, des mois avant que notre imposteur ait décidé d'accuser quatre personnes d'avoir assassiné Barnabas Pandy en signant ses lettres du nom d'Hercule Poirot, il ou elle avait envoyé cette lettre à Timothy Lavington.

Pourquoi ? Et comment rassembler toutes les pièces de ce puzzle ?

24

De vieilles inimitiés

Au cœur du pays de Galles, Hercule Poirot était assis devant une table de cuisine marquée d'entailles face à Deborah Dakin, une femme robuste aux cheveux gris. Cela faisait presque vingt minutes qu'elle lui parlait de son besoin de se détendre et du fait qu'elle n'y parvenait jamais, tout en s'affairant dans la cuisine et retardant ainsi le début d'une vraie conversation. Enfin, après avoir servi au fameux détective une assiette de gâteaux dignes de son auguste palais, elle s'assit, et se massa les chevilles en grimaçant et se plaignant de ses pieds tandis que Poirot lisait la lettre qu'elle avait posée sur la table, à côté des gâteaux.

Trouver Mme Dakin n'avait pas été chose facile. Car sa petite chaumière ne se trouvait pas dans la ville de Llanidloes, comme l'adresse l'avait fait croire à Poirot, mais dans une forêt voisine, au bout d'un chemin de trois kilomètres, étroit et escarpé, et à des lieues, semblait-il, de ce qu'on appelle à tort ou à raison la civilisation. Depuis les fenêtres de la chaumière, on n'apercevait aucune autre habitation alentour, seulement d'épais sous-bois. S'il n'avait pas eu l'assurance qu'un chauffeur l'attendait, aussi près de la maison qu'il était possible de s'y garer et dans un véhicule fiable qui le ramènerait bientôt à la gare, Poirot aurait éprouvé quelque angoisse.

Il relut la lettre une deuxième fois. Elle avait été adressée par Barnabas Pandy à Vincent Lobb, à Dolgellau, dans le pays de Galles, à la fin de l'année dernière. Elle était datée du 5 décembre, juste deux jours avant la mort de Pandy.

Voici ce que Pandy avait écrit :

> Cher Vincent,
>
> Vous serez certainement surpris de recevoir cette lettre de moi. Pour ma part, je suis surpris de l'écrire. Je n'ai aucun moyen de savoir si, après toutes ces années, vous serez aussi heureux de la recevoir que vous l'auriez été autrefois, ou si vous avez depuis longtemps résolu de me bannir définitivement de votre esprit. Allais-je faire plus de mal que de bien en envoyant un courrier de cette nature, alors que nous sommes tous deux des vieillards près de leur fin ? J'avoue m'être longuement interrogé. Pour finir, je n'ai pu résister au besoin que j'éprouvais de tenter de réparer le mal que je vous ai fait autrefois.
>
> J'aimerais que vous sachiez que je vous pardonne. Je comprends le choix que vous avez fait, et je sais que vous auriez agi autrement si vous ne vous étiez pas cru en danger de mort. Je n'aurais pas dû vous reprocher aussi durement votre faiblesse, d'autant que vous vous êtes efforcé de réparer vos torts en finissant par m'avouer la vérité, ce que vous n'étiez pas obligé de faire. C'était courageux de votre part.
>
> Je regrette aujourd'hui de ne pas m'être efforcé de comprendre votre point de vue. À votre place, moi aussi

j'aurais peut-être craint pour ma vie et celle de mes proches, et décidé de reléguer au second plan toute considération morale, ou souci de justice. Je vous écris donc pour vous implorer d'être plus indulgent envers moi que je ne l'ai été envers vous. Vincent, sachez que je regrette sincèrement de vous avoir condamné et d'être resté aussi inflexible. Mon manque de mansuétude fut un péché bien pire que tout ce que vous avez pu faire. Je m'en rends compte à présent.

Veuillez me pardonner,
Barnabas

— Vous avez reçu cette lettre il y a trois semaines seulement ? s'enquit Poirot en levant les yeux.

— Oui, confirma Deborah Dakin. Après la mort de Vincent, elle est restée cachetée, jusqu'à ce que quelqu'un se décide à vérifier s'il avait de la famille quelque part. Non, autant vous le dire tout de suite, j'ignore qui était ce quelqu'un. Tout ce que je sais, c'est qu'un jour que je rentrais chez moi je l'ai trouvée posée sur mon paillasson. Elle aurait pu être égarée pour de bon et n'être jamais lue par personne. Tant mieux qu'elle me soit parvenue, puisque c'est important pour vous, monsieur Prarrow. Mais sachez qu'autrement j'aurais préféré de loin ne pas la lire.

— Que voulez-vous dire, madame ?

— Seulement que j'ai manqué pleurer de joie quand vous m'avez dit qui vous étiez, et demandé si je connaissais l'existence d'une lettre envoyée par M. Pandy à Vincent. « En vérité, les voies du Seigneur sont impénétrables », me suis-je dit. Alors que je regrettais d'avoir posé les yeux sur cette lettre et que M. Pandy l'ait écrite, voilà qu'un célèbre détective m'apprend qu'elle pourrait être utile dans une enquête importante ! Alors peu importe le souci qu'elle m'a causé, si elle peut vous aider, monsieur Prarrow. Mais sachez bien que je n'irai pas pleurer sur M. Pandy, s'il s'avère qu'il a été assassiné. Ça non, alors. Pas sur lui. Pourtant tout meurtre mérite d'être puni, c'est pourquoi je suis prête à vous aider à démasquer le coupable, s'il y a lieu.

— Après vous avoir entendue, madame, je me sens tenu de vous demander où vous étiez le jour de sa mort. Vous semblez l'avoir assez détesté pour le tuer.

— Comment ça ? demanda Deborah Dakin, l'air perplexe. Certes, je le détestais assez pour ça, monsieur Prarrow. Mais la question n'est pas là. Jamais je n'irais tuer quelqu'un. C'est contre la loi, et la loi nous indique clairement ce que nous pouvons faire ou ne pas faire, non ? Alors non, je n'ai pas tué M. Pandy, même si je le détestais cordialement.

— Pourquoi le haïssiez-vous autant ?

— À cause de ce qu'il a fait à Vincent. J'imagine que vous connaissez déjà l'histoire, du moins la version qu'en aura donnée M. Pandy.

Quand Poirot lui eut appris qu'il n'en était rien, elle parut surprise, puis commença son récit.

— Eh bien, cela remonte au temps de la mine. La mine d'ardoise près de Llanberis. M. Pandy en possédait plusieurs. C'est comme ça qu'il a fait fortune. C'était en… Oh, cela remonte à une bonne cinquantaine d'années. Je n'étais même pas née.

Donc cette femme doit avoir moins de cinquante ans, songea Poirot. Je lui aurais donné davantage.

— M. Pandy était le propriétaire de la mine, et Vincent travaillait pour lui comme contremaître. Ils étaient très bons amis. Des amis pour la vie, comme on dit. Sauf que leur amitié n'a pas duré. Tout ça à cause de M. Pandy.

— Qu'a-t-il fait pour la détruire ?

— Quelqu'un a volé de l'ardoise, et un jeune homme a été accusé, William Evans. Il travaillait aussi à la mine, et M. Pandy trouvait que c'était un bon gars sous tous rapports. Eh bien, on a arrêté M. Evans, et il n'a pas eu le temps de moisir en prison, car il s'est suicidé. Il a laissé un mot disant qu'il ne laisserait personne le punir pour un crime qu'il n'avait pas commis. Pour moi, ça n'a pas de sens. En se passant lui-même la corde au cou, il s'est infligé un châtiment bien plus terrible que la prison. Et il y a pire : de chagrin, son épouse s'est elle aussi supprimée, et elle a entraîné leur enfant dans la mort.

— Bouleversant, murmura Poirot en secouant la tête.

— C'était une épouvantable tragédie : trois vies gâchées, tout ça pour rien. Car il apparut que William Evans avait raison. Il était innocent. Ce n'était pas lui, le voleur. Mais je vais trop vite en besogne. C'est que je n'ai guère l'habitude de parler à un célèbre détective dans ma cuisine, monsieur Prarrow.

— Je vous en prie, madame, racontez-moi l'histoire comme elle vous vient.

— Merci, c'est très gentil à vous. Eh bien… M. Pandy a été anéanti par la mort des Evans. Complètement anéanti. Ce n'était pas un mauvais patron, contrairement à ceux qui ne se soucient que de leurs profits et pas de leurs ouvriers, je dois mettre ça à son crédit. J'ai beau le détester, faut être juste. Enfin, je ne le déteste plus, puisqu'il est mort.

— La haine peut perdurer bien après la disparition de celui qui l'inspirait, décréta Poirot.

— Ça, je ne vous le fais pas dire !

— Et le vrai coupable, a-t-il été identifié ? Celui qui avait volé l'ardoise ?

— Oui. Avec la mort des Evans, Vincent n'était plus lui-même, et M. Pandy a remarqué qu'il se comportait bizarrement. Il a voulu savoir pourquoi ce drame l'avait atteint à ce point, alors qu'Evans et lui n'étaient pas particulièrement proches. Craignant que M. Pandy ait deviné la vérité, Vincent lui avoua qu'il savait depuis le début que William Evans n'était pas le voleur. Le vrai coupable était une horrible brute, dont Vincent n'a jamais voulu nous révéler le nom. Il a dit à M. Pandy qu'il n'était pas le seul, et que beaucoup parmi les mineurs le savaient aussi. Ils avaient tous gardé le silence, car le voleur les avait menacés de les égorger eux et leur famille, si jamais ils révélaient la vérité.

— Quel ignoble individu.

— Ça oui, monsieur Prarrow. Comme vous dites. Mais Vincent n'était pas pour autant quelqu'un de mauvais pour ne pas avoir dit la vérité, n'est-ce pas ? Il a eu peur, peur pour lui, mais surtout pour sa femme et son fils, mon défunt mari. L'autre monstre serait venu les égorger dans leur lit, si Vincent avait avoué la vérité à M. Pandy. Comprenez-vous ? Qui sommes-nous pour en juger ? Nous aussi, nous aurions eu peur de parler, dans sa situation. D'ailleurs, Vincent a fini par parler. Grâce à lui, ce monstre a eu le sort qu'il méritait.

— Et M. Pandy n'a jamais pu pardonner à votre beau-père ? Il l'a rendu responsable de la mort de la famille Evans ?

— C'est cela même, monsieur Prarrow. Et Vincent se l'est âprement reproché. Certes, M. Pandy avait des raisons de lui en vouloir, au début, je ne le nie pas. N'importe qui aurait éprouvé la même chose, surtout après le choc que cela a dû lui causer. Oh, Vincent comprenait très bien ce que M. Pandy ressentait, allez ! Lui aussi s'en voulait terriblement, et il ne se l'est jamais pardonné. M. Pandy non plus. Il a traité Vincent comme s'il avait tué William Evans et sa famille de ses propres mains. Même vingt ans, trente ans plus tard, quand Vincent a essayé de lui dire et de lui répéter combien il regrettait… M. Pandy n'a jamais voulu le revoir, ni lire ses lettres. Il les lui renvoyait non ouvertes. Vincent a fini par renoncer.

— Je suis désolé, madame.

— Il y a de quoi, renchérit Deborah Dakin, puis elle se reprit. Enfin, je ne parle pas de vous, monsieur Prarrow. M. Pandy aurait dû regretter la façon dont il avait traité ce pauvre Vincent. Cela l'a détruit. En vieillissant, à mesure que la vie devenait plus dure et qu'aucun mot clément n'arrivait de M. Pandy, Vincent en est venu à considérer le jugement de son vieil et cher ami comme… eh bien, une sorte de malédiction.

— Malheur sur malheur, commenta Poirot.

— L'expression est mal choisie, si vous me permettez, monsieur Prarrow. Elle laisse entendre que ce n'est la faute de personne, alors que la dureté de M. Pandy en est la cause. Vincent est mort en se croyant maudit. Durant ses dernières années, il ne parlait presque plus.

— Alors… pardonnez-moi, madame, mais pourquoi cette lettre vous inspire-t-elle tant de rancœur ? N'avez-vous pas été heureuse de la lire ? De savoir qu'après tant d'années M. Pandy s'était radouci et qu'il pardonnait à votre beau-père ?

— Ça non, alors ! Cette lettre ne fait qu'aggraver les

choses. C'est pourtant facile à comprendre, non? Vincent avait-il, oui ou non, commis un péché impardonnable? Nous avons toujours cru que pour M. Pandy la réponse était oui. Et voilà que cinquante ans après il décide de lui accorder son pardon, après avoir fait souffrir le martyre à Vincent durant tout ce temps. Il estime enfin, alors qu'il est trop tard et au moment où ça l'arrange, qu'il s'est trompé. Vous ne trouvez pas ça cruel, vous?

— Une opinion fort intéressante, madame, mais peut-être pas tout à fait rationnelle.

— Comment ça, pas rationnelle? s'offusqua Deborah Dakin. Mais si! Bien agir alors qu'il est trop tard, c'est pire que de ne rien faire du tout!

Cette même logique peut s'appliquer à la façon d'agir de Vincent Lobb, songea Poirot. Manifestement, cela n'était pas apparu à sa belle-fille, et il préféra ne pas prolonger sa visite plus que nécessaire en le lui faisant remarquer.

25

Poirot retourne à Combingham Hall

Poirot avait compté qu'un chauffeur viendrait le chercher à la gare. À sa descente du train, il fut surpris de voir Lenore Lavington qui l'attendait sur le quai, sous un parapluie bleu marine. Passant outre les politesses d'usage et sans autre préliminaire, elle lui déclara :

— J'espère que je ne regretterai pas de vous avoir autorisé à nous rendre de nouveau visite, monsieur Poirot.

— Je l'espère aussi, madame.

Ils gagnèrent l'automobile en silence, suivis du porteur chargé des bagages de Poirot.

— Votre télégramme n'avait pas besoin d'être aussi énigmatique, dit-elle peu après, en démarrant la voiture. Dois-je comprendre que vous avez trouvé la preuve que Grand-Père a été assassiné, et que vous projetez de démasquer un meurtrier durant votre séjour chez nous ? Sauriez-vous déjà de qui il s'agit ?

— J'admets volontiers, madame, que le tableau est encore incomplet. Cependant, d'ici trois jours, j'espère être en mesure de vous révéler toute l'histoire, à vous ainsi qu'aux autres.

Trois jours, songea Poirot. Les mots planaient comme une menace sur son esprit. Le 24 février semblait encore à bonne distance, lorsqu'il avait envoyé ses lettres d'invitation. Depuis lors, plusieurs informations intéressantes lui étaient parvenues. L'une d'elles était peut-être la clef du mystère, mais quand allait-il se résoudre ? Pour sa tranquillité d'esprit, il espérait que ce serait bientôt.

— Lors de notre réunion, vous apprendrez la vérité sur la mort de votre grand-père, dit-il en espérant ardemment ne pas se tromper. Un membre de cette assemblée la connaîtra déjà, évidemment.

— Vous parlez du meurtrier de Grand-Père ? demanda Lenore. Mais cette personne ne fera pas partie de cette assemblée, comme vous dites. Car les seules personnes présentes au domaine seront vous, moi, Annabel, Ivy et Kingsbury. Or, aucun d'entre nous n'a tué Grand-Père.

— Détrompez-vous, madame. Beaucoup de gens vont nous rejoindre. Ils arriveront demain. L'inspecteur Edward Catchpool de Scotland Yard, Hugo et Jane Dockerill, Freddie Rule et sa mère, Sylvia. Il y aura également Mildred, la sœur de Freddie, et son fiancé, Eustace Campbell-Brown, ainsi que John McCrodden et son père, Rowland McCrodden. Et… attention !

La voiture avait fait une brusque embardée, manquant de tamponner un autre véhicule qui arrivait en sens inverse. Lenore Lavington la gara sur le bas-côté de la route et coupa le moteur.

— … et votre fils Timothy, termina Poirot, haletant, puis il sortit un mouchoir de sa poche pour s'essuyer le front.

— Êtes-vous en train de me dire que vous avez invité toute une bande de complets inconnus chez moi, sans ma permission ?

— Cela ne se fait pas, j'en suis conscient, mais, pour ma défense, je dirai seulement que c'était nécessaire... sauf si vous préférez qu'un meurtrier échappe à la justice.

— Bien sûr que non, mais... cela ne vous donne pas le droit de remplir ma maison d'étrangers et de personnes que je n'apprécie pas sans me consulter.

— Qui n'appréciez-vous pas ? Freddie Rule ?

— Non. Je ne parlais pas de Freddie.

— Pourtant il vous déplaît, non ?

— Mais non, pas du tout, répondit-elle d'un air lassé.

— Lors de notre dernière rencontre, vous avez dit que vous aviez conseillé à votre fils Timothy de ne pas le fréquenter.

— Je le trouve juste un peu bizarre, c'est tout. Non, je pensais aux Dockerill, si vous voulez tout savoir.

— Qu'avez-vous contre eux ?

— Ils sont injustes envers mon fils. Ils le punissent à la moindre incartade, alors qu'ils passent tout à d'autres garçons, ceux qui affichent un air angélique. Bon, je vais devoir faire préparer quantité de chambres. Combien de temps ces gens vont-ils rester, d'après vous ? Et pourquoi sont-ils aussi nombreux ?

Parce que chacun d'entre eux est susceptible d'avoir tué Barnabas Pandy et que j'ignore encore lequel, songea Poirot.

— Je préférerais attendre que toutes les pièces du puzzle se mettent en place avant d'en dire davantage, déclara-t-il seulement.

Lenore Lavington poussa un soupir, puis elle redémarra, et ils poursuivirent leur trajet sur d'étroites routes de campagne bordées de hêtres et de bouleaux argentés.

— Je trouve complètement improbable qu'une des

personnes que vous avez invitées puisse avoir pénétré dans la maison le jour où Grand-Père est mort sans qu'aucun de nous ne l'ait remarqué, reprit-elle. Néanmoins… puisque vous en semblez convaincu, et qu'un inspecteur de Scotland Yard prend la peine de se déplacer jusqu'ici, vous pouvez compter sur la pleine coopération de ma famille.

— Merci mille fois, madame.

— Dès que nous serons arrivés, vous pourrez vérifier la machine à écrire, si tel est toujours votre souhait.

— Bien volontiers.

— Depuis votre dernière visite, nous en avons acquis une neuve, car l'ancienne avait fait son temps.

— Mais vous l'avez gardée ? s'inquiéta Poirot.

— Oui. J'ai demandé à Kingsbury de sortir les deux machines à votre intention. La nouvelle était encore en boutique quand ces horribles lettres ont été tapées, mais si je ne la soumettais pas à votre inspection vous penseriez que je cache quelque chose.

— Il ne faut rien négliger, dans ce genre d'affaires, lui dit Poirot. C'est pourquoi j'aimerais vous poser une ou deux questions relatives au jour où M. Pandy est mort.

— Comptez-vous m'interroger sur la discussion qui a eu lieu entre Ivy et moi pendant que Grand-Père prenait son bain ? Allez-y. Je vous l'ai dit : je suis disposée à coopérer, si cela peut mettre un terme à cette incertitude et à tous ces désagréments.

— Kingsbury a parlé non d'une discussion, mais d'une dispute, dit Poirot.

— C'était en effet une terrible dispute, et les jérémiades d'Annabel nous suppliant d'arrêter n'arrangeaient rien, déclara Lenore. Elle ne supporte les conflits d'aucune sorte. Personne n'aime ça, évidemment, mais on accepte en général qu'il y ait de temps en temps des dissensions. Je suis certaine que, Ivy et moi, nous aurions réglé nos différends bien plus vite, si Annabel ne nous avait pas interrompues sans cesse en nous suppliant d'adoucir le ton. Du coup, j'ai été dure avec elle, je m'en souviens. Comme d'habitude, elle était du côté d'Ivy, tout en s'efforçant de me ménager.

— Madame, je vous remercie de votre franchise, mais il me serait beaucoup plus utile que vous me racontiez d'abord l'objet de votre dispute, et ce qui l'a provoquée en premier lieu.

— C'est vrai, je suis franche, n'est-ce pas? remarqua Lenore Lavington comme si elle s'en étonnait. Plus franche que je ne l'ai été depuis longtemps. C'est presque enivrant.

Pourtant, cela semble vous causer aussi de l'inquiétude, songea Poirot en l'observant.

— Les mots durs que nous avons échangés Ivy et moi dans sa chambre ce jour-là n'en sont pas l'origine. Quelques jours plus tôt, il y a eu un repas de famille qui a viré au désastre, et plusieurs mois auparavant il y avait aussi eu une sortie à la plage qui avait mal tourné. En fait, c'est là que tout a commencé. Et c'était entièrement ma faute. Si j'avais su me contrôler, rien de tout cela ne serait arrivé.

— Racontez-moi l'histoire depuis le début, l'invita Poirot.

— D'accord, mais à une condition. Promettez-moi de ne pas en parler à Ivy. Elle m'a autorisée à vous le raconter, mais ce serait affreusement gênant pour elle si vous abordiez le sujet en sa présence.

Poirot se contenta d'acquiescer. Ce qu'il entendit par la suite ne manqua pas de le surprendre.

— J'ai fait une remarque malheureuse sur les jambes d'Ivy, quand nous étions ensemble à la plage, déclara Lenore.

— Ses jambes, madame ?

— Oui. Je le regretterai toujours, mais on a beau se confondre en excuses, on ne peut effacer une remarque, une fois qu'elle est sortie. Elle persiste dans l'esprit de la personne blessée et se repaît de sa susceptibilité.

— Cette remarque était donc blessante ?

— Oui, mais bien involontairement. Le visage d'Ivy est très abîmé. Cela ne vous a sûrement pas échappé, n'est-ce pas ? Étant sa mère, il est naturel que je m'inquiète de son avenir, et de sa chance de décrocher un mari. Or, j'aimerais qu'elle se marie et qu'elle ait des enfants. Mon mariage n'a pas été une réussite, mais Ivy aura sûrement plus de discernement que moi. Pour ça, je lui fais confiance. Elle est bien plus réaliste que je ne l'étais à son âge. Si seulement elle voulait comprendre qu'on est deux à se choisir, dans un mariage. Ah ! s'exclama Lenore avec impatience. Il m'est impossible de raconter cette histoire sans tenir des propos que vous jugerez peut-être impardonnables, monsieur Poirot. Mais je ne peux tricher avec ce que j'éprouve. Ivy a de la chance que presque tout son visage soit encore intact. Elle pourrait facilement en cacher la partie abîmée, si elle se coiffait comme il faut, mais elle s'y refuse obstinément. Pourtant je n'ai jamais cru que ses cicatrices dissuaderaient un homme de s'intéresser à elle. Ivy a un certain charme, une façon d'être qui lui attire la sympathie.

— Indéniablement, renchérit Poirot. Je dirais même, un charme certain.

— Je pense néanmoins qu'elle ne devrait pas aggraver son cas en grossissant outre mesure. Quel homme voudrait d'une femme au corps difforme, en plus d'un visage balafré ? Si j'ai l'air en colère, monsieur Poirot, c'est parce que, j'ai beau souvent le penser, je ne l'ai jamais dit à Ivy. Pour moi, le bonheur de mes enfants compte plus que tout au monde. Pour leur bien, j'ai été une épouse aimante et obéissante envers leur père, mon défunt mari, jusqu'à sa mort. Pour leur bien, je laisse Annabel les bichonner et se mêler de leur vie comme si elle était leur mère autant que moi. Je sais combien ils l'aiment, et j'ai toujours fait passer leurs besoins et leurs sentiments avant les miens. Afin de ne pas blesser Ivy, je suis restée assise, soir après soir, à la table de la salle à manger, à la regarder s'empiffrer et se resservir, et je n'ai pas dit un mot, même si j'en étais excédée. C'était une enfant déjà bien charpentée et elle sera toujours une jeune fille robuste, bien sûr. Elle tient sa constitution de Cecil, son père. Pourtant, je ne peux m'empêcher de lui en vouloir de faire aussi peu attention à sa ligne. Qu'a-t-elle donc dans la cervelle ? Voilà, conclut Lenore Lavington en poussant un long soupir. Ce qui est dit est dit. Et c'est ce que j'éprouve réellement. Trouvez-vous que je sois une mère indigne, monsieur Poirot ?

— Non, madame, vous aimez vos enfants, je n'ai pas de doute à ce sujet, mais me permettez-vous une observation ?

— Je vous en prie.

— Mlle Ivy est une jeune femme très attirante, et elle n'a pas de problème de ligne. À mon humble avis, vous vous inquiétez outre mesure. Certes elle n'a pas la silhouette élancée ni les fines attaches que vous avez, vous et votre sœur, mais elle n'est pas la seule dans ce cas. Regardez un peu autour de vous ! Les femmes à taille de guêpe ne sont pas les seules à tomber amoureuses et à faire de beaux mariages.

— Si Ivy continue à ce rythme, elle n'aura bientôt plus de taille du tout. C'est ce qui a provoqué le drame, si je puis dire, à ce dîner désastreux : elle s'est servie et resservie en pommes de terre, et à un moment je n'ai pu me retenir.

— De quoi ? demanda Poirot.

— J'ai juste dit «Ivy, tu en as assez pris, non?» en choisissant soigneusement mes mots, mais elle s'est mise dans une rage folle, et ses ressentiments sont sortis d'un seul coup, y compris ce qui s'était passé à la plage. Sa réaction a profondément bouleversé Grand-Père et Annabel. Moi aussi, d'ailleurs, car pour tout arranger je me suis retrouvée dans le rôle de la méchante marâtre !

— Racontez-moi donc ce qui s'est passé à la plage, dit Poirot.

— C'était l'été dernier, commença Lenore. Par une journée de canicule. Annabel avait la grippe, et elle n'avait même pas pu se lever pour jouer avec Hopscotch dans le jardin. Alors il hurlait et gémissait au pied de son lit, et elle en était toute retournée. Elle nous a demandé de le sortir en l'emmenant loin de Combingham Hall. Ça ne me disait pas vraiment, les chiens, ce n'est pas ma tasse de thé ; mais Ivy a décrété qu'Annabel guérirait plus vite si elle ne se faisait pas de souci pour Hopscotch, alors j'ai accepté.

«Nous sommes allées à la plage. Ivy avait failli se noyer étant petite, vous le saviez? C'est de là que datent ces horribles cicatrices. Elle a roulé au bas d'une berge, dans la rivière. À cette époque, Annabel avait un autre chien appelé Skittle. Il a essayé de la secourir, et ce faisant il lui a lacéré le visage. Ce n'était pas sa faute, bien sûr.

— Mlle Annabel a sauvé votre fille, n'est-ce pas ?

— Oui. Sans ma sœur, Ivy se serait noyée. En fait, elles ont toutes les deux failli mourir, car le courant était assez fort pour les entraîner, mais Annabel a réussi à hisser Ivy hors de l'eau et à la sauver ; elles ont eu beaucoup de chance. Je ne veux même pas penser à ce qui aurait pu se passer. Depuis, Annabel a une forte aversion pour l'eau.

— Tiens donc, murmura Poirot.

— Ivy aussi a eu longtemps peur de l'eau, mais à quatorze ans elle a décidé de dominer sa peur, et elle est vite devenue une nageuse enthousiaste. Elle va maintenant se baigner à la plage aussi souvent que possible, cette même plage où, elle et moi, nous avons emmené Hopscotch, le jour où Annabel était malade.

— C'est louable de sa part, d'avoir ainsi surmonté sa peur.

— Oui. Même si à force de nager Ivy a des jambes et des bras un peu trop musclés à mon goût. N'allez pas me dire que les femmes au corps athlétique ne font pas de beaux mariages, monsieur Poirot. Je n'en doute pas. Je souhaite simplement que ma fille soit aussi séduisante que possible, voilà tout. Disons que cela nuit à sa féminité.

Poirot ne dit rien.

— N'étant pas moi-même une adepte de la natation, je n'avais pas vu ma fille en maillot de bain depuis des années, jusqu'à ce jour-là. Ivy a nagé pendant une demi-heure, puis elle est venue s'asseoir à côté de moi. Hopscotch jouait dans les vagues, et Ivy et moi étions assises près des arbres. Elle mangeait ce que nous avions apporté pour pique-niquer. Alors le chien a accouru vers nous, attiré par la nourriture, et il s'est passé une drôle de chose : Ivy est devenue toute pâle et elle s'est mise à trembler. Hébétée, elle fixait Hopscotch en tremblant, comme si elle allait défaillir.

« Je lui ai demandé ce qui n'allait pas, mais elle était incapable de parler. Un souvenir lui était brusquement revenu, comprenez-vous... du jour où elle avait failli se noyer. Elle n'a été capable de m'en parler que plus tard, sur le chemin du retour. Alors qu'elle en avait oublié les détails durant toutes ces années, elle s'était rappelé le moment où elle était sous l'eau, incapable de respirer ni de se libérer de ce qui la piégeait. Tout à coup, elle s'en était souvenue parfaitement. Il y avait des arbres sur la rive, comme ceux près desquels nous étions assises elle et moi sur la plage, et elle s'est rappelé avoir vu les pattes de Skittle... Vous connaissez les chiens, monsieur Poirot ?

— J'en ai connu quelques-uns au fil des années, madame. Pourquoi cette question ?

— Avez-vous déjà rencontré un chien comme Hopscotch ? Au pelage épais et bouclé comme le sien ?

Poirot reconnut que non, après un instant de réflexion.

— Hopscotch est un airedale-terrier, reprit Lenore. Vous aurez certainement remarqué que ses pattes aux poils bouclés lui font presque comme un pantalon en fourrure.

— Oui, c'est une bonne description.

— Skittle, le chien qui essaya de sauver Ivy, était un airedale comme Hopscotch. Quand ils ont le poil sec, les airedales-terriers paraissent bien plus étoffés qu'ils ne le sont en réalité. Lorsque Hopscotch a couru vers nous ce jour-là dans l'espoir qu'on lui donne une gâterie, ses pattes étaient mouillées, et donc elles paraissaient bien plus menues, comme deux fines branches d'arbres. C'est cette vision qui a ramené Ivy au jour où elle avait manqué de se noyer.

« Elle s'est rappelé avoir vu les pattes de Skittle mouillées, voyez-vous, et avoir pensé l'espace d'un instant qu'elles étaient des branches d'arbres, des brindilles même, tellement elles étaient fines. Du coup, elle s'est crue très loin de la rive, sans espoir d'être secourue. La peur la faisait probablement délirer.

« Peu après, Annabel réussit à l'attraper, et soudain l'espoir renaît ! Ivy remarque qu'il y a un gros tronc d'arbre à côté des fines pattes du chien qu'elle avait prises pour des branchages, et qu'elle voit maintenant bouger, attachées au corps du chien. Tout se remet en place.

Lenore Lavington parlait en respirant par saccades.

— Vous pouvez imaginer combien ce fut pénible pour moi, monsieur Poirot. Tout m'est revenu d'un seul coup : le choc que j'avais eu d'apprendre que ma fille avait frôlé la mort d'aussi près. Si Ivy et moi n'avions pas emmené Hopscotch ce jour-là à la plage, s'il ne s'était pas mouillé les pattes en jouant dans la mer, ces souvenirs n'auraient peut-être jamais refait surface. Et c'eût été pour le mieux, monsieur Poirot. Je regrette qu'ils soient remontés, et je regrette ce que j'ai dit ensuite, mais on ne peut défaire le passé, n'est-ce pas ?

— En venons-nous à cette malheureuse remarque sur les jambes ? demanda Poirot, car il avait eu l'impression qu'elle n'y parviendrait jamais.

— Nous étions en voiture, sur le chemin du retour. Après ce qu'Ivy m'avait raconté, je n'étais pas moi-même… j'essayais de me concentrer sur ma conduite, et j'avais très envie qu'elle arrête de parler afin de pouvoir rassembler mes esprits… et ça m'est sorti comme ça ! Malgré moi !

— Quoi donc, madame ?

— J'ai dit à Ivy que si les pattes de Skittle avaient l'air de brindilles, les siennes ressemblaient plutôt à des poteaux. Et qu'elle devrait songer à faire un peu moins de natation. Je l'ai tout de suite regretté. Pourtant l'avantage, si l'on peut dire, a été qu'aussitôt Ivy s'est mise dans une colère noire contre moi. Les horribles souvenirs de sa noyade lui sont sortis de la tête. Il n'y avait plus de place que pour la haine farouche qu'elle vouait à sa détestable mère. Je ne voulais pas la blesser, je ne pense pas vraiment que ses jambes ressemblent à des poteaux, je voulais seulement qu'elle pense à autre chose. Qu'elle songe à son avenir, pas au passé. J'ai dû m'excuser pendant des heures, et je croyais vraiment que ce différend était derrière nous, mais alors, des mois plus tard, à ce dîner… eh bien, vous connaissez la suite.

— Mlle Ivy a-t-elle fait à votre sœur et à votre grand-père le récit de ce qui s'était passé sur la plage, et de ce que vous lui aviez dit ?

— Oui.

— Et quelle a été leur réaction ?

— Annabel en était mortifiée, naturellement, dit Lenore avec une impatience lassée. Il suffit que quelqu'un verse une larme pour qu'Annabel pleure comme une Madeleine.

— Et M. Pandy ?

— Il n'a rien dit, mais il a eu l'air extrêmement chagriné. Je ne crois pas que ce soit à cause de ma malheureuse remarque, mais plutôt à l'idée de la frayeur qu'avait dû éprouver Ivy en pensant qu'elle allait mourir. Ma fille aurait peut-être mieux fait de garder pour elle ces souvenirs fraîchement remémorés. C'est dû à l'influence néfaste d'Annabel. Ivy n'était pas coutumière de ces débordements d'émotion. Ça ne lui suffisait pas d'avoir gâché ce dîner. Le jour où Grand-Père est mort, avant la tragédie, je marchais sur le palier quand je l'ai entendue sangloter. Quand on veut, on peut très bien pleurer en silence, monsieur Poirot.

— En effet, madame.

— Je n'ai pas supporté qu'elle s'apitoie ainsi sur son sort. Ma fille était quelqu'un de solide, quelqu'un d'équilibré. Je le lui ai dit, alors elle a hurlé après moi : « Que suis-je censée éprouver quand ma propre mère compare mes jambes à des poteaux ? » Aussi sec, Annabel a grimpé l'escalier à toutes jambes pour se mêler de ce qui ne la regardait pas, et peu après, depuis la salle de bains, Grand-Père s'est mis à nous crier d'arrêter en disant que nous lui cassions les oreilles. Si Annabel était restée en dehors de cette dispute et m'avait laissée parler avec ma fille en privé, le ton ne serait pas monté à ce point-là entre nous, car nous avons dû hurler par-dessus ses jérémiades pour nous faire entendre. Grand-Père n'était pas idiot… il savait très bien à quoi s'en tenir. C'était à Annabel qu'il en voulait. D'ailleurs il avait déjà décidé…

Poirot se tourna afin de voir pourquoi Lenore Lavington s'était brusquement interrompue. Elle semblait soudain décomposée, le regard fixé droit devant elle, sur la route.

— Je vous en prie, continuez, dit Poirot.

— Dans ce cas, vous devez me promettre de ne le répéter à personne. Personne ne le sait à part moi, maintenant que Grand-Père est mort.

— Vous allez me dire que M. Pandy avait décidé d'établir un nouveau testament, n'est-ce pas ?

La voiture fit une brusque embardée.

— Sacré tonnerre ! s'écria Poirot. D'accord, vous êtes surprise de découvrir que j'en sais autant, mais ce n'est pas une raison pour nous tuer tous les deux.

— Comment pouvez-vous être au courant ? Ah, je vois… vous avez dû en parler avec Peter Vout. C'est drôle. D'après Grand-Père, il n'en avait parlé à personne à part moi. Peut-être voulait-il dire que j'étais la seule de la famille à être au courant. Annabel ne doit jamais l'apprendre, monsieur Poirot. Vous devez me le promettre. Elle en serait anéantie. J'ai dit sur elle des choses peu flatteuses, je sais, néanmoins…

— Néanmoins, c'est votre sœur. Et elle a sauvé la vie de votre fille.

— En effet, convint Lenore. Après la mort de Grand-Père, c'était la seule chose dont j'étais reconnaissante : qu'il n'ait pas eu la possibilité de changer les termes du testament, et qu'Annabel ne l'apprenne jamais. J'aurais veillé à ce qu'elle ne manque de rien, évidemment, mais ce n'est pas le problème. Être déshéritée si brutalement… je pense qu'elle ne s'en serait pas remise.

— Avez-vous tenté d'en dissuader M. Pandy, quand il vous a fait connaître ses intentions ?

— Non. Cela n'aurait fait que renforcer sa résolution. On ne saurait changer les sentiments qu'éprouve une personne pour une autre… Non, affirma-t-elle en secouant vigoureusement la tête. Il était vain et futile d'essayer. C'était perdu d'avance. Grand-Père reconnaissait très rarement ses erreurs, et jamais quand quelqu'un d'autre les lui pointait du doigt.

— Je comprends, dit Poirot, perplexe.

Quelque chose cloche, mais quoi ? se dit-il. J'ai appris quelque chose qui ne s'intègre pas à l'ensemble, et ce depuis que je suis monté en voiture avec Lenore Lavington. Mais de quoi s'agit-il ?

— Vous devez penser que ma sœur avait le mobile idéal pour commettre un meurtre, reprit Lenore. En effet, sauf qu'elle ignorait ce que Grand-Père prévoyait de faire. Par conséquent, ce n'est pas elle.

— Mlle Annabel bénéficie également du meilleur alibi qui soit, grâce à vous et à votre fille, lui rappela Poirot.

— Vous en parlez comme s'il s'agissait d'un mensonge. Mais non. Ivy et moi sommes restées tout le temps avec Annabel, monsieur Poirot. Nous ne nous sommes pas quittées, ne serait-ce qu'une seconde. Et quand nous étions tous dans la salle de bains, après les appels à l'aide de Kingsbury, la robe d'Annabel était complètement sèche. Il est tout à fait impossible qu'elle ait tué Grand-Père.

— Dites-moi, Mlle Ivy vous a-t-elle pardonné ? Ou vous garde-t-elle toujours rancune ?

— Je l'ignore. Je n'ai nullement l'intention d'aborder le sujet, mais je l'espère. L'autre jour, pour la première fois, elle portait un bracelet que je lui avais offert. J'ai pris ça comme un geste de réconciliation, une main tendue en quelque sorte. Je lui avais donné ce bracelet le jour de la mort de Grand-Père. Mais à ce moment-là, elle était loin de m'avoir pardonné ! Elle m'avait dit qu'elle préférerait mourir plutôt que de le porter, et puis elle me l'avait jeté au visage ! C'est un beau bracelet de deuil en jais taillé à la main, qui m'est très cher. J'avais cru que le lui donner serait une preuve de mon amour pour elle. Ivy savait combien j'y tenais, car c'était un cadeau offert lors de vacances au bord de la mer avec Cecil, mon défunt mari. Mais elle a préféré interpréter mon geste de la pire des façons.

— C'est-à-dire ? s'enquit Poirot tandis que se profilait au loin le portail de Combingham Hall.

— Elle m'a accusée de ne lui donner que des choses qui m'avaient d'abord appartenu, et non de lui faire des cadeaux achetés spécialement pour elle. Elle est allée dans sa chambre, et là elle a retourné et vidé tous les tiroirs à la recherche d'un éventail que je lui avais donné, comme si c'était encore une preuve contre moi ! Cet éventail aussi m'était très précieux. Une image y figurait, celle d'une danseuse, une belle dame de l'ancien temps à la taille très fine, comme le voulait l'époque. Ivy m'a rappelé ce que je lui avais dit en lui offrant l'éventail : « Vois comme elle te ressemble, avec ses cheveux noirs et son teint pâle, ma chérie », et c'était vrai. Sur le moment, Ivy avait adoré l'éventail, et elle avait pris cette comparaison pour un compliment. Mais voilà que, à la lumière des fâcheux événements dont je vous ai fait part, elle a soudain décidé que j'avais été fourbe, et que j'avais voulu souligner combien elle avait la taille épaisse, comparée à celle de la danseuse.

— Les rapports humains sont extrêmement complexes, commenta Poirot.

— Disons plutôt que les gens s'ingénient à les compliquer, répliqua Lenore. Pourtant Ivy a porté récemment le bracelet de deuil que je lui ai donné, et elle a fait en sorte que je le remarque. C'était peut-être sa façon de me dire qu'elle m'avait pardonné. Sinon, quoi d'autre ?

26

Vérification des machines à écrire

Quand Lenore Lavington et Poirot arrivèrent à Combingham Hall, ils trouvèrent Kingsbury montant la garde à côté d'une petite table, dans le grand hall. Sur la table étaient posées deux machines à écrire.

— J'ai installé les deux machines pour M. Porrott, comme vous l'avez demandé, madame Lavington, dit-il.

— Merci, Kingsbury. Ce sera tout pour l'instant.

Le domestique s'éloigna d'un pas traînant. Personne ne fit un geste pour fermer la porte d'entrée.

Poirot se retint à grand-peine de demander pourquoi, dans une demeure aussi vaste que Combingham Hall, avec autant de pièces probablement vides et désaffectées, cette vérification devait se passer ici, dans le grand hall. Cela n'avait aucun sens ! Si Poirot avait été le propriétaire des lieux, il aurait placé un piano à queue là où se trouvait la petite table. C'eût été beaucoup mieux adapté à l'espace.

— Un souci, monsieur Poirot ? demanda Lenore Lavington.

— Non madame, aucun.

Il revint aux deux machines disposées devant lui. L'une

était flambant neuve ; l'autre avait une fissure sur le côté et une grosse éraflure sur le devant. À côté des deux machines, Kingsbury avait placé les feuilles et le papier carbone dont Poirot aurait besoin plus tard pour mener ses vérifications.

Après s'être installé dans la chambre qu'on lui avait attribuée et avoir pris un rafraîchissement, Poirot s'assit à la petite table et essaya tour à tour les deux machines à écrire. Sur les deux, le caractère *e* était intact, sans aucun blanc. Il n'était pas nécessaire de chercher d'autres différences, pourtant il en chercha encore. Si l'on n'y regarde pas de plus près, on se prive de l'opportunité de repérer un détail imprévu, qui n'en est pas moins significatif, songea-t-il.

Dans sa langue maternelle, le français, Poirot remercia le ciel quand il découvrit qu'en l'occurrence un tel détail existait. Il s'occupait de comparer les deux feuilles de papier sur lesquelles il avait tapé le même texte mot pour mot, quand il entendit, puis vit Hopscotch. Le chien descendit l'escalier et traversa le grand hall en courant à sa rencontre, puis il lui fit fête en lui sautant dessus. Annabel Treadway descendit l'escalier à sa suite.

— Hoppy, arrête ! Allons, vilain garnement ! M. Poirot n'a pas envie que tu lui lèches la bobine !

Certes non. Poirot tapota le chien sur la tête en espérant que Hopscotch se contenterait de ce geste d'affection.

— Voyez comme il est content de vous voir, monsieur Poirot ! Quel chien adorable, vous ne trouvez pas ? dit-elle avec une douce amertume suggérant qu'elle seule était capable d'apprécier son bon naturel.

Enfin Hopscotch se rappela qu'il était parti pour faire un tour et il sortit dans le jardin en trottinant. Annabel repéra les deux feuilles de papier que Poirot tenait à la main.

— Ah, vous avez commencé ! Surtout ne vous interrompez pas ! Lenore m'a ordonné de vous laisser faire tranquillement votre travail de détective.

— J'ai terminé, mademoiselle. Aimeriez-vous en voir les résultats ? Dites-moi, quelle différence remarquez-vous ? dit-il en lui passant les deux feuilles.

Elle les scruta un moment avant de relever les yeux.

— Je n'en vois aucune, constata-t-elle. Rien qui mérite d'être relevé, en tout cas. La lettre *e* est intacte sur les deux feuilles.

— En effet. Mais ce n'est pas tout.

— Le même texte y est tapé : « Moi, Hercule Poirot, je suis arrivé à Combingham Hall, et je n'en repartirai pas tant que je n'aurai pas résolu le mystère de la mort de Barnabas Pandy. » Les deux versions sont identiques à tous égards, non ? Ou quelque chose m'aurait-il échappé ?

— Si je vous donnais la réponse, mademoiselle, je vous priverais de la possibilité de le découvrir par vous-même.

— Je n'ai pas envie de découvrir quoi que ce soit. J'ai envie que vous nous disiez si la présence d'un meurtrier rôdant dans les parages nous met en danger, et que vous nous protégiez si besoin est… Ensuite, je ne souhaite qu'une chose, oublier !

— Que souhaitez-vous oublier ?

— Tout. Le meurtre de Grand-Papa, son mobile, quel qu'il soit, et cette lettre écœurante que je n'arrive pas à me sortir de l'esprit, même si je l'ai brûlée.

— Et une robe bleue à fleurs jaunes et blanches, toute mouillée ?

Elle le regarda d'un air hébété.

— Que voulez-vous dire ? Oui, j'ai bien une robe bleue à fleurs jaunes et blanches. Mais elle n'est pas mouillée.

— Où se trouve-t-elle ?
— Dans ma garde-robe.
— En êtes-vous certaine ?
— Où voudriez-vous qu'elle soit ? C'est la robe que je portais le jour où Grand-Papa est mort. Je n'ai pas eu envie de la remettre depuis.

Donc, elle n'a pas cherché la robe et ne s'est pas aperçue qu'elle manquait. En admettant qu'elle dise la vérité, pensa Poirot.

— Mademoiselle, étiez-vous au courant qu'avant de mourir votre grand-père avait eu l'intention de changer les clauses de son testament ? Il ne l'a pas fait, car la mort l'en a empêché.

— Non, je l'ignorais. Même si Peter Vout, son conseiller juridique, est venu ici et qu'ils se sont enfermés dans le salon pour parler en privé, alors c'était peut-être…

Annabel, soudain, sembla manquer d'air et chancela. Poirot s'empressa de la rattraper et l'aida à s'asseoir sur une chaise.

— Que vous arrive-t-il, mademoiselle ?
— C'était moi, n'est-ce pas ? murmura-t-elle dans un souffle. Il voulait me déshériter ? C'est pour cela qu'il a fait venir Peter Vout. Même si j'ai sauvé la vie d'Ivy, dès qu'il a su, il n'a pu me pardonner ! Ce qui signifie que je ne mérite aucun pardon, conclut farouchement Annabel. Si Grand-Papa comptait changer son testament pour me punir, c'est la preuve que je mérite seulement de souffrir. Il a toujours été juste. Je n'ai jamais imaginé qu'il pouvait m'aimer comme il aimait Lenore, mais il a toujours été juste.

— Mademoiselle, je vous en prie, expliquez-vous. Qu'est-ce que votre grand-père n'a pu vous pardonner ?

— Non ! Oh, il aura ce qu'il voulait, je ne m'opposerai pas à ses dernières volontés, mais je ne le dirai jamais à personne, m'entendez-vous ? Jamais !

Elle éclata en sanglots et remonta l'escalier en courant.

Poirot la regarda partir, abasourdi. Puis il regarda la porte de la maison restée ouverte, et songea comme il lui serait facile de rentrer à Londres pour regagner son appartement et ne plus jamais revenir. Officiellement, aucun crime n'avait été commis, on ne pourrait donc lui reprocher d'avoir échoué à résoudre un meurtre.

Mais Hercule Poirot n'était pas homme à renoncer. Ça non alors !

— Trois jours, se dit-il. Trois jours seulement.

27

Le bracelet et l'éventail

Le lendemain matin, Poirot allait prendre son petit déjeuner, quand Ivy Lavington l'accosta dans le hall. Hopscotch était avec elle. Cette fois, il n'essaya pas de lécher Poirot. En fait, il semblait même un peu éteint.

— Où est tante Annabel? demanda Ivy d'un ton cassant. Que lui avez-vous fait?

— Pourquoi, elle n'est pas ici, dans la maison?

— Non. Elle a pris une des voitures et elle est partie quelque part sans emmener Hoppy, ce qu'elle ne fait jamais, absolument jamais. En tout cas, pas sans nous en parler à maman ou à moi. Lui avez-vous dit quelque chose qui l'aurait contrariée?

— Oui, c'est possible, convint Poirot, le cœur lourd. Parfois, quand il s'agit de sauver des vies, il faut poser des questions qui fâchent.

— Sauver des vies? De quelles vies parlez-vous? Suggérez-vous que le criminel qui a tué Grand-Papa a l'intention de récidiver?

— Oui, cette personne, quelle qu'elle soit, a en effet l'intention de commettre un meurtre.

— Il s'agit donc d'une seule vie. Or, vous avez parlé de plusieurs vies.

— Mademoiselle ! Sacré tonnerre !

— Quoi donc ? On dirait que vous avez vu un fantôme.

Poirot ouvrit la bouche, mais il n'en sortit aucun son, tant son esprit était en ébullition.

— Est-ce que ça va, monsieur Poirot ? s'enquit Ivy d'un air inquiet. Ai-je dit quelque chose qui vous aura effrayé ?

— Oh non, mademoiselle. Ce que vous venez de dire m'a considérablement aidé ! Je vous en prie, restez silencieuse un petit moment, que j'aie le temps de rassembler mes idées et de poursuivre mon raisonnement pour voir si j'ai raison. Il faut que j'aie raison !

Ivy resta donc plantée là, bras croisés, et l'observa tandis qu'il réunissait les divers pièces du puzzle dans sa tête. Hopscotch, toujours à côté d'elle, le fixait aussi d'un air perplexe.

— Merci, dit enfin Poirot.

— Eh bien ? Avez-vous raison, oui ou non ?

— Je crois que oui.

— Bonté divine ! J'ai hâte de vous entendre exposer votre théorie. Pour ma part, je n'ai été capable d'en ébaucher aucune.

— N'essayez même pas, lui conseilla Poirot. Vos spéculations ne seraient fondées que sur un postulat complètement faux, et donc vous échoueriez.

— Qu'entendez-vous par faux postulat ?

— Tout s'éclaircira en temps voulu, mademoiselle.

Ivy fit une moue qui exprimait un mélange d'ennui et d'admiration.

— J'imagine que maman vous a raconté la dispute que nous avons eue le jour où Grand-Papa est mort ? Alors vous avez entendu parler de mes jambes qui ressemblent à des poteaux. Et maman vous aura dit de ne pas m'en parler, de peur de me contrarier encore.

— Mademoiselle, si je puis me permettre, vous êtes très agréable à regarder, et votre silhouette n'a absolument rien à se reprocher.

— Il y a quand même ces cicatrices, dit Ivy en désignant son visage. Mais à part ça, je suis d'accord avec vous. Je suis une personne normalement constituée et en bonne santé, et cela me va très bien. Maman voudrait que je devienne aussi mince qu'un cure-pipe, mais c'est elle qui a un problème avec la nourriture. Elle ne mange pas convenablement. L'avez-vous remarqué, hier soir, au dîner?

— Non, je l'avoue, dit Poirot, qui avait fait honneur à ce délicieux repas en lui consacrant toute son attention.

— Elle chipote, triture la nourriture avec sa fourchette comme si elle s'en méfiait, et quand enfin elle se décide à manger on dirait qu'elle se force à avaler un mauvais médicament. Elle s'imagine que je lui en veux parce que je n'ai pas supporté de l'entendre me dire la vérité, croit-elle, sur mes affreuses jambes! Quelle absurdité! Je suis tout à fait satisfaite de mes jambes. Ce qui me contrarie, c'est de découvrir que, quand maman me regarde, elle ne me trouve que des défauts, physiquement. En plus, elle n'est pas honnête, et cela aussi me met en rage.

— Pas honnête? Dans quel sens?

— Oh, c'est elle qui ne supporte pas la vérité. Elle y est presque allergique. Elle dirait et ferait n'importe quoi pour notre bonheur à Timmy et à moi, ce qu'elle considère comme son devoir de mère, mais régulièrement une remarque sincère lui échappe, alors elle se met en quatre pour nier l'évidence et rattraper le coup. Quand elle dit qu'elle me trouve belle, je ne la crois pas et ne la croirai jamais. Je sais qu'elle ment. Elle ferait bien mieux d'admettre qu'elle me trouverait à son goût si je me privais de tout pour devenir maigre comme un clou. Au lieu de ça, elle ment sans vergogne en me disant qu'elle m'aime comme je suis, et elle croit me faire plaisir.

Ivy parlait posément et raisonnablement, sans trace d'aucun ressentiment. Voilà une femme bien plus équilibrée et heureuse que sa mère ou sa tante, se dit Poirot.

— En fait, quand on essaie de la nier, la vérité s'arrange pour ressortir d'une manière ou d'une autre. Maman ne vous a pas raconté la fois où elle m'a offert un éventail, je suppose ? dit Ivy en riant. Il représentait une femme brune vêtue d'une robe rouge et noir, et maman m'a dit : « Tu as vu comme elle te ressemble, Ivy ? Elle a la même couleur de cheveux, et regarde sa robe. » C'était vrai, mais la femme de l'éventail avait une taille de guêpe ! Quant à moi, j'allais justement à un bal, et je portais une robe rouge et noir assez voyante. Avec le recul, elle était faite pour une silhouette élancée et ne m'allait sans doute pas, mais je m'en fichais. La robe me plaisait, et j'avais envie de la mettre. Maman ne l'a pas supporté, elle devait trouver que cette robe me grossissait, alors elle s'est servie de ce cadeau pour me le faire comprendre. Sans doute dans l'espoir qu'en voyant la femme de l'éventail la différence entre sa taille et la mienne me sauterait aux yeux, et que je déciderais aussitôt de me changer en mettant quelque chose qui cache un peu mes formes.

— Votre mère m'a raconté qu'elle vous avait aussi offert un bracelet.

— Oui. C'était après la mort de Grand-Papa. Un coup

d'œil m'a suffi pour voir que je ne pourrais jamais l'enfiler à mon poignet. Il appartenait à maman, qui a des attaches bien plus fines que moi. En fait, le bracelet m'allait, de justesse certes, mais j'ai réussi à l'enfiler. Je l'ai mis récemment, mais je ne crois pas que je le remettrai. Je voulais que maman le voie à mon poignet au moins une fois. Je sais qu'elle craint encore de m'avoir blessée irrémédiablement en me faisant savoir qu'elle me préférerait plus mince, et j'ai voulu lui montrer que je lui pardonnais. Elle ne peut lutter contre sa propre nature. Et dans ma colère, j'ai été terriblement injuste envers elle. Le bracelet et l'éventail étaient deux objets qu'elle aimait et dont elle ne se serait jamais séparée, sauf pour les donner à sa fille, mais je l'ai accusée de ne m'offrir que des objets de seconde main, et de ne jamais dépenser un sou pour moi.

Ivy sourit tristement.

— Je ne vaux pas mieux que maman, monsieur Poirot. Il est essentiel de comprendre que nos proches, ceux qui nous sont chers, ne sont pas parfaits. Si on ne peut l'accepter... eh bien, cela mène à la folie.

Certes, la perfection n'est pas de ce monde, songea Poirot. Pourtant le moment où tous les morceaux dispersés d'un puzzle finissent par se rejoindre et où l'énigme se révèle n'est pas loin d'atteindre une certaine perfection...

— Saviez-vous, mademoiselle, que votre grand-père avait l'intention de modifier son testament, et qu'il est mort avant d'avoir pu le faire ?

Le regard d'Ivy s'aiguisa.

— Non. Et quels changements comptait-il y apporter ?

— D'après son conseiller juridique et votre mère, il voulait déshériter Mlle Annabel, et la laisser sans un sou.

— Quoi ? Mais ça n'a aucun sens. Il n'y a pas plus

gentil et généreux que tante Annabel. Moi, je ne suis pas toujours gentille. Et vous, monsieur Poirot ?

— En tout cas, j'essaie, mademoiselle. L'essentiel n'est-il pas d'essayer ?

— Pourquoi diable Grand-Papa aurait-il fait ça ? Non, c'est impossible, marmonna Ivy. Certes il a toujours préféré maman, mais il n'aurait jamais exprimé si ouvertement sa préférence. Il savait aussi bien que moi que tante Annabel est incapable de faire du mal à une mouche. J'ai toujours cru qu'il s'en voulait même de la trouver aussi exaspérante, parce qu'il savait qu'elle ne le méritait pas.

— Je dois encore vous poser une question, mademoiselle. C'est une drôle de question, et pardonnez-moi si elle vous contrarie.

— S'agit-il encore de poteaux ?

— Non. Elle concerne votre défunt père.

— Pauvre papa.

— Pourquoi dites-vous ça ?

— Je ne sais pas. Je crois que maman ne l'aimait pas beaucoup. Oh, elle jouait son rôle de bonne épouse à la perfection, mais le cœur n'y était pas. Elle aurait pu l'aimer davantage si elle avait été franche dès le début. Au lieu de ça, leur relation a pris une mauvaise tournure : maman s'efforçait de lui complaire pour le rendre heureux, croyait-elle. Résultat, aucun d'eux ne l'était.

— Vous dites qu'elle jouait la comédie. Mais de quelle manière ?

— Oh, c'était très insidieux. Cela se faisait au jour le jour, au quotidien. Maman est terriblement intelligente, vous savez. Bien organisée, astucieuse, capable. Sa façon d'être, son assurance font que les obstacles et les difficultés s'aplanissent devant elle, et que le cours des choses semble se plier à sa volonté. Du moins, c'est le cas depuis la mort de papa. Mon père était quelqu'un de très sourcilleux qui se tracassait pour le moindre détail, ce qui rendait timoré. Il détestait prendre des initiatives, craignant toujours que cela tourne mal. Par exemple, quitter Combingham Hall pour fonder un foyer ailleurs. Ma mère en avait envie, mais comme mon père rechignait elle faisait mine d'être d'accord avec lui. Avec son tempérament et ses capacités, toujours refréner ses projets, ses envies, ce devait être usant pour elle, à la longue. Elle aurait dû lui résister un peu et le raisonner, au lieu de se soumettre à sa faiblesse. J'imagine que cela a plutôt été un soulagement pour elle, quand il est mort.

— Ce soulagement, l'a-t-elle exprimé ?

— Seigneur, non. Elle serait morte plutôt que de l'admettre. Elle est vraiment très futée, vous savez. Depuis la mort de papa, elle savoure pleinement son indépendance, mais jamais elle n'irait se réjouir ouvertement de sa liberté, comme d'autres femmes le feraient dans sa situation. Ce serait bien trop franc et direct, pour maman. Mais ce que je peux être bavarde, hein ? lui lança Ivy en souriant. Que vouliez-vous me demander au sujet de papa ?

— Depuis sa mort, avez-vous reçu des lettres qu'il vous aurait écrites ?

— Des lettres de mon défunt père ? Non. Pas une seule. Pourquoi ?

— Peu importe… Merci d'avoir pris le temps de me parler, mademoiselle. Notre conversation fut des plus éclairantes, conclut Poirot, et il se dirigeait déjà vers la salle à manger, où le petit déjeuner était servi, quand Ivy l'interpella :

— Eh ! Comment ça, peu importe ? Pour commencer,

des lettres de vous qui ne sont pas de vous, et maintenant des lettres de mon défunt père qui ne peuvent venir de lui... Décidément, quel micmac ! J'aimerais vraiment comprendre ! J'espère que vous allez nous expliquer tous les méandres de cette ténébreuse affaire, monsieur Poirot.

Et moi donc ! songea Poirot en s'asseyant à la table. Et moi donc !

28

Des aveux peu convaincants

J'étais assis dans mon bureau de Scotland Yard, aux prises avec des mots croisés particulièrement difficiles, quand mon chef frappa à ma porte.

— Désolé de vous interrompre, Catchpool, me dit-il, tout sourires. Mlle Annabel Treadway qui est ici désire vous voir.

Depuis qu'il avait appris que Rowland Rope était finalement convaincu que ni Poirot ni Scotland Yard n'avaient accusé son fils de meurtre, le superintendant avait retrouvé une égalité d'humeur et une disposition d'esprit tout à fait accommodante.

— Je vais la recevoir dès maintenant, dis-je.

Le superintendant introduisit la jeune femme dans la petite pièce, puis s'éclipsa discrètement. En découvrant Annabel Treadway, je vis en elle comme l'incarnation d'une sorte de destin tragique, une impression si frappante que j'en fus déconcerté. C'était comme si la pièce s'était assombrie à son arrivée. Pourquoi? Elle ne pleurait pas, mais elle était en vêtement de deuil.

— Bonjour, mademoiselle Treadway.

— Vous êtes l'inspecteur Edward Catchpool ?

— En effet. Je comptais vous voir demain après-midi à Combingham Hall. Je ne m'attendais pas à votre visite aujourd'hui, à Londres.

— J'ai des aveux à vous faire.

Je m'assis et l'invitai à faire de même, mais elle resta debout.

— J'ai tué mon grand-père. J'ai agi seule.

— Vraiment ?

— Oui, affirma-t-elle en relevant fièrement le menton. Trois autres personnes ont aussi reçu des lettres les accusant de l'avoir assassiné, mais elles sont toutes innocentes. C'est moi qui l'ai tué.

— Vous avez assassiné Barnabas Pandy, telle est votre déclaration ?

— Oui.

— Comment ?

— Je ne comprends pas votre question, répondit-elle en fronçant les sourcils.

— C'est très simple. Vous dites que vous avez tué M. Pandy. Je vous demande comment vous vous y êtes prise.

— Mais je croyais que vous le saviez. Il s'est noyé dans son bain.

— Vous voulez dire que vous l'avez noyé ?

— Euh… Oui, je l'ai noyé.

— C'est une histoire bien différente de celle que vous avez racontée à Hercule Poirot.

— Je regrette, reconnut Annabel Treadway en baissant les yeux.

— Que regrettez-vous au juste ? D'avoir tué votre grand-père ? D'avoir menti à Poirot ? De me mentir ? Ou tout ça à la fois ?

— De grâce, ne me rendez pas la tâche plus difficile, inspecteur.

— Vous venez d'avouer un meurtre, mademoiselle Treadway. Qu'espériez-vous ? Une tasse de chocolat chaud et une petite tape dans le dos ? Votre sœur et votre nièce ont toutes deux assuré à Poirot que vous ne pouviez pas avoir tué M. Pandy… que vous étiez avec elles quand vous avez entendu votre grand-père se plaindre du raffut que vous faisiez, et que vous êtes restées ensemble toutes les trois jusqu'à ce que Kingsbury le retrouve mort, trente minutes plus tard.

— Elles ont dû se tromper. Oui, nous étions ensemble dans la chambre d'Ivy, mais j'ai quitté la pièce quelques minutes. Lenore et Ivy ont dû l'oublier. C'est difficile de se souvenir de tout, quand plusieurs semaines se sont écoulées.

— Je vois. Vous rappelez-vous ce que vous portiez quand vous avez tué votre grand-père ?

— Ce que je portais ?

— Oui. Votre sœur Lenore a décrit une certaine robe.

— Je… je portais ma robe bleue à fleurs jaunes et blanches.

Cela, au moins, corroborait la version de sa sœur.

— Dites-moi, où se trouve cette robe actuellement ?

— Chez nous. Pourquoi tout le monde me pose-t-il des questions sur cette robe ? Quelle importance ? Je ne l'ai pas portée depuis la mort de Grand-Papa.

— A-t-elle été mouillée quand vous lui avez maintenu la tête sous l'eau ?

À cette évocation, Annabel Treadway sembla presque défaillir.

— Oui.

— Votre sœur Lenore a assuré à Poirot que votre robe était complètement sèche.

— Cela a dû lui échapper.

— Et si je vous disais que Jane Dockerill a trouvé cette robe bleue encore mouillée, enveloppée dans de la cellophane et collée sous le lit de Timothy Lavington, au collège ?

Visiblement, Annabel Treadway accusa le coup.

— Vous inventez tout ça pour me troubler, dit-elle. Vous le faites exprès !

— Quoi donc ? Démonter votre fable à l'aide de quelques faits gênants ?

— Vous déformez mes paroles ! Pourquoi ne pas vous contenter de recevoir mes aveux ?

— Pas encore. Êtes-vous certaine de ne pas avoir collé la robe sous le lit de votre neveu ? Redoutiez-vous que quelqu'un remarque qu'elle était humide et sentait l'huile d'olive ? Vous n'auriez pas eu la brillante idée de la cacher quelque part, loin de la maison ?

— Bon, d'accord. En effet, je l'ai cachée, convint-elle d'une voix tremblante.

— Pourtant, quand je vous ai demandé de confirmer que vous aviez caché la robe sous le lit de Timothy, vous avez dit qu'elle se trouvait chez vous, à la maison. Pourquoi mentiriez-vous à ce sujet alors que vous avez déjà avoué le meurtre ? Je n'y crois pas.

— Une seule chose compte, inspecteur : j'ai tué mon grand-père. Je le jurerai devant les tribunaux. Vous pouvez m'arrêter sur-le-champ et engager la procédure d'usage dans ces cas-là. Mais en échange de mes aveux complets et définitifs, il faut me promettre quelque chose. Je ne veux pas que Hoppy reste à Combingham Hall après mon départ. On ne s'occuperait pas de lui comme il convient. Promettez-moi que vous trouverez quelqu'un qui saura l'aimer et prendre soin de lui.

— Ce sera vous, chère mademoiselle. Car il est évident que vous n'avez tué personne, lui répondis-je chaleureusement.

— Mais si. Je suis prête à le jurer sur la Bible.

— Sur la Bible, hein ? Et iriez-vous le jurer sur la vie de votre chien, Hopscotch ?

Annabel Treadway serra les lèvres et ses yeux s'emplirent de larmes. Elle ne dit rien.

— Très bien, mademoiselle Treadway. Dites-moi un peu : pourquoi avez-vous noyé votre grand-père ?

— Je peux facilement répondre à cette question, dit-elle avec un soulagement palpable, et j'eus l'intuition qu'elle allait peut-être dire la vérité, en partie du moins. Grand-Papa a découvert quelque chose à mon sujet. Il allait me déshériter à cause de ça.

— Qu'a-t-il découvert ?

— Cela, je ne vous le dirai jamais, répondit Annabel. Et vous ne pourrez m'y contraindre.

— Vous avez raison. Je ne peux pas vous y contraindre.

— Allez-vous m'arrêter pour meurtre ?

— Moi ? Non. Je vais d'abord consulter M. Poirot. Peut-être ensuite contacterai-je les autorités compétentes.

— Mais... que dois-je faire maintenant ? Je ne pensais pas retourner à Combingham Hall.

— Eh bien, vous allez devoir rentrer chez vous, je le crains, à moins que vous ayez un autre endroit où vous réfugier. Rentrez, allez promener votre chien, et attendez de voir si quelqu'un vient vous arrêter pour meurtre. À mon avis, c'est très improbable, mais, qui sait ? avec un peu de chance !

29

Un émeu inattendu

Comme je tournais le coin de ma rue plus tard ce soir-là, je vis que la porte de la maison où j'habitais était ouverte et que ma logeuse, Mme Blanche Unsworth, était postée sur le seuil. Oh non, soupirai-je intérieurement, car elle semblait me guetter pour me sauter sur le paletot. Dès qu'elle m'aperçut, elle se mit à me faire de grands signes, battant des bras tel un épouvantail à moineaux agité par un vent violent. S'imaginait-elle que je ne l'avais pas encore vue ? Je souris du mieux que je pus et lui lançai d'un air désinvolte :

— Bonsoir, madame Unsworth ! Belle soirée, n'est-ce pas ?

— Ce que je suis contente que vous soyez rentré ! s'exclama-t-elle, et elle m'empoigna pour me tirer à l'intérieur de la maison. Un monsieur est venu pendant votre absence. Je n'ai pas du tout aimé son allure. Dieu sait que j'en ai connu, des drôles d'oiseaux, mais un de cet acabit, jamais.

— Ah, dis-je.

L'avantage avec Mme Unsworth, c'est qu'on n'a pas

besoin de lui poser de questions. En quelques minutes, elle vous fournit la liste complète de toutes ses réflexions et des moindres incidents survenus depuis votre dernière rencontre.

— Il restait planté là, raide comme un piquet. Même quand il parlait, ses traits restaient figés. On aurait dit une statue. Et puis il était trop poli pour être honnête.

— Ah, redis-je.

— Dès que j'ai posé les yeux sur lui, il m'a fait une drôle d'impression, comme s'il jouait la comédie. J'ai essayé de me raisonner. Allons, Blanche, ce monsieur est bien habillé, poli, un peu réservé peut-être, mais rien d'inquiétant, me suis-je dit. Il m'a donné un paquet en me disant que c'était pour l'inspecteur Edward Catchpool, et effectivement il vous était adressé, alors je l'ai déposé chez vous. Il est sous emballage, on ne peut pas voir ce qu'il contient, peut-être rien de dangereux... Mais il a vraiment une drôle de forme. On ne sait jamais, hein ?

— Où est-il, ce paquet ?

— Je dois dire que son aspect ne m'inspirait pas plus confiance que ce visiteur, poursuivit Mme Unsworth sur sa lancée. Je serais vous, je ne l'ouvrirais pas.

— Ne vous inquiétez pas pour moi, madame Unsworth.

— Oh mais si ! Je m'inquiète.

— Où est-il ce paquet ?

— Eh bien, il est dans la salle à manger, mais... attendez ! me dit-elle en se dressant devant moi pour m'empêcher d'avancer dans le couloir. Je ne peux pas vous laisser l'ouvrir sans vous dire ce qui s'est passé ensuite. Ça m'a fichu la frousse pour de bon.

Je fis de mon mieux pour ne pas perdre patience.

— J'ai demandé son nom à ce monsieur et il a

complètement ignoré ma question, continua-t-elle. Sous ses airs polis, c'était un goujat. Ne pas répondre à une question tout à fait légitime venant d'une dame, vous vous rendez compte ! Un vrai gentleman n'aurait jamais fait ça. D'ailleurs il avait dans l'œil une drôle de lueur, comment dire… fourbe.

— Je n'en doute pas.

— Et un drôle de sourire aussi. Alors il a ouvert la bouche, mais ce n'était pas pour répondre à ma question, figurez-vous ! Oh non ! Il a dit, et ça je ne l'oublierai pas tant que je vivrai : « Dites cela à l'inspecteur Catchpool : l'émeu s'émeut et meurt. »

— Hein ?

Blanche Unsworth répéta docilement les mêmes mots.

— L'émeu s'émeut et meurt ?

— Parfaitement ! Alors j'ai fini de prendre des gants avec lui, parce que je n'allais pas le laisser continuer à se moquer de moi de cette façon, hein ? « Veuillez je vous prie me décliner votre identité », je lui ai dit, mais ça ne lui a fait ni chaud ni froid. Il a juste répété : « L'émeu s'émeut et meurt. »

— Il faut que je voie ce paquet, affirmai-je, et cette fois, grâce au ciel, ma logeuse s'écarta pour me laisser passer.

Quand je vis le paquet sur la table de la salle à manger, je m'arrêtai net et sus aussitôt ce que c'était.

— L'émeu s'émeut et meurt ! Ha, ha !

— Pourquoi riez-vous ? Savez-vous ce que cela signifie ? demanda Mme Unsworth.

— Je crois bien que oui.

Pendant que je défaisais l'emballage, elle recula, la main sur le cœur, en s'arrêtant de respirer.

— Oh… une machine à écrire, constata-t-elle avec révérence, une fois l'objet enfin révélé.

— Il me faut du papier. Je vous expliquerai le moment venu, quand j'aurai vérifié cette machine pour voir si j'ai raison.

— Du papier ? répéta-t-elle d'un air hébété, sans bouger d'un pouce.

— Oui, je vous remercie de m'en apporter sans attendre.

Peu après, Mme Unsworth plantée à côté de moi, j'insérai une feuille de papier dans la machine et tapai « l'émeu s'émeut et meurt ». On aurait dit le premier vers d'un poème surréaliste à la Lewis Carroll.

— Quel est cet émeu et pourquoi meurt-il ? s'enquit Mme Unsworth.

Je sortis la feuille et vérifiai les résultats.

— Oui ! m'exclamai-je triomphalement.

— Si vous ne m'expliquez pas ce mystère, je ne fermerai pas l'œil de la nuit, maugréa Mme Unsworth.

— Cela fait un bon moment que, Poirot et moi, nous recherchons une certaine machine à écrire, dont le caractère *e* est défectueux.

— D'accord, mais quel rapport avec un émeu ?

— Celui qui m'a fait livrer la machine a voulu que je tape une phrase contenant beaucoup de *e* pour vérifier si elle avait bien ce défaut. Alors laissons là ce pauvre émeu ému, et occupons-nous plutôt de savoir qui était notre étrange visiteur, et à qui appartient cette machine.

Je m'étais imaginé la joie de Poirot quand je lui aurais appris cette découverte, mais en fait, comme j'aurais dû m'en rendre compte tout de suite si je n'étais pas si obtus, nous n'étions pas plus avancés.

— À mon avis, l'homme que vous avez vu était un simple messager, et non pas le véritable expéditeur, dis-je à Blanche Unsworth. Ce n'est pas son nom qu'il nous faut, mais le nom de celui ou celle qui l'a chargé de nous livrer la machine.

Je m'excusai, gagnai ma chambre et m'allongeai sur le lit, me sentant aussi déprimé que ce pauvre émeu. Et agacé, aussi. Car quelqu'un avait employé les grands moyens pour me démontrer ma propre ignorance : « Voici la machine à écrire que vous recherchez. À vous maintenant de découvrir d'où elle vient. À mon humble avis, vous n'y parviendrez jamais, car je suis bien plus malin que vous. » J'entendais presque une voix me susurrer ces mots d'un ton narquois.

— Tu es peut-être plus malin que moi, jetai-je alors en défi à mon adversaire inconnu, mais je connais un certain Hercule Poirot qui pourrait bien te prendre au mot.

30

Le mystère des trois carrés

Le lendemain, il faisait un temps infect et je fis le trajet jusqu'à Combingham Hall avec Rowland McCrodden. Ce ne fut pas un moment agréable. Je passai presque tout mon temps à m'interroger : quand Poirot, McCrodden et moi étions ensemble, la conversation coulait d'elle-même, tout naturellement, alors qu'en l'absence de Poirot nos échanges étaient guindés, et ses propos à lui teintés d'une franche mauvaise humeur. Pourquoi ?

En façade, Combingham Hall n'offrait rien de particulier. C'était une belle demeure imposante, pourtant elle avait quelque chose d'incongru et de temporaire, comme si on l'avait posée là, dans le paysage, sans qu'elle s'y soit vraiment implantée. Et dire que le lendemain toutes les personnes impliquées dans l'énigme entourant la mort de Barnabas Pandy y seraient réunies, à l'instigation de Poirot. Tout cela me semblait passablement étrange.

Rowland McCrodden et moi, nous trouvâmes la porte d'entrée ouverte, malgré la pluie battante. Fatalement, devant le pas de porte, le carrelage était mouillé et maculé de boue. Je songeai aussitôt aux souliers lustrés de Poirot, et au mauvais traitement qu'ils avaient dû subir. Il y avait quelques empreintes de pattes de chien, l'œuvre d'Hopscotch sans doute.

Personne ne vint nous accueillir. McCrodden se tourna vers moi d'un air morose, et il allait s'en plaindre quand nous entendîmes tous deux des pas traînants. Un vieil homme apparut au bout du couloir, voûté, avançant lentement vers nous.

— Bienvenue, messieurs, dit-il. Je m'appelle Kingsbury. Laissez-moi prendre vos chapeaux et manteaux, puis je vous montrerai vos chambres respectives. Vous verrez comme elles sont coquettes et agréables. Ah… ensuite, M. Porrott vous prie de le rejoindre dans le bureau de M. Pandy.

Alors qu'il approchait, je remarquai qu'il frissonnait un peu. Pourtant il ne fit aucun geste pour aller fermer la porte d'entrée avant de nous inviter à le suivre dans l'escalier.

La chambre qui m'était réservée correspondait très mal à la description qu'il en avait faite ; elle était froide, immense, austère, inconfortable. Le matelas du lit, mou et bosselé ainsi que son oreiller, n'était guère engageant. La vue de la fenêtre serait sans doute admirable, quand la pluie aurait cessé de battre contre les carreaux.

Kingsbury nous avait dit de gagner la pièce qu'il appelait le bureau de M. Pandy, et dès que je fus prêt à descendre je frappai à la porte de McCrodden, dont la chambre était voisine de la mienne. Quand je lui demandai s'il la trouvait à son goût, il me répondit froidement :

— Elle contient un lit et un lavabo, que demander de plus ?

Comme si exiger davantage eût prouvé des habitudes de dégénéré.

Nous trouvâmes Poirot installé dans le bureau dans un fauteuil en cuir à haut dossier, avec une couverture rayée orange, marron et noir sur les épaules. Il buvait une tisane dont je sentis les effluves parfumés en entrant dans la pièce.

— Catchpool ! me dit-il d'un ton inquiet. Décidément, je ne vous comprends pas, vous les Anglais. Il fait aussi froid dans cette pièce que dehors !

— Je suis d'accord. Cette maison est une vraie glacière.

— Allez-vous cesser vos jérémiades ? me tança Rowland McCrodden. Qu'est-ce que c'est, Poirot ? dit-il en désignant une feuille de papier posée à l'envers sur le bureau.

— Ah, ah ! Tout vient à point à qui sait attendre, mon ami.

— Et qu'y a-t-il dans ce sac de papier brun ? s'enquit encore McCrodden.

— Je répondrai bientôt à vos questions. Mais d'abord… mon ami, je suis au regret de vous informer d'une terrible nouvelle. S'il vous plaît, asseyez-vous…

— Terrible ? réagit McCrodden dont les traits se décomposèrent. Il s'agit de John ?

— Non, non. John se porte à merveille.

— Eh bien, allez-y, crachez le morceau !

— C'est cette pauvre Mlle Olive Mason.

— Que lui est-il arrivé ? Vous ne l'avez pas invitée à venir ici, n'est-ce pas, Poirot ? Que je sois pendu si…

— Allons, mon ami. De grâce, faites silence.

— Au nom du ciel, qu'a donc fait Mlle Mason ?

— Elle a eu un accident de voiture, hélas. Un cheval a brusquement surgi devant le véhicule.

— Un cheval ? dis-je.

— Oui, Catchpool, un cheval. S'il vous plaît, ne m'interrompez pas. Il n'y a pas d'autre victime, mais la pauvre Mlle Mason… Ah, quelle pitié !

— Comment ça ? Vous voulez dire qu'elle est morte dans l'accident ? demanda McCrodden.

— Non, mon ami. Mais peut-être aurait-il mieux valu. Une jeune femme comme elle, avec la vie devant elle…

— Poirot, j'exige que vous me disiez immédiatement ce qu'il en est, s'insurgea McCrodden, devenu aussi rouge qu'une betterave.

— Mais oui, j'y viens. Hélas, elle va perdre l'usage de ses jambes.

— Quoi ? s'exclama McCrodden.

— Seigneur ! mais c'est horrible ! dis-je.

— En ce moment même, un chirurgien l'ampute des deux jambes. Il n'y a aucun moyen de les sauver. Elles ont été broyées dans l'accident.

McCrodden sortit un mouchoir et se mit à s'éponger le front. Il resta silencieux, puis secoua la tête.

— Il faut… Le cabinet fera en sorte qu'elle ne manque de rien. Je vais dire qu'on lui porte des fleurs. Un panier de fruits frais. Et nous engagerons pour elle les meilleurs spécialistes. Il doit en exister qui aident les patients gravement handicapés à…

Un tic nerveux fit tressaillir ses lèvres. Son visage avait perdu toute couleur.

— Sera-t-elle capable de revenir au cabinet ? Il le faudra, sinon… Elle adore son travail. Elle en mourrait, si elle devait arrêter.

— Monsieur McCrodden, je regrette tellement, dit Poirot. Je sais que vous n'appréciez pas tellement cette jeune femme, n'empêche, pour vous le choc est rude.

Rowland McCrodden gagna lentement la chaise la plus proche, s'y affala, et se couvrit le visage de ses mains. Au même instant, Poirot se tourna vers moi et me fit un clin d'œil.

Comme je l'interrogeais du regard, il me fit encore un clin d'œil. J'en restai ébahi, avec une impression de complète irréalité.

Poirot s'efforçait-il de me faire comprendre qu'il avait raconté un mensonge à McCrodden ? Olive Mason serait-elle en bonne forme, munie de ses deux jambes, sans que rien ne menace de l'en priver ? Auquel cas, que diable Poirot cherchait-il ?

J'hésitais. Devais-je intervenir ? Qu'arriverait-il si j'informais Rowland McCrodden que Poirot venait de me faire deux clins d'œil et qu'à mon avis il lui jouait un sale tour ?

— Mon ami, préférez-vous vous retirer dans votre chambre ? lui proposa Poirot. Catchpool et moi, nous saurons nous débrouiller sans vous, si vous ne vous sentez pas assez bien pour continuer.

— Continuer quoi ? Pardon… mais cette nouvelle m'a bouleversé.

— On le serait à moins, convint Poirot.

— Catchpool, je regrette, dit McCrodden à mi-voix.

— Quoi donc ?

— J'ai été odieux avec vous, aujourd'hui, et vous n'aviez rien fait pour le mériter. Vous êtes un saint, de m'avoir supporté. Veuillez accepter mes plus plates excuses.

— Bien sûr, répondis-je. C'est déjà oublié.

— Messieurs, nous avons beaucoup de sujets à aborder, intervint Poirot. Monsieur McCrodden, vous vous interrogiez à propos de cette feuille de papier. Vous pouvez la regarder maintenant, si vous le souhaitez. Vous aussi, Catchpool, si notre ami ne s'est pas encore remis de ses émotions.

— Je le trouve encore bien pâlot, dis-je. Pas vous?

Poirot sourit. Je sus alors qu'il avait inventé cette sombre histoire d'accident. Pourquoi diable ne pas en informer ce pauvre McCrodden, me dis-je, furieux contre moi-même. Pourtant je restai coi et me pliai à la volonté de Poirot pour ne pas nuire à son auguste plan, comme s'il était un dieu vivant.

Je m'approchai du bureau, pris la feuille et la retournai pour la lire. Six mots étaient tapés dessus : « L'émeu s'émeut et meurt. »

— Quoi? C'est vous qui m'avez fait livrer la machine à écrire? m'exclamai-je.

— Eh oui, c'était moi! J'ai chargé George de vous l'apporter, et je lui ai donné des instructions quant à ce qu'il devait dire. Il a joué son rôle à la perfection. Et il a transmis à Mme Unsworth le message au sujet de l'émeu.

— Assez plaisanté, Poirot. Pourquoi ne pas m'avoir informé tout simplement que vous aviez trouvé la machine à écrire?

— Mille excuses, mon ami. Que voulez-vous, j'ai parfois en moi un esprit malicieux auquel je ne peux résister.

— Où l'avez-vous dénichée?

— Ici même, à Combingham Hall. Mais chut! Catchpool. Pas un mot. Personne ne sait qu'il manque une machine à écrire.

— Alors… les quatre lettres signées de votre nom ont été tapées par quelqu'un d'ici?

— En effet.

— Par qui ?

— Telle est la question ! Je nourris bien quelques soupçons, mais je ne peux rien prouver pour l'instant. Malgré mes efforts assidus, la clef du mystère m'échappe toujours, soupira-t-il.

— N'avez-vous pas promis de tout révéler à 14 heures demain ? lui rappelai-je.

— Oui. Le temps commence à manquer, convint-il, puis il sourit, comme si l'idée lui plaisait. Poirot va-t-il se tourner en ridicule ? Non ! Impossible ! Il faut penser à ma précieuse réputation ! Alors, il n'y a qu'une chose à faire ! Résoudre ce mystère avant 14 heures demain. Je n'en suis pas loin, mes amis... je touche presque au but. Je le sens, là, dit-il en se tapotant le front. Mes petites cellules grises sont en ébullition. Ce compte à rebours a quelque chose de stimulant, Catchpool ! Il m'inspire ! Ne vous en faites pas. Tout ira bien.

— Oh, je ne m'en fais pas, lui dis-je. Moi, je n'ai rien promis. Je voulais juste vous rappeler votre promesse.

— Très amusant, Catchpool.

— Qu'y a-t-il dans le sac en papier brun ? lui demandai-je.

— Ah oui, le sac, dit Poirot. Nous allons l'ouvrir. Mais d'abord je dois confesser quelque chose. Monsieur McCrodden, je vois que vous êtes toujours sous le choc, incapable de parler, alors écoutez, je vous prie, ce que je vais vous dire. L'histoire que je vous ai racontée sur Mlle Mason n'est pas vraie.

McCrodden en resta un instant bouche bée.

— Hein ? Comment ça, pas vraie ? dit-il enfin.

— Non. Il n'y a pas une once de vérité dans cette histoire, Dieu merci. À ma connaissance, cette jeune femme n'a eu aucun accident et ses deux jambes sont en pleine forme.

— Mais vous… vous avez dit… Pourquoi, Poirot ?

Je trouvai pour le moins étrange que McCrodden ne se mette pas en colère. Les yeux vitreux, il semblait plongé dans une sorte de transe.

— Cela, ainsi que tout le reste, je vous l'expliquerai demain à notre réunion. Je regrette de vous avoir causé tant de détresse avec ma petite fable. Pour ma défense, je peux seulement dire que c'était absolument nécessaire. Vous ne le savez pas encore, mais vous m'avez grandement aidé.

McCrodden hocha vaguement la tête.

Poirot gagna le bureau. J'entendis bruire le sac de papier brun quand il en sortit quelque chose. Puis il se recula pour me laisser voir ce dont il s'agissait. McCrodden se mit à rire. Quant à moi, je fixai l'objet, éberlué. C'était une assiette à dessert en porcelaine bleu et blanc, sur laquelle était posée une tranche de gâteau vitrail.

— Oui, voici le fameux gâteau de Mlle Fee. C'est tout ce dont j'ai besoin ! déclara Poirot.

— Pour tenir jusqu'au dîner ? dit McCrodden avant d'éclater d'un rire de dément.

Sous l'influence de Poirot, une transformation s'était opérée en lui, sans que je sache si l'effet était accidentel ou provoqué de façon délibérée.

— Ce gâteau est destiné à nourrir non pas mon estomac, mais mes petites cellules grises, déclara Poirot. Mes amis, c'est dans cette petite part de gâteau que réside la solution du mystère entourant la mort de Barnabas Pandy !

— Mon Dieu, quel bâtiment hideux, déclara Eustace Campbell-Brown en découvrant la façade du manoir, alors qu'il descendait de la voiture qui les avait amenés, Sylvia Rule, Mildred et lui, jusqu'à Combingham Hall. Comment peut-on vivre ici ? Regardez-moi ça ! Quand on pense qu'ils pourraient vendre cette horreur une fortune et acheter plusieurs appartements de grand standing à Londres, Paris ou New York…

— Je ne la trouve pas si mal, cette maison, dit Mildred.

— Moi non plus, renchérit Sylvia Rule. Tu as raison, Mildred, cette grande demeure ne manque pas d'élégance. Eustace n'y connaît rien. Cette remarque prouve encore une fois son ignorance et son manque de goût.

Mildred toisa sa mère, puis son fiancé. Alors, sans un mot, elle les planta là et se dirigea vers la maison. Sylvia et Eustace la regardèrent franchir le seuil, car la porte d'entrée était, naturellement, restée ouverte.

— Puis-je vous proposer une trêve ? dit Eustace. Du moins jusqu'à notre retour à Londres ?

— J'ai le droit de dire que cette maison me plaît si tel est mon avis, déclara Sylvia d'un air buté, en se détournant.

— Et cela ne vous fait rien d'avoir une fois de plus poussé Mildred à nous fuir ? Cela ne vous gêne pas d'être aussi odieuse ? Bon, dit Eustace en levant les mains. Je reconnais que cette fois c'était ma faute. Et je m'abstiendrai dorénavant de faire des remarques désobligeantes si vous faites de même. Alors, qu'en dites-vous ? Si nous pensions un peu à Mildred, plutôt qu'à nous ? Notre petite guéguerre nous amuse peut-être vous et moi, mais Mildred va finir par craquer, si nous n'y prenons garde.

— Vous m'avez traité de meurtrière, lui rappela Sylvia.

— Pardon, je n'aurais pas dû.

— Êtes-vous sincère ? Répondez honnêtement.

— Je vous ai demandé pardon.

— Mais vous ne le pensez pas ! Vous n'avez aucune idée de la souffrance des autres ni de femmes comme moi. Vous êtes un monstre d'égoïsme.

— C'est bon ? Vous avez sorti ce que vous aviez sur le cœur ? Maintenant, qu'en dites-vous ? Faisons-nous une trêve ? insista Eustace.

— D'accord. Durant notre séjour à Combingham Hall, j'essaierai de faire de mon mieux.

— Merci. Moi aussi.

Ensemble, ils entrèrent dans la maison. Mildred était toute seule dans le vestibule. En les voyant, elle tressaillit, puis leva les yeux vers le plafond et se mit à chantonner l'une de ses mélodies préférées d'une voix qui tremblait un peu, écartant les bras comme si elle voulait s'envoler. C'était un air de music-hall chanté par une jeune fille, parlant du garçon qu'elle aime, le garçon du paradis, ce dernier balcon au théâtre réservé aux gens du peuple. Il faut vraiment que je la soustraie à l'influence de Sylvia, sinon nous allons tous les deux devenir fous, songea Eustace.

— Vous n'entendez pas chanter ? demanda Rowland McCrodden. Je suis certain que quelqu'un chante.

— Poirot, comment une tranche de gâteau peut-elle être la solution d'un meurtre non élucidé ? demandai-je.

— Parce que c'est une part intacte, et non pas séparée en plusieurs morceaux. Le mystère des trois carrés... Tel est le nom que j'ai donné à la solution qui m'a occupé l'esprit quelque temps. À moins que...

Poirot sortit un canif de sa poche et se mit à découper le carré jaune situé dans le coin supérieur gauche. Il l'écarta sur le bord de l'assiette, en le séparant des trois autres carrés qui composaient le reste de la tranche.

— À moins qu'il en soit ainsi, reprit-il. Mais je ne le crois pas. Non, je ne le crois pas du tout, déclara-t-il, et il replaça le carré jaune dans sa position initiale, en le recollant aux autres.

— Vous voulez dire que le quatrième carré n'est pas séparé, mais relié aux trois autres, dis-je. Ce qui signifierait que… les quatre personnes qui ont reçu des lettres les accusant de meurtre se connaissent ?

— Non, mon ami. Pas du tout.

— John ne connaît aucune des trois autres personnes, assura Rowland McCrodden. C'est ce qu'il m'a affirmé, et je le crois.

— Alors que veut donc dire Poirot en parlant de la part de gâteau intacte et indivisible comme étant la solution ?

Nous le scrutâmes tous les deux, et il nous adressa un sourire énigmatique.

— Attendez un peu, dit soudain McCrodden. Je crois comprendre ce qu'il veut dire…

— Mais où peut-il bien être, s'exclama Hugo Dockerill, cédant à la panique. Impossible de mettre la main dessus, et nous sommes déjà très en retard !

— Calme-toi, Hugo, lui dit posément son épouse. Pourvu que nous soyons là-bas à temps pour la réunion de demain, c'est tout ce qui compte. Personne ne nous en voudra, que nous arrivions à Combingham Hall à midi ou à minuit.

— Merci de chercher à me réconforter, ma chère Jane. Mais je sais bien que tu es fâchée de ce retard, même si tu ne le montres pas.

— Mais non, Hugo. Je ne suis pas fâchée, dit-elle en glissant sa main dans la sienne. J'essaie de me mettre à ta place, mais j'avoue que cela dépasse mon imagination. Faire trois fois le trajet jusqu'à la poste parce que tu as oublié d'emporter la lettre les deux premières fois... Ce genre de choses ne risque pas de m'arriver, et j'ai du mal à comprendre que ce soit possible.

— Eh bien, la lettre est postée, en fin de compte. Le problème, ce n'est pas ça, c'est ce fichu chapeau ! Où diable est-il passé ?

— Pourquoi ne pas en prendre un autre ?

— C'est celui-là que je voulais mettre. Celui qui a précisément disparu !

— Tu disais l'avoir eu à la main encore tout récemment.

— Oui, j'en suis certain.

— Bon, alors, où es-tu allé quand tu as quitté la pièce il y a un petit moment ?

— Seulement au petit salon.

— Se pourrait-il que le chapeau y soit ?

Hugo fronça les sourcils, puis son visage s'éclaira.

— C'est possible ! Je vais aller jeter un coup d'œil.

Quelques secondes plus tard, il revenait, le chapeau à la main.

— Ta méthode a marché ! Jane, ma chérie, tu es merveilleuse. Bon, allons-y !

Mais Jane Dockerill soupira.

— Tu es sûr de ne rien oublier ? À part ton chapeau et tout ce qui attend déjà près de la porte ?

— Oui. Tout est dans le nécessaire de voyage. De quoi d'autre aurions-nous besoin ?

— Et Timothy Lavington et Freddie Rule ? fit-elle, puis elle secoua la tête et sourit. Irais-je les chercher ?

— Oui, s'il te plaît, ma chérie. Tu t'en sortiras bien mieux que moi, j'en suis certain.

— Et moi donc. Hugo ?

— Oui, ma chérie ?

— Garde ce chapeau à la main jusqu'à ce que je revienne, d'accord ? Je ne veux pas que tu le perdes à nouveau.

— Compte sur moi. Je ne le quitterai pas des yeux.

— Si j'ai raison, Poirot, alors voici ce que voulez dire, déclara Rowland McCrodden. L'enjeu n'est pas de savoir si les quatre personnes qui ont reçu des lettres les accusant de meurtre se connaissent. Ni si elles connaissaient toutes Barnabas Pandy. Mais si elles sont liées à l'auteur de ces lettres.

— Oui… Vous avez vu juste, convint Poirot.

— Vraiment ? s'étonna McCrodden. Je n'en reviens pas. C'était seulement une idée comme ça.

— Eh bien, c'était la bonne. Du moins… je suis presque certain que vous êtes dans le vrai. Il me reste encore à poser une question importante, et cela nécessitera un voyage à Londres.

— À Londres ? Mais tous les protagonistes viennent ici, m'exclamai-je. Et c'est vous qui les avez convoqués !

— En effet, et ils vont devoir y rester jusqu'à mon retour. Ne vous inquiétez pas, mon cher Catchpool. Je serai rentré à temps pour notre réunion de demain à 14 heures.

— Mais où comptez-vous aller ?

— Je parierais que c'est chez Peter Vout, lança Rowland McCrodden.

— Et vous auriez encore raison ! Bravo ! s'exclama Poirot en applaudissant.

— Facile, dit McCrodden. Vout est la seule personne absente de Combingham Hall et susceptible de savoir quelque chose.

— Il connaîtra certainement la réponse à la question que je lui poserai demain matin, dit Poirot. C'est obligé! Après quoi, avec un peu de chance, le tableau sera complet, et tout s'éclaircira.

John McCrodden arriva à Combingham Hall pour trouver la porte d'entrée grande ouverte. Il entra. Le sol du vestibule était mouillé et boueux. Il y avait quelques valises échouées là, au pied d'un escalier trois fois plus large que tous ceux qu'il avait pu voir dans sa vie.

— Hello? lança-t-il à la ronde. Il y a quelqu'un?

Personne n'apparut, et personne ne lui répondit. Rien ne lui aurait fait plus plaisir que de se retrouver seul dans cette immense demeure aussi froide qu'un tombeau, où il aurait pu faire du feu dans l'une des pièces et passer une soirée paisible en sa seule compagnie, mais la réalité viendrait vite détruire cette aspiration à la tranquillité. Bientôt l'espace serait envahi de gens vains et prétentieux dont il savait d'avance qu'il les trouverait détestables.

Il traversait le grand hall à la recherche d'une cuisine où il pourrait grignoter un morceau et se préparer une tasse de thé bien noir, quand une porte s'ouvrit sur sa droite.

— Bonjour, je suis..., commença-t-il en se retournant, mais alors le souffle lui manqua.

Non. Impossible, se dit-il, incapable de réfléchir, tandis que son cœur battait la chamade. Impossible. Et pourtant.

— Bonjour, John.

— Vous... Vous.

Ce fut le seul mot qu'il réussit à articuler.

QUATRIÈME PARTIE

31

Un mot pour M. Porrott

Depuis son arrivée hier à Combingham Hall, Freddie Rule avait beaucoup appris. Bien plus qu'au collège, en fait. Les professeurs s'ingéniaient à lui bourrer le crâne d'un fatras de connaissances jugées utiles, qu'il s'efforçait d'ailleurs d'assimiler. Mais des événements appartenant à un lointain passé, ou la destinée glorieuse d'un type mort depuis des lustres, n'égalaient pas le plaisir intense qu'on éprouvait à découvrir les choses par soi-même. Quand cela arrivait, non pas dans une salle de classe surpeuplée et réduite au silence, mais dans la vie de tous les jours, ce qu'on avait appris vous laissait une impression bien plus profonde. Freddie était certain qu'il n'oublierait jamais les deux leçons que «son séjour chez Timothy Lavington» – chapitre figurant désormais dans ses annales personnelles – lui avait enseignées jusqu'à présent, dont la première: on n'a vraiment besoin que d'un ami.

Miraculeusement, Timothy avait décidé qu'il aimait bien Freddie. Ils s'étaient amusés comme des fous à courir dans le jardin en jouant à cache-cache, à chiper de la nourriture dans la cuisine ni vu ni connu, et à se moquer de Dockerill, dit le Benêt, ainsi que de quelques autres personnes de la maison : un vieux majordome surnommé le Fossile, qui semblait près de tomber en poussière à la moindre bousculade, le Belge, que Timothy et Freddie avaient baptisé Crâne d'œuf à moustache, et le type au front démesurément grand, qui semblait sorti de la salle des plâtres d'un musée.

— Les gens sont vraiment de grotesques personnages, pas vrai, Freddie ? avait dit Timothy ce matin. Surtout quand ils sont rassemblés en un même lieu, comme ici, ou comme au collège. C'est encore plus frappant. Je ne pense pas grand bien de notre espèce, en général. C'est toi qui es dans le vrai, Freddie. Et moi aussi, manifestement. Certes j'aime ma tante Annabel, Ivy et mon père…

Là, Timothy s'était interrompu et avait plissé le front, comme si songer à son père l'avait contrarié.

— Et ta mère, et tous tes copains de Turville ? avait demandé Freddie.

— J'essaie de penser du bien de maman, avait soupiré Timothy. Quant à mes copains de Turville, je les déteste tous. Ce sont d'insupportables nullards.

— Mais alors… ?

— Pourquoi est-ce que je les garde comme amis ? Pourquoi est-ce que je passe tout mon temps avec eux ? C'est une question de survie. Le collège est une vraie jungle, Freddie, tu ne trouves pas ?

— Je… je ne sais pas trop, avait bégayé Freddie en baissant les yeux. Mon dernier collège était pire. Là-bas, j'ai eu la clavicule et le poignet cassés.

— Cela fait assez longtemps que tu traînes à Turville pour avoir remarqué que ce qui s'y joue est plus subtil, mais non moins cruel. On n'y brise pas les membres, seulement les esprits. Dès que je suis arrivé, j'ai identifié la bande de garçons qui garantirait le mieux ma survie, et j'en suis devenu le chef. Je crois d'ailleurs avoir fait le bon choix. En fait, je savais que tout seul je n'aurais pas eu la force de résister ni de tenir. Voilà pourquoi je t'admire, Freddie.

Trop sidéré pour répondre, Freddie était resté coi.

— Tu n'éprouves pas le besoin de recourir à des compromis écœurants pour te faire bien voir, avait poursuivi Timothy. Tu passes le plus clair de ton temps avec l'épouse du Benêt, qui est une brave femme, tout bien considéré. Elle t'a vraiment pris sous son aile, hein ?

— Oui, Mme Dockerill est gentille avec moi.

Freddie avait eu du mal à concentrer ses idées et à répondre de façon cohérente, tant il était surpris par les confidences de Timothy. Pour sa part, il aurait fait tous les compromis nécessaires pour se rendre aussi populaire que lui, mais il n'en avait jamais eu l'occasion.

— On pourrait devenir amis, à l'école, lui avait-il dit. Si tes autres amis te déplaisent, je veux dire. Nous n'aurions pas besoin de nous parler ni rien, mais en secret nous saurions que nous sommes amis. Enfin…

Perdant soudain courage, Freddie s'était interrompu.

— C'était une idée comme ça, avait-il repris en bredouillant. Je comprendrais très bien qu'elle te déplaise.

— Ou bien nous pourrions être amis normalement, ouvertement, et envoyer au diable tous les mécontents ! s'était exclamé Timothy d'un air de défi.

— Non, non, il ne faut pas. Il ne faut pas qu'on te voie me fréquenter. Tu deviendrais aussi impopulaire que moi.

— Je ne crois pas, tout bien réfléchi, avait dit Timothy pensivement. J'ai été habile, et maintenant que je jouis d'une popularité durement acquise, je ne risque plus rien. Nous verrons bien. Naturellement, nous devrons procéder à quelques modifications essentielles quant à… eh bien, quant à ta façon d'être et à ton attitude au collège, Freddie.

— Bien sûr, s'était empressé d'acquiescer Freddie. Comme tu le jugeras bon.

— Ta tenue est un peu trop… Il y a uniforme et uniforme, Freddie.

— Oui, bien sûr. Je comprends.

— Mais remettons ces détails à plus tard. C'est drôle, tu sais : je t'ai toujours envié. Ces rumeurs sur ta mère… j'espère que tu ne m'en veux pas d'aborder le sujet ?

— Non, ça m'est égal, avait dit Freddie, alors que c'était pour lui un sujet extrêmement sensible.

— Tout le monde au collège considère ta mère comme une sorte de monstre tueuse d'enfants, alors que pour eux ma mère à moi est la respectabilité incarnée. Ce qu'elle est. Mais cela signifie que je ne peux pas aller contre cet avis unanime en disant « oui, mais sous son allure respectable, son manque de cœur et sa froideur ont chassé mon père de notre foyer ». Alors que j'aurais envie de le claironner partout. Oh ! ce que ça me plairait ! Mais les défauts de ma mère n'ont aucune reconnaissance officielle. Et si j'essayais de l'expliquer, personne ne comprendrait ni ne compatirait.

— Les rumeurs sur ma mère sont complètement fausses, avait posément déclaré Freddie, car il n'aurait pu se pardonner de ne pas avoir réagi.

— Tout comme les non-rumeurs sur la mienne, avait dit Timothy.

— Comment des non-rumeurs pourraient-elles être fausses ?

— Tu prends les choses trop au premier degré, Freddie, lui avait rétorqué Timothy en souriant. Bon, allons voir si on peut dégoter quelques bons trucs à la cuisine. Je meurs de faim !

Et donc, tout en craignant que son nouvel état d'intense félicité ne dure que le temps de son séjour à Combingham Hall, en l'absence d'autres garçons de leur âge, Freddie avait vu sa vie changer du tout au tout en l'espace de quelques minutes. Il avait un ami ! Mme Dockerill avait beau être la gentillesse même, ça n'en faisait pas une amie, seulement une adulte compatissante. Mais qu'importe ! Maintenant, Freddie avait Timothy.

Oui, on n'a besoin que d'un ami, avait-il compris. Il n'en avait qu'un, mais c'était le bon, et il lui suffisait amplement.

La deuxième leçon que Freddie avait apprise à Combingham Hall, c'était que les critères de taille, comme « grand » ou « petit », sont très relatifs. Jusqu'à sa venue, Freddie avait trouvé son propre foyer londonien plutôt spacieux. Dorénavant, il ne pourrait plus l'estimer ainsi, après avoir découvert la maison de Timothy : une résidence digne d'un aristocrate, entourée d'un parc plus étendu que celui de Turville College. Le grand hall était si haut de plafond qu'on se serait presque cru dans un espace à ciel ouvert. Quant à l'enfilade des portes, elle était sans fin, et lorsque Timothy et lui se poursuivaient dans ce dédale, Freddie découvrait sans cesse de nouveaux paliers, de nouveaux escaliers.

D'ailleurs cela faisait un moment que Freddie était à la poursuite de Timothy dans cette partie de cache-cache. Il avait vérifié des dizaines de chambres vides, fouillé les moindres recoins, et il en était maintenant au stade où il se contentait de foncer en appelant : « Timothy ! Timothy ! »

Passant le coude d'un couloir, il faillit tamponner le Fossile.

— Attention, mon garçon ! dit le vieux. Vous avez manqué me faire trébucher !

Comment s'appelle-t-il déjà ? Kingswood ? Kingsmead ? se dit Freddie. Kingsbury, oui, c'était ça !

— Pardon, monsieur.
— Bien, auriez-vous vu par hasard M. Porrott ?
— Qui ça ?
— Le monsieur français.

Ah, le Fossile parlait du Crâne d'œuf à moustache, comprit Freddie.

— Je croyais qu'il était belge, non ?
— Non, il est français. Je l'ai entendu parler en français depuis son arrivée.
— Oui, mais…
— Bon, l'avez-vous vu, oui ou non, mon garçon ?

À cet instant, Timothy Lavington arriva en courant derrière le Fossile en s'écriant :

— Freddie ! Enfin je t'ai trouvé !

Le vieux chancela en arrière et se redressa en s'appuyant au mur.

— Vous voulez me faire mourir avant l'heure, haleta-t-il, la main sur sa poitrine, et Freddie eut envie de rire en l'entendant, car le Fossile devait avoir au moins quatre-vingts ans. Qu'avez-vous à courir comme des dératés et à nous sauter dessus comme des singes ?

— Pardon, Kingsbury, dit joyeusement Timothy. On ne le fera plus, promis.

— Oh, je sais ce que valent vos belles promesses, monsieur Timothy. Je vous connais.

— Je croyais que c'était moi qui étais censé te chercher ? s'étonna Freddie.

— Quant à moi, il faut que je trouve M. Porrott, le Français, dit Kingsbury. Je l'ai cherché partout.

— Il est belge ! Son nom se prononce Poirot, et il est dans le salon, dit Timothy. D'ailleurs, nous devrions tous y être aussi. Il est 14 h 10. J'avais complètement oublié que nous devions nous y retrouver à 14 heures précises. Poirot m'a envoyé jouer au chien de troupeau pour rabattre toute la compagnie.

Comme Timothy, Freddie avait oublié la réunion prévue au salon à 14 heures. Le Fossile aussi, apparemment.

— C'est vrai, j'ai vérifié si M. Porrott était au salon, mais c'était il y a une heure, déclara Kingsbury. En désespoir de cause, ne le trouvant pas, j'ai fini par lui écrire un mot. Si seulement je m'en étais rappelé... Oui, il avait bien dit 14 heures ! Devrais-je aller chercher le mot et le lui porter ?

— Si j'étais vous, j'irais directement au salon, lui conseilla Timothy. Il attend notre venue à tous. D'ailleurs, n'avez-vous pas hâte d'apprendre ce qu'il a à nous dire ? Moi oui ! Nous allons enfin découvrir qui a tué Grand-Papa.

— Tu crois vraiment que ton grand-père a été assassiné ? demanda Freddie. D'après maman, sa mort était accidentelle, et un mauvais plaisant s'efforce juste de jeter le trouble.

— Eh bien, espérons que non, dit Timothy. Grand-Papa me manque, bien sûr, mais... les gens doivent bien mourir un jour, alors autant qu'ils finissent assassinés. C'est tellement plus intéressant.

— Monsieur Timothy ! Voulez-vous bien vous taire ! le gronda Kingsbury. N'avez-vous pas honte de dire des choses pareilles ?

— Non, je n'ai pas honte, dit Timothy. Vraiment, Freddie, chaque fois que je dis la vérité, on me le reproche. C'est systématique. J'en arrive à me demander si le monde entier ne se ligue pas contre moi pour me transformer en menteur.

32

Où est passé Kingsbury ?

Enfin, tous les sièges du salon de Combingham Hall furent occupés, à part deux. Comme le nombre de sièges disponibles – et installés par mes soins, au grand dam de mon dos – correspondait exactement au nombre de personnes qui devaient assister à la réunion de Poirot, l'un des deux sièges vacants posait évidemment problème. Le second était destiné à Poirot, mais mon illustre ami ne tenait pas en place et arpentait la pièce de long en large, incapable de refréner son impatience, jetant des regards furibonds vers la porte, puis sur la chaise vide face à la sienne, puis à la grande horloge placée à côté de la fenêtre qui donnait sur les jardins.

— Il sera bientôt 15 heures ! s'exclama-t-il en faisant tressaillir tout le monde. Pourquoi les habitants de cette maison ne comprennent-ils pas l'importance d'être ponctuel ? J'ai fait l'aller et retour à Londres et pourtant je suis arrivé ici en temps et en heure.

— Monsieur Poirot, inutile d'attendre Kingsbury, intervint Lenore Lavington. Il est absolument impossible qu'il ait tué quelqu'un ni envoyé ces ignobles lettres. Ne pourrions-nous commencer sans lui ? Peut-être pourriez-vous nous expliquer pourquoi vous nous avez tous convoqués en ces lieux ?

À part Poirot et moi, les convoqués étaient : Rowland McCrodden, John McCrodden, Sylvia Rule, Mildred Rule, Eustace Campbell-Brown, Lenore Lavington, Ivy Lavington, Annabel Treadway, Hugo Dockerill, Jane Dockerill, Timothy Lavington et Freddie Rule. Sans compter Hopscotch le chien, qui était allongé sur le tapis aux pieds d'Annabel.

— Non, répondit fermement Poirot. Nous attendrons. C'est moi qui ai organisé cette réunion et elle commencera quand je le dirai ! Il est essentiel que tout le monde soit présent.

— Je m'excuse, monsieur Poirot, dit Ivy Lavington. C'est vraiment grossier de notre part de vous avoir fait attendre. En temps normal, je ne suis jamais en retard. Kingsbury encore moins. Cela ne lui ressemble vraiment pas.

— Vous, mademoiselle, vous étiez la première à arriver... à 14 h 20. Puis-je vous demander ce qui vous a retardé ?

— Je... je réfléchissais, répondit Ivy. J'étais tellement perdue dans mes pensées que je n'ai pas vu le temps passer.

— Je vois. Quant aux autres ? dit Poirot, qui dévisagea tour à tour chacun des présents. Qu'est-ce qui vous a retenus ailleurs quand vous étiez censés être ici ?

— Timothy et moi, nous jouions à cache-cache. Nous non plus, nous n'avons pas vu le temps passer, répondit Freddie.

— J'ai aidé Hugo à retrouver une paire de chaussures,

et il s'est finalement rappelé qu'il l'avait laissée à la maison, répondit Jane Dockerill.

— J'aurais juré que je les avais emportées, ma chérie. Comment ai-je pu me tromper à ce point ? Cela me dépasse !

— Moi, je me suis occupée de Mildred, dit Sylvia Rule. Elle a eu une sorte de crise très étrange. Elle s'est mise à chanter sans pouvoir s'arrêter.

— À chanter, madame ? s'étonna Poirot.

— Maman, je t'en prie, murmura Mildred.

— Oui, à chanter, insista Sylvia. Quand Eustace et moi avons enfin obtenu qu'elle arrête, elle était exténuée et avait besoin de s'allonger.

— J'étais également avec Mildred, dit Eustace à Poirot. J'avais hâte d'entendre ce que vous aviez à nous dire, monsieur Poirot, et pour ma part j'aurais été ici à 14 heures tapantes, mais Mildred était comme tétanisée après sa crise, et cela m'a tellement inquiété que le reste m'est sorti de la tête, je l'avoue. J'aurais complètement oublié cette réunion si je n'avais pas croisé Timothy.

— Heureusement que toi tu t'en es rappelé, Timmy, lui dit sa sœur en lui souriant.

— Oh non, dit-il. En fait, je courais après Freddie. J'ai voulu aller voir dans le salon, mais il n'y était pas et…

— Moi, j'y étais, avec Catchpool, reprit Poirot. Il était déjà plus de 14 heures et personne n'était encore arrivé. J'ai donc envoyé Timothy à votre recherche.

— Et moi, c'est John que je cherchais, dit Rowland McCrodden. J'avais quitté ma chambre avec l'intention de venir directement ici, mais en avançant sur le palier j'ai eu envie de parler à mon fils en privé avant de rejoindre toute l'assemblée.

— Pourquoi ? demanda John.

— Je ne sais pas, répondit Rowland McCrodden en baissant les yeux.

— Aviez-vous quelque chose de particulier à me dire ?

— Non.

— Vous deviez bien avoir une raison, insista John.

— Vous espériez peut-être que M. John et vous arriveriez ensemble à la réunion, monsieur McCrodden ? suggéra Poirot.

— En effet.

— Pourquoi ? répéta John.

— Parce que tu es mon fils ! mugit Rowland McCrodden.

Quand le choc dû à cet éclat fut un peu retombé, John dit à Poirot :

— Si vous comptez me demander pourquoi j'étais en retard à votre réunion, sachez qu'à la dernière minute je me suis dit que, tout compte fait, je ne vous ferais pas le plaisir d'en être, et que je rentrerais tout simplement chez moi sans attendre vos explications.

— Vous auriez donc fait tout ce trajet depuis Londres pour vous en retourner, monsieur ? s'étonna Poirot en haussant un sourcil.

— Comme vous pouvez le constater, je ne l'ai pas fait. Je l'ai envisagé, mais j'y ai renoncé.

— Et vous, mademoiselle Treadway ? Madame Lavington ? Pourquoi êtes-vous arrivées en retard ?

— J'étais dehors avec Hoppy, répondit Annabel Treadway. Nous jouions à la balle et il s'amusait tellement que je n'ai pas voulu le décevoir… Je… eh bien, j'ai supposé que vous aviez dit aux environs de 14 heures… Je n'étais donc pas très en retard, n'est-ce pas ?

— Vingt-cinq minutes, mademoiselle.

— Moi, j'étais dehors et je cherchais Annabel, dit Lenore Lavington. La connaissant, je savais qu'il y avait de fortes chances pour qu'elle perde la notion du temps. Elle est beaucoup trop coulante avec Hopscotch, et le chien réclamerait à coup sûr de jouer des heures durant. Il en va toujours ainsi.

— Si je comprends bien, afin d'empêcher votre sœur d'arriver en retard, vous vous êtes vous-même mise en retard.

— En fait, du dehors, j'ai regardé par cette fenêtre quand l'horloge a sonné l'heure…, dit Lenore en pointant le doigt. Voyant que tous ces sièges étaient inoccupés, et que seuls l'inspecteur Catchpool et vous étiez présents, je me suis dit que j'avais bien le temps. Manifestement, la réunion n'allait pas commencer à l'heure. Ce fut d'ailleurs le cas. Je n'ai rien manqué, n'est-ce pas ? Bon, pourrions-nous, s'il vous plaît, entendre ce que vous avez à nous dire cet après-midi, monsieur Poirot ? Kingsbury est sûrement allé se reposer chez lui, et il se sera endormi. Il fait souvent une petite sieste après le déjeuner. Il est vieux et se fatigue vite. Annabel et moi, nous veillerons à lui transmettre tout ce que vous nous aurez appris.

— Non, Kingsbury n'est pas chez lui, intervint Timothy. Freddie et moi, nous l'avons croisé à l'étage et nous lui avons parlé, n'est-ce pas, Freddie ? Quand je lui ai dit que Poirot l'attendait, il a répondu qu'il avait complètement oublié cette réunion. Mais dès que je la lui ai rappelée, il a pris le chemin du salon.

— C'est vrai, confirma Freddie. Il était très gêné d'avoir oublié et d'être en retard, alors il s'est hâté vers l'escalier. Je suis certain qu'il se rendait ici. Il a dit aussi…

— Chut, Freddie, l'interrompit Timothy, puis il se leva. Monsieur Poirot, pourrais-je vous parler seul à seul un instant ?

— Mais bien sûr.

Tous deux quittèrent ensemble le salon en refermant la porte derrière eux.

Poirot étant parti, tous les présents se tournèrent vers moi, attendant sans doute que je prenne le relais. Comme je ne savais que dire, je parlai du bon feu qui brûlait dans la cheminée par une journée froide comme aujourd'hui.

— J'espère que Combingham Hall a assez de bois en réserve pour tenir tout l'hiver ! conclus-je brillamment, mais personne ne réagit.

Fort heureusement, sur ces entrefaites, Poirot et Timothy Lavington s'en revinrent.

— Catchpool, me dit alors Poirot, et je perçus dans son regard une sorte de lueur qui n'augurait rien de bon. Allez vérifier toutes les pièces de la maison en faisant aussi vite que possible. Nous autres, nous attendrons ici.

— Que dois-je chercher ? m'enquis-je en me dressant.

— Dans ma chambre... savez-vous où elle se trouve ? me demanda-t-il, et comme j'acquiesçai, un peu trop vite, il continua : Dans ma chambre, vous trouverez un mot que Kingsbury y a laissé à mon intention. Puis il vous faudra impérativement retrouver Kingsbury ! Vite, mon ami. Il n'y a pas une minute à perdre !

— Vous me faites peur, dit Annabel Treadway en se levant. À vous entendre, on dirait que Kingsbury est en danger.

— En effet, mademoiselle. Il court un terrible danger. Je vous en prie, Catchpool, pressez-vous !

— Pourquoi ne pas tous le chercher, dans ce cas ? proposa Annabel.

— Non ! tonna Poirot en tapant du pied. Je vous l'interdis. Seulement Catchpool. Personne d'autre ne doit quitter cette pièce.

Combien de chambres pouvait-il y avoir à Combingham Hall ? Le souvenir que j'ai de ma course éperdue à travers l'immense demeure cet après-midi-là est sans doute peu fiable, mais je ne serais guère étonné qu'on me réponde trente chambres, si ce n'est quarante. Je courais de pièce en pièce, d'étage en étage, avec l'impression de traverser une cité sinistrée et déserte, au lieu d'une maison familiale. Je me rappelle distinctement tout un étage de chambres désaffectées dans un triste état d'abandon, avec pour certaines des matelas nus, pour d'autres des sommiers sans matelas.

Je me rendis compte qu'en fait j'ignorais où était la chambre de Poirot. Quand enfin je la trouvai, à peine entré je sus que c'était la sienne, en voyant la rigueur avec laquelle étaient disposés sur sa table de chevet un livre, un étui à cigarettes, et le filet qu'il mettait la nuit pour protéger ses précieuses moustaches.

Il y avait une enveloppe par terre, entre le lit et la porte. Elle était scellée. D'une écriture en pattes de mouche, quelqu'un, sans doute Kingsbury, avait écrit « M. Hrkl Porrott ». Je glissai l'enveloppe dans la poche de mon pantalon et continuai mes recherches. « Kingsbury ! » m'écriai-je en courant de couloir en couloir et de porte en porte. « Kingsbury ? Où êtes-vous ? » Pas de réponse, sinon l'écho de mes appels résonnant dans le vide.

Enfin, après ce qui me parut des heures, j'ouvris encore une porte et cette fois je reconnus la pièce. C'était la salle de bains où Barnabas Pandy s'était noyé. Poirot avait insisté pour me la montrer la veille.

Je fus d'abord soulagé de constater que la baignoire était vide. Je me disais combien c'était absurde de ma part d'avoir craint un instant d'y trouver Kingsbury noyé comme son maître, quand je remarquai quelque chose sur le sol, presque à mes pieds, près de la porte. Une serviette de bain blanche, maculée de taches et de traînées rouges.

Je sus aussitôt que c'était du sang.

En me penchant pour ramasser la serviette, j'aperçus, entre les pieds de la baignoire, une masse sombre couchée derrière, d'abord masquée à ma vue par la baignoire. Je devinai ce que c'était tout en priant pour me tromper, et m'en approchai.

C'était Kingsbury. Il gisait recroquevillé sur le côté, les yeux ouverts. Autour de sa tête, une flaque de sang formait un cercle presque parfait. Sur le moment, elle me fit penser à une sorte de halo ou de couronne. Hélas pour ce pauvre Kingsbury, un coup d'œil à son visage me suffit pour savoir qu'il était bel et bien mort.

33

Les marques sur la serviette

Le lendemain, notre réunion fut reconduite dans le salon de Combingham Hall. Le rendez-vous était à nouveau fixé à 14 heures, et contrairement à la veille tout le monde fut ponctuel. Poirot me confia plus tard combien leur ponctualité l'avait exaspéré, car à ses yeux elle prouvait qu'ils étaient tout à fait capables d'arriver à l'heure quand cela leur importait.

La réunion avait été convoquée non seulement par lui-même, mais par un officier de la police locale, l'inspecteur Hubert Thrubwell.

— Nous considérons que la mort de M. Kingsbury est un meurtre pour une raison très simple, nous déclara ce dernier. Il y avait une serviette éponge sur le sol de la salle de bains, pièce où le corps a été retrouvé. Or, l'inspecteur Catchpool a découvert cette serviette très loin du corps de la victime. C'est bien cela, inspecteur Catchpool ?

— En effet, confirmai-je. J'ai failli marcher dessus en entrant, car la serviette se trouvait près de la porte, alors que le corps était à l'autre bout de la pièce.

Thrubwell me remercia et poursuivit.

— Quand cette serviette de bain a été examinée par notre spécialiste scientifique, il a repéré deux types de taches de sang bien distinctes. Il a en outre découvert que la mort de M. Kingsbury était due à une grave blessure à la tête. On l'avait poussé, ou bien il était tombé en arrière, et sa tête avait heurté l'angle aigu du seul meuble présent dans la pièce, une sorte de commode. Sans la serviette de bain que l'inspecteur Catchpool a trouvée, il aurait été impossible de savoir si M. Kingsbury avait été poussé par quelqu'un ou s'il était tombé accidentellement. Grâce à la serviette, je crois que nous pouvons assurer qu'il a sans doute été poussé... ou qu'on l'a laissé délibérément se vider de son sang, ce qui revient, selon moi, à un meurtre !

Thrubwell consulta Poirot du regard en quêtant son approbation.

— Je ne comprends pas, dit Lenore Lavington. Comment une serviette éponge peut-elle prouver quoi que ce soit ?

— Parce que le sang de M. Kingsbury y a laissé deux types de marques différents, répondit Thrubwell. Sur un côté, la serviette est imbibée d'une grande tache de sang rouge foncé, provenant sans doute du moment où M. Kingsbury l'a maintenue contre sa blessure pour tenter d'étancher le sang et ainsi de sauver sa vie. Dans ce cas, pourquoi la serviette a-t-elle fini à l'autre bout de la pièce, loin de la baignoire ? Je ne vois pas comment M. Kingsbury aurait eu la force de la jeter aussi loin. C'est une grande pièce, et il était dans un état critique, déjà affaibli par l'âge avant même de se blesser à la tête. Mais venons-en aux autres marques de sang. En plus de la grande tache d'un rouge sombre, il y avait aussi cinq marques sur une autre zone de la serviette. Elles étaient moins foncées que la première tache, l'une d'elle étant plus petite, située plus bas que les autres.

— Des marques de sang? dit Ivy Lavington.

Elle semblait grave et plus pâle que d'habitude. Sur le siège voisin du sien, Annabel Treadway pleurait en silence. Hopscotch s'était dressé et, la patte posée sur les genoux de sa maîtresse, il gémissait. Le reste de l'assistance semblait comme pétrifié.

— Oui, et M. Poirot n'a pas mis longtemps à discerner qu'il s'agissait d'empreintes de doigts, confirma l'inspecteur Thrubwell. La plus petite étant celle d'un pouce.

— Le pouce de la personne qui a laissé M. Kingsbury se vider de son sang jusqu'à en mourir? demanda Jane Dockerill.

— Non, madame, répondit Thrubwell. Cette personne aura pris soin de ne pas toucher le sang. Ces marques, dont l'empreinte du doigt ensanglanté, furent laissées par la victime: M. Kingsbury.

— Voici ce qui a dû se passer, d'après nous, intervint Hercule Poirot. L'assassin a poussé Kingsbury, qui est tombé et s'est cogné la tête, ou bien la chute était un accident. Disons que c'était un accident, et donnons ainsi à notre assassin le bénéfice du doute. Après sa chute, Kingsbury saigne abondamment. Il est faible et âgé, et il a récemment perdu son cher ami M. Pandy, un deuil dont il est sorti très éprouvé.

« L'assassin constate que Kingsbury est trop faible pour appeler à l'aide et qu'il mourra vraisemblablement si l'on ne fait rien pour le sauver. C'est précisément ce qu'il ou elle désire. Il n'y a qu'un problème: en tombant, Kingsbury a attrapé une serviette qu'il presse maintenant contre sa blessure. Cela risque d'étancher le sang et de lui

315

sauver la vie, pense le meurtrier. En conséquence, il ou elle lui arrache la serviette de bain. Kingsbury essaie alors d'étancher le sang en pressant la main sur sa tête, d'où ses doigts ensanglantés. L'autre est debout, posté au-dessus de lui, peut-être lui tendant la serviette pour le narguer, et Kingsbury s'efforce de tendre la main pour la reprendre. C'est sans espoir, mais son bourreau le laisse brièvement toucher la serviette, puis la lui arrache à nouveau et la lâche près de la porte avant de quitter la pièce… laissant ainsi Kingsbury promis à une mort certaine.

— Que de suppositions ! s'exclama John McCrodden. Et si Kingsbury avait du sang sur les mains avant de prendre la serviette ? Et s'il avait réussi à la jeter à travers la pièce ? Sentir venir la mort peut vous donner une force surhumaine.

— Il n'aurait pu jeter la serviette là où l'inspecteur Catchpool l'a trouvée, répliqua l'inspecteur Thrubwell. C'était quasiment impossible, même pour un homme dans la force de l'âge, sans blessure à la tête.

— Allez savoir… J'admets volontiers qu'en l'absence d'autres indices concluants il est difficile de l'affirmer, intervint Poirot. Ce dont vous devez tenir compte, monsieur McCrodden, c'est que je sais qu'il y a un meurtrier parmi nous aujourd'hui. J'en ai la preuve, une preuve que je tiens de Kingsbury lui-même.

— Sacré bon sang ! s'exclama Hugo Dockerill.

— Je sais qui est l'assassin, et je sais pourquoi cette personne a voulu la mort de Kingsbury, poursuivit Poirot. C'est pourquoi je suis en mesure de dire à l'inspecteur Thrubwell que je lui ai fort heureusement épargné du travail. J'avais déjà résolu le meurtre de Kingsbury avant l'arrivée de l'inspecteur à Combingham Hall.

— Et je vous en suis très reconnaissant, monsieur, dit l'inspecteur Thrubwell.

— Quelle preuve vous a donc donnée Kingsbury? s'enquit Rowland McCrodden. Comment a-t-il pu vous fournir la preuve de son assassinat alors qu'il était encore en vie? Ou faites-vous allusion au meurtre de Barnabas Pandy?

— Bonne question, reconnut Poirot. Comme vous le savez, avant de mourir, Kingsbury me cherchait. Il avait quelque chose d'important à me dire. Ne me trouvant pas, il a laissé un mot dans ma chambre. Ce mot, quand je l'ai lu, m'a rappelé certains faits que je connaissais déjà. Ce qui signifie que, quand j'ai été informé de la mort de Kingsbury et qu'on m'a parlé de la serviette éponge, j'ai pu réunir tous ces éléments... alors j'ai su qui avait si cruellement laissé mourir Kingsbury. Je l'ai su et je le sais, sans l'ombre d'un doute. Cette personne a commis un meurtre de sang-froid, qu'elle ait ou non poussé intentionnellement Kingsbury. Qu'êtes-vous donc sinon un meurtrier, quand vous laissez mourir un homme que vous auriez pu sauver?

— C'est sans doute la même personne qui a tué Barnabas Pandy, remarqua Jane Dockerill. J'espère que vous n'allez pas me dire que je suis assise dans une pièce en compagnie de deux meurtriers, monsieur Poirot? J'aurais du mal à le croire.

— Non, madame. Il n'y en a qu'un, dit Poirot, puis il sortit une feuille de papier de sa poche. Ceci n'est pas le mot que j'ai reçu de Kingsbury, mais une fidèle copie. Malgré son mauvais anglais, Kingsbury a réussi à exprimer ce qu'il voulait dire. Vous pourrez tous examiner la copie de sa lettre dans un instant. Kinsgbury m'informe qu'il vient d'entendre par mégarde une conversation entre Ivy Lavington et une autre personne dont il ignore l'identité, car cette personne ne faisait que pleurer. Ce pouvait être aussi bien un homme qu'une femme.

« La conversation que Kingsbury a entendue par mégarde, même si elle était univoque, a eu lieu dans la chambre de Mlle Ivy, dont la porte était entrebâillée. Il a entendu Mlle Ivy dire que… commença Poirot, mais il s'interrompit et me passa la feuille de papier. Catchpool, voulez-vous bien lire le passage que j'ai entouré ? Ce pauvre Kingsbury n'était guère doué, comme écrivain. Son style est si maladroit que j'aurais du mal à ne pas corriger ce qu'il a écrit. Je suis trop perfectionniste.

Je pris donc la copie du mot et lus à haute voix la partie sélectionnée.

« Elle parlait dans le sens que faire comme si on ne connaissait pas bien la loi ne suffit pas à vous justifier. Y a des choses qu'on a le droit de faire, d'autres pas, et faire mine de ne pas savoir faire la différence ne vous excuse pas pour autant. Personne vous croira, et comme vous êtes la seule personne de nous tous à connaître ce John Modden… »

Je m'interrompis pour demander à Poirot si Kingsbury avait voulu parler de John McCrodden.
— Évidemment. Regardez autour de vous, Catchpool ? Y a-t-il un John Modden dans cette pièce ?
Je repris donc ma lecture :

« Comme vous êtes la seule de nous tous à connaître ce John Modden, vous devriez dire à M. Porrott la vérité comme vous me l'avez racontée. Il comprendra, et il n'y aura pas de mal si vous dites la vérité maintenant, sinon, lui le fera. »

— Merci, Catchpool. Mesdames et messieurs, vous comprendrez, je l'espère, que ce sont les propos d'Ivy Lavington que vous venez d'entendre, rapportés tant bien que mal par Kingsbury. Certes, cela reste approximatif, mais l'essentiel y est. Nous apprenons donc que Kingsbury a entendu Ivy Lavington parler à quelqu'un, dont nous ignorons l'identité, et mettre cette personne en garde en lui disant qu'ignorer la loi ne suffit pas à vous justifier. Et qu'on ne croira pas en la sincérité de cette personne, car c'est la seule qui ait un lien avec John McCrodden. Et que si cette personne ne me disait pas, à moi Hercule Poirot, toute la vérité, peut-être que John McCrodden le ferait, l'avertissait Mlle Ivy.

« Tout cela laisse penser qu'Ivy Lavington parlait avec l'assassin de Barnabas Pandy, n'est-ce pas ? Ou du moins à l'auteur des quatre lettres faussement signées de mon nom ?

— Pour ma part, j'aurais tendance à croire qu'Ivy devait parler à Rowland McCrodden, remarqua Jane Dockerill. Car si une seule personne ici est liée à son fils, ce doit être lui, non ?

— Bien raisonné, approuva Eustace Campbell-Brown.

— Non, intervint Ivy Lavington. Je ne vous dirai pas à qui je parlais, mais je peux vous promettre que ce n'était pas Rowland McCrodden. Évidemment, qu'il connaît son propre fils. Je voulais dire que la personne à laquelle je m'adressais était la seule d'entre nous qui n'étions pas censés connaître John McCrodden à pourtant le connaître.

Je ne me doutais pas que Kingsbury écoutait à la porte, aussi, je n'ai pas pris la peine d'être plus claire. Soit dit en passant, le mot de Kingsbury n'est pas correct. Il a mal compris. Ce qu'il a écrit… ne reflète pas mes propos.

Poirot lui décocha un grand sourire.

— Eh bien, mademoiselle, je suis ravi de vous l'entendre dire ! Oui, Kingsbury a mal compris certains mots. Néanmoins, il a permis à Hercule Poirot de tout bien saisir !

« Dans le mot qu'il m'a adressé, Kingsbury écrit aussi qu'à un moment, alors qu'il écoutait à la porte, il a bougé en faisant craquer le parquet. Il s'est empressé de s'éloigner, et soudain il a entendu derrière lui une porte claquer contre le mur après avoir été ouverte en grand, du moins est-ce ainsi qu'il l'a interprété. Il a cru qu'on l'avait peut-être reconnu. Moi aussi, je le crois. Kingsbury a été tué… ou on l'a laissé mourir, si vous préférez, à cause de ce qu'il avait entendu par mégarde. Quelques minutes après qu'il eut parlé avec Timothy Lavington et Freddie Rule à l'étage, quelqu'un l'a forcé à entrer dans la salle de bains, ou bien l'y a suivi.

« Naturellement, son meurtrier ignorait que, avant qu'il ou elle mette fin à sa vie, Kingsbury m'avait laissé ce mot si précieux ! Mesdames et messieurs, je puis vous affirmer que le meurtrier de Kingsbury est… la personne avec laquelle Mlle Ivy avait cette conversation secrète.

— Et qui était-ce ? demanda sans ambages John McCrodden.

— Ivy, qu'est-ce que ça veut dire ? demanda Timothy Lavington à sa sœur. Il semble insinuer que tu étais mêlée à un complot pour tuer Grand-Papa, et que ton complice a ensuite tué Kingsbury.

— Mais non, pas du tout, déclara Poirot à Timothy. Vous comprendrez bientôt pourquoi il n'en est rien. Mademoiselle Ivy, veuillez s'il vous plaît nous révéler avec qui vous parliez dans votre chambre peu avant 14 heures, hier après-midi ?

— Non, je n'en ferai rien, et tant pis si on me punit pour ça, répondit Ivy Lavington. Monsieur Poirot, puisque vous savez qui a tué Kingsbury, ou qui l'a sciemment laissé mourir, alors vous savez que ce n'est pas moi. Et puisque vous savez tout, comme vous le prétendez, vous n'avez donc pas besoin que je vous révèle quoi que ce soit.

— C'est moi qui ai tué Grand-Papa, déclara Annabel Treadway à travers ses larmes. Je l'ai déjà avoué à l'inspecteur Catchpool. Pourquoi est-ce que personne ne veut me croire ?

— Parce que ce n'est pas vrai, dis-je.

— À 14 h 40, reprit Poirot, nous étions tous ici dans cette pièce. Tous, à part Kingsbury. Catchpool et moi étions là dès 14 heures, mais personne d'autre. Après que j'ai envoyé Timothy Lavington et Freddie Rule rabattre tout le monde, vers 14 h 05, voici quel a été l'ordre d'arrivée : Ivy Lavington à 14 h 20, suivie de très près par Jane et Hugo Dockerill. Puis, à 14 h 25, Annabel Treadway, Freddie Rule et Timothy Lavington, puis John McCrodden, puis son père, Rowland McCrodden. Les derniers arrivés furent Mildred Rule, Eustace Campbell-Brown, Sylvia Rule et Lenore Lavington. Je dois dire que n'importe laquelle des personnes que je viens de citer aurait pu arracher la serviette de bain à Kingsbury et le laisser mourir. Nous pouvons éliminer quatre personnes de la liste des suspects : l'inspecteur Thrubwell, Catchpool, moi... la quatrième personne étant évidemment John McCrodden.

— Je ne vois pas pourquoi, remarqua Sylvia Rule. Ce monsieur aurait eu amplement le temps de blesser Kingsbury et de le laisser mourir dans la salle de bain avant de venir au salon.

— Réfléchissez un peu, madame, dit Poirot. Puisque la personne qui a tué Kingsbury est celle à qui Ivy Lavington a déclaré qu'elle était la seule à connaître John McCrodden, c'est donc que… ?

— Oui, je comprends, dit Jane Dockerill. Vous avez raison.

— Comme c'est rassurant, ironisa John McCrodden. Je ne suis plus suspecté de meurtre.

— Mais si, dit son père. Il reste encore Barnabas Pandy comme victime éventuelle.

— En réalité, il n'en est rien, mon ami. Barnabas Pandy est mort accidentellement, déclara Poirot, à la stupéfaction générale. Il s'est effectivement noyé dans son bain, comme tout le monde l'a pensé à l'origine. Il n'y a eu qu'un meurtre : celui du pauvre Kingsbury, le serviteur fidèle de M. Pandy. Mais il y a eu par ailleurs une tentative de meurtre qui s'avère aujourd'hui être un échec, ce dont je me réjouis. Cela bien avant la mort de Kingsbury.

— Une tentative de meurtre ? dit Lenore Lavington. Et qui visait-elle ?

— Votre sœur, lui répondit Poirot. Voyez-vous, madame, l'auteur des quatre lettres faussement signées de mon nom a fait tout ce qui était en son pouvoir pour s'assurer qu'Annabel Treadway serait pendue pour le meurtre de Barnabas Pandy. Même si, comme je viens de le dire, il n'a pas été assassiné.

34

Rebecca Grace

— Pourrais-je vous poser une question, monsieur Poirot ? dit Annabel Treadway.

— Je vous en prie, mademoiselle.

— L'assassin de Kingsbury, l'auteur des quatre lettres, et l'individu qui voulait me faire pendre pour le meurtre de Grand-Papa sont-elles trois personnes différentes ?

— Non. Une seule et unique en est responsable.

— Alors… j'ai aidé cette personne sans le vouloir, ajouta Annabel, qui avait séché ses larmes. Je me suis rendue complice de la tentative d'assassinat contre moi-même en allant à Scotland Yard avouer que j'avais noyé Grand-Papa dans son bain.

— Laissez-moi vous poser la question : avez-vous, oui ou non, tué votre grand-père, Barnabas Pandy ?

— Non, je ne l'ai pas tué.

— Bien. Voilà que vous dites la vérité, à présent. Excellent ! Oui, il est temps que la vérité éclate. Mademoiselle Ivy, vous croyez très fort en la force de la vérité, n'est-ce pas ?

— En effet, répondit Ivy. Tante Annabel, avez-vous

vraiment avoué un meurtre que vous n'aviez pas commis et qui, en définitive, n'en était pas un ? Quelle sottise !

— Hier, l'assassin de Kingsbury vous a dit la vérité sur son coup monté contre Annabel Treadway, votre tante, pour la faire accuser du meurtre de votre arrière-grand-père, déclara Poirot à Ivy Lavington. Or, vous refusez de révéler le nom de cette personne. Vous protégez de ce fait un assassin sans pitié ni remords. Pourquoi ? Serait-ce à cause de la vérité qu'il ou elle vous a dite, et qui vous tient sous son pouvoir !

— Pourquoi supposez-vous que cette personne est sans pitié ni remords ? dit Ivy.

— Une personne regrettant son acte se confesserait ici et maintenant, répondit Poirot en parcourant le salon du regard.

Tout le monde resta coi, jusqu'à ce qu'Eustace Campbell-Brown intervienne :

— C'est vraiment étrange… Dans ce genre de circonstances, on se sent follement tenté d'avouer. Je suis innocent, mais je ne supporte pas ce silence. Je ressens le besoin pressant de proclamer haut et fort que c'est moi qui ai tué Kingsbury. Alors qu'en réalité il n'en est rien.

— Alors, s'il vous plaît, taisez-vous, lui intima Poirot.

— Et si, au lieu d'être sans pitié ni remords, la personne en question était tout simplement morte de peur ? lança Ivy Lavington à Poirot.

— Je constate avec grand plaisir que vous cherchez à défendre l'assassin de Kingsbury, mademoiselle. Cela confirme mes convictions. La vérité que vous a révélée cette personne, tandis que Kingsbury écoutait à la porte… vous a profondément touchée, n'est-ce pas ? Malgré les actes inexcusables qu'elle a perpétrés, vous ne pouvez vous résoudre à lui fermer votre cœur.

Ivy Lavington détourna le regard.

— Comme je vous l'ai déjà dit, monsieur Poirot, vous savez tout. Il est donc inutile que je vous le confirme.

Poirot se tourna alors vers Sylvia Rule.

— Madame, à part votre fille et votre futur gendre, aviez-vous déjà vu l'une des personnes présentes dans cette pièce ?

— Évidemment, répondit-elle, peu aimablement. Vous, monsieur Poirot.

— Excusez cette omission. À part votre fille, votre gendre et moi-même, donc ?

Sylvia Rule baissa les yeux sur ses mains, croisées sur ses genoux, et resta quelques secondes silencieuse avant de répondre.

— Oui. J'avais déjà rencontré Mme Lavington, Lenore Lavington... Même si j'ignorais son véritable nom, lors de notre rencontre. C'était il y a treize ans, elle m'avait dit s'appeler Rebecca quelque chose. Rebecca Gray, ou... non, Grace. Rebecca Grace.

— D'après vous, pourquoi Mme Lavington avait-elle jugé nécessaire de vous cacher son identité ? S'il vous plaît, ne cherchez pas à dissimuler la vérité. Poirot sait tout.

— Mme Lavington attendait un enfant qu'elle ne désirait pas garder, répondit Sylvia Rule. Quand j'étais plus jeune, je... j'aidais les femmes qui se trouvaient dans ce genre de situation. J'étais compétente. J'offrais des services à la fois sûrs et discrets. La plupart des dames qui faisaient appel à moi se présentaient sous une fausse identité.

— Madame ? dit Poirot en s'adressant cette fois à Lenore Lavington.

— C'est vrai, reconnut-elle. Cecil et moi étions malheureux en ménage, et j'ai pensé que cela ne ferait qu'aggraver les choses, si nous avions un autre bébé. En fin de compte, je n'ai pu me résoudre à aller jusqu'au bout. À notre première rencontre, Mme Rule m'a dit qu'elle aussi attendait un bébé. Elle voulait le garder, mais elle m'a assuré de sa compréhension en disant qu'elle pouvait très bien imaginer quelle détresse c'était d'avoir à porter un enfant non désiré. En entendant ces mots, enfant non désiré, je me suis excusée et je suis partie. Je ne suis jamais revenue. Car mon enfant n'était pas non désiré, j'en ai pris soudain conscience, et je n'ai pu me résoudre à m'en débarrasser, conclut-elle, puis elle jeta un regard mauvais à Sylvia Rule. Quand elle a compris que j'avais changé d'avis, Mme Rule a essayé de faire pression sur moi, tant elle était déçue de perdre une cliente.

Timothy Lavington se leva en chancelant un peu, les yeux brillants de larmes.

— Ce bébé que vous ne vouliez pas, c'était moi, n'est-ce pas, maman ?

— Elle t'a gardé, finalement, Timmy, dit Ivy.

— Je savais que je t'aimerais et que je serais heureuse de t'avoir dès que je poserais les yeux sur toi, Timmy, lui répondit Lenore. Et c'est bien ce qui s'est passé.

— Avez-vous dit à papa que vous aviez songé à vous débarrasser de moi de façon si barbare ? demanda Timothy d'une voix remplie de dégoût.

— Non. Je ne l'ai dit à personne.

— En effet, dit Poirot. Vous n'en avez parlé à personne. C'est très important.

Il me fit signe. Mon tour était venu d'intervenir. Je quittai les lieux et revins peu après en portant une petite table, que je plaçai au milieu du salon afin que tout le monde puisse la voir. Elle était couverte d'un drap blanc. Poirot avait refusé de me dire ce qui se trouvait sous le drap, mais je m'en doutais. Et vu l'expression de son visage, Rowland McCrodden devait s'en douter aussi. Poirot souleva donc le drap blanc pour révéler une nouvelle tranche de gâteau vitrail, sur une petite assiette en porcelaine. À côté de l'assiette, il y avait un couteau. Combien de tranches de ce maudit gâteau avait-il apportées de Londres à Combingham Hall? Fee Spring devait être ravie d'en avoir écoulé autant.

— Est-ce votre façon de nous dire que c'était du gâteau pour vous de résoudre cette affaire, Poirot? dit Hugo Dockerill en s'esclaffant bruyamment, tout fier de son bon mot.

Sa femme lui intima le silence et il se tut d'un air contrit.

— Je vous démontrerai à présent, mesdames et messieurs, qu'en résolvant le mystère des trois carrés nous sommes en bonne voie de résoudre l'énigme dans sa totalité!

— Quel est ce mystère des trois carrés, monsieur Poirot? demanda l'inspecteur Thrubwell.

— Je m'en vais vous l'expliquer, inspecteur. Vous voyez ici, comme nous tous, que cette part de gâteau est composée de quatre carrés. Deux carrés supérieurs, un jaune et un rose, et deux inférieurs, un rose et un jaune. Pour l'instant, la tranche est entière et intacte.

D'un geste quelque peu théâtral, Poirot s'empara du couteau et coupa la tranche en deux moitiés, qu'il écarta et poussa de chaque côté de l'assiette.

— Au début, j'ai cru que les quatre personnes qui avaient reçu les lettres de quelqu'un se faisant passer pour moi et les accusant du meurtre de Barnabas Pandy allaient par paires : d'une part, Annabel Treadway et Hugo Dockerill, qui étaient liés à M. Pandy, et d'autre part, Sylvia Rule et John McCrodden, qui ne le connaissaient pas. Tous les deux m'avaient en effet assuré qu'ils n'en avaient jamais entendu parler. Puis j'ai découvert, grâce à Hugo Dockerill, que Freddie, le fils de Mme Rule, était élève au Turville College, établissement également fréquenté par Timothy Lavington. Par conséquent le schéma a changé et m'est apparu ainsi…

Prenant le couteau, il coupa une moitié du gâteau en deux, puis, changeant la disposition des carrés sur l'assiette, il en rapprocha trois pour laisser le quatrième de côté, sur le bord.

— Voici, mes amis, ce que j'ai surnommé le « mystère des trois carrés » ! Pourquoi M. John McCrodden faisait-il exception ? Pourquoi lui, un individu n'ayant apparemment aucun lien avec Barnabas Pandy, avait-il été choisi, alors que les trois autres avaient des liens évidents avec M. Pandy et sa famille ? Pourquoi notre imposteur avait-il choisi ces trois-là, puis ce quatrième ?

« Je me demandai si l'auteur des lettres voulait que je distingue en particulier John McCrodden. Alors il se passa quelque chose de fort déconcertant. Il se trouve que j'étais présent quand Mlle Ivy a mentionné par hasard le nom de Freddie Rule à sa mère. Lenore Lavington s'est soudain figée, comme horrifiée. Il s'agissait juste d'un camarade de son fils au collège. Pourquoi la simple mention de son nom lui avait-elle valu un tel choc ? me suis-je demandé.

Poirot comptait sûrement répondre lui-même à cette question, mais je lui coupai l'herbe sous le pied.

— Parce qu'elle ignorait jusqu'alors que Freddie Rule fréquentait le Turville College, et ne l'a appris qu'à ce moment-là, claironnai-je.

— Précisément ! Elle connaissait ce Freddie, un garçon un peu étrange et solitaire, comme elle me l'a décrit, mais elle ignorait son nom de famille. Il n'était élève à Turville que depuis quelques mois. Lenore Lavington ignorait donc aussi que cette Mme Rule qu'elle avait rencontrée treize ans plus tôt était la mère de Freddie, jusqu'à ce que sa fille le lui apprenne. Alors, afin de m'égarer, elle a prétendu que, ayant des réserves à l'encontre de Freddie, elle avait déconseillé fortement à Timothy de le fréquenter. Elle ne voulait pas que je soupçonne que c'était la mère de Freddie, et non Freddie lui-même, qui lui avait inspiré un tel sentiment d'horreur. Plus tard, quand je mentionnai à nouveau le nom du jeune garçon, elle n'exprima plus aucune animosité ni critique à son égard. Preuve qu'elle avait oublié ses réticences. Elle ne s'est d'ailleurs pas opposée à ce que son fils passe du temps avec lui ici, à Combingham Hall.

« J'ai alors été certain que l'auteur des quatre lettres était Lenore Lavington, et c'est seulement à ce moment-là que ce morceau du puzzle s'est enfin mis en place.

— Attendez, dit John McCrodden. Étant donné que pour vous l'auteur des lettres est aussi la personne qui a tué Kingsbury et tenté de faire pendre Mlle Treadway pour meurtre... Osez-vous aussi accuser Mme Lavington ?

— Pour l'instant, j'affirme que Mme Lavington a écrit les lettres accusant de meurtre quatre personnes, dont vous, monsieur, et les a signées du nom d'Hercule Poirot.

Madame Lavington, la mention de Freddie Rule vous a causé un choc, parce que vous étiez certaine que le lien entre vous et Sylvia Rule resterait toujours secret. Vous l'aviez consultée il y a treize ans pour un acte médical illégal. Bien sûr, c'était votre intérêt à toutes les deux de n'en parler à personne. Mais par une fâcheuse coïncidence, votre fille vous informe que le fils de Mme Rule, Freddie, fréquente le même établissement que votre fils; soudain, un lien s'établit clairement entre Sylvia Rule et Barnabas Pandy.

« Pour vous, c'était un désastre. Vous vouliez vous en tenir à la tranche de gâteau, version deux moitiés, n'est-ce pas? Vous vouliez que les destinataires de vos lettres soient deux personnes liées à votre grand-père, et deux autres complètement étrangères. Ainsi, personne ne ressortirait. Il aurait été alors presque impossible de découvrir quel était le but recherché par l'auteur des lettres. Cependant, ce mauvais hasard a bouleversé votre plan : Freddie Rule, élève à Turville! À votre grand désarroi, vous avez compris que vous aviez involontairement dirigé mon attention sur John McCrodden, comme étant l'exception. J'ai su alors qu'il n'y avait que deux possibilités : ou bien il était l'exception qui confirme la règle, ou il n'y avait pas d'exception. Seulement la tranche de gâteau, entière et indivisible.

Poirot réunit les quatre carrés pour reformer la tranche.

— Quand je parle de la tranche entière, j'évoque la possibilité que l'auteur des lettres ait une relation personnelle avec les quatre personnes qui ont reçu les lettres, y compris John McCrodden.

« Madame Lavington, vous avez choisi de signer vos lettres de mon nom... Pourquoi? Parce que vous savez qu'il n'y a pas meilleur enquêteur au monde qu'Hercule Poirot, n'est-ce pas ? Et vous comptiez qu'une fois impliqué dans cette affaire je me rende à la police, muni d'une robe raide d'humidité conservée sous cellophane, avec la conviction que votre sœur Annabel avait assassiné votre grand-père. Qui d'autre que moi aurait eu autant d'autorité pour déclarer tout ce que vous pensiez me faire dire en me manipulant ? Madame, je n'ai jamais été, par la même personne, à la fois aussi flatté et aussi sous-estimé ! Vous avez été folle de croire que vous pourriez détourner Hercule Poirot de la vérité avec une robe trempée d'eau et d'huile d'olive.

— Monsieur Poirot, j'avoue que je suis un peu perdu, intervint l'inspecteur Thrubwell. Voulez-vous dire par là que Mme Lavington ne voulait pas que vous pensiez que M. John McCrodden était l'exception ?

— En effet, monsieur. Elle ne voulait pas que je me demande de quelle manière il s'intégrait au tableau. Elle ne voulait pas que je finisse par m'interroger : puisque Sylvia Rule s'avère être reliée à la famille de Barnabas Pandy, ne serait-ce pas aussi le cas de John McCrodden ? Car Lenore Lavington est la seule personne dans cette pièce à être liée aux quatre destinataires des lettres, mes amis. Elle a commis une grave erreur en bâtissant son plan. Puisqu'elle souhaitait accuser deux complets étrangers, elle aurait pu facilement les choisir au hasard, dans l'annuaire téléphonique. Au lieu de ça, elle choisit deux personnes avec lesquelles elle a été liée par le passé ; dans les deux cas, des liens assez secrets pour garantir sa sécurité. Elle croit que Poirot découvrira vite que Sylvia Rule et John McCrodden ne peuvent avoir tué Barnabas Pandy, puisqu'ils ne connaissent ni lui ni sa famille, et étaient tous deux bien loin de Combingham Hall le jour où il est mort. Ils n'avaient ni l'occasion de le tuer ni un mobile. Mme Lavington imagine donc que les noms Rule et McCrodden seront vite écartés.

«Mais cela aussi tourne mal! Car il m'apparaît bientôt que Mme Rule et M. McCrodden auraient pu venir ici le jour où Barnabas Pandy est mort. Pareil pour Hugo Dockerill. Ils auraient pu se glisser dans la maison pendant que les habitants étaient occupés, ces dames à se disputer, et Kingsbury à défaire ses bagages. Ils auraient pu entrer par la porte qui reste toujours ouverte, tuer M. Pandy, puis s'en aller en hâte, sans être vus de personne. Aucun des trois n'avait d'alibi solide : une foire de Noël d'où l'on pouvait s'esquiver facilement une heure ou deux sans que personne ne le remarque; une lettre d'une dame espagnole toute disposée à répéter ce qu'on lui avait demandé de dire.

Poirot se mit alors à scruter John McCrodden, comme attendant qu'il parle. Enfin ce dernier prit la parole :

— J'ignorais son véritable nom avant mon arrivée dans cette maison, dit-il à voix basse. Elle s'était présentée à moi sous le nom de Rebecca Grace, comme elle l'a fait avec Mme Rule. Lenore…, murmura-t-il en la regardant depuis l'autre bout de la pièce. C'est un prénom peu banal. Je suis content de le connaître, Lenore.

— Monsieur McCrodden, pour notre satisfaction à tous, voulez-vous bien éclaircir la nature de votre relation avec Lenore Lavington? dit alors Poirot. Vous étiez amants, n'est-ce pas?

— Oui. Nous avons été amants pendant une brève période. Trop brève. Je savais qu'elle était mariée. Comme j'ai maudit le destin de l'avoir rencontrée trop tard, alors qu'elle appartenait déjà à un autre, soupira-t-il d'une voix tremblante. Je l'ai aimée de tout mon être, dit-il. Je l'aime encore.

35

Loyauté familiale

— Je n'en ai pas honte, ajouta John McCrodden. Et vous aurez beau dire, personne ne me fera jamais honte de ce que j'éprouve, demandez donc à mon père et il sera heureux de vous le confirmer. Rebecca... Lenore est la seule femme que j'aie jamais aimée, même si nous n'avons passé que trois jours ensemble. Depuis, je n'ai cessé de regretter que notre liaison ait été aussi brève...

— John, je vous en prie, dit Lenore. À quoi bon, désormais ?

— ... mais elle a insisté pour retourner auprès de son mari, qui, d'après ce que j'ai entendu dire, était un individu terne et peu intéressant. Elle a fait son devoir.

— Comment osez-vous parler ainsi de mon père ? protesta Timothy Lavington, puis à sa mère, il dit froidement : Est-ce vous qui avez parlé de papa en ces termes ? Quels autres mensonges lui avez-vous racontés ?

— Dites-lui, maman, intervint Ivy en touchant le bras de sa mère. Il le faut.

— Ton père est mort, Timmy, déclara Lenore. La lettre que tu as reçue... c'est moi qui l'ai écrite et envoyée.

— Quelle lettre ? demanda Jane Dockerill.

— Lenore Lavington a envoyé une cinquième lettre, dont la plupart d'entre vous ignorent l'existence, répondit Poirot. Elle l'a tapée sur la même machine à écrire que les autres : avec le caractère *e* défectueux. Cependant cette lettre n'était pas une accusation de meurtre, et cette fois Mme Lavington ne l'a pas signée du nom d'Hercule Poirot, mais du nom de son défunt mari, Cecil Lavington. Le but de cette lettre était de dire à son fils, Timothy, que son père n'était pas mort, même si tout le monde le croyait. Mais qu'il était chargé d'une mission secrète par le gouvernement.

— Comment avez-vous pu raconter un tel mensonge, maman ? s'indigna Timothy. J'ai cru qu'il était vivant !

Lenore Lavington détourna les yeux. Ivy lui toucha le bras, tout en jetant à Timothy un regard lui intimant d'arrêter.

— Quand Timothy Lavington a montré à Catchpool ici présent cette lettre qui était censée être de son père, Catchpool a remarqué aussitôt le défaut du caractère *e,* avec ce petit blanc dans la barre du milieu. Il a su que c'était la même personne qui avait envoyé les lettres au nom d'Hercule Poirot, et qu'elles avaient été tapées sur la même machine. Dès lors vous comprendrez tous, j'en suis sûr, pourquoi nous tenions tant à retrouver la machine en question.

« La première fois que je suis venu à Combingham Hall, j'ai demandé à Mme Lavington si je pouvais vérifier les machines à écrire qui se trouvaient dans la maison. Elle a refusé. Puisque rien ne prouvait qu'un crime avait été commis, elle n'était aucunement obligée d'accepter. Puis, lors de ma deuxième visite à Combingham Hall, elle avait changé d'avis et souhaitait coopérer.

— Nous voulions toutes vous aider, monsieur Poirot, mais vous nous avez trompées, dit Annabel Treadway. Vous nous avez fait croire que Grand-Papa avait été assassiné et que vous pouviez le prouver. Et vous nous déclarez maintenant que sa mort était un accident, ce que nous avions cru à l'origine.

— Mademoiselle, j'ai pris soin à chaque étape de ne rien dire de faux. Je vous ai seulement dit que j'étais certain qu'il y avait une ou un coupable, un meurtrier qu'il fallait arrêter avant qu'il soit trop tard. Je faisais référence à un danger vous menaçant, mademoiselle. Votre sœur souhaitait vous voir pendue pour le meurtre de votre grand-père. Quand elle l'a admis en parlant avec Mlle Ivy, durant la conversation entendue par mégarde par Kingsbury, elle n'avait encore tué personne. Aurait-elle ou non renoncé à son complot de vous faire arrêter? Je l'ignore. Mais je sais ceci : très peu de temps après, craignant d'être découverte, elle a laissé mourir Kingsbury. Madame Lavington, je ne mentais pas ni ne déformais la vérité en vous décrivant comme une meurtrière. C'est une question de caractère. Vous êtes devenue une meurtrière à l'instant où vous avez décidé de provoquer la mort de votre sœur.

Lenore Lavington soutint le regard de Poirot sans rien dire, d'un air indifférent.

— Pourquoi Lenore aurait-elle voulu faire pendre sa sœur? demanda John McCrodden.

— Et les trois autres lettres? dit Annabel Treadway. Quelles que soient les intentions de Lenore me concernant, pourquoi envoyer la même lettre à M. Dockerill, Mme Rule et M. McCrodden?

— Mademoiselle, monsieur, je vous en prie. Je n'ai

pas terminé mes explications. Il faut bien un point de départ, commençons donc par la machine à écrire. Lenore Lavington s'est ingéniée à me tromper, mais cela n'a pas marché. Oh, elle s'est montrée fort astucieuse. La machine qu'elle m'a empêché d'examiner quand je suis venu ici la première fois était bien celle que je cherchais, avec le *e* défectueux.

« Entre ma première et ma deuxième visites à Combingham Hall, Lenore Lavingon a décidé qu'il serait avisé de sa part de se montrer coopérative. À mon arrivée, elle m'a annoncé que je pourrais maintenant vérifier la machine à écrire, mais qu'elle marchait mal, et qu'on l'avait remplacée par une neuve. Comme c'était sans doute l'ancienne que je voudrais examiner en priorité, elle l'avait aussi gardée. Elle avait donc demandé à Kingsbury d'apporter les deux machines, à mon intention, disait-elle. Oui, Mme Lavington s'est montrée très futée, mais pas assez.

« L'une des deux machines avait l'air flambant neuve. L'autre aussi, à part quelques éraflures très faciles à faire. Je procède donc à l'examen. Et je remarque quelque chose de fort déconcertant. La lettre *e* fonctionne parfaitement sur les deux machines, donc on peut les éliminer. Mais il n'y a pas que la lettre *e* qui fonctionne parfaitement. À part ces quelques éraflures sur l'une, les deux machines pourraient très bien être sorties de la boutique le matin même. Et si Lenore Lavington m'avait menti ? Si, au lieu d'une ancienne et d'une nouvelle, elle m'avait donné deux machines neuves à examiner ? Pourquoi ferait-elle cela ? Dans quel but ?

— Pour vous empêcher de vérifier l'ancienne, la vraie, répondit Timothy Lavington. Parce que la vieille machine l'aurait incriminée.

— Timmy, arrête, dit Ivy. Ce n'est pas à toi de le dire.

— La loyauté familiale n'est plus de saison, répliqua son frère. J'ai raison, n'est-ce pas, monsieur Poirot?

— Oui, Timothy, vous avez raison. Votre mère a été négligente. Elle a pensé qu'il suffirait de me dire que l'ancienne machine ne marchait plus très bien, sans se douter que je remarquerais que les deux machines étaient neuves, malgré les éraflures qu'elle avait faites sur l'une.

«Et j'ai bien failli tomber dans le panneau! Serait-ce que l'ancienne machine fonctionnait plus ou moins bien, de façon irrégulière? Je me posai cette question quand Annabel Treadway est apparue, et voici ce qu'elle m'a dit: «Je vois que vous avez commencé à vérifier les machines à écrire. Lenore m'a ordonné de vous laisser faire tranquillement votre travail de détective.»

«Pourquoi Mlle Annabel, voyant les deux machines et les deux feuilles de papier déjà tapées, en conclut que je viens seulement de commencer mes vérifications, et non de les achever? Je ne vois qu'une raison à cela: elle savait qu'il y avait en fait trois machines à écrire dans la maison, les deux nouvelles, plus la vieille, que Lenore Lavington avait cachée.

— C'est pourquoi Mme Lavington a dit à Mlle Treadway de vous laisser tranquille, intervint Eustace Campbell-Brown. Sachant que deux machines avaient récemment été achetées, Mlle Treadway risquait de vendre la mèche.

— Exactement. Et rendez-vous compte que Lenore Lavington ne pouvait demander à sa sœur de mentir. Cela aurait éveillé les soupçons d'Annabel, et elle aurait deviné que c'était Lenore qui avait écrit les quatre lettres.

— Quand vous m'avez demandé de regarder de près

les deux feuilles de papier…, dit Annabel Treadway d'un ton hésitant, je n'ai pu distinguer aucune différence entre elles…

— Et vous aviez raison ! Je vous ai dit, n'est-ce pas, que j'avais remarqué quelque chose de significatif. Eh bien, c'était l'absence de différence. Souvent, l'élément crucial brille justement par son absence. J'ai attendu que Mme Lavington soit en bas pour fouiller sa chambre, et comme je l'espérais j'ai retrouvé l'ancienne machine. Elle était dans un sac fourré sous son lit. Une rapide vérification m'a révélé que c'était celle dont le caractère *e* était défectueux.

Timothy fusilla sa mère du regard.

— Vous avez failli me supprimer avant ma naissance, dit-il. Vous avez trompé notre père. Vous avez tué Kingsbury, et vous auriez condamné tante Annabel à être pendue si M. Poirot ne vous en avait pas empêchée. Vous êtes un monstre.

— Ça suffit ! s'exclama John McCrodden, puis il s'adressa à Poirot : Quels que soient vos soupçons à l'encontre de Lenore, vous ne pouvez tolérer qu'un fils apostrophe sa mère de cette manière devant des étrangers !

— Ce ne sont pas des soupçons, mais des certitudes, monsieur. Dites-moi, car vous n'êtes pas un étranger pour Lenore Lavington, qu'avez-vous donc fait pour la mettre en colère ?

— La mettre en colère ? s'étonna McCrodden. Mais comment…

— Comment le sais-je ? C'est fort simple, répondit Poirot, ce qu'il disait souvent à propos de choses qui n'étaient simples pour personne à part lui. Lenore Lavington voulait qu'Annabel Treadway soit pendue, mais elle avait besoin de dissimuler ses véritables intentions. Ce qu'elle a fait, en envoyant la même lettre d'accusation à trois autres personnes. Vous, monsieur McCrodden, étiez l'une des trois ; sachant combien il serait désagréable pour ses destinataires de recevoir cette lettre, Mme Lavington en a choisi trois qui, d'après elle, méritaient de souffrir un peu. Pas en finissant au bout d'une corde, un sort qu'elle réservait exclusivement à sa sœur Annabel, mais en craignant d'être bientôt accusés d'un crime qu'ils n'avaient pas commis. Donc, je vous le redemande : qu'aviez-vous fait pour mettre en colère Rebecca Grace, dont le vrai nom est Lenore Lavington ?

Tout en répondant, John McCrodden garda les yeux fixés sur Lenore.

— Nous nous sommes rencontrés à Whitby, une station balnéaire. Rebecca… Lenore y passait ses vacances avec son mari. Elle… bon, je ne vois pas comment présenter les choses autrement. Après notre rencontre, elle a abandonné son mari pour passer trois jours avec moi. J'ignore ce qu'elle avait pu lui dire. Je ne m'en souviens pas, après toutes ces années. Il me semble qu'elle avait prétexté une urgence quelconque. Vous en rappelez-vous, Lenore ?

Lenore Lavington ne répondit pas. Depuis un bon moment, elle était restée assise, le regard fixé droit devant elle, comme ailleurs.

— À la fin des trois jours, je n'ai pu supporter de la laisser partir, poursuivit John McCrodden. Je l'ai suppliée de quitter son mari pour vivre avec moi. Elle a dit que c'était impossible, mais qu'elle viendrait me retrouver à Whitby dès qu'elle le pourrait. Elle voulait que notre liaison continue, mais dans ces conditions c'était pour moi intolérable. L'idée qu'elle reste avec un homme qu'elle n'aimait pas et ne désirait pas… C'était mal. Nous nous aimions, elle m'appartenait comme je lui appartenais, et je ne pouvais me résoudre à la partager avec un autre.

— Parce que faire des cabrioles avec une femme mariée, ce n'est pas mal, peut-être, marmonna Sylvia Rule.

— Taisez-vous donc, lui lança John MCrodden. Vous n'avez aucune notion du bien et du mal, et vous vous en fichez.

— Donc vous avez obligé Mme Lavington à choisir ? lui dit Poirot.

— Oui. C'était lui ou moi. Elle l'a choisi lui, et elle m'en a voulu. Selon elle, j'avais mis fin à une liaison qui aurait pu continuer. Ce dont elle avait très envie.

— Et elle n'a pu vous le pardonner, dit Poirot. Tout comme elle n'a pu pardonner à Sylvia Rule de tenter de la forcer à se débarrasser du bébé qu'elle avait décidé de garder. Pareil pour Hugo Dockerill, à qui elle en voulait de punir Timothy pour ses écarts de conduite, comme il devait le faire régulièrement. Voilà pourquoi M. Dockerill a été choisi pour recevoir l'une des quatre lettres.

— Comment avez-vous su que Lenore et moi avions été amants ? demanda John McCrodden. Je n'en ai jamais parlé à personne. Et elle non plus, j'en suis certain.

— Ah, monsieur, ce ne fut guère difficile pour moi de le deviner. Vous et Mme Lavington m'y avez aidé, et avec un petit coup de pouce de Mlle Ivy le tour était joué.

— Je ne vois pas comment, intervint Ivy. Moi-même, je ne l'ai découvert qu'hier après-midi, quand M. McCrodden est entré dans la maison et que maman l'a revu. Ensuite, elle était tellement bouleversée que j'ai pu l'obliger à tout me raconter. Avant cela, le nom de John McCrodden ne m'évoquait rien, et depuis lors c'est à peine si nous nous sommes parlé vous et moi, monsieur Poirot.

— C'est vrai. Néanmoins, mademoiselle, vous m'avez aidé à deviner un secret que vous-même ignoriez. J'ai rassemblé certaines informations que vous aviez dites avec d'autres que j'avais apprises de votre mère et de M. McCrodden, et…

— Quelles informations ? demanda John McCrodden. J'hésite encore à donner foi à ce qui peut sortir de votre bouche, Poirot.

— Rappelez-vous, John, vous m'avez raconté que votre père désapprouvait vos choix professionnels. Vous avez évoqué votre travail de mineur quelque part dans le nord de l'Angleterre, sur la côte, ou près de la côte. Votre père désapprouvait ce genre d'emploi, mais il vous critiquait également quand vous fabriquiez en atelier des babioles et les vendiez, sans vous salir les mains. Sur le moment, je n'y ai pas fait attention.

« Au début, je n'ai pas compris ce que vous entendiez en parlant de babioles. J'ai entendu ce même mot utilisé récemment, et ce par votre père. Lui s'en servait en parlant des décorations de Noël, je crois. Mais le mot « babioles » peut aussi s'appliquer à des bijoux. Ce que vous tentiez de m'expliquer, monsieur McCrodden, c'était que de mineur qui extrait la matière première en se salissant les mains, vous étiez passé à l'atelier où l'on fabrique des bijoux à partir de cette matière première. En fait, vous vouliez parler du jais de Whitby, n'est-ce pas ?

« Or, Lenore Lavington m'a raconté avoir possédé un bracelet de deuil en jais qu'elle avait offert plus tard à sa fille, Mlle Ivy. Elle y tenait beaucoup, m'a-t-elle dit, car c'était un cadeau datant d'un séjour balnéaire avec Cecil, son défunt mari. Par Ivy, j'ai appris que Cecil et Lenore Lavington n'étaient guère heureux en ménage, elle à tout le moins. Alors pourquoi Lenore tenait-elle tant à un présent offert par un mari qu'elle n'aimait pas? Mais voilà! Le bracelet en jais de Whitby lui avait été offert non par son mari, mais par un homme qu'elle aimait passionnément: John McCrodden, l'amant qu'elle avait eu pendant ces vacances.

« Il y avait aussi un deuxième présent que Lenore Lavington avait offert à sa fille : un éventail, autre article qui lui était très précieux, selon ses dires. Sur l'éventail était peinte une danseuse aux cheveux noirs, comme ceux de Mlle Ivy, et portant une robe rouge et noir. Cheveux noirs, robe rouge et noir... Aussitôt me vint à l'esprit l'image d'une danseuse espagnole. J'ai vu des éventails de ce genre, rapportés comme souvenirs du continent. Or, grâce à Rowland McCrodden, je savais que son fils possédait une maison en Espagne, qu'il aimait ce pays et s'y rendait souvent. Et si John McCrodden avait offert cet éventail à Lenore Lavington, durant les trois jours qu'ils avaient passés ensemble? me suis-je demandé. C'était non seulement possible, mais probable. Autrement, pourquoi un simple éventail serait-il devenu un objet si précieux aux yeux de Lenore Lavington? Certes elle n'avait pas pardonné à John McCrodden, comme nous le savons, pourtant elle chérissait les deux présents qu'il lui avait offerts. Ah, l'amour est parfois bien compliqué!

— Et cette affaire aussi, renchérit l'inspecteur Thrubwell. Pour ça, nous sommes bien d'accord avec vous, monsieur Poirot.

— Le bracelet en jais, l'éventail espagnol, reprit Poirot. Il s'agissait peut-être de simples coïncidences, dont aucune ne prouvait que John McCrodden et Lenore Lavington se connaissaient. Alors je me suis dit : Lenore Lavington peut être reliée à Sylvia Rule, par l'intermédiaire de Freddie ; à Annabel, sa sœur ; à Hugo Dockerill, le maître d'internat de son fils. Pourquoi pas à John McCrodden ? Et si, au lieu de faire figure d'exception, John était lui aussi un carré de la tranche de gâteau, entière et indivisible ? dit Poirot en désignant d'un geste théâtral l'assiette posée sur la table. Mais oui, bien sûr. Il n'y avait pas d'exception. Lenore Lavington les connaissait tous.

— Avez-vous quelque chose à dire à ce sujet, madame Lavington ? lui demanda l'inspecteur Thrubwell, mais elle ne bougea pas d'un pouce et ne dit rien.

— Je ne permettrai pas que la femme que j'aime soit pendue pour meurtre, quoi qu'elle ait pu faire ! s'emporta soudain John McCrodden. Tant pis si vous m'en voulez encore après toutes ces années, Lenore. Je vous aime toujours autant. Dites quelque chose, au nom du ciel !

— Poirot, je ne comprends toujours pas la nécessité des quatre lettres, intervint Rowland McCrodden. Si Mme Lavington espérait voir Mlle Treadway punie pour le meurtre de leur grand-père, pourquoi n'a-t-elle pas envoyé une seule lettre à sa sœur ?

— Parce que, mon ami, elle souhaitait ne pas apparaître comme l'accusatrice ! Lenore Lavington ne pouvait être certaine que son plan réussirait et que Mlle Annabel finirait la corde au cou. En cas d'échec, elle voulait pouvoir tenter autre chose, peut-être une autre forme de vengeance. Et elle serait en meilleure position de le faire si Mlle Annabel ne se méfiait pas d'elle. Quand quelqu'un vous inspire de la méfiance et de la crainte, vous prenez des précautions contre cet ennemi qui cherche à vous nuire. Lenore Lavington ne voulait pas que sa sœur soit sur ses gardes.

« Si Annabel avait été la seule personne accusée de meurtre, elle se serait demandé immanquablement : « Qui a pu me faire une chose pareille, et pourquoi ? » Par contre, si Annabel apprend par Hercule Poirot que quatre personnes ont été accusées du meurtre de Barnabas Pandy, alors il se peut que l'auteur des lettres soit un parfait inconnu. En tout cas, ce ne peut être sa sœur, qui sait très bien qu'elle n'a pu tuer leur grand-père, puisqu'elles étaient ensemble dans une autre pièce quand il est mort. Donc Lenore Lavington est hors de soupçon, ce ne peut être elle l'accusatrice ; sa proie lui garde sa confiance et reste vulnérable, ainsi qu'elle le désire.

— Attendez un peu, dit John McCrodden. Lenore et Annabel étaient ensemble dans la même pièce, quand leur grand-père est mort ? Est-ce Lenore qui vous l'a dit ?

— Oui, monsieur, répondit Poirot. Les trois femmes me l'ont affirmé, et c'est la vérité.

— Donc Lenore a fourni un alibi à Annabel, en déduisit John McCrodden. Pourquoi aurait-elle fait cela, puisque selon vous elle voulait la faire pendre ?

Poirot se tourna alors vers Rowland McCrodden.

— Je suis certain que vous pouvez éclairer votre fils sur ce point, mon ami.

— Les coupables ont tendance à masquer leurs actions, dit Rowland McCrodden. Si Mme Lavington espérait faire condamner sa sœur pour meurtre, quelle meilleure couverture pour elle que de défendre avec vigueur Mlle Treadway en lui fournissant un alibi ?

— Est-ce que quelqu'un va enfin poser la question cruciale ? s'impatienta Jane Dockerill.

— Oui, moi, répondit Timothy Lavington. Pourquoi diable ma mère voulait-elle se venger de tante Annabel, monsieur Poirot ? Quel mal tante Annabel avait-elle pu lui faire ?

36

Le vrai coupable

Poirot se tourna vers Annabel Treadway.

— Mademoiselle, dit-il. Vous ne connaissez que trop bien la réponse à la question de votre neveu.

— En effet, dit Annabel Treadway. C'est quelque chose que je ne pourrai jamais oublier.

— En vérité, c'est un secret que vous avez gardé durant bien des années, et il a projeté une ombre sur votre vie entière, une ombre terrible de culpabilité et de regret.

— Non, pas de regret, dit-elle. Car cette chose, je n'ai pas décidé sciemment de la faire. C'est juste arrivé. Oh, je sais que c'est moi qui en suis responsable, mais comment pourrais-je le regretter, alors que je ne me souviens pas de l'avoir décidée ?

— Dans ce cas, peut-être votre sentiment de culpabilité est-il d'autant plus fort, car vous ignorez quelle conduite vous adopteriez, si vous vous trouviez dans une situation semblable aujourd'hui.

— Est-ce que quelqu'un pourrait nous expliquer de quoi il s'agit ? plaida Jane Dockerill.

— Oui, finissez-en, monsieur Poirot, renchérit Ivy

Lavington. Pour beaucoup d'entre nous, ce n'est pas une expérience agréable. Je reconnais qu'elle est nécessaire, mais, je vous en prie, faites aussi peu de digressions que possible.

— Très bien, mademoiselle. Je divulguerai donc à tout le monde le secret que votre mère vous a confié hier, avant que Kingsbury vienne écouter à la porte.

«C'était peu avant la mort de Barnabas Pandy, mesdames et messieurs, à l'occasion d'un dîner ici même, à Combingham Hall. À la table étaient assis M. Pandy, Lenore et Ivy Lavington, et Annabel Treadway. Mme Lavington reprocha publiquement à Mlle Ivy de trop manger. Or, durant une sortie à la plage, plusieurs mois auparavant, elle avait dit à sa fille que ses jambes ressemblaient à des poteaux, et ce fut cette anecdote qui fut contée à la table du dîner par une Ivy Lavington passablement en colère, après avoir subi par deux fois les vexations de sa mère. Le dîner tourna mal : les trois femmes quittèrent la table en pleurs ou bouleversées, et Barnabas Pandy aussi en fut très éprouvé. Ce pauvre Kingsbury m'a raconté que, juste après cette scène, il avait revu M. Pandy seul à la table du dîner, et que son vieux maître pleurait.

«Maintenant, revenons à l'époque où Ivy Lavington était une petite fille. Un jour, Annabel Treadway l'emmena se promener au bord d'une rivière, poursuivit Poirot. Le chien Skittle les accompagnait. La petite Ivy s'amusa imprudemment à faire une roulade jusqu'en bas de la berge qui donnait sur la rivière. Conscient du danger qu'elle courait, Skittle voulut l'arrêter, mais il ne réussit pas à l'empêcher de tomber à l'eau, et en cherchant à la secourir il lui laboura le visage de ses griffes, des marques dont Mlle Ivy garde encore aujourd'hui les cicatrices. L'enfant se retrouva piégée sous l'eau, et Annabel Treadway dut se jeter dans la rivière tumultueuse pour la sauver de la noyade, car le courant était très fort. Mlle Annabel a donc risqué sa vie pour sauver sa nièce.

« À présent, faisons un petit saut dans le temps, mes amis, pour revenir à la sortie à la plage dont j'ai déjà parlé. Lenore et Ivy Lavington ont emmené le chien Hopscotch, car Annabel Treadway avait la grippe et était restée clouée au lit. Mlle Ivy a surmonté avec courage la peur de l'eau qu'elle aurait pu garder de l'accident qui avait failli lui coûter la vie, et elle aime beaucoup nager dans la mer.

— Hopscotch ? s'étonna Eustace Campbell-Brown. Je croyais que le chien s'appelait Skittle.

— Ce sont deux chiens différents, monsieur. Skittle n'est plus de ce monde. Hopscotch, un chien de la même race, l'a remplacé.

— Remplacé ? s'indigna Annabel Treadway, l'œil humide. Personne n'aurait pu remplacer Skittle, tout comme personne ne remplacera jamais Hopscotch quand il… quand il… oh ! s'exclama-t-elle en enfouissant son visage dans ses mains.

— Mille excuses, mademoiselle. J'ai parlé sans réfléchir.

— Très bien, donc il y a deux chiens différents, intervint Rowland McCrodden. Mais est-ce vraiment le moment de s'appesantir sur l'espèce canine ?

— Parfaitement, mon ami, lui dit Poirot. C'est justement le moment de réfléchir au comportement des chiens, et à celui de Skittle en particulier.

— Pourquoi, au nom du ciel ?

— Je vais vous l'expliquer. Le jour de la sortie à la plage, Lenore et Ivy Lavington sont assises près d'un bosquet. Hopscotch les a rejointes en courant, après avoir joué dans les vagues. À la vue des pattes du chien, qui sont mouillées et semblent beaucoup plus fines que quand elles sont sèches, Mlle Ivy se rappelle soudain le jour où elle a failli se noyer. Du fond de sa mémoire, des souvenirs remontent à la surface, des souvenirs qu'elle avait oubliés jusqu'à cet instant. Elle les rapporte à sa mère : alors qu'elle se débattait sous l'eau en proie à la panique, elle avait aperçu les pattes du chien, et les avait prises pour des branches. Puis Annabel Treadway était heureusement venue la secourir, et Mlle Ivy s'était rendu compte alors que c'étaient non pas des branches, mais les pattes du chien, fines et mouillées. Sa panique avait sans doute faussé les perspectives, d'où sa méprise.

« Ce souvenir lui revient puissamment ce jour-là sur la plage, bien des années plus tard, quand elle voit les pattes mouillées d'Hopscotch. Elle raconte l'histoire à sa mère, et, en l'écoutant, Lenore Lavington se rend compte de quelque chose. Une chose dont Mlle Ivy n'est pas consciente... et qui lui échappera jusqu'à hier, lorsque sa mère se confessera à elle, durant la conversation entendue par mégarde par Kingsbury.

— Et de quoi Mme Lavington s'est-elle rendu compte ? s'enquit Rowland McCrodden, en proie à un besoin désespéré de comprendre, que moi-même j'éprouvais.

— N'est-ce pas évident ? dit Poirot. Mlle Ivy a vu les pattes mouillées de Skittle sur la berge de cette rivière, alors qu'elle-même se noyait. La seule conclusion logique à tirer de cette observation, la voici : avant de sauver sa nièce, Annabel Treadway a d'abord dû sortir Skittle de l'eau. Oui, elle a d'abord secouru son chien, l'a mis en lieu sûr, et ensuite seulement elle a entrepris de sauver Mlle Ivy.

Aussitôt, je compris précisément où Poirot voulait en venir.

— Si Skittle a cherché à rattraper la petite Ivy alors qu'elle dévalait la pente, il n'a certainement pas renoncé à la sauver en remontant sur la berge. Il a dû sauter dans la rivière pour la secourir, déclarai-je.

— Exactement, mon ami, confirma Poirot, l'air tout fier de moi, ce qui me fit plaisir, même si nous savions tous deux que jamais je ne serais parvenu par moi-même à cette déduction. Et une fois que sa maîtresse, Mlle Annabel, eut sauté elle aussi dans le courant, Skittle n'aurait renoncé pour rien au monde à sa mission de sauvetage, poursuivit-il. Il n'aurait pas choisi de sortir de l'eau, alors que deux personnes qu'il aimait étaient en péril. Au risque de sa vie, il les aurait secourues. Bref, l'enfant, la femme et le chien auraient pu périr tous les trois.

— Et puisque les pattes de Skittle étaient fines et mouillées quand Ivy Lavington les a vues sur la berge alors qu'elle-même se débattait dans la rivière, c'est donc qu'on avait sorti le chien de l'eau contre son gré, ajouta Rowland McCrodden. Vous avez raison, Poirot. Dans cette situation, quelqu'un a dû le hisser sur la berge et… l'attacher à quelque chose.

— Exactement. Annabel Treadway a attaché son chien pour l'empêcher de se jeter à l'eau. Ensuite seulement, elle a replongé pour secourir Mlle Ivy. Vous ne vous êtes pas rendu compte de ce que signifiait votre souvenir, mademoiselle, quand vous l'avez rapporté à votre mère, mais elle l'a su. Elle a aussitôt compris. Elle a visualisé les pattes mouillées de Skittle sur la berge, alors qu'il tirait sur son attache. Et elle a compris exactement ce que cela signifiait. Mais tout n'était pas encore clair…

Lenore Lavington s'interroge alors : « Ma sœur s'est-elle occupée du chien en premier parce qu'il s'agitait tellement qu'il l'empêchait de secourir sa nièce ? » Oui, mais, dans ce cas, Mlle Annabel n'aurait pas dit la vérité. Donc ce n'est pas ce qui s'est réellement passé. Annabel Treadway a accordé plus de valeur à la vie de son chien qu'à celle de sa nièce, et elle a choisi de sauver d'abord Skittle, et a mis ainsi en grand danger la vie de l'enfant en prenant un risque énorme. Ivy aurait eu tout le temps de se noyer pendant qu'Annabel sortait Skittle de l'eau pour le mettre en lieu sûr.

Annabel Treadway pleurait à présent sans retenue, et sans chercher à nier aucune des supputations de Poirot. Il s'adressa alors à elle avec douceur.

— Mademoiselle, lors de notre première rencontre, vous m'avez déclaré que tout le monde s'en fichait quand de vieilles personnes mouraient, alors que la mort d'un enfant était considérée comme une tragédie. C'était votre sentiment de culpabilité qui vous faisait parler de la sorte. Car vous aviez risqué la vie d'une jeune enfant ayant tout son avenir devant elle. Vous saviez que la société aurait jugé très sévèrement votre conduite. Or, par une étrange coïncidence… j'ai rencontré la belle-fille de Vincent Lobb, l'ennemi juré de votre grand-père, avec qui il avait cherché à se réconcilier à la fin de sa vie. Et voici ce qu'elle m'a déclaré à la fin de notre entretien : c'est vraiment une terrible chose de bien agir alors qu'il est trop tard. Et ce constat s'applique parfaitement à votre cas, mademoiselle : oui, vous avez sauvé la vie de votre petite nièce, mais vous l'avez fait trop tard.

— Et depuis, je n'ai cessé de souffrir, sanglota Annabel.

— Vous m'avez raconté durant notre toute première

conversation que vous aviez sauvé des vies. Puis vous vous êtes vite reprise, m'a-t-il semblé ; soudain, vous n'aviez plus sauvé qu'une seule vie : celle de Mlle Ivy. J'ai cru que vous étiez gênée d'avoir exagéré, que vous vouliez être précise et scrupuleuse dans vos propos sans prétendre être plus dévouée que vous ne le méritiez. Ce n'est que plus tard qu'une autre possibilité m'est venue à l'esprit, tout aussi plausible : que vous aviez effectivement sauvé plusieurs vies, mais que vous préfériez le cacher. Que votre déclaration initiale était conforme à la vérité.

« C'est durant une conversation avec Mlle Ivy que cette possibilité m'est apparue soudain. Sachant que quelqu'un voulait causer la perte d'Annabel Treadway, j'ai évoqué la nécessité de sauver des vies. Ivy Lavington m'a alors demandé si c'était une seule vie ou plusieurs qu'il fallait sauver, et j'ai admis qu'une seule était en danger. Bien sûr, j'ignorais alors que Kingsbury serait tué. Ces quelques phrases échangées avec Mlle Ivy me rappelaient quelque chose, mais quoi ? Fort heureusement, quelques secondes plus tard, le mystère s'est éclairci : il s'agissait de ma première rencontre avec Annabel Treadway, et de notre échange sur le fait de sauver une ou plusieurs vies. Soudain, à la lumière de ce que j'avais déduit à propos du jour où Mlle Ivy avait failli se noyer, les remarques et les hésitations de Mlle Annabel à ce sujet ont pris tout leur sens.

Je ne pus m'empêcher de secouer la tête, sidéré de la façon dont fonctionnait le cerveau de Poirot. Les autres personnes présentes parurent tout aussi impressionnées. Tandis qu'il continuait sa démonstration, nous restâmes sous son emprise, comme fascinés.

— Lors de notre première rencontre, après avoir reçu une lettre qu'elle croyait de moi l'accusant du meurtre de

Barnabas Pandy, Annabel Treadway a dit encore une chose qui m'a semblé insolite. « Vous ne pouvez pas savoir… », a-t-elle commencé, puis elle s'est interrompue avant d'en dire davantage. C'était comme si, moralement, elle méritait de recevoir une lettre l'accusant de meurtre, alors qu'elle n'avait tué personne et que Mlle Ivy n'avait, tout compte fait, pas succombé à la noyade. Ce qu'elle voulait dire, c'était que moi, Hercule Poirot, je ne pouvais savoir qu'elle était coupable ; c'était tout bonnement impossible.

« Mesdames et messieurs, Annabel Treadway ne cessera jamais de se considérer comme coupable. Elle s'est efforcée tant qu'elle a pu de se racheter et d'expier sa faute. M. Dockerill, vous m'avez raconté qu'elle avait décliné votre demande en mariage en déclarant qu'elle ne saurait pas s'occuper convenablement des garçons de Turville College. Voilà qui prend aussi maintenant tout son sens : effectivement, s'en croyant indigne, elle ne voulait pas qu'on lui confie le bien-être et la sécurité de jeunes garçons, c'est pourquoi elle s'est interdit de se marier et d'avoir elle-même des enfants. D'un autre côté, elle s'est prise d'affection pour les deux enfants de sa sœur et leur a voué tout l'amour dont elle était capable, pour compenser son erreur passée.

— Il devait se mêler à cette culpabilité une bonne dose de peur, remarqua Rowland McCrodden. À tout moment, Mlle Lavington pouvait se remémorer ce qui s'était passé ce jour-là, à la rivière.

— En effet, approuva Poirot. Cela devait la hanter. Et voilà justement qu'après toutes ces années ses pires craintes se vérifient. Durant ce dîner désastreux, Mlle Ivy rapporte la sortie à la plage, dont la malencontreuse remarque de sa mère comparant ses jambes à des poteaux, et Annabel Treadway voit à l'expression de sa sœur que Lenore a deviné la vérité, qu'elle la connaît, depuis cette journée à la plage avec sa fille. M. Pandy comprend également ce que signifie ce souvenir revenu soudain à la mémoire de Mlle Ivy, et Annabel Treadway le devine aussi.

Poirot s'adressa alors à Ivy Lavington.

— Vous, mademoiselle, êtes la seule personne présente à la table du dîner ce soir-là à croire que cette crise n'a été provoquée que par les remarques désobligeantes de votre mère à propos de votre appétit et de votre silhouette. Mais les trois autres convives ont tout autre chose en tête.

— C'est vrai, je ne l'ai pas soupçonné une seconde. Tante Annabel, vous auriez dû me dire la vérité dès que j'ai été en âge de comprendre. Je vous aurais pardonné. Je vous pardonne. Je vous en prie, ne vous sentez plus coupable ; je ne le supporterai pas. Que de temps gâché ! Vous vous êtes imposé assez de souffrance. Je sais que vous regrettez, et je sais que vous m'aimez. C'est tout ce qui compte.

— Votre tante ne se défera pas aussi facilement de son sentiment de culpabilité, je le crains, lui dit Poirot. Sans lui, elle se sentirait complètement perdue. Chez elle, c'est devenu une seconde nature. Elle ne se reconnaîtrait plus, et pour bien des gens c'est une perspective trop effrayante pour être envisagée.

— Toi, tu pourras peut-être me pardonner, Ivy, mais pas Lenore, dit Annabel. Quant à Grand-Papa... lui non plus n'a pu me pardonner. Il allait me déshériter et me laisser sans un sou.

— Ce fut le coup de grâce, pour vous, n'est-ce pas, mademoiselle ? C'est ce qui vous a poussée à vous rendre à Scotland Yard pour avouer le meurtre de M. Pandy, alors que vous vous saviez innocente.

— Oui, acquiesça Annabel. Puisque Grand-Papa avait décidé de me renier de la sorte, puisque toute la gentillesse et la dévotion que j'avais montrées à ma famille toutes ces années ne comptaient pas... alors autant que l'on me pende pour meurtre. Peut-être que je le méritais, après tout. Voilà ce que je me suis dit. Mais Ivy, ma chérie, j'aimerais que tu saches bien une chose : ce jour-là, au bord de la rivière, j'étais comme folle. Je ne me suis rendu compte que j'avais fait ce choix qu'après avoir attaché Skittle à un poteau avec sa laisse. C'était comme si je sortais d'un rêve. D'un cauchemar, plutôt ! Toi, tu luttais encore contre le courant en battant des bras et des jambes, alors je t'ai secourue, bien sûr, mais... crois-moi. Je ne me rappelle pas avoir sciemment décidé de m'occuper de Skittle en premier. Je te le jure.

— Quel âge avait Skittle, à ce moment-là ? demanda Lenore Lavington, et l'assistance retint son souffle en l'entendant enfin ouvrir la bouche. Il avait cinq ans, n'est-ce pas ? Au grand maximum, il aurait encore vécu sept ou huit ans, et je crois bien qu'il est mort à l'âge de dix ans. Tu as risqué la vie de ma fille, la vie de ta propre nièce, pour sauver un chien qui n'avait plus que cinq ans à vivre.

— Je regrette tellement, déclara posément Annabel. Mais... ne fais pas comme si tu ne comprenais rien à l'amour, Lenore, ni à tout ce qu'il nous inspire. Nous venons tous d'apprendre ta liaison avec M. McCrodden, avec qui tu n'avais passé que trois jours. Pourtant tu l'as passionnément aimé, n'est-ce pas ? Et je vois bien, même si je suis la seule dans ce cas, car personne ne te connaît

355

comme moi, que tu l'aimes encore. J'aimais Skittle, quel que soit le temps qu'il lui restait à vivre.

« L'amour ! ajouta Annabel en se tournant vers Poirot. C'est l'amour le vrai coupable, monsieur Poirot. Pourquoi ma sœur a-t-elle tenté de me faire condamner pour meurtre ? À cause de son amour pour Ivy, et de sa volonté farouche de me punir pour ce tort fait à sa fille il y a des années. Tant de crimes et de péchés sont commis au nom de l'amour.

— C'est bien possible, intervint Rowland McCrodden. Mais pourrions-nous remettre à plus tard ces considérations d'ordre sentimental pour nous en tenir un peu plus aux faits ? Poirot, dans le mot qu'il vous a adressé, Kingsbury écrit qu'il a entendu par mégarde Mlle Lavington dire à son interlocuteur, dont nous savons maintenant qu'il s'agissait de sa mère, que faire mine de ne pas connaître la loi ne suffit pas à vous justifier. Quel rapport avec l'affaire qui nous occupe ? À quel propos Mme Lavington a-t-elle invoqué l'ignorance de la loi ? Vous allez trouver que je pinaille, mais…

— Ah, mon ami, lui répondit Poirot en souriant. C'est moi, le pinailleur en chef. Voici comment Kingsbury introduit les propos de Mlle Ivy dans son mot : « Elle parlait dans le sens que… » Dans le sens que… C'est-à-dire qu'il les a interprétés et me les restitue à sa manière, en les tronquant sans le vouloir. Rappelez-vous, Kingsbury a aussi écrit « John Modden » au lieu de « John McCrodden ». Ce n'était pas quelqu'un de très pointilleux, sur le plan des mots.

— D'accord, dit Rowland McCrodden. Mais qu'importe la façon dont Mlle Lavington l'a exprimé, elle devait savoir que sa mère était sûrement aussi consciente que n'importe qui dans ce pays qu'il est illégal d'accuser faussement quelqu'un de meurtre et de tenter de l'incriminer en plaçant à dessein de faux indices. Ce n'est vraiment pas le genre d'agissement dont on peut ensuite s'excuser devant le juge en disant : « Désolé, monsieur le juge, je n'avais pas conscience d'enfreindre la loi. »

— N'était-ce pas justement ce que Mlle Lavington voulait souligner à sa mère, quand Kingsbury l'a entendue lui parler ? intervint Jane Dockerill. Que cette ignorance de la loi ne serait acceptée comme un argument valable dans aucune cour de justice ?

— Je comprends ce qui vous fait penser ça, madame Dockerill, tout comme je comprends le point de vue avancé par M. McCrodden. Mais sachez qu'en l'occurrence là n'est pas la question. Car Lenore et Ivy Lavington ne discutaient pas du tout d'une méconnaissance de la loi, figurez-vous. Non, à aucun moment !

— Comment ça, monsieur Poirot ? demanda l'inspecteur Thrubwell. M. Kingsbury a pourtant bien écrit dans son mot qu'il avait entendu...

— Oui, oui. Laissez-moi expliquer ce que Kingsbury a cru comprendre. C'est étonnamment simple : il a entendu Mlle Ivy prévenir sa mère qu'elle serait bientôt découverte, car elle était la seule personne reliée aux quatre destinataires des lettres. J'imagine qu'Ivy lui a dit quelque chose de ce genre : « On découvrira bientôt que, vous et John McCrodden, vous vous connaissez, et que le fils de Sylvia Rule, Freddie, est un camarade de Timothy, aussi, vous ne pourrez prétendre que vous ne connaissez pas les Rules[1]. Cela ne vous mènera nulle part. Personne ne voudra vous croire. »

---

1. *Rules* signifiant « règles » en anglais, langue dans laquelle les noms de famille se mettent au pluriel, contrairement au français.

Poirot s'interrompit et haussa les épaules.

— En entendant le mot Rules, reprit-il, Kingsbury a cru qu'on parlait de règles, puis, en rapportant la conversation, c'est devenu pour lui la loi en général. Prétendre ne pas connaître les Rules, donc. Rien à voir avec la méconnaissance de la loi, comme Kingsbury l'a cru.

— Les Rules, répétai-je en un murmure. Ivy ne parlait pas de la loi, elle parlait donc de la famille Rule.

— Je comprends, dit Rowland McCrodden. Merci d'avoir éclairci ce point, Poirot.

— De rien, mon ami. Maintenant, il nous reste encore un dernier élément à éclaircir. Madame Lavington, j'ai quelque chose à vous dire, qui vous intéressera beaucoup, je pense. Vous êtes restée patiemment assise tandis que j'expliquais aux autres des choses que vous connaissiez déjà fort bien, et pour cause. Mais j'ai une surprise pour vous…

37

Le testament

— Nous vous écoutons, Poirot, dit John McCrodden d'un ton railleur, comme si tout ce que l'illustre détective avait pu nous dire jusque-là n'était que billevesées. Quelle est cette ultime révélation ?

— Barnabas Pandy n'avait aucunement l'intention de déshériter Mlle Annabel ! Non, la petite-fille qu'il comptait déshériter, c'était Lenore Lavington.

— C'est impossible, répliqua Annabel. Il adorait Lenore.

— J'ai mené une petite expérimentation, reprit Poirot. Non sur des machines à écrire, cette fois, mais sur des êtres humains. Il y a au cabinet juridique de Rowland McCrodden une jeune employée qu'il avait prise en grippe, sans grande raison, pourrait-on dire.

— Elle peut être assez exaspérante, me sentis-je tenu de préciser.

— Elle s'appelle Olive Mason. Pour tester ma théorie sur l'attitude de Barnabas Pandy à l'égard d'Annabel Treadway et comment elle pouvait avoir influé sur son comportement envers son vieil ennemi, Vincent Lobb, j'ai joué un petit tour à M. McCrodden. Je lui ai raconté qu'Olive Mason avait eu un terrible accident de voiture et qu'elle allait perdre ses deux jambes. Ce n'était pas vrai, et je l'ai vite détrompé. Cependant, juste avant que je le fasse, M. McCrodden s'est excusé auprès de Catchpool d'avoir été désagréable tandis qu'ils voyageaient ensemble depuis Londres. Dès qu'il a appris que Mlle Olive allait perdre ses deux jambes, Rowland McCrodden s'est soudainement transformé : tout contrit, il s'est humblement excusé auprès de Catchpool de sa méchante humeur dont mon ami avait injustement fait les frais.

« Pourquoi cette transformation ? Parce qu'en apprenant qu'elle était victime d'un terrible accident Rowland McCrodden s'en est terriblement voulu d'avoir été aussi dur et injuste envers cette jeune personne relativement inoffensive. Il s'est senti presque responsable, comme si son sort tragique lui était imputable. Cela lui a aussitôt fait penser aux autres personnes qu'il avait pu malmener. Catchpool lui est tout de suite venu à l'esprit, ce qui ne se serait pas produit si je n'avais pas inventé cette fable sur la malheureuse Mlle Mason, condamnée à perdre l'usage de ses jambes.

— Décidément ! Encore une histoire de jambes ! s'exclama Hugo Dockerill.

— Eh oui, vous avez sûrement raison, monsieur, répondit Poirot en lui souriant. J'imagine qu'inconsciemment une association d'idées s'est opérée dans mon esprit. En tout cas, quand j'ai entendu Rowland McCrodden faire ses excuses à Catchpool, mon intuition sur l'explication de la soudaine et surprenante clémence de Barnabas Pandy, remarquée par son avoué Peter Vout, s'est vue confirmée. J'ai deviné ce qui l'avait provoquée : il avait enfin compris la souffrance d'Annabel, la petite-fille qu'il avait si longtemps trouvée décevante. Oui, soudain, il comprend combien elle a souffert toutes ces années. Il regrette profondément de l'avoir jugée si sévèrement. Et il découvre alors qu'il n'éprouve plus d'antipathie pour Vincent Lobb. Il peut pardonner leur faiblesse, non seulement à la triste et timide Annabel, mais aussi à Lobb. Ce qu'il ne peut tolérer, par contre, découvre-t-il, c'est la dureté qu'il perçoit dans les yeux et la voix de son autre petite-fille, Lenore Lavington. Cette dureté le renvoie à lui-même, et à la cruelle intransigeance dont il a fait preuve jusque si tard dans sa vie. Alors il décide que Lenore n'aura rien après sa mort. Il compensera le fait de lui avoir montré une préférence marquée durant tant d'années, ce qui a dû encore ajouter à la détresse d'Annabel, en léguant sa fortune à cette dernière, et à elle seule.

— Qu'est-ce que vous racontez ? intervint Lenore Lavington. C'est absurde.

— J'essaie d'expliquer, madame, que c'est vous que votre grand-père aurait exclue de son testament, s'il avait survécu.

— Non... ce ne peut être vrai, dit Annabel Treadway, l'air complètement perdue.

— J'étais à Londres ce matin, reprit Poirot. J'ai posé la question à M. Peter Vout : M. Pandy a-t-il explicitement déclaré que c'était Mlle Annabel qu'il comptait priver de son héritage ? Et j'ai reçu la réponse que j'escomptais : non, il n'avait pas précisé laquelle de ses deux petites-filles il voulait déshériter. En fait, M. Vout m'a même dit que M. Pandy s'était montré particulièrement tortueux et évasif dans sa façon de s'exprimer à ce sujet, ce qui ne lui ressemblait pas, lui d'ordinaire si direct et qui ne mâchait pas ses mots. Son avoué avait juste supposé, tout comme Lenore Lavington quand son grand-père lui a parlé de ses intentions sans préciser les noms, que c'était Mlle Annabel qui resterait sans un sou, car Lenore avait toujours été la préférée.

— Pourquoi donc M. Pandy serait-il délibérément resté dans le vague ? demanda Jane Dockerill. Peut-être souhaitait-il ainsi provoquer un grand choc après sa mort, une sorte de châtiment surprise, d'au-delà du tombeau.

— Exactement, madame. Lenore Lavington n'a pas douté une seconde que ce changement de testament la rendrait deux fois plus riche. Comment aurait-il pu en être autrement ? M. Pandy n'avait-il pas appris, un ou deux jours plus tôt, qu'Annabel Treadway avait laissé son arrière-petite-fille se noyer dans la rivière en préférant d'abord sauver son chien ? Il le savait maintenant ! Et c'était elle, Lenore, que son grand-père avait convoquée en secret pour lui révéler sa volonté de changer les termes de son testament. Il a dû s'exprimer à peu près de cette façon : que chacune obtienne son dû après ma mort. Qui ne mérite rien n'aura rien.

— Vous vous trompez, dit Lenore Lavington. Même s'il avait été capable de pardonner à Annabel et à Vincent Lobb, Grand-Père n'avait aucune raison de décider soudain de me déshériter.

— Moi, je crois que si, lui rétorqua Poirot. À la table du dîner, lors de cette pénible soirée, je pense qu'il a remarqué une lueur cruelle et impitoyable dans vos yeux, quand vous avez vu qu'il avait appris la vérité sur l'accident de Mlle Ivy et sur le comportement de votre sœur ce jour-là. Il vous a vue le scruter avec l'espoir que, sachant cela, il chasserait définitivement votre sœur de son cœur en lui déniant toute affection, toute loyauté. Lui a vu dans vos yeux une haine si implacable qu'il en a été choqué. Cela lui a même été insupportable. Vous dirai-je pourquoi ? Parce qu'il s'est reconnu en vous ! Soudain, il a compris à quel point il s'était montré impitoyable envers son ancien ami Vincent Lobb. Peut-être s'est-il rendu compte que le pire de tous les péchés, c'est l'incapacité de pardonner aux autres leurs péchés. C'est pourquoi il a décidé que vous ne méritiez rien, madame Lavington.

— Vous devriez avoir honte, Poirot, s'insurgea John McCrodden. Toutes ces affabulations ne reposent sur rien.

— Je fonde mes déductions sur des faits que je connais, monsieur, rétorqua Poirot, puis il revint à Lenore Lavington. Après ce dîner qui a tourné au désastre, votre grand-père décide de vous mettre à l'épreuve. Sachant que la culpabilité a consumé la vie et l'âme de Mlle Annabel, sachant combien elle aime Mlle Ivy et combien elle doit regretter son acte, qu'allez-vous faire ? se demande-t-il. Le supplier de changer d'avis et de pardonner ? Voilà ce qu'il veut vérifier, et pourquoi il vous informe de son projet d'établir un nouveau testament. C'est l'unique raison qui le pousse à vous en parler. Si vous aviez dit : « Je vous en prie, Grand-Père, ne punissez pas Annabel, elle a déjà assez souffert », il aurait été satisfait et n'y aurait rien changé. Mais non, vous lui montrez que vous êtes ravie à l'idée que votre sœur soit condamnée à la pauvreté. Vous faites preuve d'une absence totale de compassion.

— Monsieur Poirot, si je vous comprends bien, vous dites que maman avait en fait un solide mobile pour tuer Grand-Papa, intervint Timothy Lavington. Sauf que, et d'un, il n'a pas été assassiné, et de deux, maman ignorait qu'elle avait un mobile pour le tuer. Elle croyait que tante

Annabel serait lésée par le nouveau testament, et non pas elle.

— C'est tout à fait juste, approuva Poirot. Barnabas Pandy n'a pas été assassiné, mais c'est sa noyade accidentelle qui a provoqué le meurtre du pauvre Kingsbury, ainsi que la tentative de meurtre sur Mlle Annabel. Je ne crois pas que Lenore Lavington aurait tenté de causer la perte de sa sœur si M. Pandy n'était pas mort. Il aurait effectivement changé son testament, et Lenore Lavington aurait supposé que le changement jouait en sa faveur, au détriment de sa sœur. Voir Annabel dépossédée de la fortune familiale lui aurait amplement suffi, du moins jusqu'à ce que M. Pandy s'éteigne et qu'elle apprenne la vérité sur le changement de testament.

« Mais voilà que son grand-père meurt avant de procéder aux modifications testamentaires promises. C'en est trop pour Mme Lavington. Mlle Annabel ne subira donc pas le châtiment promis, être condamnée à la pauvreté ! C'est alors, mesdames et messieurs, que Lenore Lavington décide d'ourdir un complot pour faire inculper sa sœur d'un meurtre qu'elle n'a pas commis. Je reconnais que cette dernière déduction n'est qu'une supposition. Je ne peux le prouver.

— Comme tout ce que vous nous avez raconté aujourd'hui, déclara froidement John McCrodden. Où est donc votre preuve que M. Pandy voulait déshériter Lenore qui était sa préférée, comme vous le dites vous-même ? Cette stupide expérimentation ne prouve rien.

— C'est votre avis, monsieur, mais ce n'est pas le mien. D'après moi, toutes les personnes présentes dans cette pièce et qui ne sont pas amoureuses de Lenore Lavington le partagent, et admettent la logique de mon argument. Laissez-moi vous dire encore une chose susceptible de vous convaincre : Kingsbury m'a rapporté que, le soir de ce dîner désastreux, il a vu M. Pandy assis tout seul à la table, après les départs successifs de ses petites-filles et de son arrière-petite-fille. Le vieux Barnabas pleurait. Juste une larme, a précisé Kingsbury. Cela laisserait-il croire que M. Pandy était en colère contre Mlle Annabel ? Non, mes amis. On peut pleurer de rage, mais alors les larmes jaillissent des yeux à profusion. Non, il n'était pas en colère contre Annabel. Au contraire, il éprouvait pour elle de la compassion. Il était triste, triste et rempli de regret. Sans se douter du terrible sentiment de culpabilité contre lequel elle luttait chaque jour, il l'avait traitée sans ménagement. Soudain, le caractère incompréhensible de sa petite-fille prend tout son sens à ses yeux : cette mélancolie qui semble toujours l'entourer, son refus de se marier et d'avoir des enfants.

« Alors, par une association d'idées on ne peut plus logique, ses pensées et le brutal changement de perspective qu'elles ont provoqué l'amènent tout naturellement à songer à Vincent Lobb, qu'il a traité avec une égale et injuste dureté. Cette analogie m'a sauté aux yeux avec tant de force qu'elle m'a convaincu que j'avais raison. Par peur des conséquences, Vincent Lobb, tout comme Annabel Treadway, avait mal agi. Ensuite, de même qu'Annabel Treadway, il s'est senti coupable toute sa vie durant. Tous deux ont immensément souffert. Tous deux ont ensuite été incapables de jouir pleinement de la vie. En cet instant, assis à la table du dîner, Barnabas Pandy a décidé qu'il devait leur pardonner à tous deux. Ce fut là une sage décision.

— C'est très bien de déblatérer sur le pardon, Poirot, quand on n'a rien à pardonner, protesta John McCrodden.

Vous n'avez pas d'enfant, n'est-ce pas? Moi non plus, mais j'ai de l'imagination. Croyez-vous donc que vous pourriez pardonner à quelqu'un qui a préféré sauver un chien en laissant votre petite de quatre ans se noyer dans une rivière? Moi, je sais que j'en serais incapable!

— Et moi, monsieur, je sais que je n'irais jamais fourrer une robe mouillée sous le sommier d'un lit dans l'espoir qu'Hercule Poirot la trouve, et que la personne à qui je ne peux pardonner finisse au bout d'une corde pour un meurtre qu'elle n'a pas commis. Cela, je le sais.

« Vous avez fait un très mauvais calcul, madame, poursuivit Poirot en s'adressant à Lenore Lavington. La découverte de la robe m'a fourni un indice essentiel. Ou bien votre sœur avait tué M. Pandy, ou quelqu'un d'autre voulait me le faire croire. Alors j'ai su qu'il y avait un meurtrier, avec trois cas de figure possibles : soit cette personne avait déjà tué, soit elle voulait provoquer la mort d'Annabel Treadway en la faisant accuser de meurtre. Ou encore, troisième cas de figure, elle avait tué et voulait faire endosser son crime à Annabel Treadway. Sans la robe mouillée, je n'aurais peut-être pas poursuivi mes investigations avec tant d'assiduité, et le monde aurait ignoré à jamais votre culpabilité, madame.

Quand Annabel Treadway se leva, Hopscotch se dressa à ses côtés, au garde-à-vous, comme s'il savait qu'elle allait faire une importante déclaration.

— Ma sœur ne peut être coupable de meurtre, monsieur Poirot. Elle était avec moi quand Kingsbury a été assassiné. N'est-ce pas, Lenore? Tu es restée tout le temps avec moi, entre 14 heures et le moment où nous sommes arrivées ensemble dans le salon pour rejoindre la réunion. Vous voyez donc qu'elle n'a pas pu le faire.

— Je vois surtout que vous souhaitez suivre l'exemple de votre grand-père en montrant de la compassion, mademoiselle, lui répondit Poirot. Vous voulez pardonner à votre sœur d'avoir ourdi cette machination pour vous perdre. Mais votre intervention vient trop tard pour être plausible. Je ne m'y laisserai pas prendre.

— Lenore, dis-le-lui, insista Annabel. Nous étions ensemble, tu ne t'en souviens pas ?

Ignorant sa sœur, Lenore Lavington s'adressa à Poirot.

— Je suis une mère qui aime ses enfants. Voilà tout, déclara-t-elle.

— Lenore, murmura John McCrodden, puis il vint s'agenouiller près d'elle et prit sa main entre les siennes. Vous devez être forte. Je vous aime, chérie. Il ne pourra rien prouver, et je crois qu'il le sait.

Alors sur le visage de Lenore perla une larme solitaire, comme celle qu'avait versée Barnabas Pandy.

— Je vous aime, John, dit-elle. Je n'ai jamais cessé de vous aimer.

— Ainsi vous êtes quand même capable de pardonner, madame, dit Poirot. Quoi qu'il soit advenu et quoi qu'il advienne, c'est une bonne chose, et je vous en sais gré.

38

Rowland le débonnaire

— Le visiteur que vous attendiez est arrivé, monsieur, annonça George à Poirot un mardi, en fin d'après-midi.

Cela faisait presque deux semaines que Poirot et moi avions quitté Combingham Hall pour rentrer à Londres.

— M. Rowland McCrodden?
— Oui, monsieur. Puis-je le faire entrer?
— Oui, s'il vous plaît, George.

Peu après, Rowland McCrodden pénétrait dans la pièce d'un air revêche, comme s'il était sur la défensive, mais il sembla s'adoucir un peu en entendant son hôte l'accueillir chaleureusement.

— Ne soyez pas si embarrassé, mon ami, lui dit Poirot. Je sais ce que vous êtes venu me dire. Je m'y attendais. C'était tout à fait prévisible.

— Alors on vous a mis au courant?
— Non, on ne m'en a rien dit. Pourtant je le sais.
— C'est impossible.
— Vous êtes venu m'informer que vous assurerez la défense de Lenore Lavington, n'est-ce pas? Elle va

plaider non coupable face aux accusations de meurtre et de tentative de meurtre.

— Quelqu'un vous l'a dit. Vous avez dû en parler avec John.

— Mon ami, je n'en ai parlé à personne. C'est vous qui avez parlé avec John, longuement, depuis notre séjour à Combingham Hall. Tous deux, vous avez balayé vos différends passés, n'est-ce pas ?

— Eh bien, oui. Mais je ne vois vraiment pas comment vous avez pu…

— Dites-moi, se pourrait-il que John marche sur vos traces et s'engage dans la carrière juridique, comme vous l'espérez depuis toujours ?

— Eh bien… En effet, pas plus tard qu'hier il a exprimé ce souhait, dit Rowland McCrodden d'un air soupçonneux. Mais pourquoi ne pas jouer franc-jeu avec moi, Poirot ? Même quelqu'un comme vous n'a pu deviner cela tout seul. C'est tout bonnement impossible.

— Il ne s'agit pas de devinette, mon ami. Je connais seulement la nature humaine, voilà tout, expliqua Poirot. M. John aurait voulu défendre la femme qu'il aime, même s'il vous est reconnaissant d'épouser leur cause à tous deux comme vous le faites. Pour vous prouver sa gratitude, il décide qu'après tout ce ne serait pas une si mauvaise chose pour lui que de vous imiter. D'autant que votre point de vue en matière de justice criminelle a quelque peu évolué, ces derniers temps.

— Vous en parlez comme si vous en saviez plus que moi là-dessus, dit McCrodden.

— Pas plus, mais à peu près autant, répliqua Poirot. Je recherche toujours la vérité en toute chose, et dans ce cas c'était facile à prévoir. Votre fils aime Lenore Lavington, et vous, mon ami, vous aimez votre fils, comme tout père digne de ce nom. Donc, même si vous croyez que Poirot a raison et que Mme Lavington est coupable, vous défendrez sa cause. Vous savez que, si elle devait être pendue pour meurtre, votre fils en aurait le cœur brisé. Pour lui, tout espoir de bonheur futur serait anéanti. Et cela, vous feriez n'importe quoi pour l'empêcher, n'est-ce pas? Ayant perdu une fois votre fils sans espoir de retour, vous ne prendrez pas le risque de le perdre à nouveau, que ce soit à cause de divergences d'opinion sur la loi et sa moralité, ou parce qu'il sera trop accablé par le destin. En conséquence, vous aidez Lenore Lavington, et vous changez d'avis sur certaines questions de loi et de justice. Allons-nous vous appeler dorénavant non plus Rowland Rope, mais Rowland le débonnaire? ironisa Poirot. Avez-vous définitivement mis votre corde, non pas au cou de quelqu'un, mais au clou?

— Je ne suis pas venu discuter de ça avec vous, Poirot.

— Ou bien seriez-vous encore un ardent défenseur de la peine de mort dans tous les cas, hormis celui-ci?

— Cela ferait de moi un hypocrite, dit McCrodden en soupirant. N'y a-t-il donc pas d'autre possibilité? Et si je croyais en l'innocence de Lenore Lavington?

— Mais non, voyons. Vous n'y croyez pas.

Les deux hommes restèrent assis un moment en silence.

— Je suis venu ici parce que je voulais vous dire en personne que j'allais aider Lenore, déclara enfin McCrodden. Je tiens aussi à vous remercier. Lorsque, au tout début de cette affaire, j'ai découvert que John avait reçu cette horrible lettre…

— Vous parlez de la lettre qui lui a été adressée par Lenore Lavington, la femme que vous avez l'intention d'aider?

— De grâce, Poirot, ne remuez pas le couteau dans la plaie. Je m'efforce juste de vous remercier. Je vous suis reconnaissant d'avoir disculpé mon fils.

— Lui n'est pas un meurtrier.

— Comme vous devez vous en douter, Mlle Annabel Treadway persiste dans sa version des faits.

— Vous voulez dire qu'elle s'obstine à affirmer qu'elle était avec sa sœur quand Kingsbury est mort ? Oui, cela aussi, je m'y attendais. C'est son sentiment de culpabilité qui la pousse à agir de la sorte, et cela au service de l'injustice. En vérité, Mme Lavington a de la chance d'avoir Mlle Annabel pour l'aider, ainsi que vous et votre fils. Ses futures victimes s'estimeront moins chanceuses, si c'est vous tous qui l'emportez. Vous êtes bien conscient, mon ami, que dès qu'une personne s'est arrogé le droit de supprimer une vie il lui est facile de récidiver. C'est pourquoi je prie pour que vous ne l'emportiez pas. Le jury, je l'espère, me croira, non en vertu de ma réputation, mais parce que je dirai la vérité.

— Vous n'avez pu réunir contre Lenore que des présomptions, remarqua McCrodden. Vous n'avez rien de concret, Poirot, aucune preuve ni aucun fait irréfutable.

— Mon ami, n'allons pas disputer ici et maintenant des mérites de nos argumentations à chacun. Nous ne sommes pas au tribunal. Nous nous y retrouverons bien assez tôt, et nous verrons bien alors qui le jury croira.

McCrodden acquiesça sèchement, puis il se leva.

— Je ne vous en tiens pas rancune, Poirot, bien au contraire, dit-il en se dirigeant vers la porte.

— Merci...

Poirot avait envie d'ajouter quelque chose, mais ne savait comment s'y prendre.

— Je suis content d'apprendre que les rapports entre vous et votre fils se sont améliorés, dit-il enfin. La famille, c'est très important. Tant mieux pour vous si le prix à payer pour cette réconciliation ne vous coûte pas trop. Néanmoins, faites-moi une petite faveur : demandez-vous chaque jour si le chemin que vous avez choisi est le bon.

— Kingsbury n'a pas de parents vivants, dit McCrodden. Et Annabel Treadway ne sera pas pendue pour un crime qu'elle n'a pas commis.

— En conséquence, Lenore Lavington peut aller et venir libre comme l'air, et cela ne fait de tort à personne ? Je ne suis pas d'accord. Quand la justice est délibérément dévoyée et bafouée, c'est mal. Vous, votre fils, Lenore Lavington... ainsi qu'Annabel Treadway, pour ses mensonges... Avec de la chance, vous ne paierez peut-être pas pour vos actes dans cette vie. Quant à l'au-delà, je ne saurais en préjuger.

— Au revoir, Poirot. Merci pour tout ce que vous avez fait pour John.

Sur ces mots, Rowland McCrodden s'en fut.

39

Une nouvelle machine à écrire

Je suis en ce moment même occupé à taper l'ultime partie de mon récit «Crime en toutes lettres», six mois après les événements survenus dans le chapitre précédent, et ce sur une machine à écrire flambant neuve. Tous les *e* figurant dans ce chapitre sont donc sans défaut. Notre ami l'émeu ne s'émeut plus jusqu'à en mourir.

Étrangement, tandis que j'écrivais ce récit, ces *e* défectueux m'ont inspiré une aversion de plus en plus forte, mais maintenant qu'ils ont disparu ils me manqueraient presque.

Cette nouvelle machine à écrire, c'est Poirot qui me l'a offerte. Trois semaines après la fin du procès de Lenore Lavington, s'étonnant de ne plus recevoir de ma part aucun nouveau feuillet à relire, il est arrivé à Scotland Yard avec un paquet superbement emballé.

— Alors, où en êtes-vous de votre rédaction, mon ami ? Auriez-vous renoncé ?

Je répondis par un vague grognement qui n'engageait à rien.

— Chaque histoire exige d'avoir une fin, reprit-il.

Même quand le dénouement nous déplaît, il faut bien finir le travail en resserrant les fils déliés de l'intrigue pour que le motif apparaisse enfin dans son entier. Ce cadeau, je l'espère, vous encouragera à parachever votre récit, conclut-il en posant le paquet sur mon bureau.

— À quoi bon ? Il y a de fortes chances pour que personne ne lise jamais mes gribouillages.

— Moi, Hercule Poirot, je les lirai.

Quand il eut quitté mon bureau, je défis le paquet et contemplai ma nouvelle machine flambant neuve. Je fus à la fois touché par sa délicate attention, et impressionné par sa sagacité. Car après un tel geste j'étais désormais obligé de terminer ce récit. Au moment d'y mettre la dernière touche, me voici donc tenu d'avouer que le procès de Lenore Lavington n'eut pas l'issue que j'escomptais. Certes elle fut reconnue coupable du meurtre de Kingsbury et de la tentative de meurtre sur la personne d'Annabel Treadway, mais le plaidoyer de Rowland McCrodden en sa faveur la sauva de la pendaison. Par ailleurs et bien malgré moi, je sais que Mme Lavington reçoit régulièrement en prison la visite d'un tout dévoué John McCrodden, tandis que le pauvre et loyal Kingsbury gît six pieds sous terre.

— Trouvez-vous que justice a été rendue ? demandai-je à Poirot quand nous apprîmes que Mme Lavington ne paierait pas de sa vie pour les crimes qu'elle avait commis.

— Le jury l'a déclarée coupable, mon ami, dit-il. Elle passera le reste de ses jours en prison.

— Vous savez comme moi qu'elle aurait été pendue sans le concours bien malvenu de Rowland McCrodden. Lui qui est connu de chaque juge du pays pour être le plus ardent partisan de la peine de mort, le voilà soudain rempli de compassion pour une meurtrière, qu'il a présentée comme une femme en détresse ayant fauté dans un moment de faiblesse. Car le vibrant plaidoyer prononcé par l'avocat de Lenore Lavington fut l'œuvre de McCrodden, ce que le juge savait pertinemment. Ce même Rowland Rope, qui a fait pendre des dizaines de gars moins chanceux que Lenore Lavington, sans une pensée pour le chagrin de leurs proches, pour la simple et unique raison qu'aucun d'entre eux n'était son fils! Non, ce n'est pas bien, Poirot. Ce n'est pas ce que j'appelle rendre justice.

— Ne vous tourmentez pas ainsi mon ami, me répondit-il en souriant. Pour ma part, mon seul souci est d'élucider tous les ressorts d'une affaire afin que le criminel soit reconnu coupable. Quant au verdict et au châtiment qui s'ensuivent, je laisse le soin d'en décider à de plus hautes autorités que la mienne. Les faits ont été admis, et la vérité reconnue dans une cour de justice. C'est l'essentiel.

Nous restâmes plongés un moment dans un silence méditatif.

— Il y a une chose que vous ignorez peut-être, reprit-il. Quelqu'un a déclaré son intention de faire comme si Lenore Lavington était morte, se jurant de ne jamais lui écrire et de brûler toutes les lettres qu'elle pourrait lui envoyer.

— Qui donc?

— Son fils, Timothy. Être rejetée par son propre enfant, quoi qu'on ait pu faire, c'est là un terrible châtiment.

Par cette observation, Poirot voulait-il m'inciter de façon voilée à ne pas juger trop sévèrement Rowland McCrodden? En ce cas, c'était peine perdue, et il était bien inutile de nous attarder sur le sujet. Dans le doute, je m'abstins donc de tout commentaire.

Me voici arrivé à la fin de mon récit, et cette fois encore je constate que Poirot avait absolument raison : il est bien plus satisfaisant de rapporter une histoire en allant jusqu'au bout, même quand son dénouement nous déçoit, que de la laisser inachevée.

Ainsi donc finit « Crime en toutes lettres ».

Edward (sans e défectueux !) Catchpool.

REMERCIEMENTS

Toute ma gratitude va aux personnes suivantes :
James Prichard, Mathew Prichard ainsi que tous les membres d'Agatha Christie Limited; David Brawn, Kate Elton et tout le personnel d'HarperCollins, en Grande-Bretagne; mon agent Peter Straus et son équipe de chez Rogers, Coleridge & White; mes merveilleux éditeurs, William Morrow à New York, et tous les éditeurs qui ont aidé à diffuser les enquêtes d'Hercule Poirot à travers le monde; Chris Gribble, qui m'a manifesté son enthousiasme à chaque étape décisive; Emily Winslow, qui m'a fait d'inestimables suggestions éditoriales, comme toujours; Jamie Bernthal-Hooker, qui m'a rendu un nombre incalculable de services, de relire les épreuves jusqu'à chercher un titre en se livrant à du remue-méninges; Faith Tilleray, qui a conçu pour moi un website fabuleux et qui dès lors est devenue mon gourou en marketing. Ma famille : Dan, Phoebe, Guy… et particulièrement Brewster, pour des raisons que chacun comprendra en lisant ce livre !

Merci aux gagnants du concours, Melanie Vout et Ian Manson, qui m'ont fourni respectivement les noms Peter Vout et Hubert Thrubwell. Des noms merveilleux ! Un immense merci, également, à tous les lecteurs qui ont aimé *Meurtres en majuscules* et *La Mort a ses raisons*, ainsi que mes autres livres, et m'ont envoyé lettres, tweets et messages pour me le dire… C'est votre enthousiasme qui donne sa valeur à tout ce travail et le justifie à mes yeux.

Table

PREMIÈRE PARTIE

1. Poirot accusé 11
2. Intolérables provocations 19
3. La troisième personne 27
4. L'exception ? 36
5. La lettre défectueuse 53
6. Rowland Rope 60
7. Un vieil ennemi 69
8. Poirot donne certaines instructions 78
9. Quatre alibis 83

DEUXIÈME PARTIE

10. Questions importantes 101
11. Vert olive 110
12. Alibis en chute libre 118
13. Les hameçons 130
14. Combingham Hall 137
15. La scène de crime hypothétique 147

16. Le larron 155
17. Un stratagème à la Poirot 168
18. La découverte de Mme Dockerill 183
19. Quatre lettres de plus 191

TROISIÈME PARTIE

20. Les lettres arrivent 201
21. Le jour des machines à écrire 210
22. Le carré jaune du gâteau
resté seul sur le bord de l'assiette 213
23. Malveillance 219
24. De vieilles inimitiés 233
25. Poirot retourne à Combingham Hall 241
26. Vérification des machines à écrire 257
27. Le bracelet et l'éventail 262
28. Des aveux peu convaincants 270
29. Un émeu inattendu 275
30. Le mystère des trois carrés 280

QUATRIÈME PARTIE

31. Un mot pour M. Porrott 297
32. Où est passé Kingsbury? 305
33. Les marques sur la serviette 313
34. Rebecca Grace 323
35. Loyauté familiale 333
36. Le vrai coupable 346
37. Le testament 359
38. Rowland le débonnaire 368
39. Une nouvelle machine à écrire 373
    Remerciements 377

Du même auteur
aux éditions du masque :

Meurtres en majuscules
La mort a ses raisons

Le Livre de Poche s'engage pour l'environnement en réduisant l'empreinte carbone de ses livres. Celle de cet exemplaire est de :
300 g éq. CO_2
Rendez-vous sur
www.livredepoche-durable.fr

PAPIER À BASE DE FIBRES CERTIFIÉES

Composition réalisée par Soft Office

Achevé d'imprimer en septembre 2019, en France sur Presse Offset par
Maury Imprimeur – 45330 Malesherbes
N° d'imprimeur : 239324
Dépôt légal 1re publication : octobre 2019
LIBRAIRIE GÉNÉRALE FRANÇAISE – 21, rue du Montparnasse – 75298 Paris Cedex 06

46/2534/4